EL PUERTO DEL PERFUME

EL PUERTO DEL PERFUME

ELIZABETH MING

Traducción de Nuria González Esteban

MUNG, ELI

GRUPO ZETA

Barcelona • Madrid • Bogotá • Buenos Aires • Caracas • México D.F. • Miami • Montevideo • Santiago de Chile

Título original: *A Tale of the Fragrant Harbour*
Traducción: Nuria González Esteban
1.ª edición: noviembre, 2013

© Elizabeth Ming, 2013
© Ediciones B, S. A., 2013
    Consell de Cent, 425-427 - 08009 Barcelona (España)
    www.edicionesb.com

Printed in Spain
ISBN: 978-84-666-5402-9
Depósito legal: B. 23.111-2013

Impreso por Novagràfic, S.L.

Dedicado a mi hijo Dídac,
cuya existencia me hace dar lo mejor de mí

Nota de la autora

El puerto del perfume no es una novela histórica y, sin embargo, como toda narración, tiene un contexto histórico que la envuelve y es parte de su esencia. Este relato recorre los cinco años de la vida de un personaje ficticio, Salomé Evans, en el Hong Kong de la década de los cincuenta del siglo XIX, una etapa que no solo representa la creación de una de las colonias más importantes para el Imperio británico, sino que también supone el desarrollo de una de las ciudades más cosmopolitas y vibrantes de la época actual.

Así pues, el contexto elegido para esta aventura es circunstancial sin dejar de ser fascinante; el período de entreguerras, con las famosas Guerras del Opio.

La Primera Guerra del Opio tuvo lugar entre 1839 y 1842. En China, el opio se utilizaba por razones medicinales desde hacía siglos. Sin embargo, desde el siglo XV, se introdujo el consumo de la droga de forma recreativa, mezclada con tabaco. Las consecuencias de esta práctica fueron tan devastadoras que en 1729 su consumo y venta fue prohibido por el emperador Yongzheng (1678-1735).

En el siglo XIX, el comercio de Gran Bretaña con

China había ido creciendo, hasta que la fuerte demanda de productos chinos tales como el té y la porcelana llevó a los británicos a un gran déficit comercial debido a un desmesurado gasto de plata. Por esta razón, el Imperio británico, a través de la British East India Company, también conocida como The Company («la Compañía»), y, después de la apropiación de la colonia de Bengala —rica en el cultivo de amapolas—, comenzó a vender a China grandes cantidades de opio de forma ilegal. Esto redujo el déficit, pero en 1829, dado los estragos que el gran número de adictos al opio estaba causando en el país, el emperador Daoguang (1782-1850) reiteró la ya existente prohibición y declaró la guerra contra la droga. Además, el Imperio de los Qing llevaba décadas intentando mantener los límites del comercio de China con el mundo exterior. Por esa razón, un extranjero no podría moverse libremente por el país a no ser que tuviera un permiso especial de las autoridades.

En consecuencia, las tensiones culturales, comerciales y territoriales llevaron a que todos los cargamentos de opio fueran confiscados por las autoridades chinas. Los británicos iniciaron una guerra que acabó a su favor —gracias a su superioridad armamentística— con el Tratado de Nankín (1842), que forzó a los chinos a abrir cuatro puertos al comercio, así como a ceder la isla de Hong Kong, donde se estableció la polis de Victoria, que evolucionó hasta lo que ahora conocemos como el Hong Kong Centro.

En 1856, la administración Qing intentaba no aplicar todas las estipulaciones del Tratado de Nankín cuando le era posible y los británicos —junto con otras potencias occidentales— estaban deseosos de abrir aún más el comercio y legalizar la venta del opio. Las autoridades chinas tomaron un velero llamado *Arrow*, que, aunque era un navío pirata de tripulación china, navegaba bajo la bandera británica. El cónsul británico exigió que se liberara a la tripulación y demandó una disculpa, pero esta nunca llegó y, como respuesta, los británicos, junto con tropas francesas, atacaron Cantón. Una serie de tensiones llevaron a la entrada de tropas británicas y aliadas en Pekín y al saqueo del viejo Palacio de Verano. Los chinos, debilitados por la Rebelión Taiping (1851-1864), no pudieron vencer a sus oponentes. Este hecho llevó a la rendición de la población china, cuyas autoridades accedieron a una serie de nuevas condiciones, entre las cuales estaba la apertura de diez nuevos puertos al comercio con potencias coloniales inglesas, así como la entrada de diplomáticos extranjeros en Pekín, y Kowloon pasaría a ser de dominio británico. El comercio del opio sería entonces regulado por las autoridades chinas.

Este contexto de intrigas y tensiones en el escenario de la ciudad de Victoria, la isla de Hong Kong y la costa de Cantón, ofrece el trasfondo perfecto para el recorrido vital de nuestra protagonista. Por esta razón, muchos hechos históricos han sido cambiados o transformados en pro de la ambientación psicológica, espacial y emocional del relato.

Uno de los aspectos más claros de este hecho es la ruta del *Lady Mary Wood*, barco perteneciente a la legendaria y aún existente P&O (The Peninsular and Oriental Steam Navigation Company). En la novela, el *Lady Mary Wood* lleva a Sally y a Theodore de Londres a Hong Kong en 1851, pero la fecha no es exacta. El *Lady Mary Wood* inició su ruta en 1842, saliendo de Southampton —los barcos de ruta peninsular de P&O empezaron a hacer sus salidas regularmente desde este puerto, y no desde el de Londres—, con paradas en Gibraltar, Cádiz, Oporto, Lisboa y Vigo, y de nuevo Southampton. Una travesía en este barco iniciada el 26 de julio de 1844 ha sido descrita por el autor William Makepeace Thackeray en su manuscrito *Notes of a Journey from Cornhill to Grand Cairo*. Esta forma de viajar en barco se considera el inicio de los cruceros modernos. El 27 de noviembre de 1844 salió de Southampton y se dirigió a Calcuta pasando por el cabo de Buena Esperanza. De acuerdo con la información ofrecida por Beth Ellis (curator, digital collections & web editor de P&O Heritage) este fue el primer barco de la compañía P&O que llegó a Hong Kong, concretamente el 13 de agosto de 1845.

En la época en la que Sally viaja a Hong Kong, hubieran tomado un barco hasta Alejandría, se hubieran dirigido por tierra hasta Suez, para luego iniciar la ruta con un nuevo barco, el *Lady Mary Wood* por ejemplo, que los hubiera llevado por los puertos de Calcuta, Singapur y Penang, hasta llegar a Hong Kong. Sin embargo, para este libro se ha establecido como único trayecto ficticio este recorrido inspirado en el viaje inaugural a Asia del *Lady Mary Wood* siete años antes, para favorecer el crecimiento personal de la protagonista. Aunque el trayecto hasta Asia ha sido adaptado a las necesidades de la historia, la descripción de sus paradas en puertos asiáticos, así como las fechas, están basadas en una carta del 27 de enero de 1845 dirigida a Messieurs P. de Zulueta & Co., Cádiz. El nombre del barco tiene un significado especial que se ha decidido dejar velado y que está intrínsecamente tejido a la evolución de Sally. Además, era importante que el barco, como un personaje más en el viaje, fuera compañero de la iniciación y novedad que supone este viaje a Oriente. Espero que el lector sepa disculpar esta adaptación y disfrute los pasajes en los que se describe este especial trayecto en el *Lady Mary Wood*.

Los esbozos que Theodore está llevando a cabo durante el viaje para una exposición de dioramas están inspirados en el diorama llamado *Overland Route of the Mail from Southampton to Calcutta*, exhibido en la Gallery of Illustrations de la calle Regent de Londres. Tanto para admirar esto como para aprender más sobre los barcos que surcaban los mares en la época en general y el *Lady Mary Wood* en particular, les recomiendo que visiten la página web del P&O Heritage Collection. Una interesante y valiosísima fuente de recursos (*http://www. poheritage.com/*).

Si bien todos los protagonistas de *El puerto del perfume* son completamente ficticios, muchos de los personajes secundarios están inspirados en personajes que existieron en el momento en el que se sitúa la novela. Esto es más un homenaje a los hombres y mujeres pioneros que crearon y desarrollaron la colonia, que un retrato fidedigno. Estos personajes están creados para la historia y en ningún momento muestran opiniones o actitudes reales. Todos los diálogos, descripciones físicas y acciones son de mi invención, solo algunas situaciones y acontecimientos ligados a ellos han sido vagamente basados en hechos que sucedieron. Por ejemplo, ciertos aspectos que han inspirado la creación del gobernador William Bowen están basados en la vida de John Bowring, que fue gobernador de la colonia desde 1854 a 1859. Turner está creado tomando como referencia al periodista William Tarrant, propietario del periódico *Friend of China* y que fue encarcelado en 1859. En el libro, la mujer y la hija de William Turner son personajes totalmente ficticios. Otras anécdotas secundarias explicadas en el libro se basan en hechos reales, como por ejemplo las vicisitudes de Charlotte King y su marido. No obstante, el personaje del capitán Wright es totalmente ficticio y cualquier parentesco con los King es, por tanto, inexistente. Los robos explicados por los Dunn en el capítulo seis de la primera parte están basados en sucesos reales recogidos en cartas, artículos y libros.

Ni Mister Abbott ni ninguno de los miembros de la familia o su círculo social están basados en personajes reales e históricos, aunque sí que es cierto que en el Hong Kong de aquellos días hubo numerosos casos de corrupción junto a varios escándalos. El personaje de Henrietta Elliott no está basado en la misionera americana Henrietta Shuck, aunque la lectura de sus memorias para documentar esta novela hizo que la elección del nombre de la amiga de Sally no fuera casual.

Otro hecho real es la gran abundancia de mujeres llamadas Mary Ann, registradas de una forma u otra en los anales de las primeras décadas de la colonia británica.

También me gustaría señalar que me he tomado la libertad de incluir al célebre ingeniero británico, Isambard Kingdom Brunel, en el relato. Como bristoliana de adopción, me pareció importante incluir a este genio de la ingeniería. Por supuesto, su amistad con Theodore Evans o su pertenencia a un círculo social germen de un club secreto es completamente inventada.

La calle Aberdeen en Hong Kong existe actualmente y ya estaba construida en 1851. Sin embargo, la finca de Aberdeen Hill —como el *Lady Mary Wood*— es inventada. Nunca existió una casa de esas características o con este nombre. Los interiores, sin embargo, están basados en descripciones reales de casas en el Hong Kong de la época.

El cantonés utilizado en esta novela es un cantonés moderno y se ha usado el sistema de romanización jyut-ping. La canción que Mistress Kwong recita al principio del capítulo cinco de la tercera parte es una traducción libre de la Canción II, titulada «Choosing a True Heart», de la edición de Oxford de 1992 *Cantonese Love Songs: An English Translation of Jiu Ji-yung's Cantonese Songs of the Early 19th Century*, de Jiu Ji-Yung, a cargo de Ziyong Zhao.

En consecuencia, el Hong Kong —junto a sus circunstancias históricas— narrado en este libro es un espacio que mezcla realidad y ficción y que solo pretende transportar al lector al mundo privado de una chica que transforma su identidad y su vida a través de una serie de emocionantes circunstancias. Si quieren consultar algunas de las evidencias visuales y materiales usadas para la creación de esta novela, pueden consultar mi página de Pinterest: *elizabethmingw*. Les invito a entrar y a formar parte de ese mundo. Espero que lo disfruten.

PRIMERA PARTE

GRAN BRETAÑA, HONG KONG

1851

Cautivadora risa de tiernos hoyuelos, hermosos ojos de rutilante mirar. En el blanco lienzo de seda (resplandecen) los colores.

CONFUCIO (siglos VI-V a. C.), *Lun Yu*, extracto del Libro III, verso 8

1

Desde la cubierta del *Lady Mary Wood*, Sally Evans observaba como el muelle se empequeñecía en la distancia. Entre la bruma y las velas de los barcos que poblaban el río, se vislumbraba el caos de los edificios de la capital británica. El paisaje era sobrecogedor y la cualidad onírica propia de las mañanas de la ciudad solo hacía que engrandecerlo, con lo cual creaba el perfecto escenario para un adiós.

Sally no pudo evitar sonreír al ver como algunos de los pasajeros aún movían sus manos, despidiéndose de familiares ya perdidos en la lejanía. Algunos lloraban, otros reían y la mayoría exhibía en sus rostros un poco disimulado miedo. El tipo de temor lleno de esperanza que solo se siente cuando uno deja todo lo familiar y se embarca hacia lo desconocido. Para muchos, este era el primer viaje fuera de su ciudad, y, para la gran mayoría, la primera vez que subían a un barco.

Sally era una excepción. Aun sin tener la fortuna de recordar la primera vez que había pisado la cubierta de un barco, en aquel momento experimentaba la misma clase de emoción que la recorría al comenzar cada viaje. Una sensación punzante en la boca del estómago que crecía a medida que el buque se alejaba del puerto, llevado por la corriente del Támesis. Esa mañana en particular, el dolor era mayor, provocado por la magnitud sin precedentes de la aventura que estaba a punto de comenzar.

Hacía solo un mes que el padre de Sally, el pintor Theodore Evans, había entrado en el estudio de la casa familiar en Bristol, anunciando así el próximo destino para el dúo formado por padre e hija:

—¡Salomé! —Theodore exclamó el nombre de su hija con su tono habitual, entre imperativo y distraído—. ¿Sabes que Hong Kong significa «puerto fragante» en cantonés? El mismo nombre en mandarín sería pronunciado *Xiang Gang*, como *siangang*, más o menos.

Sally cerró el libro que estaba leyendo y observó como su padre se acercaba a la ventana salediza donde ella se encontraba sentada. La hija del pintor conocía muy bien ese tono y sabía que su padre le estaba dando vueltas a algo y ella tendría que esperar pacientemente a que los pensamientos se ordenaran en su mente y formaran una idea o un discurso coherente. Su padre se detuvo a su lado, sin alejar la mirada de la ventana, y, con rostro pensativo, añadió:

—La nueva colonia presenta un caso interesante, hija —continuó el pintor—. Gracias a que los chinos perdieron la guerra hace unos años, ahora tenemos más libertad para comerciar. Además, se está desarrollando una metrópolis en el puerto de Victoria, en la isla de Hong Kong.

Sally había oído hablar de la nueva colonia y de la guerra sobre el opio, pero se preguntaba por qué su padre estaba ahora hablándole del tema. Conociéndolo, esto podía significar cualquier cosa, desde que había decidido pintar un cuadro conmemorativo de la creación de la colonia a que invertiría en la exportación del té chino.

—Sí, padre, recuerdo haberte oído hablar de Hong Kong y de la guerra sino-británica, desde luego un asunto... —La entrada de la ama de llaves con el té interrumpió a Sally.

—¡Té! Gracias, querida Miss Field, es un perfecto complemento para nuestra conversación —dijo Theodore, quien, sin mirar a Miss Field, se sentó en la pequeña butaca situada delante de su hija y esperó pacientemente mientras Sally y la anciana recogían los libros que se amontonaban en la mesita auxiliar que había entre ambos. Algunos de los libros eran bastante pesados y Sally no reparó en mirar intensamente a su padre en forma de reproche hasta que este reaccionó—. Oh, Miss Field, qué cabeza la mía, ¡déjeme que la ayude!

Theodore se apresuró a recoger la bandeja con el té y las pastas que la criada había depositado temporalmente en la mesa central del estudio. Miss Field le dio un «gracias» contenido, pero en realidad esta era una de las tantas ocasiones en las que el amo la ofendía con su falta de modales. No le importaba que el amo la ayudara apartando un libro, pero esto de llevar la bandeja él mismo era ridículo. Sally puso sus ojos en blanco, pero no pudo evitar sonreír. No sabía qué era más divertido, si la indignación de la sirvienta o el ridículo espectáculo de su padre aguantando la bandeja con el té y las pastas. Al menos esta vez Theodore dejó que Miss Field les sirviera el té ella misma.

—Bien, bien, como decía, Miss Field, usted ha llegado justo a tiempo para oír las nuevas noticias que tengo para Sally.

Miss Field solo se limitó a levantar una ceja como signo de sorpresa. No obstante, Sally podía leer en el rostro de la criada una contenida expectación. Había solo dos noticias que Miss Field quería oír: que o bien Theodore había decidido dejar de vagar por el mundo con su pobre hija para instalarse permanentemente en Bristol donde sería, finalmente, presentada en sociedad, o que Sally ya tenía un pretendiente acorde con su rango y que pronto pasaría por el altar.

Theodore era un caso bastante habitual entre los bretones. Poseía una inclinación natural por la aventura, la misma que había llevado a tantos de sus compatriotas a explorar nuevas fronteras y, eventualmente, a conquistar gran parte del mundo conocido. Esto le hacía ser un hombre amante de la cultura inglesa, pero odiaba permanecer en su país por mucho tiempo. No soportaba la humedad, la lluvia constante y, en particular, estar rodeado solo de otros compatriotas. Aunque creía firmemente que ser pintor había sido una inclinación inevitable de su personalidad, convertirse en retratista y paisajista fue una elección consciente. Trabajar en este género había permitido que padre e hija pasaran gran parte de sus vidas viajando alrededor de Europa, sobre todo por Francia e Italia. En estos viajes, Theodore se dedicaba a retratar a miembros de la aristocracia y de la burguesía adinerada que se encontraban siguiendo los periplos del Grand Tour. Este consistía en un viaje que jóvenes británicos emprendían para conocer la cuna de la civilización occidental. La cultura clásica y la renacentista eran los principales objetivos para estos cazadores de cultura y melancolía. Era entre estos viajeros, y con vistas a algunos de los edificios y ruinas más emblemáticos de Europa, donde Sally había pasado gran parte de su infancia. Mientras otras niñas pasaban los días sentadas en sillas acolchadas aprendiendo a leer o a dibujar en manos de una institutriz, Sally aprendía francés en París y latín en Roma.

Por esta razón, desde que Sally había perdido a su madre a la corta edad de cuatro años, Miss Field se había autoerigido en cuidadora y protectora de la pequeña. Nunca había aprobado la forma de vivir bohemia de Theodore, pero este era ya un adulto y si quería desperdiciar su vida con arte, viajes y un matrimonio con una mujer extranjera cuyo origen nadie de la buena sociedad de Bristol podía establecer, allá él. Pero la pequeña no había tenido ningún poder, ni responsabilidad, sobre las decisiones de su padre, y si Miss Field no se ocupaba de intentar que la cría tuviera un futuro estable, el cabeza de chorlito de su padre nunca lo haría. Aún recordaba cuando había conocido a Sally; su madre acababa de morir y la niña llegaba, por primera vez en su vida, a Gran Bretaña, triste, desorientada... y despeinada, ya que su padre no se había ocupado de encontrarle una institutriz —o como mínimo una niñera— y la pequeña presentaba el aspecto trágicamente descuidado que solo la falta de una mano femenina podía otorgar a una criatura. Entonces la vieja se prometió que la cría nunca más aparecería en público con la pinta de una gitanilla, y, además, la protegería de las sandeces de su padre. Pero Miss Field siempre se encontraba con obstáculos en su misión para proteger a la pequeña Sally. Theodore se la llevaba con él y solo la veía unas pocas semanas al año, y en ese corto espacio de tiempo intentaba hacer lo que podía para restablecer los modales propios de una dama a una niña que siempre estaba rodeada de ruinas e intelectuales. A veces Sally volvía con un acento extraño después de pasarse meses hablando francés, castellano o italiano. Otras había adquirido la costumbre de opinar sobre cuestiones que solo concernían a sus mayores, o peor aún, a los hombres. A pesar de estas influencias nefastas, Salomé Evans, la pequeña Sally, se había convertido en una joven que podía pasar por elegante y refinada si reprimía su alocada educación. Pero nada de esto serviría si no era propiamente presentada en sociedad, y, por tanto, solo se conocía de ella lo que se hablaba de su padre.

Sally ya no era una niña y había empezado a compartir las ansias de su protectora criada. Aunque Miss Field era una feroz guardiana de las etiquetas, los largos años al frente de la casa de los Evans le otorgaban libertad para hablar con cierta franqueza. Así que fue Miss Field quien recordó a Theodore que Sally necesitaba vestidos nuevos o que no podía salir sola a jugar a los Downs sin la compañía de una de las jóvenes criadas. Con los años, las opiniones de la vieja Miss Field mostraron a Sally que había un mundo más allá de las pinturas y los viajes. Una realidad con reglas que había que seguir, particularmente si quería encontrar un marido apropiado.

—Esta chica nunca va a encontrar a un hombre que la quiera como esposa, y mucho menos a una familia política que desee unir su nombre al de los Evans —se lamentaba la criada no hacía mucho en la cocina.

—¡Pero es una joven tan guapa! —decía la ayudante de cocinera, Mistress Reeve, con aire soñador.

—Es hermosa, desde luego, pero es morena, de tez oscura, ese pelo rizado... Es muy... ¿cómo decirlo? ¡Exótica! Para nada una *english rose*, y eso no la ayudará a encontrar a un joven británico ¿Qué familia quiere tener descendientes tan... tan poco ingleses? —replicó Miss Field con un suspiro.

—Bueno, a lo mejor Mister Evans te hace caso y la presenta oficialmente en sociedad. Con un vestido elegante y sus maneras tan afables seguro que encuentra a un buen joven en Bristol, y, si no, siempre se la puede introducir en Bath! —añadió esperanzada Miss Court, la joven ayudante de Miss Field.

—¡Dios te oiga! Pero ya hace años que la buena sociedad de Bristol e incluso de otras ciudades de la zona, como Bath, chismorrea sobre la vida poco apropiada de Mister Evans y esto hace que, por más que la joven Miss se vista con sus mejores vestidos parisinos... —intervino Miss Field—. El amo es un buen hombre, yo no digo que no, pero sin darse cuenta ha desprestigiado el nombre de la familia. ¡Su primo era barón y su padre era un importante miembro del Parlamento! Pero él solo ha tenido tiempo para sus pinturas y sus discusiones intelectuales y se ha olvidado de los negocios y la buena educación.

—¿Es por eso que la joven dama no tiene amigas de su edad ni recibe invitaciones a eventos sociales? —preguntó Miss Court—. Pero en el extranjero sí que debe de tener alguna amiga de su edad o familia, ¿no?

—Lo dudo mucho —respondió Miss Field pensativa—. A Mister Evans solo le gusta relacionarse con sus amigos y Miss Sally debe de haber sido presentada a unas pocas familias en el extranjero. Tal vez ha ido a unos cuantos bailes, pero ¿cómo ayuda eso en la búsqueda de esposo en su patria de origen? A las familias les gusta saber, no solo la herencia de la chica sino también su educación y sus contactos con otras familias conocidas. Decidme, si Mister Evans no se acomoda en Bristol de una vez por todas y empieza a visitar a los viejos conocidos de sus padres y hermano, que en paz descansen, ¿cómo va Miss Sally a afianzar su futuro? ¡Si su padre se sigue gastando su herencia acabará de institutriz!, o peor aún... ¡viviendo de la caridad!

Al oír esto último, las demás criadas soltaron un gritito ahogado al unísono, aunque esto solo confirmaba lo que ellas llevaban susurrando desde hacía meses. Lo que Miss Field y las criadas no sospechaban era que Sally estaba sentada en un hueco de la escalera de servicio y podía escuchar las conversaciones que se entablaban en la cocina. Esta era una costumbre que había adquirido desde pequeña —especialmente cuando su padre salía y se sentía sola— y que era realmente útil para conocer lo que sucedía más allá del estudio. Ella ya sabía que las excentricidades de su progenitor le podían traer problemas, pero en su aislamiento no se había percatado de que su situación fuera tan grave. Su infancia había sido sin duda diferente, y, tal vez —como Theodore le recordaba a menudo—, privilegiada, pero Sally ahora tenía diecisiete años y sentía que necesitaba un cambio. En los últimos años había anhelado una educación menos excéntrica y una infancia más estable, así que Theodore le había prometido que pronto llegaría el momento en el que los dos se establecerían permanentemente en una ciudad y en una manera de vivir.

—¡Hong Kong! Miss Field: ¡Sally y yo nos vamos a Hong Kong! —anunció Theodore lleno de orgullo.

Tanto Sally como su ama de llaves no pudieron evitar una exclamación de espanto. Miss Field dio gracias al cielo de que ya hubiera dejado el té con pastas en la mesa auxiliar, porque, de lo contrario, estaba segura de que se le hubiera caído, derramándolo todo sobre la cara alfombra del estudio. En cuanto a Sally, estas eran las últimas noticias que deseaba oír, así que miró tímidamente por la ventana para no dejar que su padre viera su decepción.

—Pero padre... —empezó Sally, que fue interrumpida por Miss Field.

—Mister Evans, permítame la libertad de preguntarle si se trata de una broma —dijo la mujer guardando toda la compostura que pudo, aunque su cara se iba enrojeciendo—. ¡Pensaba que ambos se establecerían permanentemente en Bristol! Este es su hogar, usted se está haciendo mayor para aventurarse en viajes tan largos y Miss Sally está llegando a una edad en la que debe ser presentada en sociedad cuanto antes y comprometerse...

—¡Tonterías, Miss Field! Sally aún es muy joven y yo aún puedo ver mucho mundo. Además, no nos vamos a explorar la jungla, una colonia británica presenta las mismas comodidades que la fría Inglaterra, sin olvidar que puedes encontrar los mismos pretendientes fastidiosos aquí o allí. —Y entonces, dirigiéndose a Sally, añadió—: No te preocupes, hijita, esta aventura será la definitiva. Si no nos gusta, te aseguro que volveremos; además —dijo guiñando un ojo a su hija—, tengo toda la intención de presentarte en sociedad en Hong Kong, donde encontrarás a gente mucho más elegante y cosmopolita que la que puedes encontrar en una ciudad de provincias.

—¿De verdad, padre? —exclamó Sally, alejando por fin la mirada de la ventana y dirigiéndose directamente a su padre—. Hemos hablado de esto muchas veces: tengo en gran estima todos los viajes que hemos hecho juntos, pero me estoy formando como una mujer adulta y como tal tengo necesidades que cubrir, como la de formar una familia.

—¿Eso es un poco dramático, no crees, hija? —se rio Theodore—. Pero no te preocupes, tus deseos son órdenes, y tengo el presentimiento de que Hong Kong será un lugar perfecto para que nos podamos establecer. ¿Tiene algo que añadir Miss Field?

Miss Field, quien había escuchado pacientemente, no confiaba en que este nuevo destino fuera el más apropiada para su protegida, pero no podía olvidar su posición como criada e iniciar una discusión con su amo. Mientras este admitiera que tenía obligaciones que cumplir para con su hija, no podía añadir nada más. Su silencio fue acogido como una aprobación y esto dio rienda suelta a las explicaciones de Theodore sobre sus planes. Poco a poco Sally fue cambiando su escepticismo inicial por entusiasmo: Hong Kong era la ciudad donde sus deseos tal vez se cumplirían. Una nueva colonia con un futuro brillante podía ser el lugar donde padre e hija encontraran un nuevo hogar. Las promesas comerciales de la ciudad portuaria creaban un entorno propicio para que Theodore pudiera encontrar un espacio donde llevar a cabo no solo su pasión por la pintura, sino, tal vez, hacer algunas inversiones o incluso conseguir un puesto digno dentro de «la Compañía». Sally, a su vez, podría ser introducida en sociedad y, como las habladurías sobre su padre no habían llegado a la sociedad colonial, le sería más fácil encontrar a alguien que se quisiera casar con ella o que, incluso, la amara.

—Sabes, Salomé —dijo Theodore de repente, devolviendo la atención de la chica a la cubierta del barco—, este es un buque de vapor de ruedas de paleta construido hace solo ocho años. ¡Creo que tu tío Isambard estaría contento de saber que viajamos en uno de estos! Este prodigio de la ingeniería pesa unas 556 toneladas y tiene una fuerza de 250 caballos. P&O estableció en el 45 su primer servicio postal regular. Fue el primero en tener un contrato de este tipo con la Corona.

Sally quería contestar a su padre que ya le había dado esta misma información hacía dos semanas, cuando preparaban el equipaje, pero simplemente asintió con la cabeza y sonrió complacientemente. Muchas veces se había burlado de su falta de memoria, pero con el paso del tiempo se había dado cuenta de que no servía de nada. Theodore era un experto en ignorar comentarios de este tipo y a menudo continuaba sus discursos sin importarle el aburrimiento que estos producían.

Sally detuvo entonces su mirada en una pareja joven y muy elegante. Mientras él mostraba una sonrisa satisfecha y una gran seguridad en sí mismo, ella miraba a su marido con una gran admiración. Seguramente él había conseguido un puesto respetable en una de las colonias trabajando para la Corona o en algún negocio de exportación, quién sabe, pensó Sally mientras suspiraba.

Theodore añadió algo inteligible mientras se alejaba en dirección a una de las puertas que llevaba al interior del barco. Sally observó con preocupación a su padre, que desaparecía bajo la cubierta. En los últimos años había envejecido rápidamente; cada vez estaba más débil y distraído... Sally entonces se agarró con fuerza a la barandilla del barco e inhaló profundamente el aire de la mañana, tan fresco, ahora que se alejaban de la capital, que podía oler el salitre del mar. Olvidó por un momento a su padre y pensó que, con casi toda certeza, esta sería la última vez que se despediría de esta ciudad y de este río. Con los ojos aún cerrados, imaginó el nuevo destino como la promesa de un hogar a las puertas de una de las civilizaciones más conocidas y sin embargo misteriosas: la más antigua que existía.

2

Las olas del Atlántico lamían con fervor el casco del barco mientras este avanzaba con pesadez en un mar marrón azulado, rumbo a Vigo. El océano se hacía aún más omnipresente gracias al cielo bajo y embotado propio del mar del Canal. El capitán había anunciado que durante los siguientes dos días habría marejada y una posible borrasca. Se recomendó a todos los pasajeros que se mantuvieran alejados de la cubierta e intentaran lidiar de la mejor manera con el mareo habitual de los primeros días a bordo. Los Evans tenían una tradición particular para evitar las náuseas: tumbarse en su litera hasta que el cuerpo se acostumbrara al movimiento.

—Cierra los ojos e imagina que eres parte del océano, que te balanceas con él —decía siempre Theodore a Sally.

De esta forma, la chica se dejaba llevar por el movimiento del barco. Al principio, sentía vértigo al imaginar que se encontraban flotando sobre un abismo de agua, pero pronto esto la reconfortaba. Los barcos como el *Lady Mary* podían ser muy ruidosos: la tripulación que iba arriba y abajo, los pasajeros, el ajetreo de las cocinas... Así que el sonido del mar resultaba un buen contraste ante el caos y la claustrofobia de a bordo.

Pero, tendida en su cama, Sally no podía evitar sentirse algo inquieta. Todo había sucedido tan deprisa que no había tenido mucho tiempo para pensar en los detalles de este nuevo proyecto. Ahora que se encontraban rumbo a Asia, toda esta idea parecía una locura. ¿Y si Miss Field tenía razón y su padre era demasiado mayor para un viaje tan largo? ¿Y si la sociedad de Victoria no los aceptaba? ¿Encontraría un esposo? Las preguntas se amontonaban en su cabeza y el hecho de saber que tendría que esperar semanas a bordo y de viaje por tierra para obtener una respuesta la agobiaba un poco. Ahora que estaban en marcha todo parecía mucho más complicado de lo que su padre le había hecho creer un mes antes, en el estudio de la casa familiar en Bristol.

Los Evans viajaban en camarotes de primera, pero no en los más lujosos. El espacio de un camarote se dividía en cuatro pequeños compartimentos que contenían dos literas, un espejo, un orinal y un pequeño armario donde poder dejar los enseres personales. Todas las otras pertenencias estaban guardadas en baúles situados en espacios designados en los pasillos o en las bodegas. Los camarotes eran tan estrechos que las mujeres tenían que ir con cuidado de no rasgar o ensuciar sus preciosos vestidos, y hacían falta días, tal vez semanas, para acostumbrarse a dormir cómodamente. Las pequeñas camas —más bien parecidas a nichos de madera— forzaban a uno a yacer en posiciones imposibles. Pero aunque estos camarotes no presentaban las condiciones más idóneas, eran mucho más cómodos y lujosos que las zonas destinadas a los viajeros de tercera. Los que tenían suerte podían dormir en literas distribuidas en filas sin ninguna separación o intimidad. Otros no habían podido pagar un billete con cama y debían hacerse un espacio en los pasillos, durmiendo sentados o semiechados. Estos tenían poco más que hacer que esperar con resignación hasta llegar a su destino, rezando para no coger alguna enfermedad o ser mordidos por una rata. Sally había visto de reojo las condiciones en las que estas familias viajaban y tenía que reprimir seriamente la tentación de invitarlos a pasar la travesía en las zonas más lujosas. Mientras que los camarotes de popa eran más espaciosos, la zona de proa —separada de popa por las cocinas y los accesos a máquinas— se convertía en una ciudad en miniatura. La pequeña despensa hacía a la vez de taberna; allí los hombres pasaban el tiempo y abundaba el estraperlo y el intercambio de favores. De todo esto Sally solo intuía algunas cosas y otras, en cambio, las podía leer abiertamente en los anuncios que se colgaban por el barco. Gente que buscaba algo o tenía algo que podía interesar a otra, gente ofreciendo trabajo en el lugar de destino y otros que anunciaban servicios de lo más variopintos. Sin embargo, en los camarotes de primera, la vida social era mucho más calmada, regida por las mismas normas de etiqueta que eran comunes en las salas de té y los salones de baile de tierra firme.

Por suerte, la familia que compartía camarote con Sally y Theodore parecía muy amable. Viajaba una madre sola, Mary Whitman, con sus dos hijas adolescentes. La pequeña Sylvia tenía trece años y Zora, la mayor, era de la misma edad que Sally. Las dos familias se habían presentado brevemente cuando se encontraron en los camarotes antes de zarpar. Mistress Whitman estaba gravemente agitada porque, tal y como anunció a los Evans, esta era la primera vez que se subían a un barco. Como los compartimentos eran tan pequeños, todo el mundo dejaba las puertas abiertas; de esta forma, Sally pudo ver el equipaje de esas mujeres y el desequilibrio con el que habían empaquetado sus pertenencias, propio de aquellos que viajan por primera vez: por un lado tenían maletas repletas de vestidos y, por otro, no sabían que era mucho mejor si uno se traía cojines y mantas de casa para hacer la litera lo más cómoda posible. Mientras Sally estaba ya instalada, acostada y concentrada en el vaivén del barco, las mujeres Whitman aún estaban preparando sus compartimentos.

—¡Pensaba que el barco proporcionaría ropa de cama más cómoda que estas mantas! —dijo Mistress Whitman con un tono de lamento.

—Madre —respondió Miss Zora Whitman con un suspiro—, ya te dije que las estancias de primera de un barco no son las habitaciones de una mansión.

Pero la madre siguió lamentándose y amenazando con ir a hablar con el capitán. Sally siempre traía mucha ropa de cama y ofreció unas mantas, sábanas y cojines a sus nuevas compañeras.

—¡Dios la bendiga, Miss Evans! —exclamó la madre al ver los nuevos bienes que su vecina le había entregado—. Esto va a cambiar las cosas.

—No hay de qué, Mistress Whitman. De todas formas, mi padre y yo siempre acabamos dando ropa de cama a las familias que viajan en tercera.

—¡Oh, qué manera de desperdiciar unas ropas de tanta calidad! Pues hemos estado de suerte, nosotros le daremos un mejor uso. Gracias Miss Evans —afirmó Mistress Whitman satisfecha.

Sally observó que Zora se mantenía callada y algo rezagada en comparación con su madre y su hermana, quienes se movían de un lado para otro desempaquetando y distribuyendo sus enseres. Zora se había tomado su tiempo para abrir una maleta llena de libros, les había echado un vistazo con cariño y después había cerrado la tapa y guardado el maletín debajo de su litera.

—¿Le gusta leer Miss Whitman? —se aventuró a preguntar Sally con una sonrisa.

—Sí —dijo Zora, echando una mirada tímida a su maletín. Sally esperó en vano a que Zora continuara, pero esta se limitó a sentarse en su cama a doblar unos pañuelos y Sally decidió que intentaría reiniciar esta conversación más tarde.

El capitán les había anunciado que si las condiciones mejoraban se serviría una cena inaugural en honor a la travesía. Sally pensó que esta sería una buena ocasión para intentar una nueva aproximación a su compañera de camarote. El viaje duraba semanas y Sally sabía que, tarde o temprano, ella y esta chica tan tímida acabarían siendo amigas. Era prometedora la forma en la que Zora Whitman había empaquetado sus preciados libros, y, además, a Sally le gustaba la callada, casi irónica, tranquilidad con la que lidiaba con su madre y su hermana. Mientras que Sally era bastante alta, Zora era muy pequeñita, pero poseía una belleza amable y algo atípica, con un rostro ovalado y unos ojos grandes que le daban un aspecto dulce e inteligente. En su timidez, Sally vio a un ser afín, porque —aunque sus maneras eran más abiertas y decididas— sabía muy bien lo que era sentirse continuamente incómoda en situaciones sociales. Sally valoraba la amistad por encima de todo y, contrariamente a lo que Miss Field pensaba, sí que había tenido el placer de entablar amistad con chicas de su edad.

Durante algunas de las primaveras anteriores —cuando Sally tenía quince y dieciséis años—, los Evans habían alquilado una casa cerca de la ciudad francesa de Cognac. Algunos amigos de Theodore tenían casas en aquella zona y se encontraban para cazar, comer y conversar. Así se creaba un entorno social compuesto por unas cuantas familias amigas, y, de esta forma, Sally pudo pasar tiempo con las hijas de estas. Aunque las otras chicas se conocían desde la infancia, acogieron a Sally con los brazos abiertos. Todas tenían en común unas inclinaciones intelectuales poco usuales, si bien excepcionales. El grupo estaba formado por Cataline, Anne, Caroline y Blanche, todas ellas francesas. Como a la totalidad de las chicas adolescentes, les gustaba pasar tiempo juntas, tomar un refresco y pasear por los prados que había cerca de sus casas. Las amigas de Sally habían encontrado unas piedras calcáreas que se encontraban debajo de unos sauces en los jardines que la familia de Blanche, los Durand, tenían alquilada. Estos bancos improvisados proporcionaban una forma idónea para sentarse y las chicas se refugiaban allí a conversar y a compartir secretos. Todas pertenecían a familias intelectuales y artísticas: Anne era estudiosa y aplicada y tocaba el piano con gran habilidad. Blanche defendía apasionadamente la lucha de clases y estaba maravillada con un manifiesto que un tal Marx acababa de publicar en Londres. Y, mientras que Caroline leía todos los libros que tenía a su alcance, Cataline había desarrollado su gusto por la lógica científica y ayudaba a su padre, un investigador centrado en el estudio de la vida de los microorganismos. Sally, por su parte, había aprendido el oficio de pintor a base de observar o ayudando a su padre mientras pintaba.

Así fue pues como, por primera vez, Sally creó un grupo de amistades donde se sintió entre iguales. Rodeada de estas chicas apasionadas e inteligentes, Sally se olvidaba de las rarezas de su padre y de la continua sensación de desarraigo que la perseguía desde su infancia.

Al empezar el verano de su dieciséis cumpleaños, Sally tuvo que marcharse a Venecia y desde entonces mantuvieron el contacto por correspondencia. Pero las cartas no proporcionaban el mismo nivel de intimidad y las chicas se fueron distanciando. Blanche estaba con su familia en Cuba, donde había abogado por el derecho de los cubanos y pronto se iba a casar con un criollo. Cataline se encontraba completamente centrada en sus experimentos y Caroline estaba intentando conseguir una plaza como estudiante de letras en la Sorbona.

Con todas sus amigas en diferentes puntos del planeta, Sally solo había tenido tiempo de escribir una última carta explicándoles que se marchaba de nuevo. En la carta les decía que, si querían escribirle durante los dos meses que se encontraría viajando, podían enviar las cartas a la parroquia de Victoria, en Hong Kong, y, con suerte, allí guardarían la correspondencia hasta su llegada. Pero Sally sabía que sería muy difícil que las cartas llegaran antes que ellos. La gran mayoría de la correspondencia a Hong Kong era enviada, precisamente, en el mismo barco que les llevaba ahora a ellos, el *Lady Mary Wood*. Podrían pasar meses antes de recibir una carta y eso le provocaba una sensación de terrible desazón. Durante un mes, Sally tuvo que organizar el viaje sumida en las explicaciones grandilocuentes de su padre y las miradas desaprobadoras de Miss Field y hubiera dado cualquier cosa para poder discutir este cambio de vida con sus amigas. Seguramente ellas la hubieran animado a aprovechar al máximo esta aventura sin detenerse a pensar en el matrimonio y sin dejarse llevar por las dudas. Sin embargo, ellas tenían familias adineradas que las apoyaban en sus proyectos y Sally solo tenía a Theodore.

Cuando Sally se vestía para asistir a la cena, se arrepintió de no haber pedido a su padre que emplearan una criada. En el barco había damas y caballeros que sin duda tendrían influencia en la sociedad de Hong Kong y Sally quería causar una buena impresión; debía aparecer elegante pero no demasiado ansiosa por lucirse. Por tanto, su elección para la primera noche a bordo fue un sencillo vestido de tafetán azul, con cuello de pico y con algo de encaje en el escote y en las mangas. La moda del momento dictaba llevar primero múltiples capas de enaguas y volantes. Además, el peso se hacía insoportable y vestirse en el estrecho espacio que proporcionaba el camarote requería una gran habilidad y mucha paciencia. Por esta razón Theodore se había ido para dejar que Sally se preparara juntamente con las mujeres Whitman y la ayuda de una de las criadas de la tripulación. Sylvia tenía una habilidad natural con el pelo y ayudó a Sally a rehacerse el moño, con la raya en medio y sus tirabuzones cayendo a los lados.

—¡Oh, cómo envidio estos tirabuzones naturales que tiene usted, Miss Evans, pequeños y definidos! —decía Sylvia mientras recolocaba las últimas mechas de pelo sueltas.

—No sabe lo que dice, Miss Whitman, tener un pelo rizado y sensible a la humedad puede ser un verdadero incordio —le respondió Sally con una sonrisa.

—Bueno, pues ahora se la ve preciosa, Miss Evans. ¿O puedo llamarla Salomé? —inquirió Sylvia mientras acababa los últimos retoques y añadía un pequeño lazo de satén al pelo.

—Llámame Sally; todo el mundo excepto mi padre me llama así —respondió echando un vistazo en el espejo para comprobar el gran trabajo que Sylvia había hecho con su melena.

—¿Lo oyes, madre? ¡Miss Evans dice que la llamemos Sally! ¡Qué nombre tan gracioso! Mucho menos serio que Salomé... ¿eso es bíblico, no? —decía Sylvia mientras revoloteaba nerviosa por el camarote—. ¡No puedo esperar para conocer a todos los otros pasajeros! Seguro que son gente muy distinguida y nos lo pasaremos muy bien.

Sally había visto algunos de los otros pasajeros de primera en la cubierta. Había una pareja mayor formada por Lord y Lady Soulton, unas cuantas familias más y Mary Ann Lockhart con sus padres, de quien pronto se comentó en el barco que era una reputada belleza.

—¡Oh! ¡Y nosotros también conocemos a George Stream, un chico tan y tan majo! —dijo Mistress Whitman—. Trabaja para la British East India Company en Singapur, con mi marido Cedric Whitman. Pobre George, tuvo que dejar la colonia y venir a Londres para arreglar unos asuntos familiares, pero ahora tiene que volver a Singapur con urgencia, probablemente para sustituir al pobre Cedric —al decir esto último, Mistress Whitman empezó a sollozar incontrolablemente. Sylvia intentó consolarla, pero esta también empezó a llorar.

Sally no supo qué hacer y miró a Zora para buscar una respuesta a esta repentina muestra de dolor. La chica, que hasta ahora había estado leyendo sentada en su litera —y ni siquiera se había cambiado para la cena—, sacó a Sally de sus dudas:

—Hace unas dos semanas recibimos una carta que nos informaba de que nuestro padre había enfermado, algo parecido a la malaria, y que está muy grave. Esta es la razón por la que las tres vamos a Singapur, para cuidar de él...

—¡Sí! Yo nunca quise ir a estas tierras salvajes por miedo a que nos cogiera una enfermedad o nos mataran los indígenas —añadió Mistress Whitman entre sollozos—. Por eso nos quedamos en Inglaterra, pensando que el pobre Cedric, que es fuerte como un roble, estaría bien, y mira... ¡Ay, Miss Evans! La desgracia persigue a esta familia...

Sally dio sus más sentidas muestras de empatía a sus nuevas amigas, sin poderse creer que hasta hacía un momento habían estado completamente centradas en sus vestidos y peinados.

—Estoy segura de que si se sienten indispuestas para ir a la cena, el capitán y el resto de los comensales lo entenderán —informó Sally, intentando así calmar a Mistress Whitman. Pero esta dejó de llorar casi inmediatamente para responder que eso sería una falta de cortesía y que lo mejor que podían hacer era intentar disfrutar de las pocas oportunidades de divertimento que este horrible viaje les proporcionaba.

—Vosotras podéis ir si queréis, pero yo no voy a ir, madre —anunció Zora, sin quitar la vista del libro que estaba leyendo, a lo que su hermana respondió poniendo los ojos en blanco y su madre, con rostro de indignación.

—¡Zora, tú vas a ir también! ¡A ver si además de tener que contar las penurias que estamos pasando tendré que dar explicaciones de por qué mi hija no quiere asistir a una cena!

Zora parecía que fuera a añadir algo, pero cambió de opinión y, con lo que pareció un solo movimiento, cerró el libro, se quitó el sombrero y se puso un sencillo chal de seda sobre los hombros.

—Muy bien, madre, ya estoy preparada para la cena. —Y su madre respondió simplemente moviendo la cabeza en signo de aprobación. Parecía satisfecha de haber ganado esta batalla e ignoró el desaire de su hija.

Sally se alegró de que la chica fuera a la cena y, al salir del camarote, le ofreció su brazo. Zora, aunque sorprendida, aceptó esta muestra de amistad con una sonrisa leve pero cálida.

El salón principal estaba exquisitamente decorado para la ocasión. Las velas, manteles y cubertería de plata le daban un aspecto solemne propio de una mansión georgiana. Solo el vaivén del barco y la estrechez de las mesas recordaban a sus pasajeros que se encontraban en ultramar. Los comensales se distribuyeron siguiendo una estricta jerarquía, con el capitán, Lord, Lady Soulton y los primeros oficiales en una mesa y el resto distribuidos en dos mesas más. En total viajaban unos cincuenta pasajeros en primera, juntamente con el capitán, el doctor y cinco oficiales de tripulación. En su mesa, Sally pudo distinguir a la joven Mary Ann Lockhart, así como a unas cuantas familias más. De complexión delgada pero suave, la palidez propia de una dama, mejillas sonrosadas, boca pequeña en forma de corazón y unos rizos rubios perfectos, la chica cumplía todos los requisitos para ser considerada una belleza. Todas las miradas estaban puestas en esta joven de modales refinados que lucía un atuendo más apropiado para un salón de baile que para una cena. Sally no pudo evitar fijarse en que, contrariamente al resto de las damas presentes, Miss Lockhart llevaba un vestido con crinolina en lugar de las fastidiosas y pesadas capas de enaguas. La crinolina era una de las prendas más envidiadas del momento y algunas pioneras habían empezado a llevar esta estructura metálica de aros que mantenían las faldas perfectamente volumizadas. Sally no puedo evitar sentirse algo celosa del atuendo de Miss Lockhart, pero no tardó en cambiar de opinión cuando vio los problemas que esta tenía para sentarse en las sillas alargadas —más bien parecían bancos— del salón. Aun así, Miss Lockhart no pareció incomodarse y siguió hablando con sus padres y otros asistentes a la cena en un tono animado, mientras intentaba encontrar una forma de sentarse sin caerse de espaldas.

—¡Oh! Yo me he traído a mi propia criada... ¡la pobre! ¡Ha estado mareada todo el tiempo y casi no podía ayudarme! Si no se acostumbra a esto, tendré que ir a ver si hay alguna moza de las bodegas donde viajan los inmigrantes que pueda ser empleada como ayudante de cámara. Espero que haya alguna persona a quien pueda utilizar, pero en estos barcos nunca se sabe.

Sally ya había pensado en emplear a alguien que pudiera ayudarla con estos quehaceres y había visto un par de chicas que ya habían colgado su anuncio ofreciendo ayuda, pero prefirió no decir nada. Miss Lockhart, por su parte, continuaba entreteniendo a los invitados con sus explicaciones:

—¡Oh! ¡Victoria es un lugar tan agradable! ¿Verdad, padre y madre? —Los padres asintieron sin decir mucho—. Papá estuvo el año pasado como miembro del comité de selección y ahora volvemos porque acaba de ser nombrado superintendente. ¿No es así, padre? No podíamos esperar a volver a Hong Kong. Aunque aún es una ciudad en construcción, posee una sociedad de lo más variado, con unas cuantas familias muy bien avenidas. Siempre se están organizando *picnics* y bailes donde van todos los jóvenes de la colonia; bueno, excepto algunos, como los misioneros, que tienen otros asuntos en mente...

Al oír esto, Sally vio cómo la pareja sentada al lado de su padre se movía y parecía sentirse incómoda. Por la manera en la que el hombre iba vestido, se deducía que era un pastor de la Iglesia anglicana. Sally y Theodore estaban sentados junto a ellos y uno de los sobrecargos hizo las presentaciones. Se trataba de Mister y Mistress Elliott, un pastor de una parroquia en Somerset y su esposa, los cuales se habían casado dos años atrás y tenían un bebé de un año que habían tenido que dejar con los padres de Mister Elliott. La pareja había cedido las responsabilidades de su parroquia para ayudar en el nuevo orfanato para niñas ciegas que se había abierto en Victoria. Parecían muy amables y Theodore charlaba con ellos, interesados por la labor caritativa que se estaba desarrollando en la isla.

Junto a Mistress Whitman había un joven con el que esta hablaba animadamente. Sally dedujo que debía de tratarse de George Stream, un joven que trabajaba bajo el mando Mister Whitman. El muchacho exhibía una gran sonrisa mientras hablaba con vehemencia de sus andanzas en Singapur. Sally se unió discretamente a la conversación y no pudo evitar fijarse en que Mister Stream hablaba directamente con Mistress Whitman, pero, en ocasiones, miraba de reojo a Zora, quien se mantenía callada y escuchando atentamente. A la escena se había añadido otra persona: Miss Lockhart había dejado de lado sus detalladas explicaciones sobre la vida social de Hong Kong para observar, desde su posición en el centro de la mesa, a Mister Stream. George era soltero y Miss Lockhart, Zora y Sally eran las únicas jóvenes en edad casadera. Era inevitable, pues —pensó Sally—, que Mary Ann Lockhart observara al joven descaradamente. Sally no era tan lanzada como Miss Lockhart, así que se mantenía interesada en la conversación de sus vecinos a la espera de ser presentada por conocidos comunes. Como mandaba la etiqueta, era cortesía ser introducido; sin embargo, Mistress Whitman parecía tan ensimismada por la conversación con el joven George Stream que se había olvidado de presentar a Sally. Zora parecía querer interrumpir la charla para poder así introducir a su nueva amiga, pero no encontraba el momento adecuado para hacerlo.

—Oh, perdona Sally, había olvidado que no os conocíais —exclamó finalmente Mistress Whitman—. Este es George Stream, el joven del que te había hablado antes de la cena. Él se va a hacer cargo del puesto de nuestro pobre Mister Whitman cuando él... —La buena mujer no pudo acabar, al reprimir un sollozo.

—No voy a sustituir a Mister Whitman, sino que voy a intentar ayudar en lo que pueda. Es un placer trabajar con él, y usted no se preocupe, Mistress Whitman, no sabremos realmente el estado de su esposo hasta que lleguemos a Singapur —intentó consolarla George.

—¡Pero si faltan semanas para llegar! —continuó Sylvia, quien se unió a su madre en sus lloros.

—Quién sabe, tal vez papá se habrá recuperado para entonces —interrumpió Zora para calmar los ánimos, consciente de que la escena estaba llamando la atención de otros asistentes a la cena.

—Tiene razón, lo mejor que pueden hacer ahora es tratar de rezar para que su marido se recupere —añadió Mistress Elliott, quien no había podido evitar oírles.

—Mister Evans, he oído que es usted un reputado pintor —interrumpió una voz desde el centro de la mesa.

El tono de Miss Lockhart era firme y todo el mundo a su alrededor se quedó en silencio.

—Sí, en efecto, soy pintor Miss... —respondió Theodore en espera de que Mary Ann Lockhart le proporcionara un nombre.

—Lockhart, Mary Ann Cynthia Lockhart, Mister Evans —dijo la chica moviendo ligeramente la cabeza de un lado a otro—. Se lo pregunto porque este es un viaje largo y va a ser algo tedioso, y estaba pensando que sería una verdadera maravilla si usted pudiera pintarme un retrato, tal vez con un fondo marino. ¿No es así, madre? ¿No sería maravilloso? —Y, sin esperar la respuesta de Theodore, añadió—: ¡Tendríamos que empezar mañana mismo!

Ahora el resto de la mesa estaba en silencio esperando una respuesta de Theodore, quien parecía más bien divertido por la insolencia de la joven.

—Oh, Miss Lockhart, me encantaría tener el honor de plasmar su belleza en uno de mis lienzos, pero debo decirle que el capitán Cooper ya había reservado mis servicios. Además, no solo voy a retratarlo a él, sino que también tengo un encargo de la ilustre compañía dueña de este vapor para pintar una serie de acuarelas para ilustrar el periplo del *Lady Mary Wood*.

—¡Oh, qué lástima! No obstante, estoy segura de que el capitán puede esperarse unos días a que usted acabe mi retrato, ¿no es así? ¿A usted, capitán, no le importa, verdad?

El capitán Cooper, un hombre alto y de aspecto respetable pero afable, dijo que no le importaba ser retratado después de que Theodore acabara el retrato de Miss Lockhart. Theodore no podía decir mucho al respecto sin arriesgarse a parecer maleducado, así que, para gran satisfacción de la dama, se decidió que al día siguiente se empezaría la pintura. Poco después, Theodore se vio asediado por Lord y Lady Soulton para que los retratara a ellos también. Sally indicó tímidamente que su padre no debía cansarse más de lo debido en un viaje tan largo como este, pero todo parecía decidido y nada pudo hacer para evitar al pintor estos nuevos encargos.

La cena transcurrió sin más incidentes ni sollozos y Sally se sintió satisfecha al poder comprobar que el *Lady Mary Wood* llevaba un grupo de gente tan amable. Era una lástima, tal vez, que el único soltero con edad casadera no solo vivía en Singapur, sino que parecía tener un secreto interés por la tímida Zora. Con la excepción de Sally, nadie más pareció percatarse de las miradas que George dedicaba a esa joven muchacha. Si estaba al tanto de su admirador, no se podía saber con certeza, pero ella se mantenía serena y contenida cuando este hablaba con ella. Los dos presentaban un tierno contraste y Sally no tardó en alimentar la idea de que entre su nueva amiga y el joven había la posibilidad de un prometedor romance.

Cuando Sally volvió a su camarote, la invadió rápidamente un cansancio infinito. Tenía la sensación de que llevaban en el barco días, incluso semanas, pero tan solo estaban al final de la primera jornada. Estaba tan agotada que ni siquiera le importaba la estrechez de su nueva cama ni los fuertes olores que ya inundaban el barco. Sally pensó que no se sentía tan asustada como al empezar el viaje. Ella y su padre habían emprendido dicha aventura con esperanzas de una vida llena de satisfacciones, mientras que Zora se había visto forzada a iniciar una travesía llena de dolor e incertidumbre. Como los Elliott, quienes habían dejado a su bebé en Inglaterra para llevar a cabo sus misiones cristianas, y, con toda certeza, entre los inmigrantes que se encontraban al otro lado del barco también habría muchas historias igualmente tristes. Sally tomó la determinación de no dejar que las dudas la avasallaran y se prometió dedicar sus energías a dos asuntos de máxima importancia. Por un lado, debía ayudar a su padre; sabía que este viaje le agotaría y las exigencias de los encargos surgidos durante la cena no ayudaban en absoluto. Por el otro, estaba convencida de que el asunto entre Zora y George necesitaba un empujón. Zora era demasiado tímida y, si Sally no intervenía, George pensaría que su atracción era simplemente unilateral. Pero, para poder hablar con la muchacha de este tema, Sally tenía primero que ganarse su confianza y debía hacerlo rápidamente, antes de que Mary Ann Lockhart decidiera que las atenciones de Stream tenían que ser dedicadas enteramente a ella.

A la mañana siguiente, Sally se despertó lentamente sintiendo que sus músculos y todo su cuerpo estaban entumecidos. Su mente, sin embargo, empezó a llenarse rápidamente de pensamientos e ideas relacionados con todas las decisiones que había tomado la noche anterior. Cuando finalmente se pudo levantar y empezó a vestirse, ya sabía todo lo que haría durante el día. Primero iría a hablar con uno de los oficiales que llevaban los servicios del barco para preguntar si podía entrevistar a las mujeres que ya habían ofrecido sus servicios como criadas o doncellas de cámara. Y fue al salir del camarote cuando se dio cuenta de que el resto de los pasajeros llevaba tiempo en pie. Todo el mundo parecía ajetreado y Sally se percató de que pronto se serviría el almuerzo. Su primera parada sería la oficina de administración del buque. Para llegar ahí tenía que pasar por el salón donde la cena del día anterior había tenido lugar; una sala que ahora también estaba llena de gente y sus ojos tardaron un tiempo en ajustarse a la escena en el centro de la cual se encontraba Mary Ann Lockhart. La muchacha estaba posando para su padre, quien, sentado, hacía un esbozo, sin importarle el grupo de curiosos. La muchacha llevaba un vestido blanco de satén complementado con un gran cinturón rosado y un collar de perlas. Posaba lánguidamente, forzando la mirada, llena de la afectada melancolía habitual en los retratos femeninos. En una mano sostenía un abanico, mientras que el otro brazo se apoyaba graciosamente en una mesita en la que se mostraba, cual naturaleza muerta, una cesta de frutas y un espejo de plata.

—¡Es una joven tan elegante y está manteniendo esta postura de forma tan envidiable! —dijo alguien en el grupo, mientras todo el mundo alrededor asentía.

Sally no tenía más remedio que admitir que Mary Ann poseía gracia y algo que ella envidiaba sinceramente: una gran seguridad en sí misma. Aunque las dos chicas no parecían tener mucho en común y ni siquiera habían sido presentadas formalmente, Sally sentía algo de ansiedad cuando pensaba en si Miss Lockhart la aceptaría en su círculo de amistades. Después de todo, la muchacha era la única persona que conocía que había sido introducida en la buena sociedad de Victoria. Mary Ann sería clave para ser invitada a los eventos sociales de los que hablaba tan apasionadamente la noche anterior. Tampoco se le escapaba el hecho de que tanto ella como Zora se beneficiarían de una relación con una joven tan sociable y popular. Aunque Sally admiraba las cualidades de Miss Lockhart, no se le escapaba que parecía algo pagada de sí misma y, por como Theodore había organizado la escena para el retrato, a él tampoco. El pintor, sin importarle la naturaleza del encargo, siempre dejaba pintado un comentario o guiño sobre la personalidad del retratado. A veces esta persona era consciente de los símbolos que Theodore escogía, pero al ver que su padre había colocado frutas y un espejo no pudo evitar pensar que Mary Ann Lockhart no tenía ni idea de que parte de su carácter se estaba retratando. Sally se acercó a su padre y observó el esbozo:

—Buenos días, padre. ¿Has pasado buena noche?

—Oh, buenos días, Salomé. He dormido perfectamente, en efecto. A pesar de las incomodidades, debería decir. ¿Qué te parece la escenificación que he hecho para este retrato? —añadió con una sonrisa.

—Muy adecuada, padre —respondió su hija con una expresión cómplice.

—Deduzco que esta debe de ser su hija, Mister Evans —interrumpió Mary Ann Lockhart, deshaciendo su posado para acercarse a Sally.

Las dos damas se presentaron formalmente.

—Estoy muy emocionada ante la perspectiva de tener una nueva amiga en este barco que también se dirige a Hong Kong —dijo con una sonrisa amable—. Nos quedan unas cuantas semanas para que le pueda explicar todos los secretos de la sociedad de la colonia. Estoy segura de que vamos a ser grandes amigas.

—Gracias, Miss Lockhart —respondió Sally con una ligera inclinación—, tengo muchas ganas de oír todos sus relatos sobre Hong Kong. Será un honor ser su amiga.

—Bien, bien, qué deliciosa nueva amistad, Salomé —añadió Theodore mientras indicaba a Mary Ann Lockhart que volviera a su posición—. Hija, si pudieras ser tan amable de ayudar a tu anciano padre e ir a buscar mi otra caja de carboncillos...

Sally respondió a su padre que ahora mismo se los

traería y se dirigió a su camarote satisfecha de la nueva amistad que había iniciado. Cuando llegó al compartimento de su padre, se encontró con el desorden habitual que este siempre dejaba a su paso. La cama estaba llena de ropa y la litera de arriba era utilizada como estantería donde se acumulaban lienzos, cajas y libros. Sally suspiró y empezó a buscar la caja roja donde su padre guardaba sus carboncillos nuevos. Cuando la encontró, fue a alcanzarla con la mano y, sin poder evitarlo, cayeron un par de libros y una caja de madera. Se agachó para recoger las cosas y vio que el cofrecito se había abierto al caer y una hoja escrita yacía ahora en el suelo. Al cogerla, vio que estaba sellada con una especie de anagrama rojo que de algún modo le resultaba familiar. La carta era escueta y fue inevitable para Sally empezar a leerla:

Mi viejo amigo Theodore,
Espero que tanto usted como la pequeña Salomé se encuentren bien y con buena salud. Tal y como hemos intercambiado en nuestra previa correspondencia, estamos decididos a que su próximo destino sea la isla de Hong Kong. Ya sabe que unos importantes asuntos requieren de su inmediata asistencia, asuntos en los que todos nosotros estaremos agradecidos de su intervención. Nuestros viejos amigos, el doctor Dunn y su esposa, ya se encuentran en la isla desde hace un tiempo. Estamos seguros de que este nuevo destino será de gran agrado tanto para usted como para nuestra querida Sally.
Para cualquier consulta o respuesta, le pediría que se dirigiera a esta misma dirección en San Francisco, la cual es, en lo presente y espero que para una larga temporada, mi hogar principal.

«Deja a un hombre decidir firmemente lo que no hará, y será libre para decidir lo que vigorosamente tiene que hacer.»

Atentamente,

Sir WILLIAM HAMPTON

La carta había sido escrita hacía cinco meses y la dirección indicaba que se había enviado desde la ciudad estadounidense de San Francisco. Sally estaba tan sorprendida, que, olvidándose de sus modales, la leyó tres veces más. Temblando, abrió la caja en busca de más cartas dirigidas por o para Sir Hampton, pero no encontró más que correspondencia que nada tenía que ver con este asunto. Olvidando los carboncillos y a su padre, quien la estaba esperando, se sentó en la cama repasando mentalmente el contenido de la carta, pero al final solo una pregunta volvía una y otra vez a su agitada cabeza: ¿Qué era lo que su padre no le había explicado sobre este viaje a Hong Kong?

3

Sally había conocido a Sir Hampton un nublado día del mismo verano en el que él llegó a Inglaterra, o al menos este era el primer recuerdo que tenía de él. Para una niña pequeña, Sir Hampton era una persona difícil de olvidar. No solo era altísimo, sino que, además, todas sus extremidades eran exageradamente largas. Sally recordaba en particular unas manos grandes cuyos dedos parecían colgar cediendo a su propio peso. De hecho, todo el cuerpo parecía moverse siguiendo la cadencia que marcaban sus enormes manos. Sally guardaba una imagen —probablemente exagerada por su imaginación infantil y el paso del tiempo— del cuerpo largo de Sir Hampton moviéndose lentamente y ofreciéndole una mano para pasear juntos. Aunque William Hampton era muy serio, no provocaba miedo. Al contrario, este hombre distinguido inspiraba seguridad y algo cercano a la familiaridad.

Otro de sus recuerdos más vivos era el de su padre y Sir Hampton charlando en el taller de la casa de Bristol, mientras ella jugaba con pinceles. La pequeña se había pasado tanto tiempo entre adultos que había adquirido la costumbre de escuchar las conversaciones que estos mantenían. La mayor parte de las veces la niña no entendía de qué hablaban, así que, para dar sentido a aquellas palabras, intentaba rellenar los huecos con conceptos de su propia invención o, a veces, simplemente, preguntaba.

—¿Qué quiere decir «contrato», padre? —dijo un día la niña al oír la palabra.

—Un contrato es un papel que deja por escrito un acuerdo entre personas, se firma, y, de esta manera, todo el mundo lleva a cabo lo que pone en el papel —respondió Theodore con amabilidad.

—¿Es como un juramento? —añadió la niña, después de haber reflexionado un momento sobre estas palabras.

—¡Eso es, pequeña! Como un juramento que se escribe en un papel y así nadie olvida lo que había prometido —precisó Theodore, claramente satisfecho por la agudeza demostrada por su hija.

A veces, después de una larga charla, el pintor volvía a sus obras y Sir Hampton sacaba a la niña a pasear. A Sally le gustaban estos paseos y recordaba claramente no solo algunas de las cosas que le explicaba el caballero, sino también la sensación de orgullo que sentía al pasearse por los Downs de Bristol junto a ese gigantón. No podría haber estado más orgullosa si hubiera estado paseando con un ave exótica o un lobo domesticado.

Fue en estos paseos cuando le explicó historias que concernían a su vida personal: que no estaba casado ni tenía niños, cómo conoció a su padre cuando los dos estaban en la universidad y cómo desde entonces había sido su abogado. Fue también el momento en el que Sally oyó hablar por primera vez de los abogados, de la ley, los jueces... Qué eran y para qué servían. Con palabras seleccionadas cuidadosamente, le explicó estos y otros conceptos relacionados con su profesión. También le habló de la ley en diferentes culturas y en diferentes momentos de la historia. Sally no siempre entendía lo que el amigo de su padre le explicaba, pero lo encontraba fascinante. Sus palabras parecían dotadas de una carga especial y poderosa. En ocasiones, hacían cosas más divertidas, como cuando Sir Hampton le enseñó un experimento con una tinta mágica que desaparecía al escribirse. Si la rociaban con agua con limón y luego se secaba con una vela, la tinta emergía de nuevo.

Las visitas de Sir Hampton eran, por tanto, siempre especiales, pero se interrumpieron, sin que Sally supiera por qué, cuando esta tenía unos doce años. Casi media década después, Sally recordaba algunas cosas con más claridad que otras. Entre sus recuerdos más vívidos estaban sus manos, el sello rojo que estampaba en sus cartas y una conversación. Fue durante esta conversación en particular, la primera y última vez que Sally oyó hablar a Theodore sobre su difunta esposa.

El *Lady Mary Wood* había zarpado el 21 de mayo de 1951 y estaba planeado que llegara a Hong Kong en octubre del mismo año. Recientemente se habían comenzado a utilizar barcos de vapor para viajes de ultramar. Por primera vez los grandes buques no dependían de los vientos, y las travesías podían planearse con casi total exactitud. El barco era una máquina en pleno funcionamiento gracias a la fuerza que proporcionaba esta nueva tecnología propia de la Revolución Industrial.

Los días fueron pasando y la vida en el barco se fue convirtiendo en rutina. De los primeros días de borrasca, pasaron a los días agradables de junio al sur del ecuador. Sally pasaba el rato ocupada en su nueva vida social o en ayudar a su padre. Aunque no había olvidado la carta, no encontraba el momento adecuado para hablar del tema. En su lugar, la llevaba encima casi como un amuleto, ya que demostraba que había una razón ulterior por la que su padre la había convencido para ir a Hong Kong. Sin embargo, quería pensar que si Theodore no le había explicado toda la verdad sobre este viaje, debía de haber una buena razón para ello.

A bordo del *Lady Mary*, Sally estaba disfrutando de la compañía de Zora y Mary Ann. Las tres chicas se habían hecho amigas y compartían las horas paseando, jugando a las cartas o leyendo juntas. Mientras Theodore estaba ocupado en sus acuarelas o sus libros, Sally se pasaba el tiempo intentando aprender todo lo que podía sobre las modas, los bailes y los cotilleos de la sociedad de Victoria. Cuanto más aprendía sobre la colonia, más emocionada se sentía sobre su nuevo destino.

—¡Ya verás, Sally, los bailes que vamos a organizar! Hace unos años casi no había mujeres en Victoria, pero ahora hay muchos jóvenes y eventos sociales —explicaba Mary Ann a menudo—. Es una lástima que vosotras dos —añadía entonces dirigiéndose a las hermanas Whitman— no podáis estar allí con nosotras. Cuando os aburráis en Singapur, no dudéis en coger una de las líneas que pasan por Hong Kong para venir a visitarnos.

—Sí, es una buena idea ¡Nos encantaría poderos visitar e ir a uno de vuestros bailes! —decía Sylvia llena de entusiasmo.

—Nos encantaría —respondía Zora de forma mucho más discreta. Sally intuía que la mayor preocupación de su amiga no eran los bailes organizados en Hong Kong sino la salud de su padre.

Tanto Zora como Sally se sentían especiales al estar al

lado de Mary Ann. Aunque sus modales podían ser atrevidos y llenos de una teatralidad algo ensayada, la chica representaba el tipo de joven que deslumbraba en los círculos sociales. Pero, más allá de las reuniones y las cenas, Sally y Zora crearon un mundo propio. Ambas se pasaban horas, especialmente durante la noche, hablando o leyendo. Zora era una admiradora de los llamados románticos; no solo le gustaban las obras más famosas en inglés, sino que practicaba su alemán leyendo los libros de autores como Novalis o Goethe.

—¿Dónde has aprendido a leer alemán? —preguntó Sally cuando Zora le explicó que leía la poesía de Goethe en su lengua original.

—Mi padre siempre me compraba libros de todos los autores que él creía que eran importantes o interesantes. Me gustaron tanto los alemanes, que mi padre insistió en encontrarme una institutriz que pudiera enseñarme el idioma.

—¡Tu padre debe de estar muy orgulloso de ti! —exclamó Sally con admiración.

—Yo estoy muy agradecida de tenerlo a él como padre. —Y después de una breve pausa, añadió—: Él ha sido siempre un ejemplo para mí, un hombre fuerte y ejemplar. Estamos muy unidos, como Mister Evans y tú.

Al principio Sally no supo qué responder. Nunca había pensado en que ella y Theodore estaban unidos.

—Supongo que sí... Desde que murió mi madre solamente nos hemos tenido el uno al otro —reflexionó Sally en voz alta.

—¿Te puedo preguntar cuándo murió tu madre, Sally? —preguntó Zora de repente.

—Sí, por supuesto —respondió Sally, sabiendo que su amiga le preguntaba esto para conocerla mejor y no por simple curiosidad—. Yo tenía cuatro años; murió de una enfermedad grave.

—¿Una enfermedad? —preguntó Zora sorprendida—. ¿No sabes de qué murió tu madre?

—La verdad es que no... —Sally intentó sonreír, pero lo único que consiguió esbozar fue una mueca triste—. Mi padre no quiere hablar del tema, ni de cualquier cosa que tenga que ver con mi madre. Por eso no sé casi nada de ella. He visto retratos, por supuesto, y era muy hermosa. También sé que se casaron por amor. Ella, siendo española, no tenía ninguna relación con la familia de mi padre y mi abuelo, que era un miembro del Parlamento, y no aprobó el enlace. Esto lo sé porque he escuchado a Miss Field, nuestra ama de llaves, hablar del tema. Pero no sé mucho más.

—¿Y por qué tu padre no te explica nada más sobre tu madre? No es justo... —Zora tenía una expresión de angustia que solo consiguió entristecer más a Sally.

—Mi padre estaba muy enamorado de mi madre... Creo que no quiere ni puede hablar del tema. Lo intenté de pequeña, pero lo único que conseguía eran algunas explicaciones vagas y sumir a mi padre en una profunda tristeza. Al final, él me prometió que, cuando fuera suficientemente mayor, me explicaría todo lo que quisiera saber. Lo que sí siempre me ha dicho es que mi madre me amó profundamente.

Las dos amigas se quedaron calladas por unos instantes, perdidas en sus propios pensamientos.

—¿Tienes recuerdos de ella? ¿Cómo era? —interrumpió Zora en silencio.

—Tengo algunos recuerdos que, de tanto repetirlos en mi mente, han llegado a adquirir un cariz casi irreal, ¿sabes? A veces dudo de si son escenas que yo me he inventado. —Sally movió la cabeza como rechazando esta idea—. Era hermosa, morena, recuerdo unos brazos fuertes y una cabellera negra, muy rebelde. No eran como los míos, rizados, sino más bien ondulados.

—Bueno, querida amiga, me temo que con tantos bailes y tantos pretendientes vas a convertirte en una dama tan... tan admirada por todos que tu padre no tendrá más remedio que aceptar que ya no eres una niña y finalmente explicártelo todo sobre tu madre. —Sally agradeció que Zora cambiara el tono de la conversación y las dos adolescentes se rieron a carcajadas.

Durante las cenas y otras reuniones sociales, George se reunía con las jóvenes. Era todo lo contrario a Zora. La tranquila timidez de la chica se contraponía a la sociabilidad de George. Mientras que Zora prefería observar, a George le encantaba explicar historias acompañadas de una percusión de ademanes marcados y grandes gesticulaciones. Su voz sonaba tan alta y fuerte que parecía retumbar más que otras en el interior del barco. Pero, a pesar de las diferencias entre ambos, Sally estaba convencida de que entre sus dos amigos había una conexión especial. Así que, aunque nunca había hecho de celestina, Sally intentaba dejarlos solos en cuanto podía. Claro que la cubierta del buque no era lo mismo que un paseo en un prado, no había mucho espacio para la intimidad, y, además, Zora parecía empeñada en no ayudar a Sally en su cruzada. Mientras que la segunda hacía todo lo posible para dejarlos solos o para dirigir la conversación a intereses comunes, la primera hacía todo lo posible para no quedarse sola con su admirador.

Sin obtener demasiado éxito en su empresa y sin atreverse a hablar directamente con Zora, Sally decidió acudir a Mary Ann. Después de todo, ella también conocía a

George y a Zora y, sin duda, tenía más experiencia en el arte del cortejo. Por esa razón, Sally aprovechó para sacar el tema un día que las dos amigas paseaban por la cubierta.

—¡Qué día más delicioso! —dijo Mary Ann mientras cogía a su amiga por el brazo—. Es tan agradable pasear por cubierta, ¿no crees, Sally?

—Sí, es ciertamente refrescante —respondió Sally, quien siempre se sentía algo incómoda durante conversaciones puramente descriptivas; así que, sin esperar más, añadió—: Mary Ann, ¿no crees que Zora y George harían una gran pareja? Creo que George está interesado en Zora, y que los dos podrían ser muy felices pero...

—¡Ay! ¡Sally! —interrumpió Mary Ann riendo—. Creo que es muy bonito que intentes hacer esto por Zora... ¡Es tan tímida la pobre! Está claro que a ella le gusta George, y, teniendo en cuenta la conexión entre George y los Whitman, sería un enlace de lo más conveniente, pero me temo que debo decepcionarte. Los intereses románticos de nuestro amigo George van en otra dirección. —Mary Ann hizo una pausa llena de intención, después de ver la sorprendida mirada de Sally, y prosiguió—: Desde la cena inaugural de la primera noche, George se ha mostrado, cómo puedo decirlo, muy atento y lleno de admiración por mí. Más de una vez me ha acompañado al camarote. Y, desde que tu padre ha estado trabajando en mi retrato, George ha demostrado su entusiasmo por la obra.

—¿De verdad? No me había dado cuenta... —exclamó Sally con sincero asombro, algo que pareció molestar a Mary Ann.

—¡Oh, querida! ¿De verdad que no te habías dado cuenta? Su encandilamiento era tan obvio, incluso algo infantil. No puedo decir que no estuviera halagada. Desde luego es un caballero muy agradable, pero me temo que mi familia tiene otros planes para mí. Así que, como soy una buena persona, intenté dejarle claro de una forma muy sutil que no había posibilidades entre nosotros, y creo que lo entendió.

A Sally le hubiera gustado añadir que se percató del interés de George por Zora ya durante la primera noche. Sin embargo, su instinto la frenó, aunque parecía que Mary Ann pudo leer sus pensamientos.

—Creo que si has notado algo de interés por parte de George es porque después de que yo lo rechazara debe de haber dirigido sus atenciones a la dulce Zora.

Se quedó pensativa y, sin mucho convencimiento, dio la razón a Mary Ann. Sally era consciente de la vanidad de Mary Ann, pero estaba sorprendida por cómo había redefinido la situación. Por más que le diera vueltas, no podía recordar ningún signo que le hubiera hecho pensar que George cortejaba a Mary Ann. Al contrario, cada día había observado no solo un intenso interés por Zora, sino que también había notado algo que Sally deducía firmemente que era amor. Detalles tales como la forma suave y dulce que tenía de hablar con Zora y la manera con la que el chico recordaba cosas que ella había dicho o hecho apuntaban a sospechar que George llevaba tiempo enamorado de la hija de su superior. Así pues, después de la conversación con Mary Ann y sin comentar nada más al respecto, decidió que iba a hablar directamente con Zora.

Sally no pudo ver a Zora a solas hasta al cabo de unos días. Algunos pasajeros habían empezado a mostrar signos de molestias o debilidad y se rumoreaba que en tercera había un par de personas y, tal vez, niños que podían tener fiebre tifoidea o cólera. El pánico asaltó a los pasajeros y tripulantes que habitaban en los camarotes de lujo. Todos decidieron quedarse en sus aposentos hasta que se comprobara que el brote no era más que una simple fiebre. Los viajeros de primera, pues, se pasaron días descansando, rezando por las almas enfermas y bebiendo ron para evitar el temido escorbuto. Para evitar un posible contagio, todo el mundo había decidido no bañarse bajo la creencia que eso podría contribuir a la rápida propagación de la plaga. De esta forma, la atmósfera se hizo asfixiante a bordo. El calor era insoportable y todo estaba impregnado de un agudo tufo a sudor, heces, salazones, mezclado con el olor de las pinturas y trementina de Theodore. Todo a bordo parecía entregado a un silencio fúnebre y a un ritmo lento. Las horas pasaban dolorosamente y ningún entretenimiento parecía ayudar en esta larga espera. Sally estaba convencida de que este no era el mejor momento para hablar de amor con Zora o para desvelar secretos con su padre. Una extraña languidez invadió entonces a la joven y se pasó las horas en silencio intentando no pensar en los niños enfermos de a bordo, sin poder, sin embargo, pensar en nada más.

Al cabo de unos días, la fiebre parecía controlada, no habían brotado nuevos casos, pero un niño y una anciana habían perecido. Durante días, el silencio que había invadido el barco se hizo más pesado. Pasajeros y tripulantes parecían sumergidos en un estupor grave, solo algunos de los marineros comunes parecían inmunes a una tragedia que, sin duda, habían vivido en muchas ocasiones. Sally y Zora decidieron hacer unas donaciones a la familia y mostrar su pésame, si bien ir a las cubiertas donde se encontraban los viajeros más humildes parecía algo peligroso. Las dos damas usaron pañuelos para taparse la boca, pero, aun así, después de la visita, tuvieron que inhalar sales para recuperarse del calor y el olor a suciedad y enfermedad. Había sido una visita corta, pero había dejado una grave impresión. Los familiares no tenían mucho que decir a excepción de mostrar su agradecimiento. Sus caras sucias y cansadas y las condiciones en las que viajaban dejaron a las dos muchachas sumidas en un silencio pensativo durante días después de la visita. Sally fue rápidamente a buscar a su padre, que por suerte se encontraba solo leyendo, y lloró desconsoladamente. No había hecho algo así desde que era pequeña. Se dio cuenta de que en sus lágrimas no solo se encontraba la empatía por las familias que había visto, sino que también había en ellas una tristeza difícil de definir, por ella misma y su padre, quien ahora olía a pintura y a tabaco.

Sally finalmente encontró una oportunidad para hablar con Zora a solas. Las dos chicas se encontraban en un rincón del salón leyendo y tomando un té cuando Sally le preguntó directamente:

—Zora, ¿puedo hacerte una pregunta? Hacía tiempo que te quería comentar... Bueno, he notado que George muestra unos sentimientos algo... —Sally se detuvo buscando la palabra más adecuada— parciales hacia ti. ¿Lo habías notado?

Zora no contestó, y, en lugar de eso, miró a Sally directamente a los ojos. Por un momento su mirada era directa y algo cortante, cosa que Sally no había visto antes en su amiga, pero pronto sus facciones se suavizaron y hasta enrojeció cuando añadió:

—Sí que lo había notado —fue toda la respuesta que le dio su amiga.

—¿Que le gustas? Siento ser tan atrevida, querida amiga, pero creo que gustar no es exactamente la mejor forma de describirlo. Puede que me equivoque, pero creo que sus sentimientos son más fuertes —dijo Sally, quien se arrepintió inmediatamente de su atrevimiento. Pero sus palabras habían causado efecto en su amiga, quien, aunque no parecía decir mucho, mostró algo parecido a una mirada cómplice, casi una sonrisa.

—No le he dicho nunca esto a nadie —añadió después de una corta pero intensa deliberación—, pero cuando volvió a Inglaterra nos vino a visitar... Fuimos a dar un paseo por el parque con Sylvia y mi madre y en un momento en que nos quedamos solos...

—¿Sí? —preguntó Sally llena de expectación.

—Bueno, me pidió en matrimonio. —Miró a Sally por un instante y luego continuó—: Me dijo que desde la primera vez que me vio, cuando mi padre nos presentó justo antes de irse a Singapur, había desarrollado ciertos sentimientos hacia mí...

Zora se detuvo y Sally se sintió invadida de una confusión repentina. ¿Su amiga estaba prometida y no se lo había dicho a nadie? ¿Por qué ambos pretendían no estar comprometidos? Y si no lo estaban... ¿Tal vez George había declarado sus sentimientos pero no había afirmado de manera clara sus intenciones?

—Le dije que no sentía lo mismo —respondió Zora, ante la interrogativa mirada de su amiga—. Trabaja para mi padre y es un chico muy agradable, pero...

—Pero... —interrumpió Sally, quien se dio cuenta de que había mostrado un tono casi agresivo. En este mismo momento comprendió que Zora había cometido un grandísimo error. Ahora más que nunca tenía la certeza no solo de que George la amaba ardientemente, sino, además, de que su amiga había rechazado a un hombre del que estaba enamorada—. ¿Por qué?

—Bueno, no creí que fuera conveniente aceptar la propuesta de un hombre por el que mis sentimientos no están claros. Además, mi padre estaba en Singapur. ¿Cómo podía aceptar una proposición sin hablar con él antes? —Zora concluyó su explicación con un suspiro.

—Zora, ¿estás segura? Parece que quieras convencerte más a ti misma que a mí. —Y acercándose más a su amiga y bajando su voz añadió—: Zora, creo que tu padre tiene en gran consideración a George, ¿no es así? Tu madre lo ha comentado en varias ocasiones y tu padre lo ha invitado a tu casa. Estoy segura de que eso no sería un problema. Y en cuanto a tus sentimientos... Zora, puede que sea atrevida, pero estás equivocada, creo que ya sabes lo que sientes por él y no lo quieres admitir.

Sally sabía que ahora estaba siendo osada, pero sentía que debía convencer a su amiga antes de que fuera demasiado tarde. Las manos de Sally temblaban mientras Zora parecía algo impasible, solo sus mejillas seguían mostrando un ligero enrojecimiento.

—Sally, tal vez las dos seamos muy diferentes. George es un amigo muy querido de mi familia, pero no puedo simplemente lanzarme a un compromiso sin saber exactamente qué es lo que siento por él: si es amor o simple cariño.

—¡Pero yo sé que lo amas! —dijo Sally subiendo el tono de voz y bajándolo inmediatamente. Y con una sonrisa añadió—: Zora, sé que no hace mucho que nos conocemos, pero te considero una gran amiga. Simplemente no quiero que acabes cometiendo un error. Puedo ver que George está enamorado y puedo ver lo mismo en ti. No sé cómo describirlo... pero no me gustaría que perdieras la oportunidad de ser feliz.

—Gracias, Sally. Lo tendré en cuenta, pero yo tengo

que llegar a mis propias conclusiones. Si es cierto que siento algo por él más allá del cariño, te prometo que actuaré en consecuencia.

—¿Entonces, qué vas a hacer? Querida amiga, la distancia que marcas entre tú y él puede que acabe en un gran desastre. Tienes que decirle que lo estás pensando, que tienes en cuenta sus sentimientos. Si no le expresas tus dudas, lo único que va a pensar es que no sientes nada por él.

Sally se dio cuenta de que Zora ahora la miraba divertida y esbozaba una sonrisa cómplice.

—Querida Sally... sabía que eras apasionada, pero no sabía que eras una gran defensora del amor.

Las dos amigas se rieron a carcajadas; era la primera vez que se reían desde que algunos de los tripulantes habían empezado a enfermar.

—Nunca había pensado en mí como apasionada. —Y sin dejar de sonreír y apretando las manos de su amiga, añadió—: Prométeme que, si de verdad amas a George, no lo dejarás escapar.

La amiga le prometió que haría lo posible para cumplir su promesa y, no sin dificultad, las dos amigas continuaron con su lectura.

Desde entonces, Sally intuyó un cambio sutil en su amiga. Aunque no parecía dirigir a George más atenciones que las necesarias, sí que estaba más abierta a recibirlas. Sally intentaba no espiar a su amiga, pero no pudo evitar observar cómo esta intentaba estar más involucrada en las conversaciones en las cuales George tomaba partido. En definitiva, Sally estaba satisfecha al ver que su amiga no era tan distante como antes.

En este punto del viaje estaban llegando al puerto de Ciudad del Cabo. El barco necesitaba algunas reparaciones y el descanso del *Lady Mary* fue aprovechado por la mayoría de pasajeros para pasar unos días en la ciudad de esta colonia inglesa arrebatada a los holandeses. Después de pasar tantos días seguidos en el barco, era reconfortante poder pisar tierra firme. El cuerpo tardaba en acostumbrarse a caminar y sentían una sensación casi agorafóbica al andar en un espacio abierto, fuera de la comodidad del barco, cuyos rincones se habían convertido en espacios aprendidos de memoria. Aun desubicada, Sally estaba contenta de poder estar fuera del barco. Además, era la primera vez que se encontraba a solas con su padre desde hacía días. Los dos estaban paseando del brazo por la parte del puerto donde se encontraban los almacenes pertenecientes a las empresas occidentales. Ninguno de los dos miraba nada en concreto, simplemente disfrutaban en silencio del alboroto del mercado. Casi sin pensar, Sally se dio cuenta de que este era un momento perfecto para hablar del tema que la había estado preocupando desde la primera noche a bordo del *Lady Mary*, así que discretamente sacó la carta que llevaba por dentro de la cintura de la falda y se la dio a su padre:

—Padre, encontré la carta por casualidad y, aunque sé que no estuvo bien, no pude evitar leerla.

Theodore pareció no tener ni idea de qué le hablaba Sally cuando cogió el arrugado trozo de papel, pero en su rostro la confusión dejó paso rápidamente a algo parecido al pánico. Aunque Sally nunca antes había visto a su padre mostrar miedo, no tuvo tiempo de deducir a qué se debía este sentimiento, ya que pronto retornó a su habitual sonrisa.

—¡Oh, querida! ¡Creo que la última vez que urgaste entre mis cosas tenías ocho años! Y también entonces te tomaste las cosas muy a pecho —recordó Theodore sin que Sally supiera exactamente a qué se refería. Antes de poder preguntar, Theodore añadió—. Supongo que te refieres a los asuntos que menciona nuestro viejo amigo Sir Hampton. ¿No es así, querida? Dichos asuntos se refieren a unos encargos que Hampton y unos amigos comunes quieren que haga en Hong Kong. Están interesados en ver impresiones de la colonia.

—¿Así que los asuntos a los que Sir Hampton se refiere son simples encargos? —dijo Sally sin estar muy convencida.

—Bueno, encargos, cartas, bocetos...

—Pero por la carta se deduce que nuestro traslado a Hong Kong estaba decidido mucho antes de hablarlo conmigo.

—Planes sin importancia, querida; es cierto que fue por sugerencia del viejo Hampton que consideré ir a Hong Kong. ¡No le des demasiada importancia!

—Tienes razón, padre, pero no puedo evitar pensar que tendrías que haber compartido toda la información sobre el viaje con tu querida hija. Y, por cierto, ¿quiénes son los Dunn? —dijo Sally ahora un poco más relajada.

—Son unos viejos amigos que no hemos visto hace años. Creo que te van a gustar —apuntó Theodore cogiendo la mano de su hija.

Padre e hija siguieron paseando en silencio. Sally no estaba completamente satisfecha con las vagas explicaciones ofrecidas por su padre, pero pensó que tal vez estaba siendo injusta con él. Después de todo, los asuntos de los que no le había hablado no debían de ser tan decisivos. Además, el que su padre hubiera hecho algunos planes previos con Sir Hampton no significaba que las razones por las que el pintor había decidido ir a Hong Kong fueran menos importantes. Tenía que confiar en que su padre consideraba como prioridad el presentar a su hija en sociedad y no sus asuntos personales o posibles negocios con su amigo.

De todas formas, Sally pronto tuvo otras cosas en las que pensar. Poco después de acabar su paseo, Theodore se sintió gravemente indispuesto debido al calor y Sally tuvo que llevarlo de vuelta al barco. De todas maneras, Sally no tenía mucho más que hacer.

George y Zora habían empezado a pasar más tiempo juntos. Esa misma mañana, por ejemplo, el joven había acompañado a todas las mujeres Whitman a comprar algunas provisiones. Sally los había visto alejarse del barco; Mistress Whitman y Sylvia a la cabeza y Zora y George convenientemente retrasados, hablando animadamente, una escena que ya se había convertido en habitual, por lo que parecía que Sally no era la única que estaba al corriente del acercamiento entre los dos jóvenes: Mary Ann también había estado observando a la posible pareja.

—He podido comprobar, querida Sally, que nuestra amiga Zora está más atenta a las atenciones de George... Y tengo la ligera sospecha de que fuiste tú quien la animó un poco a ello.

—Bueno, no es que la animara, pero le indiqué que no se cerrara a considerar una relación entre los dos si se daba, bueno, ya sabes, la posibilidad. Después de todo, sus dos familias se conocen; George y Mister Whitman comparten carrera dentro de la Compañía...

—Sí, tienes razón —interrumpió Mary Ann—, pero yo te aconsejaría que no animaras a la pequeña Zora. Es tan tímida la pobre... Si las atenciones de George no llevan a nada, no me gustaría que acabara con una gran decepción. Después de todo, las dos sabemos que George tenía unas intenciones muy diferentes al principio de esta travesía.

Mary Ann proporcionó una sonrisa cómplice a Sally a la que esta respondió de mala gana. Seguía sin estar de acuerdo con su amiga, pero su intuición le aconsejaba no contrariar a Mary Ann. Sin embargo, desde aquel día algo había cambiado entre las dos amigas. Mary Ann empezó a organizar paseos sin informar a Sally, a mostrarse competitiva y a interrumpirla cuando esta hablaba. Nadie, a excepción de Zora, parecía darse cuenta de esta nueva actitud.

Poco después de abandonar Ciudad del Cabo, Mary Ann, Sally y Mistress y Mister Elliott estaban jugando a las cartas en el salón principal. Theodore no era el único que sufría por el calor; se había hecho tan insoportable que Mistress Elliott tenía una sensación continua de desfallecimiento.

—Cuando viajamos en barco, a mi padre y a mí, para pasar el mareo, nos ayuda tendernos en la litera —intentó aconsejar Sally a Mistress Elliott.

—¿Cuando viajáis en barco? —interrumpió Mary Ann—. Ay, mi querida amiga, lo dices como si viajaras en barco cada día, y nosotros fuéramos unos pobres mortales que no viajamos tanto como tú y tu padre ¡Gracias por tus consejos, querida amiga! —Este último comentario pareció ser muy divertido para Mary Ann, sus padres y el grupo que normalmente sociabilizaba con ellos.

—Yo solo quería... —dijo Sally mientras enrojecía, pero, antes de que pudiera encontrar las palabras para explicarse, Mary Ann había cambiado de tema.

En los días que siguieron a la travesía que les llevaba al océano Índico, estas escenas se repitieron. Sally había llegado a la conclusión de que intentar replicar a Mary

Ann solo incentivaría futuros comentarios. Además, era consciente de que su futura vida social dependería de la joven, así que no era conveniente desairarla. Pero esta nueva situación había creado un ambiente casi insoportable para Sally. El barco parecía más pequeño que nunca y solo se sentía cómoda cuando pasaba tiempo con Zora o con su padre. Una vez recuperado de sus mareos y acabado el famoso retrato de Mary Ann, Theodore estaba totalmente inmerso en los otros retratos y en sus acuarelas. Con la excusa de que su padre había estado enfermo, Sally se pasaba largas horas ayudándolo. Intentaba asistir a los eventos sociales que eran imprescindibles o a los que estaba invitada sintiéndose incómoda y, a veces, incluso no muy bien recibida. Cuanto más se preocupaba por mantener la paz, más parecía molestar a Mary Ann.

Un día, Sally se sintió particularmente afectada por uno de los comentarios de Mary Ann. Para pasar el rato, decidió ayudar a su padre con sus acuarelas, sentados en la proa de la cubierta. En realidad, Theodore no necesitaba de mucha ayuda, así que Sally solo se dedicaba a esbozar distraídamente. Se encontraban en algún lugar entre el continente africano y la India, el mar estaba tranquilo y soplaba una brisa ligera y agradable. Casi todo el mundo se encontraba acabando de cenar y padre e hija estaban prácticamente solos en la cubierta.

—Sally, ¿te has fijado en qué atardecer tan hermoso? —dijo su padre interrumpiendo el silencio entre ambos. Sally, que hasta ahora había estado con los ojos fijos en su dibujo aún sin terminar, levantó la cabeza para mirar al horizonte. El color rojizo y anaranjado del cielo eran tan brillantes que los ojos le dolieron por un instante, pero pronto se acostumbraron al insistente brillo, y fue entonces cuando pudo ver una escena sobrecogedora: una cascada de colores tan intensos que por primera vez dudó de la capacidad de su padre de poder llegar a plasmar algún día tanta belleza en una simple acuarela. Sus ojos parecían ávidos por devorar los tonos intensos del atardecer que luchaban con la frontera azul que marcaba el océano, cambiando a cada segundo. Mientras miraba al horizonte, pareció olvidarse de sus problemas. Ahora solo sentía una profunda melancolía inspirada por este paisaje efímero.

—Sí, es hermoso, padre —contestó Sally finalmente.

—Ves, querida, esta belleza es la que importa. —Y cogiendo ligeramente la mano de su hija añadió—: No te preocupes por lo que Mary Ann está haciendo contigo; hay gente que no sabe cómo lidiar elegantemente con la competencia, y tú eres una gran competencia, querida Sally.

Sally miró a su padre y asintió, aunque ahora se sentía algo confundida. Su padre parecía no darse cuenta de nada... Aunque se había percatado de las rencillas entre las dos jóvenes, parecía no tener ni idea de por qué todo esto estaba sucediendo. ¿Acaso no se había dado cuenta de que ella no era competencia suficiente para nadie? Era Zora quien había recibido las atenciones del supuesto admirador de Mary Ann.

El cielo estaba casi completamente oscuro y el ahora débil cobrizo parecía haber perdido su batalla contra el azul. Sally se disculpó diciendo que estaba cansada y que deseaba volver a su camarote, y se dirigió a popa para acceder desde allí a los camarotes. Pudo entrever dos figuras a través de la oscuridad, un chico y una chica, que se encontraban al otro lado, a babor. Ninguno de los dos pareció ver que Sally pasaba caminando por el lado de estribor. Los dos se encontraban inmersos en una con-versación y se cogían de las manos. Sally no solo pudo distinguir claramente quiénes eran, sino que vio como la figura masculina se arrodillaba de repente delante de la otra. Al ver la escena, Sally se dio cuenta —con inmensa alegría algo teñida de envidia— de que su querida Zora se acababa de prometer.

4

Aunque Zora quería mantener en secreto su compromiso, pronto todo el barco bullía con las noticias sobre el inesperado enlace.

—Los dos queríamos algo de intimidad, y para estar solos necesitábamos decírselo a mi madre —explicó Zora a Sally mientras acababan su desayuno—. Le dije que no quería hacerlo público porque antes queríamos la bendición de mi padre y esto no sucedería hasta que llegáramos a Singapur. Pero mi madre me respondió que, como no sabemos si mi padre aún está vivo, ella misma nos daría el consentimiento. Sé que mi madre obraba con las mejores intenciones, pero yo habría deseado hacer las cosas de otra manera.

—No te preocupes, estoy segura de que tu padre podrá dar su bendición —dijo Sally deseando tener razón.

—Esperemos que así sea —respondió Zora con evidente preocupación—. Mi madre ya ha empezado a preparar la boda y nos casaremos en cuanto lleguemos a Singapur. Está planeado que el *Lady Mary* amarre dos días allí y mi madre ya ha organizado un banquete a bordo del barco después de la ceremonia. Aunque no comparto sus ansias por tenerlo todo tan controlado, debo decir que espero que nos podamos casar tan pronto lleguemos a Singapur, de esta forma tú, querida Sally, podrás asistir a la boda. Después de todo, has sido una gran defensora de nuestro amor, y, si no hubiera sido por tu consejo, yo no habría bajado la guardia acercándome a George. En cuanto quité la barrera que había impuesto yo misma entre él y yo, me di cuenta de que lo amo con toda mi alma, y todo es gracias a ti, mi querida amiga. George dice que estará en deuda contigo para el resto de su vida —añadió Zora con una amplia sonrisa.

—Me encantaría decir que esto es todo gracias a mí… Pero no es el caso, querida Zora —dijo Sally, a quien los ojos se le habían humedecido—. Yo solo ayudé a acelerar un poco tu respuesta, pero estoy segura de que, con o sin mi ayuda, los dos hubierais acabado comprometidos.

—De todas formas, ambos te estaremos eternamente agradecidos, has sido nuestro ángel de la guarda. Además, soy consciente del gran precio que has pagado por tu posicionamiento en este asunto —insistió Zora, a quien Sally le había comentado, sin entrar en detalles, sus conversaciones con Mary Ann y su cambio de actitud desde entonces.

—No te preocupes, estoy segura de que Mary Ann lo entenderá.

—No lo sé, Sally —dijo Zora moviendo la cabeza—, creo que Mary Ann actuaría de la misma forma aunque no le hubieras herido el orgullo con el asunto de George.

—¿Qué quieres decir? —preguntó Sally.

—Hay gente que se molesta cuando alguien, aparte de ellos, destaca socialmente —dijo Zora, sonriendo dulcemente.

—Pero si yo no destaco... —empezó Sally tímidamente.

—Eso es lo que tú te crees, pero tu belleza... —aclaró Zora.

—¡Zora, Zora! Mamá quiere que vayas enseguida para probarte los vestidos que está pensando en arreglar para tu boda. Hay un sastre de Liverpool a bordo y le quiere encargar a él las modificaciones —interrumpió Sylvia, quien había llegado corriendo y estaba casi sin aliento. Zora se marchó de la mano de su hermana dejando a Sally algo perpleja. Tanto su padre como Zora habían entendido este asunto como un tema de rivalidad. Pero Sally pensaba de forma diferente; nunca había querido contradecir a Mary Ann, ni tenía la intención de convertirse en su enemiga.

Sin embargo, Sally no tenía tiempo para pensar en Mary Ann. Con los preparativos de la boda, Sally, Zora y las demás Whitman estaban continuamente ocupadas. Theodore estaba acabando sus encargos y su colección de acuarelas estaba casi completa. Sally le había ayudado a hacer retoques, a acabar algunos fondos y a elegir la selección final. Así que, aunque el calor en el barco era casi insoportable y el cansancio del viaje se incrementaba cada día, el ajetreo y la promesa de una llegada inminente hacían el trayecto más llevadero.

El 1 de agosto, el *Lady Mary* avistó la costa de Ceilán. Muchos de los pasajeros no habían estado nunca en Asia y se esperaba la llegada al puerto de Galle con expectación. Para la gran mayoría, cualquier enclave al este de Suez representaba un mundo desconocido, lleno de un exotismo mágico. En la cubierta, Theodore y Sally se cogieron del brazo mientras el barco llegaba a puerto; ambos se emocionaron ante la visión de Ceilán, una isla verde y exuberante.

—¡Mira, Salomé! —exclamó Theodore, y, señalando una construcción en la línea de la costa, añadió—: ese es el fuerte de Galle, construido por los portugueses y los holandeses, quienes establecieron sus colonias antes que nosotros. ¡Estamos delante de una de las islas más importantes de Asia, la puerta entre la India y el sudeste asiático!

Sally se dio cuenta entonces de que este viaje representaba para su padre una aventura probablemente anhelada desde su juventud. Nunca antes se había planteado si Theodore habría querido explorar estos nuevos territorios fuera de Europa y que, tal vez, fue por ella que no lo había hecho con anterioridad. Ceilán, según les había explicado James, un *burgher*, un nativo de Ceilán de origen síngalo-holandés que trabajaba como sobrecargo en el *Lady Mary*, era una isla que había albergado a europeos, árabes, chinos y culturas índicas. Uno de los primeros enclaves del budismo, religión de la cual Sally había oído hablar en su infancia.

Sally observó a su padre, cuya jovial exaltación resaltaba —por su contradicción— el ya omnipresente cansancio de su rostro. No se había quejado durante esta segunda travesía, pero Sally había podido observar cómo se deterioraba lentamente: necesitaba el bastón y sus manos temblaban cada vez más cuando cogía el pincel. Esto la aterrorizaba, ya que sabía que la vida de su padre estaba fuertemente entrelazada con la de su arte; para él, pintar era tan natural como respirar. Pronto se consoló pensando que la corta estancia en Ceilán y Singapur lo ayudarían a descansar y que, según lo planeado, el *Lady Mary* llegaría al puerto de Victoria en poco más de tres meses.

En el puerto de Galle les esperaba una sorpresa imprevista. Después de semanas sin saber nada sobre el estado del padre de Zora, una carta dirigida a Mistress Whitman le fue entregada en cuanto llegaron a puerto. La misiva estaba enviada desde Singapur y anunciaba que Mister Whitman, aunque aún convaleciente, estaba fuera de peligro. Estas noticias fueron recibidas con entusiasmo por los pasajeros del buque y con una alegría infinita por su familia. Zora —quien siempre había mostrado una fortaleza llena de estoicismo— lloró durante horas, mientras Sally la consolaba, llevada por lo que parecían profundas emociones largamente contenidas.

Estas noticias hicieron aún más dulces los preparativos para la boda. Mientras que otros pasajeros descansaban a la sombra de los jardines o visitaban lugares como el fuerte de Galle, Sally acompañaba a las Whitman a comprar cosas necesarias para la boda y el ajuar de Zora. Guiadas por James, las damas compraron telas, cuberterías, té de Assam, canela y otros productos de la zona.

Sally era arrastrada con las demás chicas por mercados y tiendas. Cuando tenía un momento de paz entre tanto ajetreo, se acordaba de que se encontraba en un mundo de ensueño. Entonces se detenía y respiraba el aire cargado de aromas de té y especias. Seguidamente los demás sentidos se unían. El oído, por ejemplo, recogía los sonidos de lenguas nunca antes escuchadas: el tamil, lleno de una musicalidad contagiosa, y el síngalo, elegante y apasionado. Las telas y las decoraciones de la ropa eran de colores tan vivos que ni tan solo el tafetán más elegante traído de París se les podía comparar. Los hombres, con su mirada intensa, asustaban a Sally, pero algunas de las mujeres eran de las más hermosas que jamás había visto.

Zora la acompañaba en estos momentos de maravilla y las dos jóvenes se olvidaban de Mistress Whitman y de sus interminables planes para la boda. Las dos señalaban con entusiasmo lo que les llamaba la atención, intentaban mirarlo todo con intensidad para así poder conservar ese paraíso en su memoria.

Por su parte, Theodore recorrió solo la ciudad. El lugar estaba lleno de exhuberancia y se convirtió en una fuente de inspiración para el viejo pintor. Al reencontrarse en el barco, padre e hija compartieron anécdotas y Theodore le enseñó lleno de entusiasmo los dibujos que había hecho del mercado, del puerto y del gentío.

Después de una parada de cuatro días en Galle, el *Lady Mary* zarpó en dirección a Singapur. Tardarían unos ocho días en llegar a este nuevo destino, Singapur, y Sally y Zora intentaron aprovechar al máximo sus últimos días juntas.

—Debe de ser difícil imaginarse el resto del viaje sin Miss Whitman —le comentó a Sally Mistress Elliott un atardecer, mientras paseaban por la cubierta.

—Sí, en efecto —dijo con una leve sonrisa—. Pero cuando pienso en que Zora podrá finalmente ver a su padre y casarse con George, mi tristeza disminuye.

—Bueno, querida, ya sé que la amistad de una mujer casada con un párroco no es lo mismo para una joven en edad de socializar, pero deseo que sepas que puedes contar conmigo como amiga ahora y cuando lleguemos a Victoria.

Sally agradeció sinceramente estas palabras, aunque no representaban la alternativa social más atractiva. Mistress Elliott se había mantenido siempre algo al margen del grupo social creado por Mary Ann y las otras chicas. Era evidente que la esposa del párroco no se sentía cómoda con Miss Lockhart; sus continuas referencias a los bailes y los cotilleos sobre la colonia hongkonesa desagradaban a la joven misionera. Mistress Elliott estaba totalmente dedicada a sus labores de buena cristiana y, aunque Sally admiraba su dedicación, una relación con ella no aportaría los contactos sociales que ansiaba tener en la isla.

Pocos días más tarde, el *Lady Mary* llegó a Singapur. Tan pronto como atracó en el puerto, una calesa esperaba a las Whitman para llevarlas a ver a su padre. Aunque era un momento privado para la familia, Zora pidió a Sally que las acompañara. La chica esperó en la salita de la casa de los Whitman mientras estos se reencontraban en la estancia interior de la casa. Cuando acabaron de llorar, reír y ponerse al día, Mister Whitman fue llevado al salón para conocer a la joven que había acompañado a su mujer y sus hijas en su primer viaje transatlántico. Mister Whitman era un hombre afable y que emanaba una fortaleza extraordinaria, a pesar de estar aún convaleciente y parecer extremadamente débil. Después de hablar con él, Sally llegó a la conclusión de que Mister Whitman podría llegar a ser una buena amistad para su padre, ya que le recordaba un poco a su viejo amigo Sir Hampton.

Los dos días siguientes pasaron rápidamente. Sally casi no pudo ver nada de la ciudad, excepto unas pocas vistas robadas desde el barco o la calesa. Toda su energía se concentró en ayudar a su amiga a prepararse para la boda. Mister Whitman utilizó sus contactos para pedir un certificado de matrimonio en el registro civil de la colonia. La ceremonia y las celebraciones fueron sencillas y acabaron justo antes de la noche anterior a que el *Lady Mary* abandonara el puerto de Singapur. La despedida fue rápida y llena de emoción, aunque las dos amigas se resistían a pensar que esta sería la última vez que se vieran. Barcos como el *Lady Mary Wood* conectaban las colonias británicas de Calcuta hasta Shanghái, pasando por Singapur, y habría muchas oportunidades de verse en un futuro próximo.

—Me siento extraña, padre, como si no pudiera creer que estemos a punto de llegar a nuestro destino —dijo Sally a Theodore la mañana que el *Lady Mary* abandonó el puerto de Singapur.

—Bueno, supongo que es algo normal; después de todo, nunca antes habíamos llegado tan lejos. Pero piensa que este es solo el principio de la aventura —respondió Theodore guiñando un ojo a su hija.

—¿El principio? ¡Pues me siento completamente agotada! —dijo Sally amargamente—. Si me disculpas, me voy a retirar al camarote a descansar. Por favor, llámame si necesitas de mi ayuda.

Fingiendo fatiga, Sally pasó el resto del trayecto escondida en el camarote. De esta forma no tenía que ver a Mary Ann ni al resto de los pasajeros y se podía abandonar a una especie de letargia. Las horas pasaban lentamente, y, sin mucho más que hacer que estar acostada, Sally pensaba en la nueva vida que la esperaba y en cómo echaba de menos la serena presencia de Zora. Cuando intentaba dejar de darle vueltas a la cabeza, cerraba los ojos y se volvía a concentrar en el vaivén del barco. Pero el vaivén ya no la reconfortaba y aquella vieja sensación de vértigo la invadía de nuevo.

La noche del 12 de agosto, el capitán anunció que, con toda seguridad, llegarían al puerto de Victoria por la mañana, y Sally se vio forzada a abandonar su estado de intencionada laxitud para preparar las maletas. Después de pasar semanas en el mismo camarote, le parecía increíble ver que pronto podrían disfrutar de las comodidades de una casa. El ajetreo de dejarlo todo preparado, tanto para ella como para Theodore, hizo que el último día pasara rápidamente. Aun así, le fue totalmente imposible dormir aquella noche. Así que, cuando despuntaron las primeras luces del alba, ya estaba vestida, y, en cuanto se avistó tierra, subió corriendo a la cubierta.

El barco estaba rodeado de una bruma húmeda y espesa. Sally se sintió decepcionada por la inexistente visibilidad y dudó de si realmente estaban llegando a puerto. Hasta que, como surgido de la nada, un barco se materializó al lado del *Lady Mary Wood*. Parecía que los dos barcos iban a chocar, pero, lejos de asustarse, Sally simplemente quedó totalmente hipnotizada por la belleza del velero. Había visto estos barcos tradicionales chinos desde lejos en Singapur o en escenas chinescas de libros o cuadros, pero nada se podía comparar con este hermoso espectáculo. El navío tenía unas velas listonadas de un bermellón anaranjado que daban un aspecto elegante y misterioso y, aunque no soplaba apenas viento, el barco se movía de forma ágil. Mientras las dos naves viraban una ante la otra, Sally se encontró frente a frente con los marineros del barco chino, que se habían detenido en sus quehaceres para observar silenciosamente el *Lady Mary Wood*. Muchos de los marineros se encontraban descamisados y sucios, tenían la tez morena y unos cuerpos enjutos y musculosos. La mayoría se mostraban gravemente serios y solo unos pocos señalaban la chimenea central del buque de vapor. Sally se sintió inclinada a saludar, pero estaba totalmente abrumada por el encuentro.

—Es un *junk*, un barco de juncos chino. —Sally oyó la voz familiar de Mary Ann a sus espaldas, y, cuando se volvió, pudo observar a la muchacha vestida elegantemente en tonos crema—. Y eso de ahí es el llamado Tai Ping Shan —añadió Mary Ann señalando a popa una montaña verde que se levantaba majestuosa. Marcaba el punto más saliente del puerto Victoria, y ahora que el *junk* había pasado y se alejaba por estribor, Sally pudo ver cómo la niebla se había disipado ligeramente y se empezaban a distinguir más embarcaciones. Pronto, también la orografía de la península de Kowloon por un lado y la bahía de Victoria, la costa norte de la isla, por el otro, fueron tomando relieve contra el blanco que invadía la atmósfera. A medida que se adentraban en la zona, más barcos emergían ante sus ojos; en solo unos instantes, pudo descubrir cientos de ellos. No quedaba ninguna duda: habían llegado a Hong Kong.

5

—¡Por fin hemos llegado! —se emocionó Sally ante Mary Ann—. ¡No me puedo creer que ya estemos aquí!

La joven tuvo que reprimir las ganas de dar un abrazo a la distante Miss Lockhart.

—Sí, siento una satisfacción grandiosa al estar aquí de nuevo. Victoria es como mi segundo hogar y espero que lo sea para ti también —dijo Mary Ann, manteniendo un tono formal—. Seguramente nos veremos en algunos de los eventos y fiestas que se organizan, y, por supuesto, espero ser invitada a ver tu nuevo hogar en la colonia. Por cierto, me alegro de que te encuentres mejor, no es bueno llegar a un nuevo destino sintiéndote débil.

Dicho esto, Mary Ann se dirigió al acceso a los camarotes sin esperar a oír la respuesta de Sally, quien, de todas formas, le agradeció la cortesía. En cubierta se encontraban ahora un buen grupo de pasajeros que se habían levantado para admirar la grandiosa escena ofrecida por el puerto de Victoria. Desde este momento, el barco bullía con expectación y preparativos. Sin darse cuenta, el *Lady Mary Wood* había llegado al muelle.

El calor era asfixiante, pero desde que llegaron a puerto llovía sin parar. Habían llegado en plena época del monzón.

Sally siguió a su padre en todos sus movimientos, mientras este daba órdenes a los sobrecargos, quienes se despedían de los demás pasajeros o quedaban con algunos para visitarse. Aunque tardaron buena parte del día, todo pasó tan rápido que Sally se encontró, como por arte de magia, instalada en un faetón llevado por un conductor irlandés. El carruaje era seguido por un carro que llevaba todos sus baúles. Su padre había alquilado una casa y los dos se dirigían directamente a su nuevo hogar en la calle Aberdeen.

La ciudad se esparcía desde el puerto montaña arriba, cubriendo casi toda la falda de la majestuosa cordillera. Theodore había estado haciendo preguntas al conductor, quien le explicó que la parte central de la ciudad se extendía por la bahía del puerto de Victoria, en la costa norte de la isla. La ciudad se dividía en cuatro *wans* o distritos. La colonia se conformaba, principalmente, por los distritos Central y el Western, los cuales se encontraban al oeste de Queen's Road, una de las primeras carreteras construidas por los británicos que hacía a su vez de arteria principal de la colonia. Al este de esta misma avenida, se encontraba la parte conocida como Wan Chai, «la ensenada», donde antiguamente habían vivido los pescadores nativos de la isla y ahora era una zona residencial para chinos que trabajaban en Victoria o en los muelles de la zona donde se construían y reparaban barcos.

Victoria era esencialmente una nueva colonia con edificios construidos siguiendo el gusto europeo. La mayoría eran casas de ciudad, con balcones y sin jardines delanteros. Las fachadas eran elegantes, con frisos y columnas diseñadas según el estilo imperio, y todas tenían contraventanas de lamas evidentemente creadas para proporcionar sombra a los interiores. El enyesado de las fachadas de la mayoría de los edificios aún se veía nuevo, lo que otorgaba a la ciudad un cierto aire de escenificación teatral.

—Si no fuera por los nativos de Hong Kong que vemos por las calles, podría ser cualquier ciudad europea. ¿No crees, padre? —dijo Sally.

—En efecto, querida Salomé —respondió Theodore, distraído por los cientos de escenas que se sucedían a su alrededor, mientras se abría paso por las abarrotadas calles—, parece que estemos en Nápoles, solo que es más limpia y no hay italianos. —Sally se rio de la ocurrencia de su padre.

Pero tenía razón, había algo familiar entre este alboroto, algo que recordaba a algunas ciudades mediterráneas. Había gente vendiendo a gritos, campesinos con sombreros cónicos cargando una especie de balanzas con frutas desconocidas que se aguantaban sobre sus hombros, niños jugando, hombres discutiendo, mujeres occidentales paseándose bajo sus parasoles... Muchos de los hombres chinos iban con el pecho descubierto, y otros llevaban una especie de camisolas largas hasta las rodillas. Pero todos tenían el pelo enredado en largas trenzas que salían de la nuca, mientras la parte delantera de la cabeza quedaba rapada, si bien la gran mayoría se cubría con sombreros en forma de cuencos.

El Western Central aún era una parte relativamente pequeña de la ciudad. Después de ascender por lo que parecía una carretera principal, que corría paralela al puerto, doblaron una esquina hacia una calle más estrecha que subía en dirección a la montaña.

—Esta es su calle, Mister Evans. Su casa, Aberdeen Hill, está colina arriba, pero esto es aún el centro de la colonia —dijo el conductor.

—Ya veo... Bueno, nosotros somos de Bristol, así que estamos acostumbrados a las calles empinadas. Parece un buen sitio para vivir, ¿no es así, Salomé? —Sally asintió, aunque ella odiaba las cuestas. En su mente había imaginado una ciudad convenientemente llana.

—¿Aberdeen Hill? ¡Qué nombre tan extraño para una casa! —comentó Sally.

—Sí que es un buen sitio, señor —dijo el conductor mientras dejaba ir las riendas y señalaba la calle con un brazo libre—. Como puede ver aquí, esta zona es más tranquila que Queen's Road, la carretera por la que veníamos, y, además, aquí no viven chinos, solo viven ingleses.

—¿Solo ingleses? Eso es una verdadera desgracia —lamentó Theodore. El conductor asintió ligeramente con la cabeza, ocultando, solo a medias, su empatía con el comentario sarcástico. Después de todo era irlandés.

—Ya estamos llegando; su casa es esa de ahí. Es algo más antigua que el resto de las casas en esta calle; por lo que he oído decir, no fue construida para un hombre de la Compañía, sino para un *Country Trader*, usted ya sabe, uno de esos comerciantes independientes. Creo que es por eso que es algo diferente a las demás.

Normalmente, un conductor de carruaje no hablaría con tanta libertad con un señor de la categoría de Mister Evans, pero Theodore tenía una habilidad natural para hacer que la gente, de todas las clases, se sintiera cómoda. Padre e hija agradecieron la información y observaron en silencio cómo llegaban a una entrada para carruajes que daba a un pequeño jardín delantero separado de la calle por un muro pintado de blanco. Al entrar se encontraron ante una casa de dos plantas de un estilo colonial pero sencillo. La parte derecha de la mansión se apoyaba sobre el muro que separaba la casa de la propiedad adyacente. Alrededor del lado izquierdo, el jardín seguía hacia la parte posterior de la casa. Había grandes árboles que daban sombra, y parecía como si el edificio se hubiera construido respetando su lugar natural.

En cuanto salieron del carruaje, se encontraron con los criados esperando bajo la lluvia. Un hombre mayor gordinflón les dio la bienvenida diciendo que su nombre era Stephen Cox y que era el mayordomo de Aberdeen Hill.

—Solo tenemos dos criadas inglesas más, Mistress Mary Black, la doncella, y ella es Mistress Charlotte Bean, la cocinera —dijo Mister Cox—. Y estos son los criados chinos —añadió señalando a una mujer mayor, una chica adolescente y dos niños que no podían tener más de diez años—. Los niños son *coolies* y pertenecen a Mister Williams; son jovencitos, pero pueden hacer todo tipo de trabajos. —Sally los miró, y, sin saber si entendían inglés, sonrió y saludó. Todos miraban al suelo, y la única que le devolvió el saludo fue la mujer mayor, quien había permanecido en todo momento con un gesto grave y orgulloso. Sus ojos se clavaron en los de Sally y mantuvieron la mirada. Sentía que la anciana la estudiaba y, al no saber qué hacer, bajó la mirada, y justo en ese instante la joven vio algo que la dejó estupefacta; los pies de la criada eran extremadamente pequeños. Aunque era una mujer adulta, sus pies parecían ser los de una niña de tres años, pero a la vez estaban hinchados.

—Miss Evans, veo que ha visto los pies de Mistress Kwong —indicó Mister Cox—. Son pies vendados, una práctica china realmente bárbara. Ella es lo que aquí en las colonias llamamos una *amah*, una criada. Pero es vieja y esos muñones no la dejan ir muy lejos; no la empleamos nosotros, venía con la casa y es útil porque habla inglés, pero, si no la quieren, la podemos echar.

—No hace falta despedir a la pobre mujer —declaró Theodore mientras caminaba hacia el interior de la casa—. ¿Estás de acuerdo, Salomé?

—Por supuesto, no, no la echaremos —confirmó Sally haciendo un gran esfuerzo para dejar de mirar los pies deformados de Mistress Kwong.

Mientras los críos descargaban todas las pertenencias del carro y las llevaban dentro de la casa, Sally y Theodore recorrieron su interior guiados por Mister Cox. Al entrar, uno se encontraba con una sala de estar a la derecha, después de esto había un salón que daba al patio trasero a través de un porche rodeado por una hermosa baranda. Las cocinas y despensas estaban en la parte izquierda de la casa con salida al jardín posterior. Al subir las escaleras, había otro saloncito conectado a una alcoba, los aposentos de Sally. En la misma planta había una salita interior —que podía ser utilizada por las visitas— y, en la parte posterior, el dormitorio de Theodore. Este daba a un balcón con vistas al jardín y estaba totalmente enmoquetado. Las dos habitaciones principales tenían unos pequeños compartimentos para el aseo y el baño.

—En la parte de arriba del edificio hay dos cisternas que conectan con los baños, incluso tienen sus propios desagües que llevan el agua del baño directamente a las cloacas de la calle. El desván de la casa es un buen espacio para guardar los trastos —indicó Mister Cox—. Tanto yo como las otras criadas vivimos a unas pocas calles de aquí, así que vendremos cada mañana y nos iremos por la noche. Se hace así porque, hasta ahora, esta casa se alquilaba para visitas cortas. Si ustedes desean más criados, o que algunos de nosotros nos quedemos en la casa permanentemente, eso también se puede organizar. De todas formas, los criados chinos viven aquí, aunque, claro está, en una caseta al lado del pequeño establo; allí, en la entrada de la calle, donde no molestan a nadie. También hay una pequeña calesa y un poni para que puedan moverse por la colonia. Hay una pequeña caseta de verano al otro lado del jardín. Se puede ver desde la habitación de Mister Evans. Está a la sombra de los árboles y es mucho más fresca que la casa principal.

—¡Perfecto! Ese será mi taller —exclamó Theodore—. ¿Qué te parece nuestro nuevo hogar, pequeña?

—Es acogedor, parece fresco y la decoración es sencilla pero elegante —dijo Sally pasando la mano por encima de un sofá de muelles cubierto por lo que parecía cuero marroquí—. Me gusta.

Padre e hija se miraron satisfechos. Era un hogar de lo más confortable y, aun sin ser la mejor casa donde habían vivido, emanaba algo especial y prometedor de ella.

—Bien, supongo que están cansados por el viaje —dijo Mister Cox—. He pedido a la señora Bean que disponga algo de cena. Creo que les ha guisado un delicioso *roast beef* con verduras al horno. Pueden tomar un té después y, si lo desean, les podemos preparar un baño para cuando acaben. Además, antes de que se me olvide, mañana vendrá el amo de Aberdeen Hill, Mister Williams, para presentarse y confirmar con ustedes que todo está bien.

—Muy eficiente, Mister Cox, creo que los dos agradeceremos un buen baño. Han pasado semanas desde la última vez que pudimos asearnos con propiedad —anunció Theodore haciendo ruborizar así a su hija—. De todas formas, mi baño lo pueden preparar un poco más tarde... Al acabar la cena y después de una copita de coñac, no se preocupe si no tenemos, he traído el mío de Bristol, iré a la casa de verano a llevar mis pinturas y materiales para empezar a preparar el taller. Y ahora que ha mencionado usted comida, creo que no puedo esperar... ¿*Roast beef* y verduras? ¿Baños y moquetas? ¿Lluvia? ¡Esto más bien parece Londres! ¡Tantas semanas en un barco para acabar comiendo *roast beef*! ¿Qué te parece, Salomé?

Theodore dejó la pregunta en el aire mientras bajaba las escaleras rápidamente para dirigirse al comedor donde la señora Black ya estaba preparada para servir la cena. Los Evans engulleron en silencio y, tan pronto como acabaron, Sally, quien aún tenía la ropa mojada por la lluvia, indicó en qué baúl se encontraba su ropa de cama y sus camisones, y se retiró a su baño. La señora Black y la señora Kwong la ayudaron a desvestirse y, al entrar en la bañera, una sensación de alivio y extenuación recorrió su cuerpo dejándola sin fuerzas. Entre las dos criadas le pusieron el camisón y la acompañaron hasta la cama. Cuando volvió a abrir los ojos, la luz del día brillaba en la habitación.

—¡Han tenido tanta suerte con esta casa! —dijo Mistress Dunn después de dar un largo sorbo a su té Darjeeling—. Mister Evans, Theodore, deje que le tutee. ¡Después de todo, hace siglos que nos conocemos! Theodore, esta ha sido una elección perfecta tanto para ti como para Sally.

Habían pasado tres días y, aparte de Mister Williams, esta era la primera visita que los Evans recibían en su nuevo hogar. El doctor y Mistress Dunn parecían ser viejos conocidos de su padre, pero, a excepción de su mención en la carta de Sir Hampton, Sally nunca antes había oído hablar de ellos o de su presencia en la colonia.

—Y tú, Sally... ¡Cómo has crecido! —añadió Mistress Dunn con una sonrisa amplia y amistosa—. ¡Oh, querida! La última vez que te vimos eras una florecilla. ¿Tres o cuatro años, tal vez? ¿Tú no te acuerdas de nosotros, verdad? Y seguro que el genio distraído que es tu padre no se ha dignado bajar de su olimpo para explicarte nada.

—No, señora, no me explicó nada —dijo Sally mirando a su padre intensamente como reprimenda, pero sin dejar de sonreír—. Casi nunca me explica nada...

—¡Los jóvenes siempre tienen tanta prisa por saberlo todo! —replicó el doctor Dunn, quien hasta entonces se había mantenido en silencio. Como su esposa, él también tenía unos cincuenta años, y el hombre se mantenía en buena forma. Sally pudo observar que los Dunn eran simpáticos y, como la mayoría de los amigos de su padre, eran personas de mundo, elegantes y cultivadas. Ambos estaban en Hong Kong en misión caritativa y médica, ayudando en el Seaman's Hospital.

—¡Nos os olvidéis de cómo éramos nosotros a su edad! —exclamó Mistress Dunn—. ¡Lo queríamos saber, ver y probar todo! ¡Lo que pasa es que somos unos ancianos que cometemos el mismo error que todos los vejestorios que nos preceden: subestimar la juventud!

Todos se rieron y el doctor Dunn tuvo que admitir que, como siempre, su esposa estaba en lo cierto.

—Conocemos a tu padre, Salomé, desde que éramos jóvenes. Teníamos un grupo común de amigos y pasábamos mucho tiempo juntos, pero desde hace años que tanto yo como mi honorable esposa viajamos por el mundo y por ello habíamos perdido casi todo contacto con vosotros —siguió explicando el doctor Dunn—. Como dijo Confucio: «¿No es pues motivo de alegría? El que venga un amigo desde lugares lejanos, ¿no es pues motivo de regocijo?»

—¿Así que ustedes deben de ser también amigos de Sir Hampton? —preguntó Sally, aunque ya sabía la respuesta, mientras veía por el rabillo del ojo cómo su padre se ponía rígido en su butaca.

—Sí, así es, todos somos buenos conocidos —contestó el doctor Dunn.

Se hizo un silencio adornado solo por el sonido de los pájaros en el jardín. Mistress Dunn fue la primera que intervino:

—Por cierto, hemos invitado a nuestro amigo, el capitán Wright. Es un joven americano que ha venido de Macao y está pasando unos días en nuestra casa. Nos hemos tomado la libertad de decirle que pasara a presentarse formalmente.

—Eso animará a Salomé —declaró Theodore—. Desde que hemos llegado, mi sociable hija ha estado de un humor más bien amargo, ya que la amiguita que hizo en el barco no la ha llamado para invitarla a no sé qué baile, ni ha venido a verla.

Sally se sintió algo incómoda por el comentario de su padre. Pero sí que era cierto que se había pasado sus tres primeros días en Hong Kong preocupada por si su relación con Mary Ann —y por tanto su puerta de entrada a los mejores círculos sociales de Victoria— seguía en pie. A la mañana siguiente a su llegada, Sally le envió una carta invitándola a tomar el té en su casa y agradeciéndole su amistad durante el viaje en barco. Sally aún no había recibido una respuesta y eso la inquietaba. Además, no podía olvidar la fría despedida de Mary Ann en el barco, en la cual ni siquiera había mencionado el deseo de invitarla a su casa.

—¿Te refieres a Mary Ann Lockhart? —preguntó Mistress Dunn—. He oído que está de vuelta a la isla ahora que han ascendido a su padre y que está organizando un baile en su casa.

—Sí, así es —respondió Sally tímidamente.

—Bueno, no te preocupes, querida, estoy segura de que Miss Lockhart está muy ocupada con su regreso a la ciudad, organizando el baile, visitando viejos conocidos...

—Además, si no es este baile, siempre puedes asistir a cualquiera de los otros eventos que se organizan —agregó el doctor Dunn con benevolencia.

En este momento, el mayordomo anunció la llegada del capitán Wright. Seguidamente entró en la sala un joven alto, quien fue presentado por el doctor Dunn. El joven parecía solo unos pocos años mayor que Sally, pero se movía y hablaba con una gran seguridad y, como observó Sally, con muchas ganas de agradar. Aunque sus ojos se clavaron en los de Sally tan pronto como entró en la habitación, no se dirigió en ningún momento a la joven, sino que, usando grandes palabras, presentó un general agradecimiento por la invitación y elogió la casa. Sally encontró algo pomposo en él, pero, al mismo tiempo, emanaba también algo genuino e inocente. A pesar de rebosar confianza, se veía algo nervioso, y eso despertó la curiosidad de Sally.

—Mister Evans, el doctor Dunn me ha dicho que usted es pintor —interrogó el capitán.

—En efecto, soy pintor, o al menos a eso aspiro. Siempre he pensado que nadie es realmente un artista hasta que consigue plasmar en un lienzo aquello que ha imaginado en su mente. La obra perfecta.

—Le entiendo, señor —dijo el joven capitán—; hay profesiones que son la suma del trabajo de toda una vida.

—¿Como el ejército? —preguntó Theodore en tono neutral.

—En ocasiones, diría que sí —respondió el capitán Wright—, pero no en mi caso; yo soy capitán retirado —agregó para después apretar fuertemente su angulosa mandíbula y señalar su pierna—. Esta vieja amiga ya no funciona tan bien como antes.

—Bueno, siempre hay pasiones que tienen continuidad en la vida, como por ejemplo un buen matrimonio —dijo el doctor Dunn cambiando de tema.

Sally, que se había mantenido callada, pudo notar como los ojos del capitán se habían clavado en ella de nuevo.

—Y usted, Miss Evans, ¿también siente pasión por el arte como su padre? —se interesó el joven.

Aunque el corazón de Sally dio un brinco, se mantuvo sorprendentemente calmada cuando respondió que siendo la hija de un pintor no había tenido otro remedio que el de ser una apasionada de todas las formas artísticas.

—Por supuesto —afirmó el capitán de forma algo burlona, potenciada por la musicalidad pastosa de su acento.

El chico no añadió nada más y ambos se quedaron mirándose, estudiándose y calibrando al otro como si de dos oponentes en un juego de esgrima se tratase. En un primer momento, a Sally le había parecido que el americano era tal vez «demasiado». Un «demasiado» difícil de definir: demasiado alto, demasiado rubio, demasiado fuerte, demasiado sesgado... Sally siempre había preferido a los hombres de una belleza más melancólica y de una figura más perfilada. Sin embargo, ahora que lo miraba de nuevo, Sally no tuvo más remedio que admitir que ese soldado de actitud burlona y algo prepotente era uno de los hombres más apuestos que jamás había visto.

Aunque este momento solamente duró unos segundos, Sally era consciente de que la escena era seguida por su padre y los Dunn. En un intento de desviar la atención, sugirió que su padre podría enseñar su taller y sus nuevas acuarelas a los caballeros, mientras ella y Mistress Dunn se acababan el té. Todos pensaron que era una gran idea y, tan pronto como los hombres se marcharon, Sally sintió una gran sensación de alivio e intentó no mirar a Mistress Dunn, quien la observaba detenidamente.

—Ben es un joven muy... interesante —dijo Mistress Dunn tan pronto como los hombres hubieron salido de la habitación—. Tuvo un accidente muy grave que acabó con una prometedora carrera en el ejército. Aunque no lo parezca, y sea aún muy ágil, vive con dolor constante. ¡Pobre chico!

En ese momento entró Mistress Kwong con más té para las damas y Sally agradeció sinceramente esta interrupción que facilitaría, sin duda, un cambio de tema. A pesar de sus pies deformes, la criada se movía con bastante agilidad. Su cuerpo era delgado y su piel, sin manchas, parecía la de una mujer mucho más joven. Solo las arrugas de su cara delataban que la sirvienta debía de ser una mujer anciana. Ninguna de las dos mujeres intercambió ni una palabra mientras la *amah* sirvió el té. Después de preguntar, en un inglés excelente, si necesitaban algo más, se retiró tan silenciosamente como había llegado.

—Parece ser que tu criada despierta cierta... incomodidad en ti, ¿no es así, querida? —observó inteligentemente Mistress Dunn.

—En efecto, así es —admitió Sally, sintiéndose culpable—. No puedo evitar la incomodidad en presencia de Mistress Kwong... sus pies hacen difícil concentrarse en otra cosa.

—Lo entiendo... —admitió Mistress Dunn algo pensativa—. El vendaje de pies es una práctica sumamente dolorosa. Para poder llegar a crear estos pies diminutos, se requieren años de agónica paciencia. Estas mujeres han sufrido esta tortura desde que eran niñas —añadió en un tono más bien imparcial.

—Eso es aberrante —afirmó Sally, quien era incapaz de imaginar cómo alguien podía hacer algo así a otro ser humano y mucho menos a una niña—. ¿Por qué?

—Bueno, los pies son una parte del cuerpo considerada... —Mistress Dunn se detuvo en busca de las palabras más adecuadas—, considerada hermosa para los hombres, y contra más pequeña y redonda, más apreciada es. Además, convierte a las mujeres en algo delicado y dependiente —dijo esto último con un deje de tristeza.

—¿De verdad? —exclamó Sally, quien no se podía imaginar cómo unos muñones de carne y hueso se podían considerar hermosos—. Eso es algo asqueroso, para nada hermoso.

—Bueno, dejando de lado las implicaciones físicas para la mujer, hay que admitir que cada cultura tiene un concepto de belleza distinto. Personalmente, he tenido la gran suerte de viajar y allá donde he ido he visto de una forma u otra no solo ideas diferentes sobre lo que es bello, sino también aproximaciones distintas sobre cómo esclavizarlo.

Sally pareció entender lo que su nueva amiga le quería decir, pero aun así no creía haber visto una práctica tan bárbara en ninguno de los países a los que había ido con su padre.

—No creo que en nuestro país se haga algo tan extremo a las mujeres —dijo Sally por fin, sintiéndose en su deber de aclarar este punto.

—No tan extremo tal vez, pero sí igualmente grave de una forma más sutil... —replicó con una leve sonrisa.

Sin saber qué contestar, Sally añadió que no solo se trataba de sus pies, sino que la actitud severa y orgullosa de la criada la ponía algo nerviosa.

—Querida amiga, sospecho que Mistress Kwong no ha sido siempre una criada —respondió Mistress Dunn de forma dulce y un tanto maternal—. Los pies vendados no eran propios de campesinas o *amahs*. Una mujer como ella, que debía de haber sido bella, y con unos pies vendados, seguro que fue preparada para ser una esposa por la cual se pagó una gran dote. Creo que debe de haber una historia larga y triste detrás de ella si la pobre mujer no tiene familia y vive en tu casa.

—Yo no tenía ni idea... —admitió Sally avergonzada por su ignorancia.

—Por supuesto que no, y tal vez algún día sepas más sobre tu criada, pero te recomendaría que dejaras que fuera ella la que te lo contara —explicó Mistress Dunn después de dar un último sorbo a su té—. Tú eres una chica lista, Sally, y pronto aprenderás que jamás deberías pedir o preguntar a un chino acerca de algo con lo que ellos quizá no se sienten cómodos.

Esto dejó a Sally pensativa. Era la primera vez que alguien le hablaba de un sirviente en esos términos. Las dos mujeres permanecieron en silencio hasta que los hombres regresaron del taller. Todos loaron las obras de Theodore y poco después los invitados se marcharon dejando a Sally en un estado de algo parecido al aturdimiento. Jamás había conocido a una mujer con unas opiniones tan firmes y excéntricas como Mistress Dunn y, sin duda, tampoco había visto en la vida a un hombre como el capitán Benjamin Wright. De la primera había decidido que le gustaba; sobre el segundo no estaba segura, necesitaría más tiempo para poder posicionarse.

Sin embargo, en los días que siguieron Sally no pudo dejar de pensar ni en el capitán ni en el baile al que no había sido invitada. Mientras su padre trabajaba con fervor en su nuevo taller, Sally se movía por la casa lánguidamente, sintiendo un gran desasosiego. No podía leer, ni dibujar y las horas pasaban lentamente. Sentada junto a la ventana, levantaba la vista cada vez que oía una carreta o un caballo pensando que era correo o una visita. Aunque solo habían pasado unos días, la soledad de la muchacha era tan aguda como la que había experimentado en el barco. Después de la conversación con Mistress Dunn, Sally intentó tener una actitud más relajada cerca de la sirvienta, aunque esta no cambió su actitud en lo más mínimo.

—Salomé Evans —exclamó su padre una mañana—, creo que debes dejar de pensar solo en bailes y en los chicos.

—Padre, yo... —articuló Sally mientras se ruborizaba.

—¡Yo no he cultivado en ti la mayor de las cualidades de un filósofo para que te quedaras en Aberdeen Hill sin salir y sin hacer nada! —dijo Theodore de forma solemne, aunque sin perder su actitud burlona—. Dime, hija, ¿cuál es la mejor cualidad de un pensador?

Esta era una de esas ocasiones en las que no sabía si su padre estaba bromeando o poniéndola a prueba.

—¿La lógica? —aventuró Sally.

—No, hija, ¡no! —clamó su padre—. La curiosidad, cu-rio-si-dad, querida. Hace unos días que hemos llegado a esta colonia fascinante y tenemos la suerte de poder vivir puerta con puerta con la cultura que inventó la tragicómica pólvora... y tú te quedas aquí, sin hacer nada, suspirando delante de la ventana viendo caer la lluvia. ¡Y hoy ni siquiera llueve! Esta mañana he hecho enviar una nota a Mistress Dunn en tu nombre, en la cual no solo la invitas a comer, sino que expresas tu deseo de acompañarla en uno de sus paseos. Si quieres ser introducida en sociedad, tendrás que dejar de esperar como una niña a que vengan a ver tu casa de muñecas y comportarte como una dama.

Aún estupefacta por la intervención de su padre y sin tener nada que replicar, a excepción de que nunca había sido su intención la de convertirse en un filósofo, se retiró a sus aposentos para cambiarse y coger un parasol. Sin decir nada más salió a la calle, sin darse cuenta de que ni siquiera sabía adónde se dirigía, pero contenta de haber hecho el paso de abandonar su reclusión. Caminó Aberdeen Street para abajo hasta llegar a Queen's Road y ahí caminó en dirección al puerto y, tal vez, pensó que podría comprar un nuevo parasol más a la moda que el suyo. Se dio cuenta de que el gentío la asustaba. Caminaba sola —algo a lo que no estaba habituada y que no era del todo aceptable para una jovencita de su edad— y los nuevos olores, los gritos y la falta de orientación hicieron que casi saliera corriendo para volver por donde había venido. Pero eso sería una derrota y sentía una gran necesidad de demostrar a su padre y a sí misma que era capaz de moverse por la ciudad como si fuera una experimentada dama de la sociedad. Queen's Road estaba llena de tiendas de ultramarinos, sombrererías y otros productos. Pero no se decidía a entrar en ninguna de ellas. Sentía que todos los ojos la observaban, que los hombres chinos comentaban cosas sobre ella que no podía entender y que los occidentales la seguían con una mirada interrogativa. Aunque sabía que, probablemente, todo era solo proyecto de su imaginación, se movía con pasos rápidos e intentaba coger el parasol con seguridad, como si se dirigiera a algún sitio con gran determinación. De esta forma, si alguien la veía, no se reiría de una pobre jovencita en apuros, sino que pensaría que era una joven que debía llevar a cabo un encargo con urgencia o que llegaba tarde a una cita con una amiga. Por dentro, pensaba que todo el mundo sabía que estaba perdida y sola.

—¡Oh! Qué maravillosa coincidencia, Miss Evans —exclamó de golpe la grave voz del capitán Wright, que había aparecido detrás de una esquina y los dos casi estuvieron a punto de chocar—. ¿Dónde va usted sola y con tanta prisa?

Sally dio un brinco al ver al joven, pero pronto se recompuso y balbuceó algo sobre ir a comprar un parasol y estar muy ocupada.

—Muy bien —respondió el capitán—; la puedo acompañar a elegir un parasol, si a usted no le importa. Además, esta es una maravillosa coincidencia, ya que justamente Mistress Dunn me ha comentado que ha recibido una nota suya y que le gustaría invitarla a cenar. Hoy ha estado trabajando de voluntaria en el Seaman's Hospital, pero ya debe de haber regresado a su casa. Podemos pasar por allí y así puede mostrar su agradecimiento.

Sally recibió la invitación con suma alegría, aunque intentó, en todo momento, mantener la compostura. Los dos se adentraron en lo que se conocía como The Praya, donde estaba el Central Market, que era un mercado en el que se vendía carne, animales, fruta y verdura. Los dos caminaron deprisa pasando entre gente trayendo y llevando productos, gritándose precios o comprando en medio del caos. Sally se mareó un poco al ver la carne, pero no quiso pararse. Todos sus esfuerzos estaban concentrados en no mancharse el bajo de sus faldas con el agua sucia, proveniente del mercado, acumulada en el pavimento de la calle.

Pasado el mercado, entraron en una pequeña tienda abarrotada de parasoles de todos los tipos y colores.

—Es una tienda que conozco, nos harán un buen precio —dijo Ben—. Creo que es mejor comprar en un mayorista chino, ¿no crees? —Sally asintió con la cabeza, sin saber qué más podía decir.

Se sentía abrumada en esta pequeña tienda repleta hasta el techo. No se podían ver las paredes y en todos los rincones había pequeñas mesas donde se acumulaban montones de parasoles. De las vigas de madera del techo también colgaban algunos, y Sally se preguntó cuántos años llevaban ahí, acumulando polvo y esperando que alguien los comprara. El pequeño local olía a incienso, tela revejida y a un tipo de madera barnizada que Sally no podía descifrar. Aunque el calor era inaguantable, a la chica le gustó esta pequeña cueva que ofrecía un curioso refugio fuera del alboroto del mercado. El amo de la tienda había estado esperando pacientemente detrás del mostrador sin agasajar a sus compradores, como muchos vendedores en Asia solían hacer. El hombre, extremadamente pequeño y delgado, parecía estar disfrutando con orgullo de la reacción que su tienda estaba provocando en la joven extranjera.

—No puedo elegir uno, si ni siquiera sé hacia dónde mirar —dijo Sally por fin.

—Creo que uno rojo te quedaría bien —se apresuró a recomendar el capitán—. En China, el rojo es el color de la buena suerte.

—Rojo, entonces —confirmó Sally, mirando al vendedor, quien se dirigió automáticamente a rebuscar todos los objetos de ese color que tenía en la tienda.

Con la ayuda del capitán eligió un bonito parasol de seda roja con peonías pintadas a mano. Avergonzada, Sally se dio cuenta de que no llevaba dinero y el capitán insistió en regatear en chino y pagar él mismo el parasol. Sally vivió toda la transacción con el placer propio del neófito; esta era la primera vez que compraba en Hong Kong y también era el primer regalo que recibía de un hombre. Después, los dos se dirigieron a casa de los Dunn en Wellington Street. Durante todo el tiempo, mantuvieron una animada conversación; era evidente que el americano quería mostrar a la joven sus amplios conocimientos sobre la ciudad y la cultura china: indicándole en qué fecha se había construido un edificio o el nombre de una fruta al pasar por el lado de una tienda. Sally le habló sobre el viaje en barco y le relató algo sobre sus orígenes hispano-ingleses, Bristol y sobre sus estancias en Europa. El capitán Wright le explicó que trabajaba para una compañía americana llamada Russel and Company, especializada en comerciar con seda, té, porcelana y, en menor medida, opio.

—Es una *hong*, una casa comercial; yo soy una especie de *tai-pan* de la empresa.

—¿Qué es un *tai-pan*? —preguntó Sally.

—*Tai-pan* significa «clase alta». Son los comerciantes que tratan directamente con los proveedores chinos. Yo trabajo para el jefe de operaciones y soy de gran valor por mis conocimientos de mandarín y cantonés —continuó sin dejar de mirar a Sally para comprobar cuán impresionada estaba—, pero, para ser sincero, aún no me puedo considerar uno de ellos. He empezado trabajando en Macao, hago muchos viajes a Cantón y creo que tarde o temprano me van a pedir que me establezca permanentemente en Hong Kong.

No podía creer lo fácil y amistosa que transcurría la conversación con el capitán y lo cómoda que se sentía a su lado. Aun así, durante todo el tiempo que estuvo con él a solas —y por primera vez en su vida—, su corazón no dejó de latir fuertemente y un calorcillo extraño y nervioso le recorría el cuerpo, desde sus mejillas a las piernas, pasando por la boca del estómago.

Sally pudo observar que, aunque no se podía ver ninguna diferencia si no se sabía, sí que había algo diferente en la manera de caminar del capitán. Era un caminar algo forzado, con una cadera ligeramente metida para dentro y con las manos a ambos lados impulsando cada paso. Sally se acordó entonces de las palabras de Mistress Dunn de que el capitán vivía con dolor constante.

Cuando llegaron a la casa de los Dunn, se encontraron con que Mistress Dunn acababa de volver del hospital, y con gran alegría invitó a Sally a quedarse a cenar.

—Ahora mismo podemos enviar a uno de los mozos a que vayan a buscar a tu padre. Aún es muy pronto y si tu cocinera no tiene la cena preparada os podéis quedar a cenar los dos. ¿Qué te parece, querida? —Mistress Dunn organizó todo en un segundo.

Sally se sentía exultante pensando en una velada en casa de su nueva amiga y acompañada por el capitán. Empezaron tomando un té y la charla siguió animadamente. Más tarde llegaron Mister Dunn y su padre y cenaron todos juntos.

Para ser una pareja de misioneros, la casa de los Dunn era imponente. El salón donde cenaron tenía unas grandes cristaleras que daban a un jardín interior y la decoración, de estilo georgiano, exaltaba una elegancia algo pasada de moda pero sin dejar de ser señorial. La cena transcurrió hasta tarde y Sally no recordaba habérselo pasado tan bien en mucho tiempo. Por primera vez no echaba de menos a sus amigas del viejo continente o a Zora. En todo momento sintió que el capitán le dirigía sus atenciones de forma abierta y sincera. Nunca antes había flirteado con nadie, pero empezaba a pensar que no se le daba nada mal.

De vuelta a Aberdeen Hill, no podía parar de pensar en la cena. Repasaba mentalmente todo lo que se había dicho, revisaba sus réplicas, se volvía a reír interiormente con algunas de las ocurrencias dichas, rememoraba las miradas que el capitán Wright le había dedicado... La noche era calurosa y tranquila y de los jardines emanaba un fuerte olor a jazmín. Sally se sentía agradecida por todo y notaba que algo había cambiado en su interior. Ya no esperaría a que alguien fuera a jugar con ella y su casa de muñecas, se dijo mientras cogía el brazo de su padre, quien dormitaba sobre el banco de la calesa. Al llegar a casa, un adormilado Mister Cox les esperaba diciendo que esa tarde habían recibido una nota. Estaba escrita en un bonito papel, firmado por la rúbrica grandilocuente de Miss Mary Ann Lockhart, que invitaba a los Evans a su próximo baile.

6

El estoque era diestramente dirigido contra ella, que, algo incómoda, se desplazó hacia la derecha sin saber si ese era el movimiento que tenía que hacer para romper correctamente, pero en ese momento había parecido una buena idea y, en efecto, se había librado de probar la derrota bajo la espada del conde. En cuanto se sintió segura, y en cuestión de milésimas de segundo, retornó a su posición de guardia; sin embargo, tenía la sensación de que su oponente atacaría de nuevo sin piedad. Y así fue: primero realizó un desplazamiento hacia delante, una marcha magistral; levantó la punta del pie derecho, manteniendo el talón en contacto con el suelo a fin de hacer contrapeso sobre el pie izquierdo. Seguidamente adelantó el pie retrasado, manteniendo las piernas flexionadas. En todo momento el tirador mantuvo una excelente posición de guardia. Ella sabía que debía estar preparada para un contraataque, pero no supo qué hacer aparte de seguir «rompiendo». En un momento se hizo evidente que él ya no iba a desplazarse más, y, sin previo aviso, el conde pasó al ataque, primero con una línea —un ataque básico—, y antes de que ella pudiese decidir si se trataba de un simple movimiento para mantener la distancia o un ataque en toda regla, el experto tirador atacó con un movimiento de fondo dirigido directamente a su pecho.

—¡Tocada! —exclamó el conde con satisfacción—. Te he dicho mil veces que debes mantener una mejor posición de guardia. ¡Y tus pies! Tienes que practicar más, ¡aún levantas demasiado el pie derecho!

—Pero es que es muy difícil —se lamentó Sally—. Y no es justo, nunca voy a hacerlo bien: llevo vestido y eso hace que mis movimientos sean mucho más lentos.

—Bueno, eso y el hecho de que solo tienes diez años —replicó el conde con una sonrisa sardónica.

—¡Ocho, tengo ocho años! —gritó Sally, y sintió que se le llenaban los ojos de lágrimas.

El conde abandonó su actitud orgullosa e imponente y se acercó a la niña para consolarla.

—De acuerdo —dijo ella—, pero ¿no podría al menos usar un florete en lugar de la espada? ¡Son más ligeros!

—*Eresia! Mai!* —fue todo lo que el conde se dignó contestar, para luego añadir en tono más amable—: No pasa nada, tenemos todo un verano para practicar y para que te acostumbres al peso de la espada... ¿qué te parece, pequeña?

La niña se secó las lágrimas y asintió. Sin embargo, no estaba muy convencida de que pudiera mejorar tan rápido, sus movimientos eran lentos y al cabo de poco la espada con la que practicaba se hacía terriblemente pesada. Aun así, le encantaba la sensación de poder que sentía cuando sostenía el arma. Miraba su pequeña mano aguantando el metal, rodeada por la guarnición, y se sentía especial. A su corta edad era ya consciente de que pocas niñas habían tenido la oportunidad de aprender el noble arte de la esgrima y eso mismo hacía sus prácticas con el conde aún más especiales.

Pero no eran las manos o las espadas lo que más fascinaba a Sally del combate, sino los rápidos movimientos de pies y las piernas. El conde era un viejo amigo de su padre y lo había invitado a pasar los meses de verano en su *palazzo* —más que un palacio, Sally recordaba aquello como una mansión fortificada con urgente necesidad de ser reformada—. Theodore pintaba unos retratos para el conde y ayudaba en la restauración de un fresco del salón principal. El aristócrata tenía mucho tiempo libre y, cuando no practicaba esgrima o ajedrez con Theodore, había decidido enseñar esgrima de estilo italiano a la pequeña. Sally, a su vez, se pasaba la mayor parte del tiempo jugando sola por los soleados jardines del *palazzo*.

Sally se sentaba en un muro de piedra que separaba la terraza de la mansión con el resto de los jardines y miraba cómo el conde y su padre practicaban juntos. La mayor parte del tiempo se lo pasaban discutiendo sobre las normas a seguir —ya que ambos caballeros eran iniciados en escuelas de esgrima diferentes—, pero, cuando se dejaban llevar por la competitividad y la testosterona, eran capaces de luchar durante horas hasta que los dos acababan sudando y riendo. Sally simplemente observaba la manera en que los dos hombres atacaban o contraatacaban, marchaban o rompían. Como llevados por una coreografía secreta, mantenían con su contrincante una hermosa danza llena de espacio y tensión. Sally recordaba vivamente los pies dando pasos estudiados y mesurados y como, con cada movimiento, levantaban algo del polvo dorado de la tierra del jardín.

—Recuerda que por más que estudies esgrima debes conocerte a ti misma y a tu contrincante —dijo un día el conde a Sally—, como en la vida, siempre puede haber un último movimiento sorpresa para el que no estabas preparada. Ahora enséñame de nuevo cómo te pones en guardia.

Los días anteriores al baile fueron vividos con gran expectación. Sally no podía pensar en otra cosa que en la fiesta, los vestidos y en danzar con el capitán Wright. Después de recibir la invitación, quedaba aún una semana para el evento y Sally había visto casi cada día a sus nuevos amigos. Eran como unos parientes lejanos reencontrados y Benjamin Wright, una deliciosa coincidencia.

—Deberías ponerte algún vestido de color verde o azul... ambos colores son muy adecuados con tu tonalidad de piel —le recomendó Mistress Dunn una tarde—, pero de cualquier forma estarás muy hermosa, querida Sally. Todo el mundo hablará de tu primer baile; de hecho, ya está en boca de todos en Hong Kong la llegada de la deliciosa hija del pintor. Creo que estás despertando una gran expectación, querida.

—¿Yo? —exclamó Sally genuinamente sorprendida—. Dudo que nadie esté hablando de mí...

—¡Oh! Pequeña Sally, debes aprender que en estas colonias se habla mucho y de todo el mundo, ¡y no siempre bien! —se rio Mistress Dunn con buen humor—. No te lo comentaría si no confiara en que eres mucho más sensata que la mayoría de las chicas de tu edad y no se te subirá la fama a la cabeza.

—Bueno... Tengo un hermoso vestido de gala y es de color verde, ¿está segura que no será demasiado? —preguntó Sally poco convencida.

—Me puedes enseñar tus vestidos y decidimos —sonrió Mistress Dunn.

Sally se sentía muy afortunada al poder confiar a su nueva amiga esta clase de dudas. Le gustaba cómo Mistress Dunn pasaba fácilmente de los temas más interesantes y profundos a conversaciones sobre moda o bailes. La chica pensó que, tal vez, así hubiera sido la relación con su madre si aún estuviera viva.

—Por cierto, Sally, tengo una sorpresa para ti. Espera aquí mientras voy a buscarla —exclamó Mistress Dunn, que abandonó la habitación a toda prisa. Sally se quedó a solas en el saloncito donde las dos estaban tomando el té.

Esta era una de las partes más privadas de la casa y Sally aprovechó la espera para estirar las piernas y dar una vuelta por la habitación. La estancia era utilizada como salón y despacho para la pareja y tenía unos sofás tapizados de estilo francés y un secreter con cartas y sellos; uno de ellos parecía un bonito objeto decorado hecho con jade. En las paredes, había cuadros con paisajes ingleses y un curioso pergamino mostrando un paisaje de montañas entre la niebla. Sally sabía que era una obra china por la forma en que el dibujo de las montañas y sus árboles parecían surgir del blanco de fondo, que representaba la casi siempre constante neblina del paisaje chino. La composición era armoniosa: en tercer plano se alzaba una montaña escarpada y en segundo plano había un conjunto de colinas que llevaban a la otra más alta y daban sombra a lo que se adivinaba que era una pequeña aldea. En esta zona se divisaban árboles de diferentes tipos y un camino que subía desde el río, el cual dividía las colinas del primer plano donde se encontraba una orilla del río y lo que se podía adivinar que eran los tejados de unas casas. Todo estaba teñido de un tímido verde y ocre y la niebla no solo decoraba el paisaje, sino que cumplía la función de separar los elementos del paisaje y dar profundidad a una composición que, de otra manera, no seguía las normas clásicas de perspectiva encontradas en los paisajes occidentales. Sally no había visto nunca una obra de este tipo que no fuera en una porcelana o una mala reproducción. La chica pensó que esta era de las pinturas más evocadoras que jamás había visto. Al acercarse al pergamino pudo ver, aparte de escritura en caracteres chinos, unos símbolos rojos que se encontraban en la parte superior derecha —debajo del escrito— y otro en la parte inferior izquierda. Sally había visto esta estampa antes, en la carta de Sir Hampton. Fue en ese momento cuando se dio cuenta de que tal vez Sir Hampton no era el único que estampaba símbolos chinos en sus cartas; casi corriendo, se dirigió al secreter de los Dunn y tomó en sus manos el sello de jade. Al girarlo pudo ver el timbre que estaba manchado de tinta roja y mostraba, en el reverso, símbolos parecidos a los de la carta y la pintura colgada en esta misma habitación. Por primera vez se dio cuenta de que no eran dibujos abstractos, sino, más bien, caracteres estilizados. ¿Por qué los Dunn y Sir Hampton sellaban con caracteres chinos? Pero Sally no tuvo mucho tiempo para preguntarse esto, ya que oyó la voz de Mistress Dunn llegando a la puerta. Sally dejó rápidamente el sello de nuevo en el secreter a tiempo de que su amiga entrara en la habitación con una amplia crinolina en sus manos.

—¡Mira, Sally! Pensaba que no podías ir al baile sin llevar el complemento adecuado —exclamó Mistress Dunn mostrando con orgullo su regalo.

—¡Oh, gracias, Mistress Dunn! Esto es justo lo que necesitaba —exclamó Sally.

—Perdona que haya tardado... He estado buscando estas joyas, que tal vez querrías ponerte para el baile.

—Mistress Dunn le mostró un bonito collar con rubís de la India.

Sally agradeció de todo corazón las atenciones de Mistress Dunn.

—Mistress Dunn, hace unos días que quería preguntarle algo: ¿usted conoció a mi madre? —preguntó Sally tímidamente, y su corazón empezó a latir bastante rápido.

Cuando Sally era más joven, jamás había pensado en preguntar una cosa así a ninguno de los amigos de su padre, pero ahora que había conocido a esta mujer inteligente y divertida sintió que, por primera vez, recibiría alguna de las respuestas que había estado esperando durante tanto tiempo. Mistress Dunn la miró intensamente durante unos segundos, aunque no parecía sorprendida por la pregunta de la muchacha.

—Sí, conocí a tu madre, aunque solo brevemente, por lo que no podría decir que nos conocimos bien —Mistress Dunn alargó el brazo y tomó la mano de Sally—. Tu madre era una mujer valiente e inteligente y muy hermosa, aunque creo que ya debes de estar al tanto de ese detalle. Tu padre estaba profundamente enamorado de ella. Él era un alocado y tu madre, aunque era mucho más joven, tenía una gran fuerza de voluntad que lo compensaba. Solo había alguien a quien ella quería más que a tu padre, y esa persona eras tú, Sally. Recuerdo cómo te llevaba a todos sitios colgada de su cintura, como una gitana decía ella, sin importarle en nada el decoro. Aún puedo oír cómo decía tu nombre con su acento. Todas las sílabas pronunciadas con la misma tonalidad, de forma profunda, sin mezclar sonidos, como hacemos en inglés. Sí, tu madre tenía los pies en la tierra, pero era tan apasionada como tú, querida, el tipo de mujer que no pasa desapercibida; a veces, incluso, para su propia desgracia. —Al decir esto Mistress Dunn hizo un gesto con la mano que indicaba a Sally que no debía hacer más preguntas—. Creo que el resto te lo tiene que explicar tu padre, querida.

Sally sintió que no podría articular ninguna palabra o empezaría a llorar y apretó la mano de Mistress Dunn en signo de agradecimiento. Casi todo lo que su amiga le había dicho, ella, de alguna manera, lo sabía, pero había algo importante en esas palabras, y esta era la confirmación de la existencia de su madre, quien parecía solo vivir en los vagos e inocuos recuerdos de Sally o en la constante tristeza de su padre. El haber oído hablar de ella a otra persona durante tantos años era lo que la joven necesitaba; una constatación de que su madre había vivido y no solo había sido un fantasma olvidado por todos. Se la imaginó, sin saber por qué, descalza, paseándola encima de su cadera y diciendo su nombre con un marcado acento español: «Salomé, Salomé.»

Aquella misma noche comieron todos juntos acompañados de Mister Turner, un periodista del diario *Friend of China* conocido por los Dunn. El periodista era un hombre de mediana edad que hubiera tenido cierto atractivo si no hubiera sido por su disposición nerviosa, el pelo adornado con caspa y una barriga incipiente.

—Bueno, todos esperamos el poder ver a dos jóvenes como vosotros bailando en la fiesta —dijo el doctor Dunn antes de guiñar un ojo en dirección a Sally y Ben y tomar otro sorbo de su vino.

—Por supuesto —respondió el capitán mostrando la mejor de sus seductoras sonrisas—. De todas formas, me siento en el deber de presentar mis más sinceras disculpas: me encanta bailar y en el pasado me habían dicho que no era un bailarín demasiado malo —agregó mirando a Sally directamente—, pero mi pierna ya no me sigue tan bien como antes y ya veremos si podré estar a la altura.

—No te preocupes, estoy seguro de que a Sally no le importará guiarte —replicó un socarrón doctor Dunn.

Sally odiaba que, entre todos, incluido el capitán Wright, la trataran como a una niña pequeña, así que se limitó a responder altivamente que no tenía ningún miedo de guiar al capitán.

—Por cierto, no sé si habéis oído que han entrado a robar en otra casa en la ciudad. Han entrado en la casa de un herrero del departamento de ingeniería y han robado y apuñalado a su esposa —informó Turner ante las exclamaciones de horror de todos.

—Eso es una verdadera desgracia. Pero... «¿otra casa?» —preguntó un sorprendido Theodore—. ¿Cuántas casas han robado hasta ahora?

—Desde la instauración de la colonia... unas cuantas, amigo mío —dijo el doctor Dunn.

—En efecto, se sabe que son piratas chinos —agregó Turner con un tono grave—, aunque solo se les llama así porque vienen por mar. También se cree que pueden haber sido enviados por el emperador, como forma sutil para mostrar su oposición al Gobierno británico en la isla.

—Sea como sea, no siempre ha habido muertes —constató Mistress Dunn—. No me entendáis mal, nunca se han tenido problemas con los habitantes autóctonos de Hong Kong. Pero han llegado a la isla muchos piratas para enriquecerse a costa de la nueva colonia. Hace una década hubo uno de los primeros robos en el Morrisonian Education Society. Todos los habitantes fueron expulsados de la casa, incluso uno de ellos fue apuñalado.

—Sí, y hace unos cinco años también robaron en la casa de James White, un comerciante de Londres —añadió Turner.

—¡Sí! Ese caso fue muy famoso porque entraron en la habitación de su sobrina mientras esta estaba en su cama, según explicó la muchacha, quien por aquel entonces tenía tu edad, Sally. Unos cincuenta hombres entraron en su dormitorio. ¡Ella tuvo que huir y correr por la calle en camisón a buscar a la guardia! Por suerte los ladrones no se pudieron llevar mucho, a excepción de las prendas de la muchacha —siguió el capitán.

—Bueno, estos piratas no se diferencian mucho de los colonos —clamó el doctor Dunn—; después de todo, la gran mayoría de ellos también ha venido por el pillaje. ¿No es así, capitán?

—En efecto, podríamos decir que yo soy un corsario avalado por Russell and Company —respondió el capitán impasible. Sally lo observó atentamente sin discernir si su comentario era dicho con algún atisbo de seriedad. Sin embargo, Turner, Theodore y el doctor Dunn parecieron encontrar la ocurrencia del capitán graciosísima, mientras Mistress Dunn ponía los ojos en blanco.

—¡No teníamos ni idea! —exclamó Sally—. Deberíamos cerrar la portalada de la calle cada noche, padre, y pedir a los criados chinos que hagan guardia. Tal vez deberíamos adquirir un par de perros.

—¡Hija! No te preocupes tanto —ordenó su padre, quien añadió inmediatamente con una gran sonrisa—. ¿Qué van a querer coger de Aberdeen Hill? Casi no tenemos nada de valor, a excepción de tus mil y un vestidos y mis inútiles pinturas.

—Tal vez deberían cancelar o posponer el baile, en señal de luto —aventuró Sally.

—¡Oh, querida! Si fuera la esposa del Plenipotenciario, lo harían sin dudar, pero solo era la pobre mujer de un herrero —sentenció Mistress Dunn.

Después de la cena, el capitán se ofreció a escoltar a los Evans hasta Aberdeen Hill. Durante todo el trayecto les dio indicaciones de cómo mejorar la seguridad de la casa. Theodore pareció hacer caso omiso de las explicaciones del capitán, mientras que Sally las escuchó atentamente.

—Si entran en su casa, intenten ocultar las posesiones más valiosas y, rápidamente, escóndanse. Si pueden, métanse en los establos o incluso en la caseta de los criados. No intenten enfrentarse a los ladrones, y, si es posible, salgan a la calle y avisen a los vecinos para que vayan a buscar a la policía.

Al llegar a Aberdeen Hill, Theodore se había adormilado en la calesa y entró en la casa oscilando levemente de un lado para otro. Sally fue escoltada por el capitán y los dos se quedaron solos ante la puerta. La chica estaba extrañamente tranquila, aunque su mano tembló ligeramente cuando las manos del capitán estrecharon las suyas al decir adiós. Los dos se miraron y Sally sonrió mientras intentaba mantener la mirada clavada en él. Benjamin Wright tenía unos ojos de un azul eléctrico intenso e impenetrable, pero Sally, ahora separada de ellos por solo unos centímetros, creía poder leerlos. De repente, y de forma algo brusca, el capitán se acercó aún más a la muchacha. Ben la besó rápidamente, y Sally no sintió más que un roce en sus labios, pero tuvo tiempo de registrar la suavidad de la piel y la electricidad del contacto.

—Buenas noches, nos veremos en el baile, Sally —dijo con precipitación y subió a la calesa. Inmediatamente después desapareció por la portalada.

Sally subió a su habitación en estado de éxtasis. Únicamente una idea se repetía sin parar en su cabeza: ¡Benjamin Wright era suyo!

Sally entró de la mano de su padre en el salón principal de la mansión donde residían los Lockhart. La sala resplandecía gracias a las luces de las velas, las joyas y los vestidos de las mujeres. La música sonaba, aunque no bailaba nadie, ya que, la gran mayoría, aún se estaba presentando a los anfitriones o se dirigía a la zona donde se servía la cena. Debía de haber un centenar de personas y Sally no conocía a la inmensa mayoría. Sus nervios crecían con cada paso que la acercaba adonde se encontraba Miss Lockhart. Seguramente su vestido estaría mal colocado sobre la crinolina o, peor aún, pasado de moda, o su peinado se habría deshecho por el camino. Debía encontrar pronto un espejo para comprobarlo antes de que alguien se fijara en ella. Además, llevaban unos minutos en la imponente mansión y aún no había avistado a su capitán. Pero, antes de que pudiera encontrar a Benjamin, o un espejo, se topó cara a cara con Miss Lockhart.

—¡Oh, querida Sally! ¡Qué alegría que hayas venido! —gritó Mary Ann mientras daba un abrazo a una Sally tan sorprendida que no supo hacer otra cosa que sonreír y devolverle el abrazo—. ¡Mirad! Esta es mi querida amiga Sally, es la hija del famoso pintor Theodore Evans, de Bristol —exclamó mientras mostraba a Sally a un grupo de mujeres que se encontraban detrás de ella—. Estas son mis amigas íntimas en Hong Kong y los grandes miembros del comité organizador de este baile: Mistress Mary Abbott, esposa del presidente del Comité de Selección de la Compañía; Miss Christine Abbott, hija del presidente del Comité de Selección de la Compañía... —Así presentó Mary Ann a dos jóvenes que debían de tener la misma edad—. Y Miss Harriet Low, quien está aquí con su tío, un socio mayoritario de la firma americana Russell and Company.

Todas las jóvenes se saludaron. Sally ofreció las cortesías de rigor y, tal y como le había recomendado Mistress Dunn, elogió sus vestidos, la organización de la fiesta, la casa y su decoración.

—Hoy es una fiesta muy importante para Miss Evans —informó Mary Ann—. Este es su primer baile. ¡Hoy es su puesta de largo! —Todas las damas de alrededor dieron cuenta de la gran noticia y algunas le preguntaron cómo se sentía. Sally estaba abrumada, pero feliz de que Mary Ann no la hubiera ignorado.

—Dígame, Miss Evans —preguntó Miss Abbott—, aparte de Miss Mary Ann, ¿quiénes son sus otros conocidos en la colonia? Gente invitada a nuestro baile, espero.

Sally estaba aliviada de poder responder a esa pregunta:

—Conozco al capitán Wright, quien también trabaja para Russell and Company —dijo tímidamente Sally, esperando que nadie notara su rubor. Esta afirmación causó un gran revuelo entre las damas presentes.

—¿Conoces al capitán? —exclamó Harriet—. Bueno, es un joven muy conocido y popular.

—¡Cómo no podría ser popular, con lo apuesto que es! —interrumpió Mistress Abbott—. Creo que ha prometido un baile a Christine. ¿No es así, querida? —añadió mientras se dirigía a su hijastra.

—¡Sí! Lo vimos el otro día en el salón Vixen y me prometió un baile —respondió esta, ilusionada.

—Bueno, creo que va a ser un joven muy ocupado esta noche, porque a mí me ha prometido dos —indicó Mary Ann mirando de reojo a Christine—. Para ser sincera, creo que al pobre chico le gustaría desesperadamente bailar más veces conmigo, pero debo decir que tengo otros admiradores a los que satisfacer.

Al decir esto, todas las chicas rieron. Sally intentó con todas sus fuerzas unirse al coro esperando que nadie notara la gran decepción que sentía. En los últimos días, el beso de Benjamin había sido su único pensamiento y no se había planteado que el capitán pudiera estar cortejando a otras chicas. En su precoz imaginación, el baile había sido únicamente ideado como su presentación en sociedad y el primer evento público donde se intuiría el inicio de su relación con el apuesto americano. En ningún momento había pensado que el chico había prometido el baile a otras damas. Ni siquiera sabía qué era el Vixen o qué hacía él allí. ¿Tal vez había prometido esos bailes antes del beso? Seguramente lo hizo como forma de cortesía para con sus conocidas, por amabilidad e, indudablemente, se disculparía con las damas a las que había prometido su compañía y pasaría la velada enteramente con ella. Pero hasta que no encontrara al capitán no se quedaría tranquila.

—Y dime, querida —se dirigió a ella Mary Ann—. ¿Cómo llegaste a ser conocida del capitán? ¿Quién os presentó?

—El doctor Dunn y su esposa —respondió Sally sin dejar mirar a su alrededor—. Ellos deberían estar por aquí también.

—No lo creo —dijo Mary Ann algo más seria—. He recibido, justo antes del baile, una nota de los Dunn diciéndome que Mistress Dunn no se encontraba muy bien.

—Por suerte —dijo Mary Abbott—. Son buena gente, pero un poco raros, ¿no crees?

—En efecto —coincidió Mary Ann sin dejar de mirar a Sally.

Sabía que no era el mejor momento para hablar de la relación de los Dunn con su padre, Sally pensaba en una posible excusa para dejar el grupo y encontrar a Benjamin. Ahora que sabía que Mistress Dunn no estaría en el baile —y que su padre ya estaba hablando con el padre de Mary Ann y otros miembros importantes de la colonia—, tenía que encontrar lo antes posible una forma de alejarse del grupo e ir a hablar con Ben.

Pero esto no sucedió hasta después de la cena. Sally comió rápido y de mala gana mientras intentaba parecer educada con sus nuevas conocidas y, disimuladamente, revisar una vez más la sala. Por fin pudo localizarlo, sentado en otra mesa, comiendo y enfrascado en una conversación con otros caballeros. En cuanto se acabó la comida y se sirvieron las primeras copas, se anunció el primer baile. Casi todas las mujeres con las que se había sentado ya estaban ocupadas para el primer baile. Sally se abrió paso junto a Mistress Abbott a través del gentío, y cuando finalmente logró posicionarse en un buen lugar, pudo ver las parejas que ya habían iniciado el minué. Allí pudo ver a Mary Ann, Christine, un par de jóvenes más que había conocido durante la cena y, entre todas ellas, la figura alta del capitán. Estaba bailando con una chica rubia y pequeñita. Sally se dio cuenta entonces de que el capitán Benjamin Wright no era, tal y como ella había querido pensar, suyo. Había exagerado sus intenciones detrás de un inocente beso. Sus ojos se llenaron de lágrimas, pero intentó con todas sus fuerzas no pestañear, porque si lo hacía las lágrimas empezarían a resbalar mejilla abajo. A punto estaba de excusarse, diciendo que el ambiente cargado la estaba mareando, cuando oyó la voz de Mistress Abbott.

—Le presento a Mister Edward Beeching —exclamó Mary Abbott por encima del rumor de la música y el gentío—. Es cirujano naval.

—Así es —dijo el médico—. Acabo de llegar a la isla, y casi me pierdo este magnífico baile. ¿Podría reservar su exquisita compañía para el próximo baile?

Sally estaba tan aturdida que se olvidó de sus lágrimas y dijo que sí a la invitación. Pronto, dos jóvenes más pidieron la compañía de Sally y, seguidamente, fue el momento de ponerse en posición e iniciar su primer baile. Su mente estaba tan agitada que hasta que la música se inició no pudo relajarse. Sus pies se empezaron a mover ágiles y, recordando cada movimiento practicado tantas veces a solas en su habitación, decidió disfrutar de su primer e infortunado baile.

Su camino se cruzó brevemente con el de Benjamin durante este baile, giraron uno junto al otro. Sally tomó la determinación de no mostrar su tristeza, pero estaba tan enfadada que le fue imposible mostrarse amable.

—Buenas noches, Miss Evans —dijo Ben con su habitual manera seductora, mientras bailaban—. ¿Qué tal va su primer baile?

—¿Ahora ya no nos tuteamos? —dijo Sally sin responder a su pregunta.

El capitán pareció ignorar el comentario y cuando se volvieron a cruzar le indicó que Mistress Dunn se encontraba indispuesta y no había asistido al baile.

—Sí, ya me lo han comentado. Espero que nuestra amiga se encuentre mejor pronto —respondió Sally secamente.

Ninguno de los dos habló durante el resto del baile. Al finalizar, Mister Cree alabó las cualidades como bailarina de Sally y varios de los asistentes aplaudieron en señal de aprobación: Miss Evans había sido oficialmente presentada a la sociedad de la colonia.

Después de esto, Sally bailó con un animado miembro del regimiento, quien no paró de hablarle; también tuvo como compañero al hermano de Christine Abbott, Peter, y, más tarde, bailó de nuevo con Edward Beeching. Mientras giraban o intercambiaban posiciones con sus compañeros, podía entrever diferentes escenas que sucedían en torno al baile: Mary Ann susurrando al oído de Harriet mientras la miraban, su padre manteniendo conversaciones con otros caballeros y el capitán desplegando sus encantos con diversas damas. Cuando por fin se ofreció la oportunidad de un descanso, Sally estaba tan enfadada y agotada que sintió que necesitaba urgentemente aire fresco. En cuanto se libró de algunas de las presentaciones de conocidos, se excusó y salió a uno de los balcones de la mansión. Afortunadamente, el balcón estaba vacío y ya no llovía. Sally pudo respirar profundamente el aire húmedo de la noche que olía a hierba y jazmines.

—Es una bonita noche. —Sally oyó la voz del capitán y supo inmediatamente que ya no estaba sola.

—¿Una frase algo tópica, no cree, capitán Wright? —Sally sentía cómo la fuerza del enfado crecía por momentos, escalando las paredes de su estómago y su garganta.

—¿Ya no nos tuteamos? —preguntó sin sonreír. Sus ojos estaban, como la noche anterior, expresivos, pero Sally se dio cuenta de que su boca estaba fuertemente apretada. El disgusto se leía en la fina línea que eran sus labios.

—No lo sé. Dímelo tú, Benjamin. —Sally notaba cómo la fuerza había ahora salido por su boca en forma de palabras ásperas y secas—. Un día me tuteas, nos quedamos a solas, me besas, y al día siguiente descubro que has prometido bailar con medio Hong Kong y dedicas atenciones a todo el mundo. Tal vez sea joven e inexperta, pero sé de todo corazón que no deseo que jueguen conmigo.

—No estoy jugando contigo, Sally —replicó Benjamin, y Sally creyó ver dolor en la comisura de su boca—, pero las cosas no son tan sencillas como parecen. Además, tú y yo no estamos comprometidos. Cielos, Sally, esta es la primera vez que te presentas en sociedad... —exclamó, acercándose a ella.

—No me trates como a una niña. ¡Has estado flirteando conmigo todo este tiempo! —le gritó Sally llena de rabia—. Sé que te gusto, no puedes pretender que no es así... —añadió bajando la voz.

Pero el capitán no respondió. Justo en ese momento ambos se dieron cuenta de que la música había cesado y un silencio se había apoderado de la sala. Intuitivamente, los dos miraron por la ventana hacia el interior. Un gran alboroto había sucedido al silencio. En el salón no sonaba la música y el gentío parecía comentar, discutir, exclamar, interrogar, sobre una noticia recientemente anunciada. Sally y Benjamin observaron inquisitivamente el pánico en algunos rostros. Finalmente, y justo antes de desmayarse, Sally solo pudo oír unas palabras sueltas, procedentes del gentío, que formaron una frase con sentido: «El doctor Dunn y su esposa han muerto.»

7

—¡Miss Evans, Miss Evans! —entró gritando Yi Mei Ji en el saloncito donde Sally se encontraba admirando los nuevos bocetos de su padre para un nuevo proyecto encargado por el gobernador—. Capitán aquí, capitán aquí —añadió la sirvienta casi sin aliento. Sally sonrió satisfecha, rápidamente dejó los dibujos sobre la mesa y miró por la ventana.

Con el tiempo, Sally había aprendido a entender qué quería decir su criada cuando balbuceaba las pocas palabras en inglés que había aprendido. Aunque Mister Cox nunca presentó a los criados por su nombre, Sally y Theodore intentaron aprender sus nombres en chino y, más difícil todavía, su pronunciación correcta. Mientras que la señora Kwong tenía una posición abstracta dentro de la jerarquía que dividía el servicio de la casa —hacía las veces de doncella, ama de llaves e incluso de cocinera—, los demás criados chinos compuestos por Yi Mei Ji y los niños llamados Siu Kang y Siu Wong se habían mantenido más bien invisibles haciendo las labores de menos categoría. Pero Theodore había insistido en tratar a todos por igual —simplemente pedía lo que necesitaba al primero que aparecía— y poco a poco todos empezaron a tener responsabilidades más importantes. Los chicos no solo se ocupaban de los establos, sino que también ayudaban a Theodore en el taller, limpiando, preparando pintura o llevando encargos. Yi Mei Ji empezó a encargarse de labores más propias de una doncella y aprendió a poner un corsé, a arreglar una cama o a ordenar lazos y vestidos. Mistress Black no estaba muy contenta al ver cómo la señora Kwong y la joven Mei Ji llevaban a cabo funciones que le pertenecían a ella, pero mientras se sintiera al mando se mostraba conforme, llena de pasiva agresividad, con las nuevas normas. Charlotte Bean tenía una actitud diferente y estaba feliz de recibir la ayuda de las otras chicas en su cocina.

Theodore había insistido en probar platos autóctonos y sentía gran frustración ante la incapacidad de Charlie —como todos la conocían en Aberdeen Hill— de cocinar comida china. Finalmente, la señora Kowng se ofreció a preparar algunos platos y a enseñar a Charlie cómo se elaboraban. Para sorpresa de todos, ambas se llevaron muy bien. Charlie compartía amablemente sus dominios siempre y cuando fuera para aprender nuevas recetas y, al mismo tiempo, Mistress Kwong parecía disfrutar enormemente de enseñar algo a una colona.

Las dos mujeres se convirtieron en un equipo excelente. Ambas se movían por la cocina sin molestarse, casi sin hablar. Sally se detenía en el umbral de la cocina, con la excusa de dar a sus cocineras indicaciones sobre los platos del día, y observaba a las dos mujeres, una joven, pelirroja y fuerte —como solo las irlandesas saben serlo— y la otra esbelta y flexible, como una flor de loto. Así fue como los Evans pudieron pronto saborear exquisiteces de la cocina propia de Cantón y también del norte del país; les gustaron en especial los exquisitos platos de carne llamados *siu mei*. El *siu ngo,* el ganso rustido, era el preferido de Theodore, mientras que Sally se deleitaba con el *fu jyu*, una especie de queso hecho con soja que Mistress Kwong fermentaba. También dejaron de lado el té negro traído de la India y empezaron a probar los tés locales. A Theodore le entusiasmó el té de jazmín, y aunque a Sally este le pareció, al principio, como beber colonia, pronto se acostumbró a tomar tazas enteras, sin añadirle leche ni azúcar. Satisfecha de su influencia, Mistress Kwong insistió en mandar a comprar un set de porcelana china para que saborearan el té chino en cuencos en lugar de hacerlo en las tazas con asas de influencia occidental. En cuestión de días, la casa fue invadida por estos nuevos olores, densos y aceitosos, de los condimentos, las salsas y las especias. Extrañamente, parecía como si estos nuevos perfumes hubieran dado vida a Aberdeen Hill, despertándola así, de un largo letargo.

Se cocinaba en tal cantidad que se daban las sobras a todos los criados, quienes, acostumbrados a comer arroz blanco y sopa, empezaron a engordar. En especial los pequeños criados sentían devoción por el *si fu*, o «maestro», que era así como llamaban al pintor. Pero tal vez la que se sentía más feliz con el nuevo funcionamiento de la casa era Yi Mei Ji. La chica había sido empleada por Mister Williams con un contrato de semiesclavitud. Venida del campo, y sin ninguna perspectiva para una dote, se había hecho a la idea de que se pasaría el resto de su vida como sirvienta de tercera limpiando suelos y cambiando orinales. Que la dejaran entrar en los aposentos de Miss Evans era un privilegio con el que nunca había soñado. Además, a Sally le gustaba esta chica amable y hermosa, de rostro perfectamente ovalado y ojos brillantes, que contrarrestaba con la presencia taciturna de Mistress Kowng o con la constante actitud despreciativa de Mistress Black.

Por tanto, después de un año en Hong Kong, Sally sabía muy bien lo que su emocionada doncella le quería decir: Ben había llegado y estaba entrando por la puerta.

—*Dòjeh*. —Sally dio las gracias a su criada y salió corriendo hacia la entrada principal.

—Hola —dijo el capitán mientras bajaba de su caballo—. ¿Cómo estás, querida Sally?

—Hola, capitán Ben —bromeó Sally, acercándose a él, quien la cogió por la cintura y la alzó en el aire.

—Creo que tanta comida cantonesa te está adelgazando. ¡Cada día estás más ligera, pequeña!

—No lo creo, tal vez será que tú cada día estás más gordo —le dijo ella mientras le sacaba la lengua. Ben aún estaba fuerte, pero sus constantes viajes le habían hecho adelgazar—. ¿Cómo ha ido todo por Cantón?

—La misma canción de siempre para este viejo pirata mercantil: compra y negociación, compra y venta... ¿Cómo está tu padre?

—También igual que siempre. Sumido en un retrato para el gobernador y otros encargos. Casi no ha salido del taller en los últimos días. Creo que le iría bien distraerse un poco.

—¿Qué te parece si me lo llevo de paseo? Podríamos ir al Vixen.

—Es una gran idea —sonrió Sally agradecida. Ben sonrió a su vez para seguidamente desaparecer por el patio trasero en dirección al taller de Theodore.

Sally observó a los dos hombres conversar durante un tiempo desde la ventana del comedor, mientas deseaba que estuvieran hablando sobre ella. Tal vez Ben estaría por fin pidiendo su mano y así su padre podría explicarle la historia de su madre. Sin embargo, sabía que esta sería otra de esas tantas situaciones donde todo quedaba exactamente como estaba: con una terrible y pasiva espera. Desde aquella fatídica noche de su primer baile, parecía que todo se hubiese detenido y el tiempo solo pasaba empujado por la rutina que marcaba su nueva vida en la colonia. Pero, para Sally, algo había quedado estancado en aquel baile.

Sally no recordaba qué había pasado después de haberse desmayado en el baile. Sin embargo, aquella misma noche la asaltó una horrible fiebre que duró más de una semana. Fue atendida en casa por el doctor Robbins, quien indicó que la fiebre le había subido de una forma tan repentina —probablemente por el choque emocional recibido— que el cuerpo había reaccionado con su desfallecimiento. De los siguientes días, Sally solo recordaba estar en un estado de dolorosa semiinconsciencia. No pudo asistir al funeral ni a la misa en honor de los Dunn en Saint John's Cathedral.

Durante la enfermedad, siempre estuvo acompañada de su padre, quien garabateaba incesantemente en su cuaderno mientras permanecía sentado junto a ella. Solo se movió de su lado cuando Mary Ann y las demás chicas de su grupo de amistades la visitaron. El capitán la visitó en un par de ocasiones y se sentaba junto al pintor, ambos sumidos en un tácito silencio. Sally abrió los ojos únicamente para ver cómo su padre dibujaba nerviosamente sentado junto a aquel chico alto y serio. Aunque la escena era más bien cómica, se sentía reconfortada al saber que aquellos dos hombres estaban ahí con ella.

Fue junto a su cama cuando el capitán le pidió que le llamara Ben. Theodore había salido de la habitación para ir a buscar otro cuaderno. Sally no estaba totalmente dormida y sabía que los dos se habían quedado solos. Los ojos le dolían y cuando los intentaba abrir sentía un fuerte dolor en la frente; por tanto, se limitó a musitar un «gracias».

—¿Por qué? —preguntó Ben, acercándose levemente a la cama—. Y, por favor, creo que después de haber tenido nuestra primera discusión estás autorizada a llamarme Ben.

—Gracias por venir a visitarme. —Fue entonces cuando Sally se dio cuenta de que su boca estaba sumamente seca—. ¿Podrías traerme un poco de agua? —Ben se acercó a la mesita donde aún quedaba algo de agua con limón en una jarra y le llevó un vaso a Sally. Aunque se sentía muy débil, se las arregló para incorporarse y tomar el vaso en sus manos. El capitán se mantuvo alejado mientras Sally bebía despacio y sin mirarlo directamente.

—Lo siento —dijo Sally una vez que se hubo recostado—; el día del baile no tendría que haberme enfadado así contigo.

—No pasa nada, Sally —respondió Ben después de un largo silencio—. Ahora sé que hay mucho en ti de esa apasionada sangre española.

Aunque Sally sabía que esto era un cumplido, habría preferido otro tipo de respuesta, algo con más información sobre cómo se sentía. Cualquier comentario que llevara a un diálogo en lugar de una broma o una frase críptica. Por primera vez, Sally hubiera deseado que los dos no estuvieran solos.

—Dime, ¿qué les pasó exactamente a los Dunn? —dijo por fin Sally—. Estos días, en cama, no he podido saber casi nada... A excepción de que fueron asesinados y de que me he perdido el funeral. —Ben pareció dudar un momento.

—Bueno, el médico y los policías llegaron a la conclusión de que el doctor Dunn y Mistress Dunn habían muerto por envenenamiento. Se conocían otros casos parecidos y se rumoreaba que eran ataques anticolonialistas. Se hicieron investigaciones, se entrevistaron testigos y casi sin pruebas se dedujo que había sido uno de los criados chinos de la pareja. —Ben se detuvo por un momento para dejar que Sally procesara la información y luego continuó—: Un hombre de unos treinta años, que fue expulsado de la colonia y entregado a las autoridades chinas como prisionero. Se dice que fue ejecutado poco después de ser entregado. Los chinos no parecían muy contentos con la sentencia, y creemos que esta fue, más bien, una medida diplomática. Las mismas autoridades dejaron bien claro que no estaban de acuerdo con las pruebas presentadas en contra del imputado.

—No me imagino a nadie que pudiera tomar una iniciativa anticolonialista contra los Dunn —balbuceó Sally débilmente—. No podría pensar en unos colonos... menos imperialistas que ellos. —Esto pareció hacer reír a Ben, quien había mantenido una actitud completamente imparcial y algo distante al explicar el suceso.

—Tienes razón, *chica* —dijo Ben poniendo énfasis en su acento americano. Los dos se quedaron en silencio y Sally miró directamente al capitán por primera vez en toda la conversación.

—¿Sufrieron? —preguntó Sally por fin.

—Me temo que sí. —Ben pareció dudar si añadir algo más y continuó—: Por lo que dice el médico que vio los cuerpos, fueron envenenados con lo que debía de ser arsénico. Murieron relativamente rápido —el capitán hizo una pausa para tragar saliva—, pero sufrieron unas cuantas horas de agonía.

—No lo entiendo. ¿Quién los podría querer matar?
—En cuanto la pregunta salió de su boca, sintió cómo sus ojos se llenaban de lágrimas. Intentó no parpadear para evitar que se notara, pero sus ojos escocían tanto por la fiebre que no tuvo más remedio que cerrar sus párpados empujando así las lágrimas mejilla abajo.

—No tengo ni idea y dudo que alguna vez lo sepamos con certeza —respondió Ben algo pensativo—. Y ahora, si me disculpas, debo irme. Tengo algunos asuntos que solucionar antes de zarpar de regreso a Cantón.

—Ah, ¿ya te vas? —Sally intentó esconder su decepción y enjugar sus lágrimas rápidamente.

—Sí —contestó mientras se levantaba de la silla—, tengo asuntos que resolver en el continente. Estaré fuera un par de meses —añadió mientras miraba por la ventana del saloncito que daba a la alcoba de Sally. Después de mirar a un lado y a otro, como esperando divisar a alguien o intentando constatar que no había nadie en el patio delantero, dijo—: Sally, recuerda todo lo que te expliqué aquella noche sobre cómo actuar en caso de robo. Además, compra perros y encarga a tus mozos que los adiestren y da a probar toda vuestra comida a las bestias antes de comerla, ¿de acuerdo?

A Sally todo esto le pareció completamente exagerado. Sin duda, el asesinato de los Dunn tenía que haber sido producto de un error o la obra de un maníaco. Además, no podía concebir a nadie que quisiera atacar a su padre. Tal vez era la formación militar de Ben lo que le llevaba a ser tan cuidadoso. Pero Sally no tuvo mucho tiempo de pensar en eso. El capitán, aparentemente sin despedirse, se dirigía ahora hacia la puerta. Sin pensarlo, Sally se incorporó y pensó que tenía que detenerlo; no quería esperar dos meses antes de obtener algunas respuestas:

—Ben, ¿yo te importo? —en el momento en el que hizo esta pregunta, Sally se dio cuenta de que esta no era exactamente la pregunta que deseaba hacer. Se sintió como una cobarde, pero aun así repitió—: ¿Yo te importo? —añadió con un hilo de voz. Ben se detuvo y volviéndose contestó:

—Por supuesto que me importas. Nos vemos en dos meses, Sally —dijo con tono molesto.

Sally tuvo ganas de correr hacia la puerta y detenerle, pero sabía que solo conseguiría ponerse en evidencia. Se preguntó si Ben se había marchado directamente o, tal vez, se había detenido al otro lado de la puerta. Sally se lo quiso imaginar parado en el pasillo, dudando sobre si debía volver a entrar o no en la habitación. Sin embargo, en unos pocos minutos, Sally oyó a su caballo saliendo por la portalada.

Cuando Sally finalmente se recuperó y abandonó su febril destierro, encontró una comunidad aún sumida en los rumores y la desconfianza. Theodore compró dos perros en el mercado a petición de Sally. Los animales eran ridículamente pequeños y ladraban al menor ruido y a su padre eso le pareció prueba suficiente de que defenderían la casa de posibles invasores. Los Evans acordaron no obligar a los pobres animales a probar la comida. Theodore engullía cualquier cosa cocinada por Charlie o Mistress Kwong sin rechistar, pero Sally a veces dudaba un poco antes de llevarse la cuchara a la boca.

Una tarde estaba con las dos jóvenes Abbott y Mary Ann tomando el té en el porche cuando llegó Mistress Kwong con más té y pastas para todas. Las chicas se quedaron en silencio, primero mirando sospechosamente a la criada y seguidamente a Sally, esperando a que hiciera alguna cosa. Sally quiso probar el té para aplacar las dudas, pero antes de que pudiera hacerlo, Mistress Kowng se sirvió el té en una de las tazas y, con gesto insolente, lo probó delante de las chicas. Todas se quedaron completamente pálidas frente a la audacia de la sirvienta. Seguidamente acabó de servir el té para todas y se marchó de la misma forma que había entrado, con una tranquilidad llena de orgullo, dejando a las damas en un estupefacto silencio.

—¡Madre mía, qué asco! —exclamó Mary Ann—. ¡Nunca había visto tal osadía en una *amah*! Sally, debes despedirla o castigarla... ni siquiera quiero probar este té.

—No la puedo despedir, Mary Ann —profirió Sally mientras tomaba un tímido aunque decidido sorbo de té—. Venía con Aberdeen Hill, es vieja y no tiene familia.

—Lo entiendo, querida —dijo Christine Abbott de una forma dulce y calmada—. Pero tú eres la señora de esta casa y es parte de tu trabajo disciplinar a los criados. Tal vez podrías pedirle a tu mayordomo que le dé unos azotes.

—Debo decir que tiene razón —agregó Mary Abbott moviendo la cabeza efusivamente en señal de aprobación—. Sé que es solo una mujer vieja, pero debes marcar disciplina cuando los criados se salen de las normas marcadas por la etiqueta y la buena educación, sobre todo tratándose de estos criados asiáticos que poco saben sobre nuestra desarrollada cultura.

—En efecto, tenéis toda la razón. Ya lo haré —afirmó Sally—. Pero solo es una mujer mayor y está algo loca. Por lo demás, siempre ha demostrado una actitud excelente.

Sally pidió más té y nuevas tazas al señor Cox y le dijo, delante de las otras damas, que debía disciplinar a la criada. En cuanto sus amigas se marcharon, Sally se apresuró a decirle a Cox que no debía pegar a la señora Kwong, que lo haría ella misma. Pero Cox ya la había azotado. El mayordomo había sentido tal placer en fustigar a la anciana, que esta desapareció durante todo el día en la caseta donde los criados chinos dormían. Nunca antes Sally se había sentido tan culpable y avergonzada y mandó a Yi Mei Ji que dejara sus tareas y se ocupara enteramente de atender a Mistress Kwong.

A Sally le hubiera gustado decirle que lo sentía y que entendía que lo que había hecho con el té había sido una demostración, si cabe un tanto vehemente, de desaprobación del comportamiento de sus amigas. Sin embargo, había algo en esa mujer que despertaba miedo y respeto y no tuvo el valor de dirigirse a ella. En su lugar, evitó a la criada durante días y no mencionó el episodio a nadie más.

Después de algunas semanas, las tensiones latentes entre colonos por un lado y criados chinos por el otro se fueron mitigando. Los periódicos locales, como el *Friend of China*, dejaron de publicar artículos relacionados con los robos en la isla y el asesinato de los Dunn. Pronto todo el mundo tuvo un nuevo tema de conversación o *gup*, como llamaban a los cotilleos. Se decía que el plenipotenciario Palmer tenía una nueva amante, una tal Mistress Morgan, la esposa del capitán Morgan del *Scabley Catle*. Pronto también llegaría el nuevo gobernador, Sir William Bowen, y, en los próximos meses, un enviado de Pekín visitaría la colonia.

Sally se dejó llevar por una rutina distendida, marcada por los pasatiempos y los eventos sociales, muy parecida a la de las ciudades de vacaciones inglesas como Bath o Brighton. Bailes, *picnics* y fiestas de té dominaban el universo femenino del cual Sally era un miembro prominente. Amiga de alguna de las chicas más populares de la ciudad y famosa por su belleza exótica, Sally no tardó en encontrar admiradores. Bailaba con este o con aquel y disfrutaba de la atención que parecía suscitar entre algunos miembros importantes de la administración o el regimiento.

Sin embargo, Sally sabía, gracias a las insinuaciones carentes de sutileza de su padre, que debía ocupar su tiempo con algo más que con su vida social. De ese modo, empezó a considerar la posibilidad de involucrarse en la labor caritativa que Mistress Dunn había llevado a término. Le costó algún tiempo decidirse, pero finalmente, arrastrada por la culpabilidad, se puso en contacto con la buena de Mistress Elliott y algunos días se los pasaba visitando la escuela para niñas ciegas y huérfanas de la ciudad o algunas de las aldeas de los alrededores.

—La mayoría de los chinos de la ciudad son trabajadores chinos que han dejado sus familias en el continente. Las mujeres que vienen a la ciudad son *amahs*, así que muchas de nuestras misiones deben llevarse a cabo en las afueras de la colonia o en las aldeas —le explicó Mistress Elliott mientras salían de Hong Kong en una calesa prestada.

Sally no estaba tan interesada en las explicaciones de la joven misionera como en observar las escenas que se desplegaban más allá de las calles centrales de la colonia. No le desagradaba Mistress Elliott, pero le aburrían sobremanera sus largas explicaciones autocomplacientes y ceremoniosas. Con ella, todo parecía una lección y su tono condescendiente no ayudaba a captar la estima o la admiración de Sally.

—¿Y qué hacéis en las aldeas? —preguntó Sally observando a unas mujeres chinas a un lado de la carretera, algunas llevaban unas telas en forma de alforja atadas a la espalda, mientras que otras portaban cestos que debían de contener pescado, y que caminaban en fila, con la cabeza gacha y con una velocidad admirable teniendo en cuenta sus pesadas cargas.

—Les ofrecemos donaciones de todo tipo, aunque hay que decir que estamos trabajando con pocos recursos —indicó Mistress Elliott haciendo una pausa algo dramática para el gusto de Sally—. Muchas veces hablamos a los enfermos, pero, principalmente, a mí me gusta hablar con las mujeres y no solo enterarme de qué necesitan sino también convencerlas de que nos dejen educar a sus niñas en nuestra escuela de la misión.

—Eso es realmente admirable —dijo Sally mostrando más interés. No tenía ni idea que la santurrona esposa del clérigo estuviera haciendo algo tan loable—. ¿Cómo te comunicas con ellos? ¿Tienes un intérprete en las aldeas?

—¡No! —se rio Mistress Elliott con la ocurrencia—. ¡No podemos utilizar un intérprete! No lo podemos pagar y, además, nunca sabríamos si están traduciendo justamente o por su propio provecho. Aunque a veces Mary Kendall viene con nosotros y la dejamos a ella la responsabilidad de charlar con los nativos, estoy aprendiendo cantonés e intento usar estas excursiones como una buena oportunidad para practicar mi pobre conocimiento del idioma.

—¿De verdad? —preguntó Sally, mirando con curiosidad a su amiga.

—Sí, estudié un poco con Mister Elliott cuando estaba aún en Inglaterra y desde que llegamos a Hong Kong los dos estudiamos unas cuatro horas diarias.

—Impresionante —musitó Sally, volviéndose a concentrar en el paisaje húmedo y chirriante de insectos. En el tiempo que había estado en Hong Kong no se había planteado aprender más que unas cuantas palabras para comunicarse con sus criados. Su plan para ser presentada en sociedad y encontrar un esposo le había parecido más que suficiente. Las grandes hazañas de Mistress Elliott no hicieron más que recordarle una vida anterior, basada en la educación y en las grandes expectativas de su padre.

Después de una ardua hora de viaje, llegaron a su destino. La aldea solo tenía unas cuantas casas dispersadas alrededor de un claro que hacía de plaza. Las viviendas eran pequeñas casas hechas de adobe. Sally, que nunca había visto un sitio tan miserable, comprobó estupefacta que las más pobres construcciones no eran muy diferentes a un corral. En estos interiores pequeños y oscuros, varias generaciones dormían y cocinaban al lado de los animales.

Parecía que la gran mayoría de los habitantes, cuando no estaban en el campo, hacían sus labores en la plaza central del pueblo. La honesta desnudez con la que los aldeanos mostraban su vida privada en público fue más chocante para Sally que su aparente pobreza o suciedad.

Sally se quedó en un segundo plano mientras Mistress Elliott, resuelta y convencida, hablaba con algunas de las mujeres de la aldea. La chica pronto notó que su presencia era totalmente inútil, si bien se vio rodeada por un grupo de niños que saltaban, gritaban y reían a su alrededor. Sally se sentía avergonzada de no poder entender nada de lo que aquellos críos le intentaban decir. Cuando se fueron de la aldea, preguntó a Henrietta qué era aquello que los niños intentaban decirle:

—No he prestado mucha atención, pero creo que te pedían que jugaras con ellos; otros te hablaban de tu pelo rizado, y algunos gritaban *gwai lo*, que quiere decir «extranjera».

—Mi pelo —repitió Sally sorprendida, mientras se tocaba su melena rizada y bufada por la humedad—. Creí que me estaban pidiendo comida...

Sally se dirigió, con Mistress Elliott, hacia diferentes aldeas dispersas en la costa norte de la isla. Se limitaba a hacer compañía, llevar ropa y medicinas, pero se mantenía rezagada, aunque le gustaba poder salir de Victoria y ver diferentes partes de la costa. En ocasiones las acompañaban la también misionera Katherine Flanagan y la dama llamada Mary Kendall, una mujer china que se había casado recientemente con Daniel Kendall, secretario general y protector de los chinos. Era una mujer seria y callada, pero que había sido de gran ayuda para Mistress Elliott, aunque ahora estaba encinta y no siempre las podía acompañar.

—¡Dios la bendiga! —dijo Mistress Elliott un día que Sally preguntó por ella—. Parece ser que está un poco cansada, pero es un regalo para nuestra misión y una de esas buenas personas a quienes el mensaje de amor del cristianismo ha tocado en lo más profundo de su ser. Tenemos una gran suerte de contar con un gran número de feligreses entre nuestros amigos chinos. El caso de los Kendall es un ejemplo a seguir, teniendo en cuenta la gran cantidad de niños bastardos hijos de infelices *amahs* o mujeres de vida alegre.

«Son hijos de *amahs* y prostitutas, sí, pero también de hombres occidentales...», pensó Sally, para quien los pequeños niños con rasgos asiáticos, pero de pelo y ojos claros, no podían ser solo responsabilidad de *amahs* y prostitutas.

Aunque Mistress Elliott y algunas de las otras misioneras explicaban su obra con las mejores intenciones, Sally estaba convencida de que muchas madres no querían llevar a sus hijas a la escuela de la misión. También se daban cuenta de que muchos chinos no aprobaban estos grupos de mujeres extranjeras con una mujer conversa paseándose por sus aldeas y sus plazas. Después de todo, las mujeres de cierta alcurnia chinas nunca se dejaban ver en público.

Entre bailes y labores caritativas, Sally se acostumbró a su nueva vida en Victoria. La ciudad había llegado a ser un lugar casi completamente nuevo sin Ben y sin los Dunn. Sally disfrutaba de lo que siempre había deseado: una espléndida vida social y la suficiente atención masculina como para pensar que tarde o temprano alguien adecuado le ofrecería serias y sinceras atenciones.

De todas formas, nunca dejó de pensar en Ben. La forma en la que se había marchado había dejado a Sally llena de dudas. A veces, se pasaba las noches despierta repasando mentalmente todo lo que él había dicho cuando estaban juntos, sus miradas y sus gestos en busca de una explicación más plausible que la que había recibido. Se intentaba convencer de que debía olvidarlo y no pensar más en él o en qué sucedería si el americano regresaba a la isla. Sin embargo, sus esfuerzos fueron en vano y la situación no mejoró cuando recibió una misiva enviada por el capitán.

Era una mañana de otoño y Sally se encontraba desayunando sola. Cox se había marchado temprano de camino al puerto para hacer unos recados. Charlie y la señora Black estaban en el mercado junto con Siu Kang y Siu Wong. Yi Mei Ji estaba limpiando la cocina y Theodore estaba en el taller. Cuando Sally oyó el ruido del cartero no le dio importancia y pensó que, seguramente, estaba entregando un paquete destinado a su padre. Pero Mistress Kwong entró por la puerta con un sobre y lo dejó sobre la mesa. Antes de que Sally tuviera tiempo de cogerlo y ver quién le enviaba la carta, Mistress Kwong dijo sin mirar a la chica:

—Sabe, Miss Sally, usted debería intentar no enamorarse del americano.

La afirmación de Mistress Kwong fue dicha de una forma tan tácita que Sally se quedó petrificada.

—Mistress Kwong, yo no... —se defendió Sally tímidamente, aunque sentía la furia propia del orgullo herido.

—Usted sí que se está enamorando. —Eso fue todo lo que dijo la criada antes de abandonar la habitación con pasos lentos y dolorosamente silenciosos.

Sally estaba atónita, pero esto no le impidió abrir el sobre rápidamente y encontrar en su interior una pequeña nota firmada por el capitán Wright.

Querida Sally,
Espero que estés bien y completamente recuperada de tu gripe. Los negocios en Cantón evolucionan favorablemente y espero poder regresar a Hong Kong en las próximas semanas. Me he dado cuenta de que nunca tuvimos la oportunidad de bailar juntos, así que, por favor, resérvame al menos un baile para cuando vuelva.
Atentamente,
Capitán BENJAMIN M. WRIGHT

Sus ojos leyeron tan rápidamente la carta que solo pudo distinguir las palabras *semanas*, *baile* y *juntos*. Una segunda lectura le confirmó lo que sospechaba: Ben no solo volvería a Hong Kong en las próximas semanas, sino que además le había pedido un baile. Sally volvió a leer la carta y con menos alegría comprobó que la misiva era escueta, algo fría y como única despedida decía un neutro «atentamente» y su nombre completo. Una carta enviada por un admirador contendría algo así como un «siempre tuyo» y finalizaría con el nombre de pila. No cabía duda de que la carta no presentaba la confirmación de un noviazgo, pero aun así estaba exultante. Nunca había esperado una carta de Ben, ¡y aún menos especialmente dirigida a ella! La frialdad de su estilo se podía deber simplemente a que Ben era más bien escueto y tímido cuando se trataba de expresar sus sentimientos. Solo había una persona con la que Sally podía compartir estas noticias, y ese era su padre. Olvidando las formas, Sally salió al jardín y corrió hacia el taller.

—¡Padre! ¡Padre! —gritó Sally al abrir la puerta de la casa taller—. Adivina quién ha enviado una...

Theodore estaba de pie, rodeado de sus lienzos, leyendo lo que también parecía una carta. Pero, fueran cuales fuesen las noticias, no habían causado el mismo efecto que las de Sally. Theodore miraba fijamente el contenido de la carta que tenía delante con un semblante inusualmente serio. Al oír a su hija, Theodore alzó su rostro pálido y cansado.

—Padre, ¿te encuentras bien? —preguntó Sally, parándose en seco.

—Sí, estoy bien. Perdona, hija, ¿qué decías? —añadió Theodore mientras doblaba la carta en sus manos.

—¡El capitán Wright ha escrito una carta! —exclamó Sally.

—Sí, sí —dijo Theodore distraídamente, mientras guardaba la hoja en la misma caja de madera de donde cayó la carta de Sir Hampton aquel día en el barco. Después de colocar la carta, cerró la caja y la guardó en uno de los cajones de la mesa del despacho. Entonces Sally se dio cuenta de que aquella carta también debía de haber sido escrita por Ben. No solo las dos habían llegado al mismo tiempo, sino que ahora comprendía que si había alguna razón por la que Ben no mencionaba a Theodore en su carta debía de ser porque él mismo le había dirigido una.

—Padre, esa es también de él, ¿no es así?

—Sí, sí, me ha escrito una cartita —dijo Theodore acercándose a Sally.

—¿Está todo bien? Parece que has recibido malas noticias —señaló la chica sin dejar de mirar el cajón donde se encontraba guardada la caja.

—Sí, sí, querida, no te preocupes —respondió el pintor dando unos golpecitos en el hombro de su hija—. Simplemente estoy muy cansado. Aún hace tanto calor... no me malinterpretes, prefiero este clima al de Inglaterra, pero me siento cansado. —Sally ayudó a su padre a sentarse en la butaca.

»Ay, hija, creo que te lo digo poco... —sonrió Theodore mientras tomaba las manos de su hija en las suyas—. Nunca he querido que fueras una jovencita presumida y superficial. Creo que aún te queda un gran camino por recorrer para llegar a ser todo lo que puedes ser. Sin embargo, estoy muy orgulloso de ti. Eres buena y generosa y cuando descubras todo tu potencial podrás hacer grandes cosas. —Sally no entendía por qué su padre le decía todo aquello, pero decidió no interrumpirle. No era un acontecimiento usual que Theodore le hablara de temas como este—. Sé que te prometí que en cuanto fueras presentada en sociedad te explicaría todo lo que quisieras saber sobre tu madre. —Theodore suspiró y Sally vio en él una vulnerabilidad insólita que la estremeció—. Pero, si bien pienso que tú tal vez estés preparada, no creo que yo lo esté. Así que, por favor, no te creas que no me acuerdo de mi promesa, pequeña. Estoy preparando algo por escrito. De esta forma, puedo explicar todo lo que estás en el derecho de saber. Perdona que aún no haya acabado, pero entre los últimos encargos, la muerte de los Dunn y mi vejez...

—No pasa nada, padre —dijo Sally sin poder contener las lágrimas—. Esperaré a que puedas acabar tus encargos. Tómate el tiempo que quieras.

—Gracias, Salomé. —Los ojos de Theodore adoptaron un cariz vidrioso cuando agregó—: Jamás te he comentado esto, pero cada día me recuerdas más a tu madre. Por supuesto es una suerte que te parezcas a ella y no a este inglés blancuzco y medio gordinflón. —Los dos se rieron—. Aunque te tengo que decir que yo era mucho mejor parecido cuando conocí a tu madre —agregó guiñando un ojo.

La primera visita de Ben solo duró unos días y, desgraciadamente, durante ese tiempo no se organizó ningún baile en la ciudad. La esperada promesa quedó incumplida, pero ambos tuvieron ocasión de cenar y pasear juntos. Sally disfrutaba de cada momento con el apuesto americano y, después de un par de visitas, se acostumbró a que el capitán se marchase al cabo de unos días y volviera después de unas semanas.

Pero Ben no solo visitaba la casa de los Evans para ver a Sally, también se pasaba largos ratos en compañía de Theodore. Desde la muerte de los Dunn, la vida social de Theodore se limitaba a quedar con sus clientes o a asistir a las veladas que estos organizaban y, por tanto, la llegada del capitán representaba una agradecida ruptura con la reclusión voluntaria del pintor. Los dos caballeros parecían tener mucho de qué hablar. Se encerraban en el taller o en el salón durante largos ratos y nunca explicaban de qué iban sus charlas. En ocasiones, los acompañaba Turner, el periodista que habían conocido en casa de los Dunn. Este siempre entraba a saludar a Sally y se dirigía, casi inmediatamente, al taller donde se encontraban los demás. Sally se sentía algo molesta sabiendo que ninguno de los dos la harían partícipe de sus conversaciones.

Su padre no volvió a mencionar a su madre ni el escrito que estaba preparando y Sally lo veía trabajar en su taller exhaustivamente. Desde el alba a bien entrada la noche, Theodore vivía cautivo en su querido estudio con la única compañía de sus pequeños aprendices y los inútiles perros. Era extraño para Sally no formar parte de ese universo, pero, ahora que era una dama de la alta sociedad hongkonesa, gozaba de la libertad que ella había deseado desde hacía mucho. Sin embargo, el tiempo se le resistía y pasaba lentamente mientras esperaba las visitas del capitán y el manuscrito de su padre y a veces echaba de menos ser la niñita que jugaba en el taller del pintor.

Se daba por entendido, incluso en la colonia, de que el capitán estaba cortejando a la hija de Theodore, pero eso no impedía a otras muchachas dirigir sus atenciones al apuesto joven, flirteos a los que él respondía de forma educada y mostrando cierta presunción. Sally intentaba reprimir sus enfados cuando esto pasaba y evitar a toda costa una escena como la del fatídico baile. Nunca mencionó la discusión de aquel día, pero tenía una sensación recurrente de que había algo que Ben no quería compartir con ella, algo oculto que impedía afianzar la relación. Los dos podían compartir cualquier cosa, pero se evitaba a toda costa hablar de sentimientos. Era como si la relación pendiera de un hilo tan fino que se pudiera romper en cualquier momento. Sally pensaba a menudo que tal vez era su inmadurez y falta de experiencias lo que le llevaba a ser tan desconfiada e insegura.

Todos estos «tal vez» se amontonaban caprichosos y alborotadores en su cabeza, hasta el punto de que Sally sentía que no tenía dominio sobre sus pensamientos. Tampoco ayudaba el hecho de que, por primera vez, había un tema del que no podía hablar con su padre. Intentó escribir largas cartas a Zora y a Caroline y a las otras chicas de Cognac, pero de poco servían estas confesiones, ya que las respuestas tardaban mucho en llegar y cuando lo hacían eran en forma de más preguntas. Sus amigas no conocían a Ben y no los habían visto juntos, así pues, poco podían ayudar. Por suerte, Sally tenía a sus nuevas amigas en la colonia. Aunque aún no se consideraban íntimas, siempre se había encontrado muy a gusto con Mary Abbott y su hijastra. Ambas eran mujeres prácticas, sensibles y extremadamente dulces, representaban la quintaesencia de lo inglés con toda la sofisticación de su lengua y costumbres.

Un día de diciembre, poco antes de las primeras Navidades de los Evans en la colonia, las dos mujeres Abbott visitaron a Sally para tomar el té y traer algunas tartaletas rellenas de fruta confitada que su cocinera había preparado.

—Muchas gracias por traerme estas delicias —dijo Sally probando un bocado, sin atreverse a admitir que jamás le había gustado este dulce navideño tan denso y pegajoso—. Estoy segura de que a mi padre le van a encantar.

—Nos alegramos; nuestra cocinera las cocina según una receta que ha estado en su familia desde hace generaciones —indicó Mary Abbott jugando con la pasta con unos dedos finos y largos.

—Sí, este tipo de dulce debe ser hecho de la forma más tradicional posible. Y las recetas familiares siempre son las mejores —agregó su hijastra—. Por cierto, Sally, el otro día oí que el marido de nuestra querida amiga Harriet decía que nuestro estimado capitán volverá a Hong Kong en los próximos días.

—Eso tengo entendido —confirmó Sally, intentando ser discreta pero sin poder evitar ruborizarse ligeramente.

—Entonces debes de estar encantada, querida —dijo Mary Abbott mirando a Sally atentamente y sin dejar de sonreír.

—Claro que lo está —prorrumpió Christine antes de que Sally tuviera tiempo de contestar—. Todos sabemos que eres una favorita del capitán y no puedes negar que disfrutas enormemente de su compañía. ¿No es así?

—Así es —dijo Sally, algo aliviada de poder hablar del tema abiertamente por primera vez. Hasta el momento solo se habían hecho algunos comentarios o insinuaciones a las que Sally respondía atentamente pero sin desvelar nada—. Hemos pasado mucho tiempo en compañía uno del otro y cuando está fuera de Hong Kong me envía cartas informándome de su próxima visita. Pero, para ser sincera, no puedo confirmar nada más.

—De momento —dijo Mistress Abbott.

—Exacto, de momento, de momento —reiteró Christine—. Benjamin Wright ha sido siempre un joven muy popular entre las jóvenes de la colonia, pero, desde luego, nunca había tenido a una favorita.

—Sí, eso es lo que comenta todo el mundo —indicó Mary mientras Christine afirmaba con la cabeza en signo de aprobación. Sally pensó entonces que este era el momento adecuado para compartir sus dudas.

—¿Favorita? ¿De verdad lo creéis? —preguntó Sally sin poder ocultar una ansiedad largo tiempo contenida—. En ocasiones me pregunto si ese es el caso. Aunque el capitán Wright me ofrece sus atenciones de forma abierta y sincera, no sé hasta qué punto puedo esperar algo más. Sobre todo si no ha sucedido hasta la fecha...

—¡Oh! Querida, disfruta el cortejo —exclamó Mary—, hombres como él se toman su tiempo antes de dar un paso de este tipo.

—Exactamente, madre. Sally, debes pensar que él ahora está concentrado en una prometedora carrera y probablemente espera tener una posición permanente en Victoria y dejar de viajar tanto antes de asentarse.

—¿De verdad? —preguntó Sally—. Gracias por vuestro consejo, a veces no sé qué pensar...

—¡Oh, dulce Sally! —la consoló Mary Abbott—. Un hombre de honor no jugaría de esta manera con la hija de un caballero. Ya verás que, en cuanto reciba una promoción, te pedirá la mano.

Las palabras de sus nuevas amigas la reconfortaron enormemente. Aquella noche, por primera vez en mucho tiempo, Sally durmió sin despertarse ni una sola vez. En sus sueños, aparecieron bodas, bailes y un gran palacio con vistas al puerto de Victoria. Por la mañana, se levantó fresca y relajada. Había decidido esperar pacientemente y demostrar así su temple y madurez.

Casi un año después, la estación de lluvias ya había vuelto. Sally se encontraba observando a los dos hombres desde la ventana preguntándose por enésima vez de qué hablaban y si ella era parte de la conversación. Su paciencia se estaba agotando y se sentía cansada de ejercer el gran autocontrol que exigía el hecho de esconder sus sentimientos. Hasta el momento había seguido el consejo de las Abbott, pero habían pasado tantos meses que empezaba a creer que necesitaba cambiar su estrategia y probar una aproximación más abierta.

En el tiempo que Sally había pasado observando a los dos hombres hablando en el taller, las luces de aquella tarde de verano se habían ido amortiguando y la atmósfera resplandecía en tonos azulados. Era difícil enfocar la mirada, así que Sally simplemente mantenía los ojos muy abiertos en dirección al jardín, sin mirar nada en concreto, con los brazos fuertemente cruzados sobre su pecho y perdida en sus propios pensamientos. Sin embargo, pudo ver cómo el capitán salía del taller y cruzaba el jardín para entrar en la casa. No quería dejar su encantamiento y no movió ni un músculo cuando Ben se acercó a ella dejando solamente unos pocos centímetros de separación entre los dos. Sally, aún sin moverse, podía sentir un escalofrío que escalaba desde su espalda hasta la parte superior de su nuca.

—¿Has estado aquí todo este rato? —dijo Ben, mientras se acercaba un poco más, y Sally sentía el espacio entre los dos de forma más palpable que si se estuvieran tocando.

—¿De qué estabais hablando? —Sally se volvió para mirar a Ben y al hacerlo se dio cuenta de que su rostro, algo ladeado, se encontraba mucho más cerca de lo que había pensado.

—Ya sabes, de nuestras cosas. Su nuevo paisaje del puerto para la casa del gobernador está quedando muy bien, tiene cierto aire a Canaletto, ¿no crees? Además, le he estado recomendando un libro que he leído. Lo acaban de publicar en Nueva York y un amigo me lo envió pensando que me gustaría. Y así es. Lo he leído un par de veces. Se lo quería recomendar a Theodore, le conseguiré una copia. Lo único que me ha respondido tu padre es que no sabía que los americanos también escribieran libros. —Ben se rio brevemente de una forma casi infantil, pero Sally se mantuvo cerca, aún sin separarse de él.

—¿Cómo se llama? —la pregunta fue todo lo que Sally se limitó a decir.

—*Moby Dick*.

—¿*Moby Dick*? ¿Qué clase de título es ese?

—Es el nombre de una ballena.

—¿Una ballena?

—Es una gran novela que trata sobre la persecución de una ballena por parte de un ballenero.

—¿Has estado todo este rato hablando con mi padre sobre un libro que habla de una ballena? —Sally intentó decir esto en un tono casual, pero en cada palabra se podía notar su decepción.

—Bueno, el libro describe principalmente una alegoría... —empezó a hablar Ben, pero fue interrumpido por la mano de Sally, que se posó levemente sobre su pecho.

—Dime, Ben..., nosotros... —Sally no sabía cómo continuar, esperaba que él dijera alguna cosa o hiciera un gesto, pero el capitán se limitó a mirarla con un rostro casi totalmente inexpresivo.

—Nosotros... —Ben apretó sus labios hasta que estos simplemente mostraban una línea fina—. Nosotros... mira, Sally, yo no he prometido nunca nada, te tengo a ti y a tu padre en gran estima. —Ahora era Ben el que miraba por la ventana, girando su cuerpo para alejarlo de ella—. Pero, de momento, no puedo ofrecerte nada más.

—¿Nada más? Yo solamente quiero que reconozcas que hay algo. Estoy cansada de esperar. —Ahora era la desesperación lo que Sally intentaba ocultar.

—Sally, ahora no es el mejor momento, créeme. —Ben caminó hacia el otro lado de la sala; se notaba que estaba cansado, ya que, al caminar, su cojera se percibía más—. En América, antes de venir a Hong Kong, estuve prometido y no salió bien. Hay tantas cosas... ahora mismo no serías feliz conmigo, Sally, y tu felicidad, lo creas o no, es muy importante para mí. Eres tan hermosa cuando eres feliz —anunció Ben sin romanticismo.

—Si eso es cierto, ¿no es pues más fácil hacer algo al respecto? —preguntó llena de impotencia.

—Sally, ya estoy haciendo algo al respecto, todo lo que puedo hacer por ahora... —Ben miró a Sally y anunció—: Estoy pensando en pedir un traslado.

—¿Un traslado? —Sally no podía creer que hacía solo un par de minutos los dos se hubieran encontrado uno tan cerca del otro—. Bueno, yo podría ir contigo, ¿no? —se aventuró ella sabiendo que estaba rompiendo el decoro. Ben la miró y ahora parecía sinceramente enojado.

—No, Sally, tú no puedes venir conmigo. —El capitán fue tajante—: Hay cosas de mí que tú no conoces, que tú no entiendes. —Ben parecía que hablara más consigo mismo que con la chica—. No es tu culpa, en ocasiones yo soy mi peor enemigo...

—Ben, cualquier secreto que tengas, cualquier cosa que sea lo que haya pasado o está pasando... Yo estaré a tu lado. —La chica era consciente de que mientras decía esto estaba abriendo el camino para sincerarse del todo—. Yo te conozco, Ben; aunque no lo sepa todo, te conozco bien y soy capaz de amarte. Sé que eres un testarudo y a veces un verdadero incordio y, por Dios, ¡te gusta un poco demasiado recibir la atención de otras mujeres! —Su voz se iba quebrando y sentía que con cada palabra que decía alejaba más y más al capitán de ella, pero aun así no podía parar. Se acercó a Ben, que se apoyaba en una de las mesas del comedor, y se arrodilló delante de él, con sus manos en las rodillas del joven, y hubiera jurado por un momento que él había hecho un ligero movimiento de cabeza para besarla, deteniéndose inmediatamente después—. Yo no te dejaré de querer.

—Sally, no lo entiendes, siento todo esto, pero yo... —dijo Ben, mirando al suelo. El capitán parecía derrotado. Sally quería correr, abrazarlo, volverlo a besar como aquella noche antes del baile. Pero en ese momento simplemente esperó, observando cómo el orgulloso militar buscaba las palabras adecuadas—. Yo no te amo.

Después de esto, mientras tomaba su mano, Ben le dijo que lo sentía, que seguramente no se trasladaría, que era solo una idea. Sally no dijo nada más y se despidió escuetamente, sin lágrimas. Había una cena en casa de los Low dentro de dos noches y se verían allí. Siempre serían buenos amigos, siempre sería su Sally.

Después de que Ben se marchara, la joven se quedó de pie largo rato, pensando que, si se movía, la escena que acababa de suceder ante ella llegaría a ser parte del pasado y, por tanto, estaría grabada en piedra sin que nada más pudiera pasar. Nunca antes había tenido ganas de aprehender un momento con tanta fuerza, para no dejarlo escapar. Mientras retuviera ese momento, siempre cabía la posibilidad de que algo sucediera, de que Ben volviera a la habitación y le dijera que se había equivocado, que nada de lo que había dicho era cierto. Pero lo único que sucedió realmente fue que la habitación se llenó de oscuridad. Sally dio una última ojeada al estudio de su padre. Las luces del taller estaban ahora encendidas y la chica pudo distinguir la figura, ligeramente encorvada del viejo pintor, con una mano alzada sobre un lienzo. Sally no tuvo más remedio que aceptar su derrota e ir a decirle a Cox —quien seguramente se había pasado todo el tiempo escuchando detrás de la puerta— que no se encontraba bien y que quería acostarse pronto y sin cenar, y si sería tan amable de decírselo a Evans. Sally pensó que el insomnio se apoderaría una vez más de ella, pero en cuanto se estiró en la cama pudo sentir cómo la vencía el cansancio y se abandonó con gusto al olvido proporcionado por el sueño.

Estaba delante del mar, en el puerto de Victoria, y se podían divisar *junks*, vapores y veleros. El mar se veía blanco y de un azul oscuro que contrarrestaba con el verde de las colinas. Aunque no había nubes en el cielo, el mar tenía el color intenso propio de una tormenta. Paseaba por el puerto cuando se percató de que el mar estaba reculando. En un principio observó divertida cómo en el fondo del puerto, la arena, las algas y algunos peces muertos quedaban al descubierto. El puerto se estaba desnudando y eso no podía ser bueno. Lo que pareció algo divertido en un principio, pronto se convirtió en un espectáculo de dimensiones bíblicas. En el horizonte, una gran ola se levantaba; era tan alta como el pico de Victoria y los grandes barcos eran ahora pequeñas manchas en su cresta. El miedo la paralizó, no podía correr porque toda su atención se concentraba en ese bello y terrorífico espectáculo: en unos pocos segundos la ola llegaría hacia donde estaba, arrasando a su paso la colonia, aplastando la ciudad colina arriba. Hasta ese momento ella había estado sola en el muelle, pero ahora podía oír el griterío de mucha gente que, como ella, había visto lo que estaba sucediendo, y gritaban y corrían despavoridos. Alguien cogió la mano de Sally instándola a correr y en ese momento se despertó.

Sabía que estaba despierta, sabía que se encontraba en su habitación, que no había ninguna ola gigantesca, pero aún estaba asustada y aún podía oír los gritos. Se incorporó en su cama empapada de sudor y respiró profundamente para tranquilizarse. Ya no estaba soñando, pero aún podía oír las voces. Eran reales, chillidos en cantonés que venían de la calle. También oía el ladrido de sus perros. Sally se tranquilizó: seguramente eran marineros borrachos discutiendo. Sally se volvió a tender en la cama intentando calmar la sensación de pánico y vértigo que le había dejado aquel sueño, sin embargo era difícil concentrarse porque todavía oía la disputa en la calle. No solo discutían con más violencia, también reconocía la voz de Mistress Kwong.

Se levantó lentamente de la cama y se acercó a la ventana algo molesta por el escándalo. Debido a la oscuridad, le costó unos segundos distinguir lo que pasaba en el patio delantero. Pudo ver a Mistress Kwong gritando algo en dirección a la puerta; en una mano tenía una lámpara de aceite encendida y la otra la tenía extendida escondiendo algo. Los niños y Yi Mei Ji estaban detrás de ella, los perros, corriendo alrededor de todos los miembros del grupo, los cuales parecían estar de espaldas a la casa y mirando hacia la portalada de la calle. No solo había gritos, también había golpes, golpes secos en la madera. Dos sombras emergieron por encima de la portalada y ágilmente saltaron y se dirigieron directamente a Mistress Kwong, quien se encontraba aún con los brazos extendidos, gritando a los hombres, pero estos la empujaron y no pudo mantener el equilibrio. Uno de los niños corrió hacia la casa gritando algo parecido a «¡*Si fu!*, ¡Miss Evans!», tres figuras más saltaron por encima de la portalada: todos eran hombres.

Todo esto solo duró unos segundos, los pocos que Sally tardó en entender lo que estaba sucediendo, y reaccionó: en camisón y descalza corrió hacia el otro lado de la casa, donde se encontraba el dormitorio de su padre. Los gritos, los pasos y el ruido a cristal roto retumbaban por toda la planta baja, pero Sally no se detuvo, no miró a los lados, solo intentó correr con su mirada fija en la puerta del dormitorio de su padre. Esta estaba abierta, entró y se encontró a oscuras, en una habitación, vacía, la cama aún hecha. Su padre no estaba en la habitación. ¿Dónde estaba su padre? ¿Dónde podía estar su padre a esas horas de la noche? Una idea cruzó su mente como un relámpago; tal vez no estaba tan entrada la noche como parecía, y, si su padre no estaba en su habitación, solo había otro sitio donde podía estar. Sally esprintó hacia uno de los ventanales del dormitorio y miró hacia fuera. En el jardín trasero, dos de los hombres desconocidos se dirigían al taller donde, aún iluminado, se podía divisar una sombra: tenía que ser su padre. Unos pocos segundos más y tal vez su padre tendría tiempo de esconderse antes de que los hombres entraran en el taller... «¡Esconderse!», pensó Sally, esto era lo que Ben le había recomendado. Tenía ganas de gritar, de avisar a su padre, pero seguramente él no la oiría y una fuerte sensación, guiada por su instinto, la instaba a estar en silencio. En ese mismo momento oyó unos pasos en la escalera. Los hombres estaban subiendo, y ella calculó el instante en el que aquellos hombres llegarían al dormitorio de su padre. Tenía que encontrar un escondite cuanto antes: ¿la cama? Era alta, pero tenía un listón de madera a los lados que dejaba muy poco espacio. ¿Las cortinas? Eran finas y no tardarían en verla. ¿El aseo? Este sería el primer sitio donde mirarían y no recordaba que hubiera nada con lo que pudiera atrancar la puerta. No sabía qué hacer, pero cuando vio que dos figuras llegaban al rellano del primer piso se abalanzó al suelo y se metió debajo de la cama. Era, en efecto, estrecha, y se dio un fuerte golpe en el coxis al arrastrarse, pero, por suerte, parecía ser que los hombres fueron primero a su habitación y Sally ganó unos segundos para adentrarse en las entrañas de la cama, calmarse y empezar a pensar qué podía hacer si los hombres la descubrían. Si no subían todos al cuarto, tal vez podría defenderse antes de que la atacaran y así, con algo de suerte, tendría ciertas posibilidades antes de que llegara la policía, si llegaba. Pensó que al lado de la butaca que había en una esquina habría uno de los bastones del pintor, eso podría ayudarla a defenderse. La otra opción sería la jarra de agua del aseo, pero esta se encontraba lejos, junto a la puerta. Mientras pensaba en esto, intentaba no respirar profundamente, pero sentía que el ritmo de su pecho y el del corazón golpeaban fuertemente contra los listones de madera del suelo. Pronto se dio cuenta de que no tenía más remedio que dominarse o la descubrirían. Dos voces masculinas se hacían más nítidas, se acercaban a la habitación. Entraron un par de hombres y rápidamente empezaron a buscar. Sally pudo distinguir cómo uno daba órdenes al otro y, tras lo que parecieron unos largos minutos de búsqueda en la habitación, los dos se pararon en seco, comentando algo justo delante de donde Sally se encontraba escondida. Ella veía sus pies. Los dos llevaban unas zapatillas negras, calzado típico chino, pero uno de ellos tenía una cicatriz en el dorso del pie. Parecía una quemadura, una mancha de piel arrugada y oscura. Sally estaba totalmente en tensión y era como si se le hubiera cortado la respiración; toda su atención estaba anclada en la cicatriz, en el pie.

Finalmente, los hombres abandonaron la habitación y Sally oyó cómo bajaban corriendo las escaleras. Después de esto, los sonidos, los gritos, las órdenes, el miedo se fueron desvaneciendo. En unos instantes la casa se había quedado en silencio. Sally tenía que salir de su escondite, pero no sabía cuándo era el mejor momento. Poco a poco, los músculos de su cuerpo se fueron relajando; hubiera querido quedarse ahí y simplemente dormir sobre el polvo y los listones del suelo. Pero tenía que encontrar a su padre y comprobar si los demás estaban bien. Arrastrándose con más dificultad que para entrar, salió de la cama y con mucha cautela comprobó que no hubiera nadie en el pasillo o en las escaleras. La casa estaba silenciosa y parecía vacía. Al llegar a la planta baja, vio objetos rotos, cuadros movidos y un par de butacas tumbadas en el suelo. Fuera se oían ruidos que no podía distinguir: ¿eran campanas? Sally estaba sumida en un mareo que embotaba sus sentidos. El único pensamiento en su cabeza era que debía llegar al taller donde se encontraba su padre, y para eso tenía que correr pasillo abajo, cruzar el comedor y salir al patio por las puertas acristaladas. El segundo antes de decidirse a empezar a correr fue el más largo de su vida, pero en cuanto lo hizo se sintió veloz, casi invencible. Un calor lleno de excitación recorría todo su cuerpo como un relámpago, empezando por su entrepierna. Casi no notó dolor cuando un trozo de cristal se clavó en la planta de su pie descalzo. Cuando llegó a las puertas acristaladas, vio cómo unas figuras salían del taller y corrían hacia el lado izquierdo de la casa. Sally se escondió detrás de la pared del comedor para no ser vista. Cuando hubo calculado que quizá los ladrones ya se habrían marchado, sacó la cabeza por la puerta acristalada y miró hacia fuera: no había nadie. Tenía que cruzar el jardín lo más rápido posible; si llegaba al taller, estaría a salvo. De un salto abrió la puerta y salió al jardín. Casi totalmente ciega y sorda. Solo oía el latir de su corazón y su respiración y únicamente veía la puerta del taller, la luz en la ventana. Entonces, sintió que estaba atravesando el jardín porque el aire de la noche humedeció sus mejillas y notaba las piedras bajo sus pies, y también advirtió cómo el cristal se clavaba aún más profundamente, pero no le importaba, porque ya solo se encontraba a unos pocos pasos del taller.

Al entrar por la puerta, Mistress Kwong y los demás criados estaban ahí, y parecía que su padre estuviera sentado en una silla. Por primera vez quiso gritar, sentía una histeria llena de alivio.

—¡Papá, papá! —exclamó en cuanto entró en el taller. Pero había algo que no andaba bien.

Siu Wong y Siu Kang se volvieron y la miraron asustados, y con gritos imperativos la instaron a no acercarse. Mistress Kwong estaba medio arrodillada sobre su padre... Estaba haciendo algo... ¿Estaba quitándole la camisa? Yi Mei Ji estaba en una esquina sollozando. Todo estaba desordenado, el cuadro del gobernador en el suelo. Un quejido sordo los dejó a todos en un silencio súbito. Sally corrió hacia su padre, que no estaba tumbado; estaba recostado sobre la butaca, su cara estaba desencajada mirando al techo y movía su boca como un pez luchando por respirar. Su brazo izquierdo estaba rígido, lleno de tensión, y la mano extendida sobre el pecho izquierdo. Sally se abalanzó encima de él. Seguramente estaba gritándole, pero no oía su propia voz; para ella, el mundo se había quedado totalmente silencioso. Las pupilas de Theodore estaban dilatadas mirando aún hacia el techo. Al oír a Sally, al notar sus manos ansiosas moviéndolo, apretando su pecho, implorando, sus pupilas se giraron un poco, casi imperceptiblemente, para mirar a su hija. Un segundo después, Theodore Evans ya se había ido.

No había vida en sus ojos, ni en su piel. Sally miró, gritó, pero nunca había visto algo tan falto de aliento. Las plantas, los árboles, los muebles del taller, las piedras e incluso el cristal que aún tenía clavado en su pie tenían vida. Todo. Todo excepto el cuerpo de su padre.

8

Todo era rojo. Su entorno era un caos del color de la amapola. Los botes, los pinceles y los trapos estaban cubiertos de ese color. Sally había conseguido alcanzar una de las paletas sobre la mesa que se encontraba al lado del caballete. Su mano estaba cubierta de pintura y miraba embelesada la manita cubierta de rojo carmín. Despacio, movía sus rechonchos deditos, giraba la muñeca de lado a lado. El dorso estaba limpio, pero la palma estaba completamente manchada y refulgía con la luz del mediodía. La pintura parecía deliciosa, así que decidió llevársela a la boca, pero a medio camino algo la detuvo.

—Salomé, querida, esto no se come —anunció Theodore, quien alejaba suavemente la mano de la boca de la niña—. Esto es pintura. Es para pintar, pintar cuadros. ¡Mira! —señaló Theodore el gran lienzo extendido delante de los dos—. Esto es un cuadro, es lo que papá hace. Soy pintor y pinto historias, gente, paisajes...

—¡*Pitura*! —exclamó la niña aún intentando soltarse de la mano de su padre para poder probar la deliciosa mezcla—. ¡*Pitura*!

Theodore buscó rápidamente un trozo de papel. Firmemente pero con suavidad, llevó la mano de la niña hacia el papel y le sujetó, a la vez que estiraba, el dorso y los deditos. No sin dificultad, estampó la mano contra el papel como si de un sello se tratase.

—Ves, Salomé, esta es tu primera pintura —dijo Theodore mientras alcanzaba, con la mano que tenía libre, un trapo para limpiar a su hija—. Un día serás pintora como tu padre.

La niña se rio a carcajadas, como si lo que su padre acababa de decir fuera lo más gracioso que había oído jamás. La risa de su hija era contagiosa, así que Theodore se unió a ella.

—Mira, esto es rojo carmesí —dijo Theodore cogiendo uno de los pinceles que tenía a mano y añadiendo color al lienzo.

La niña pareció olvidar su intención de probar los apetitosos colores y observó los diestros movimientos de su padre. El pintor eligió otro pincel, este más grueso, y después de mojarlo se lo mostró a la niña.

—Esto parece el mismo color, ¿no es así?

—¡Rojo! —exclamó Sally orgullosa.

—Así es, pequeña, rojo —dijo Theodore—, pero observa bien. No solo hay que mirar. Para ser pintor hay que aprender a abrir los ojos, a contemplar y a ver. Utilizar la vista para captar y reproducir lo que los demás no pueden percibir. Esto parece rojo, pero no solo es rojo, ¿a que no? Es bermellón. Este otro es grana —añadió señalando el lienzo—, y este, escarlata.

El lienzo tenía unas figuras carentes de forma que Sally no era capaz de distinguir. Aún se veía el lápiz del boceto y, aparte del rojo, solo había algo de blanco y azul. La obra estaba en sus inicios. Sally se había olvidado del caos del taller para contemplar únicamente el cuadro. Sus ojos ávidos lo recorrían, inspeccionando todos los colores, buscando el rojo. Entonces miró a su padre y sus pequeños ojos castaños se encontraron con las pupilas azuladas del pintor. La hija sonrió ampliamente y su padre se dio por satisfecho. Por fin su hijita, quien recientemente había dejado el estado de bebé para convertirse en una niña, lo había entendido. A partir de ahora le podría enseñar los diferentes tipos de pinceles, colores, bases, técnicas, mezclas... Ya estaba preparada para convertirse en su pequeña aprendiza.

—Mira, Salomé —indicó Theodore, y la chiquilla siguió la mano de su padre, la cual apuntaba a un garabato en la esquina derecha del lienzo—. Esta de aquí serás tú. Justo aquí te voy a pintar, pequeña.

Al ver que su padre había muerto, Sally gritó y lloró con todas las fuerzas que le quedaban. Pasados unos minutos, entró en un estado catatónico que la dejó inerte como una muñeca. Si no lloraba, si no sentía, tal vez esto no había sucedido y aún estaba soñando. Ben no le había dicho que no la quería, nadie había entrado a robar en Aberdeen Hill, y, principalmente, su padre no había tenido un ataque al corazón. Sally se escondió en sí misma negándose a vivir una realidad que no podía aceptar. Si no la aceptaba, nada habría sucedido; si no había sucedido nada, podría volver al pasado. Si se concentraba lo suficiente, regresaría al momento exacto, a aquella misma noche, en el cual había mirado por la ventana y había decidido no ir a ver a su padre, no cenar con él e irse directamente a la cama. En su lugar, hubiera salido y hubiera ido al taller. Entonces hubiera propuesto a su padre ir a alguna fiesta o simplemente se hubiera quedado a su lado; habría estado preparada para cuando aquellos hombres sin cara entrasen en Aberdeen Hill.

—Sally se encuentra en estado de *shock* y debería ser vigilada atentamente por si desarrolla un comportamiento propio de la histeria —sentenció el doctor Robbins, el mismo médico que la atendió cuando tuvo la gripe—. Esta es una respuesta a un suceso dramático propia de la mujer. La mente femenina, al ser más débil, se pierde y desaparece.

Sally no había desaparecido, era muy consciente de que se encontraba en su cama. Podía ver a todo el mundo en la habitación, al doctor, a las Abbott y a Mistress Kwong en una esquina. Podía escuchar y entender todo lo que decían. No se había perdido, no estaba ida, simplemente había optado por la inacción.

Pudo oír cómo las Abbott tomaban el mando y se encargaban de organizar el funeral, cómo Mary Ann y Harriet se sentaban a su lado lamentando el estado de la pobre huérfana. También podía oír y ver la silenciosa presencia de Mistress Kwong, quien, cuando no se encontraba ocupada, se quedaba de pie, en una esquina de la habitación, observando a Sally, cual cuervo acechando por la ventana. Aunque no decía nada, Sally agradecía la compañía, la ayuda y la empatía ofrecida por sus amigos. Pero solo había una visita que podía sacarla de este estado, y esa era la de Ben. Pero el capitán nunca apareció y ella nunca preguntó por él.

Pasados dos días, Sally se despertó zarandeada por las imperiosas manos de Mistress Kwong.

—Miss Evans, Miss Evans... —Mistress Kwong no era una mujer muy grande, pero se las arregló para coger a Sally por los brazos y sentarla en la cama—. Usted tiene que asistir al funeral de Mister Evans. Usted es su única hija. ¡Su primogénita! No puede pretender no honrar a su padre, debe honrar a sus muertos. —Sally no contestó, simplemente sonrió levemente al pensar de dónde aquella vieja *amah* había aprendido la palabra «honrar».

Sin embargo, no opuso resistencia. Se dejó vestir, dejó que limpiaran su herida del pie, que cambiaran el vendaje, le hicieron inhalar sales e incluso comió algo de pan tostado y frito con té. Los Abbott la vinieron a buscar y, aunque solo entraron en la casa la madre y su hijastra, vio que el padre Abbott y sus dos hijos también habían venido. Habían traído su carruaje más grande y el segundo hijo, Peter, los acompañaba a caballo. Nadie dijo nada durante un rato hasta que Christine habló.

—Estamos todos muy preocupados por ti, Sally —dijo Christine, posando su mano enguantada en la de ella—. No has hablado en dos días y necesitamos saber si estás bien.

Sally se sintió culpable por preocupar tanto a todo el mundo, así que miró a Christine, sonrió levemente y dijo que estaba bien.

—Pobre chica —exclamó Mistress Mary Abbott—, ya verás como todo va a ir bien. Hemos hablado con Mister Williams y nos ha indicado que el alquiler de Aberdeen Hill está pagado para los próximos cinco años, incluyendo el servicio. Así que puedes estar tranquila. Aun así, no te vamos a dejar estar sola en esa casona; en cuanto acabe el funeral, te vendrás a nuestra casa. Mistress Black arreglará tus pertenencias y las enviará a nuestra mansión. Mister Abbott —agregó señalando a su marido— se encargará de arreglar los papeles de tu herencia o cualquier otra gestión.

Sally miró a Mister Abbott por primera vez. Este la había estado observando, en silencio. Mister Abbott siempre se había mostrado amable, aunque algo distante con ella y ahora era él quien representaba su figura paterna más cercana.

—Sally, ya me dirá quién es el abogado de la familia y yo me encargaré de todo. Ahora no es el momento de discutir estas cosas, simplemente queremos asegurarle que no va a tener que preocuparse por nada —su voz era intencionadamente dulce, pero parecía retumbar dentro del carruaje—. Nos hacemos cargo de que ha pasado por mucho.

—Sí —dijo Jonathan Abbott quien, como de costumbre, también se había mantenido callado—. E intentaremos cazar a los bastardos que han hecho eso.

—Ese no es nuestro trabajo —indicó Mister Abbott apaciguando a su hijo mayor—. Eso será un trabajo de la policía, de la marina tal vez... pero debes pensar que serás interrogada —añadió volviéndose hacia Sally.

—¡Por supuesto! Claro que serás interrogada, querida... —dijo Mistress Abbott—. ¿Estarás preparada?

—Lo más importante es si viste algo —prosiguió Christine—. ¿Recuerdas alguna cosa? Podrías reconocer a alguien.

—No, me escondí. —Es todo lo que Sally se limitó a contestar. Sabía que estaba siendo algo grosera y podía notar que a los Abbott les hubiera gustado una respuesta más elaborada, pero este era el último tema del que quería hablar. Podría haber mencionado la cicatriz en el pie de uno de los ladrones, sin embargo no quería proporcionar ninguna información que generara más preguntas o alargar la conversación.

Afortunadamente, antes de que alguien pudiera añadir algo más, ya estaban llegando al cementerio. El ataúd ya estaba colocado y todo parecía preparado para las plegarias y el enterramiento. Sally intentó no mirar el ataúd, ni oír el discurso. Tampoco le hacía falta mirar a su alrededor para saber que Ben no estaba. Echó un vistazo rápido a la catedral, que se levantaba majestuosa al lado del cementerio, la bahía y las colinas que los rodeaban. El mar, que tan siniestro había aparecido en su sueño, estaba como siempre, pacífico, poblado de barcos y acompañado por brumas y aves marinas. La vegetación estaba verde por el monzón y, aunque no llovía, olía a hierba caliente y mojada. Sally, cabizbaja y silenciosa, se concentró en sus pies y en la tierra húmeda bajo ellos.

El hablar con los Abbott y el responder las muestras de pésame de las personas que acudieron al funeral sacó a Sally de su estado catatónico. Tuvo que aceptar la realidad: no solo su padre había muerto, sino que su vida había cambiado para siempre. Después del funeral, Sally decidió no trasladarse a la mansión Abbott hasta el día siguiente. Necesitaba estar cerca de los objetos que tanto le recordaban a su padre y, sobre todo, tenía la urgencia de encontrar el escrito sobre la historia de su madre en el que su padre había estado trabajando. Leer esas palabras era lo único en lo que había pensado desde el funeral.

Cuando llegó a su casa, se detuvo delante de la puerta durante unos minutos; todo lo que pudiera hacer ahí le parecía superfluo y carente de sentido. Decidió no entrar en la casa; en su lugar, la rodeó, cruzó el jardín trasero y se acercó al taller. Mientras caminaba hacia la caseta, le venían a la cabeza imágenes de cuando hizo este mismo recorrido dos noches atrás. Recordaba el aire húmedo, la gravilla bajo sus pies y el dolor viscoso de la herida. Pero ahora se encontraba a plena luz del día, y, en lugar de correr asustada, se dirigió hacia el taller a paso lento.

El interior del taller estaba dolorosamente tranquilo. Alguien se había encargado de limpiarlo y ordenarlo. La butaca donde su padre había yacido muerto ya no estaba. El cuadro para el gobernador aún se encontraba en el caballete, cubierto por una sábana. Sally se acercó a la obra dudando si destaparla; tocó la sábana con los dedos sin decidirse y cuando, finalmente, intentó hacerlo, se dio cuenta de que no estaba sola. En el umbral de la puerta estaba Siu Wong, de pie, con los puños cerrados, los brazos estirados en tensión y mirando a Sally. El crío empezó a gritar en chino. Con lágrimas en los ojos, al ver que Sally no lo entendía, repitió lo mismo de nuevo, en un grito lleno de frustración. Los dos perros de la casa se acercaron y empezaron a ladrar.

—Tranquilo, ¿qué es lo que te pasa? —Siu Wong ahora sollozaba y Sally se acercó a él lentamente, como si el pequeño pudiera salir corriendo como un cervatillo en un bosque—. Dime, pequeño... ¿qué es lo que te pasa? ¿Puedes decirlo en inglés? —Nunca antes Sally se había dado cuenta de lo pequeño e indefenso que parecía su criado. Solo era un niño. El niño repitió de nuevo la misma frase con desesperación, entre lágrimas y mocos. Sally se encontraba muy cerca de él, quería consolarlo, pero no tenía ni idea de cómo. Por suerte pudo ver que la figura de Mistress Kwong emergía de la puerta lateral de la casa y se acercaba a ellos. Con una actitud maternal, que Sally no había visto antes en su *amah*, acurrucó al crío en sus brazos y lo consoló con palabras dulces.

—¿Qué ha pasado? —dijo Sally cuando el crío ya se había calmado.

—Está triste por la muerte del maestro —respondió Mistress Kwong sin soltar al chiquillo.

—Lo entiendo —musitó Sally con una tímida sonrisa dirigida al niño—. Pero ¿qué es lo que me decía?

—Dice que también se llevaron algunas pinturas de su padre —añadió Mistress Kwong sin dejar de acariciar al crío, y luego prosiguió—: Tiene que saber que Siu Wong es un niño muy valiente; en cuanto los ladrones entraron en la casa, corrió al taller a avisar a su padre. —Sally asintió, aún tenía fresca en la memoria la escena que había visto desde la ventana: del niño corriendo y llamándola a ella y a su padre—. Pero dos de los ladrones lo siguieron, el último se quedó con Siu Kang, Yi Mei Ji y conmigo, para asegurarse de que no huyéramos buscando ayuda. Los hombres sabían lo que tenían que buscar. Los que entraron en la casa rompieron cosas, pero no buscaban nada, parecía como si solamente la buscaran a usted. Les oí decir que tenían que encontrar a la hija del pintor. Pero parece que lo que realmente querían estaba en el taller. Su padre y Siu Wong intentaron pararles, pero ¿qué iban a hacer un viejo y un niño contra hombres jóvenes y fuertes? Además, iban armados con cuchillos. Se llevaron unas pinturas, unos bocetos de su padre y una caja. Su padre y Siu Wong agarraron la pintura del gobernador con todas sus fuerzas y los ladrones no pudieron quitársela. Fue entonces cuando se oyeron las campanas que anunciaban que la policía se acercaba, y fue en ese momento cuando su padre empezó a tener el ataque, así que todos los hombres se marcharon...

—¡La caja! —interrumpió Sally, quien se acababa de dar cuenta de que, si su padre había escrito la historia de su madre, seguramente estaba en la caja de madera donde también había guardado la carta de Sir Hampton y la de Ben. Sally corrió al escritorio y abrió el cajón donde había visto que su padre guardaba la caja. Pero el cajón estaba vacío. El pánico la invadió como un relámpago y notó cómo su cara se helaba. Buscó por todos los rincones del taller y no encontró ni la caja de madera ni ningún escrito de su padre. Sally había pasado del estupor al miedo extremo. No solo su padre había muerto, sino que, con él, también habían desaparecido todos los recuerdos de su madre.

Derrotada, se echó a llorar mientras Siu Wong y Mistress Kwong la contemplaban sumidos en un silencio lleno de confusión y empatía. Finalmente, Mistress Kwong reaccionó e hizo llamar a Mister Cox, y ambos la acompañaron a la cama. Sally estaba demasiado cansada para intentar encontrar la razón de por qué unos piratas chinos habían decidido robar las pinturas y cartas de un viejo pintor inglés.

A la mañana siguiente se despertó temprano y con mucha más energía. Buscó la caja de nuevo en el taller y en las otras habitaciones, sin resultado, y, finalmente, se dio por vencida. No había nada que hacer y necesitaba salir de ahí cuanto antes. Mistress Black había cubierto todos los espejos de la casa y los relojes estaban parados a la hora de la muerte del pintor, tal y como mandaba la tradición, lo que daba un aspecto aún más sombrío a la mansión. Empaquetó unas pocas cosas necesarias para ir a casa de los Abbott y se aseguró de que sus criados se encargaran del resto. También indicó a todo el mundo que no sabía cuándo iba a volver y que, simplemente, se quedaran en la casa siguiendo su rutina habitual. Ansiaba más que nunca encontrarse con sus amigas y estar en una casa familiar, lejos de los recuerdos de aquella noche.

Cuando estaba a punto de subir al carruaje que la llevaría a la mansión Abbott, situada en la parte alta cerca de la catedral, llegó el correo. Ella misma atendió al cartero, quien le entregó dos cartas. Al ver la letra con la que habían escrito su nombre y dirección, supo inmediatamente que el remitente era Ben. Temblando, se metió las cartas debajo del cinturón y subió al carruaje. No había necesidad de abrirlas inmediatamente, pensó Sally, ya que, sin leerlas, podía adivinar perfectamente el contenido de las mismas.

SEGUNDA PARTE

HONG KONG

1852

El espíritu del valle nunca muere
Se denomina misteriosa femenidad
La puerta de la misteriosa femenidad
Se denomina raíz del cielo-tierra
Un tenue hilo que apenas existe,
Pero que por mucho que se utilice, nunca se agota.

LAOZI (siglos VI-V a. C.),
Dao De Jing, cap. VI

1

Sally decidió no leer las cartas. Desde el momento en que el cartero se las entregó, sabía que solo contendrían una breve nota en forma de despedida y no quería agravar el dolor que sentía por la muerte de su padre pensando en Ben. Como acto de venganza, Sally prefirió no aceptar su existencia e ignorar su despedida. En su lugar, ocupó las horas durmiendo, paseando y llorando la muerte de su padre.

En casa de los Abbott se sentía segura y protegida. Desde el primer momento, la adoptaron, no solo como a una huésped, sino también como un miembro más de la familia. A veces se forzaba en olvidarse de lo que había pasado y fantaseaba con la idea de que no era una huérfana, sino más bien una prima o una sobrina que estaba de visita.

Sin embargo, no pudo escapar del capitán tan fácilmente como tenía planeado. Dos días después del funeral, estaba languideciendo sobre la cama de su habitación en la mansión Abbott, cuando Christine y Mary llamaron a la puerta. Las dos entraron silenciosamente y tomaron asiento en las butacas colocadas delante de la cama. Ambas adoptaron la misma postura con las manos entrelazadas sobre el regazo. Sally siempre había pensado que se parecían enormemente, aunque no tuvieran ningún vínculo sanguíneo. La madrastra tenía solo cinco años más que Christine, así que era fácil tomarlas por hermanas. Ambas tenían el pelo lacio y de un rubio ceniza, los ojos pardos debajo de unas cejas abundantes que les daban un aspecto interesante aunque les hacía parecer mayores de lo que eran. Sin ser hermosas, tenían un semblante amable y maternal. Costaba creer que Christine aún no estuviera casada, aunque la mayor parte del tiempo era feliz en casa de su padre compartiendo su vida con su mejor amiga y madrastra. Mary había conocido a los Abbott en Calcuta y era la sobrina de un miembro importante de la administración del gobierno de la colonia. La primera esposa de Mister Anthony John Abbott padre había muerto hacía siete años de una gripe y este había prometido no volver a contraer matrimonio. Pero la joven Mary, aparentemente una réplica en físico y disposición a su difunta esposa, le hizo romper su riguroso luto y contraer de nuevo matrimonio. Christine siempre había querido una hermana y Mary se convirtió en la compañera perfecta en una casa que hasta entonces había estado dominada por la seriedad del padre, la rudeza y la lujuria de su hermano mayor y las travesuras del pequeño.

Sentadas en su habitación aquel día, las dos mujeres parecían más serias que de costumbre. Se miraban entre ellas, y luego miraban a Sally. Esto podría haber sido una muestra de compasión por la muerte de su padre, pero Sally notó que había algo más.

—Christine, Mary —dijo Sally mientras se incorporaba en la cama—. ¿Hay algo que queráis decirme? ¿Ha pasado algo?

—Bueno... —respondió Christine.

—Sí, ha pasado algo —la ayudó su madrastra—. Hay rumores en Hong Kong acerca de alguien que conoces.

—¿De quién? —preguntó Sally alegrándose de poder hablar de algo que no fuera su padre.

—Bueno, no son rumores, Harriet nos lo ha explicado —dijo Christine mostrando algo así como una leve sonrisa pícara—. ¡El capitán Benjamin Wright ha tenido que huir de la ciudad!

Sally sintió que le daba un vuelco el corazón. No supo qué contestar; nunca antes había pensado que la marcha extraña y silenciosa de Ben había sido una verdadera huida. Decidió no comentar las cartas hasta obtener más información.

—¿Ah, sí? ¿Por qué? —dijo, aunque sus palabras se arrastraron entre sus dientes, intentó tragar saliva, pero su boca estaba seca—. ¿Qué es lo que ha pasado?

—Bueno, Harriet no lo sabe con certeza, porque su tío no le ha querido dar detalles —explicó Christine con formalidad, pero aún llevada por el entusiasmo de compartir el chismorreo—. Aparentemente fue pillado haciendo tratos ilícitos con los chinos, seguramente para quedarse con dinero de su compañía.

—Sí, y tiene que ser cierto —añadió Mary con aire de gravedad—, porque, si no fuera así... ¿Por qué huyó?

Cientos de ideas y emociones se amontonaron en la cabeza de Sally. No podía creer lo que estaba oyendo. A pesar de todo lo que había pasado, jamás había dudado de la integridad de Ben. Las dos Abbott la miraban inquisitivamente, así que decidió responder lo que sería preceptivo en situaciones como esta.

—¡Oh, querida! ¿De verdad? —exclamó, llevándose la mano al pecho en señal de espanto—. ¡Eso es algo terrible!

—Sí que lo es, desde luego —convino Mary—. Dios te bendiga, querida. No nos podemos imaginar por lo que estás pasando.

—Sí, las dos sabemos que tenías al capitán en gran estima... —agregó Christine.

—En efecto, lo tuve, pero ya hace algún tiempo que la situación estaba cambiando y ya no estábamos tan unidos —explicó Sally, no sin sentir que estaba traicionando un recuerdo.

—Ah, no lo sabíamos —dijo Christine con un atisbo de incredulidad—. Pero ¿no habías sospechado nada? ¿Ni tú ni tu padre habíais visto ningún cambio en el capitán?

—La verdad es que no —mintió Sally—. Siempre que venía a Hong Kong se quedaba solo unos cortos períodos de tiempo. El distanciamiento vino de forma natural...

—Mucho mejor, una buena muchacha como tú debe alejarse de tales compañías —dijo Mary—. Ahora estás a salvo con nosotros, en un entorno familiar adecuado para tus circunstancias.

—Muchas gracias, os estaré eternamente agradecida. Nunca me habría imaginado que sería tan afortunada de teneros como amigas.

Las dos Abbott sonrieron satisfechas e informaron que la dejarían sola, pero le indicaron que pronto tomarían el té por si deseaba unirse a ellos. Aunque el mero pensamiento de tener que socializar con toda la familia le provocaba un profundo agotamiento, Sally sintió, de forma instintiva, que debía demostrar a todos que las noticias sobre Ben no la habían afectado, así que accedió a tomar el té con los Abbott.

No obstante, necesitaba aprovechar el tiempo que le quedaba, antes de que viniera la doncella a vestirla, para sacar las cartas de Ben y leerlas. Saltó de la cama y fue a buscar su joyero. Era un cofre cubierto de espejos que había tenido desde pequeña; en él siempre había guardado pequeños tesoros sin importancia, pero desde hacía un par de días contenía dos sobres arrugados y sin abrir.

Sally cogió las cartas y volvió a la cama. Se colocó de espaldas a la puerta, las abrió y las leyó ávidamente. Primero la que iba dirigida a ella y luego la dirigida a su padre. Cuando acabó, se quedó atónita, sumida en el asombro y la decepción. Pero no tuvo tiempo de leerlas de nuevo, porque pronto oyó a la doncella anunciando su llegada. Antes de que abriera la puerta, Sally había escondido las hojas debajo de la manga de su camisón, por encima de su hombro. La doncella, Lei Kei, entró hablando distraídamente del tiempo. Sally aprovechó para colocar las cartas de nuevo en el joyero y esconderlo en el fondo del baúl que se había traído de casa. La doncella estaba tan distraída preparando el vestido y su miriñaque que pareció no darse cuenta de que Sally dejaba el joyero en el baúl y empezaba a concentrar toda su atención en arreglarse para una velada con los Abbott. Sin embargo, al ver lo que la sirvienta había traído con ella, no pudo evitar que se le escapara un suspiro.

Sobre la cama había un traje de seda negra. Siguiendo la tradición y las normas en la casa Abbott, Sally llevaría riguroso luto durante un año. Únicamente se le permitirían vestidos de seda o de lana negra, con tan solo unos pocos adornos, y tampoco podría llevar joyas a excepción del azabache. En el espacio que durara el período del duelo no podría asistir a bailes o fiestas.

—No te preocupes, Sally —dijo Christine durante el té—. Eres muy joven y nadie te juzgará si vienes con nosotras al próximo baile.

—No podrás bailar, por supuesto —añadió Mary en tono maternal—. Pero creo que toda Victoria entenderá que salgas de casa un poquito.

—Siempre y cuando respete el decoro propio de alguien que está pasando el duelo por su padre —puntualizó Mister Abbott.

—Sí, por supuesto —acordó Sally, haciendo un esfuerzo para parecer humilde y modesta.

—Bueno, de aquí a unos meses, Sally, podrás volver a divertirte sin preocuparte mucho. No solo eres muy joven, sino que ha muerto tu padre, ¡y no tu marido! —dijo Peter con una media sonrisa.

Sally había estado antes en compañía del segundo hijo varón de la familia, pero esta era la primera vez que él le hablaba directamente y con tanta desfachatez, aunque Sally se sintió halagada por el apoyo recibido y se limitó a sonreír tímidamente.

—Peter, el luto no es una cuestión de broma —dijo su madrastra, acompañada por la mirada severa de su padre.

—Por supuesto —fue lo que Peter se limitó a responder sin dejar de sonreír.

El resto de la velada prosiguió con charlas sobre algunas noticias concernientes a la colonia y algunos productos nuevos que habían llegado a los mercados desde la India o Inglaterra. Sally intentó escuchar educadamente y hacer algún comentario inteligente. Pero en realidad su mente no podía pensar en otra cosa que no fueran las cartas que la esperaban en su habitación.

En cuanto terminó la cena, todos pasaron al salón. Sally se sentó a leer, mientras el resto de los Abbott jugaba a las cartas. Mister Abbott estaba sentado en su butaca preferida siguiendo la partida, solo interrumpiendo su silencio para dar recomendaciones o indicaciones a sus hijos y esposa. Cuando acabaron, Mister Abbott llamó a Peter a reunirse con él en su despacho, que comunicaba con el salón a través de la biblioteca. Sally nunca había entrado allí. Mister Abbott llamaba a sus hijos al interior del estudio para conversar, así que, a menudo, pasaban largos ratos encerrados detrás de la pesada puerta de roble. En los días que había vivido en esta casa, así como en sus visitas anteriores, el despacho del patriarca se había convertido en un lugar lleno de misterio. Sally se preguntaba a menudo si el estudio de Mister Abbott se parecería al que tenía su padre en Bristol.

Poco después de que empezara la reunión y sabiendo que había pasado un tiempo prudencial para no parecer descortés, Sally aprovechó la oportunidad para anunciar que se retiraba a su habitación. Al entrar en el recibidor de la casa para dirigirse a las escaleras, se encontró que Peter salía, a su vez, del despacho de su padre. Aunque su semblante era serio, tan pronto como vio a Sally sonrió ampliamente mostrando una larga hilera de dientes blancos y rectos. Casi no se conocían, pero el chico era una de esas personas cuya presencia despertaba una cercanía natural.

—¡Sally! —la llamó mientras se acercaba a ella intentando no alzar la voz—. No he tenido ocasión de decirte cómo me alegro de que estés en casa con nosotros y cómo siento todo lo que te ha sucedido. Haremos todo lo que esté en nuestras manos para que no tengas que sufrir nunca más. Me alegra mucho que tengas una amistad tan cercana con mi hermana y mi madrastra y sé que mi padre te tiene en alta consideración. Estoy seguro de que en unos días tú y yo seremos amigos íntimos, también.

Sally no supo qué decir, aunque tuvo que esforzarse para que los ojos no se le llenaran de lágrimas. Una sensación de protección y consuelo que no había sentido en mucho tiempo recorrió todo su cuerpo. Parecía que Peter quisiera tomarla de la mano y ella tuvo que reprimirse para no dársela.

—Muchas gracias —respondió Sally—. No sé qué hubiera sido de mí sin la amabilidad de tu familia.

—Estoy seguro de que te las hubieras arreglado muy bien, Sally. Puedo ver una gran fortaleza en ti. Aun así, me alegro de que estés aquí con nosotros.

Sally se despidió agradecida de todo corazón por la muestra de empatía y comprensión del muchacho y pensando que, de todas las cosas que había considerado sobre su propia persona, la fortaleza no había sido nunca una de ellas.

No fue hasta que se despidió de la doncella, después de haberse puesto el camisón y cepillado su imposible pelo rizado, que pudo rescatar las cartas de su escondite y leerlas de nuevo y con calma:

Querida Sally,
Siento haberme marchado de esta manera, pero confía en mí cuando te digo que no he tenido más remedio. No me podía quedar y no habría podido llevarte conmigo. De cualquier forma, no te habría hecho feliz. Siento que esto tenga que acabar así.
Siempre tuyo,

BEN

Theodore,

Las cosas no han salido bien y he tenido que marchar en el primer *junk* en dirección a Shanghái. Te envío esta carta desde la primera parada en Cantón. Cuando llegue a Shanghái tengo contactos en la ciudad y podré, desde ahí, regresar a Estados Unidos. Te recomiendo que, en cuanto leas esta carta, consideres abandonar tú también la isla. Por favor, cuida de nuestra querida Sally y no la dejes estar demasiado enfadada conmigo.

Gracias por tu amistad y por todo lo demás,

BEN

Como siempre, el capitán había sido tan críptico que poco se podía extraer de sus palabras; sin embargo, había suficiente información como para deducir que su padre estaba al corriente de los asuntos ilegales de Ben. Este hecho la dejó perpleja y con un nudo en el estómago. Después de unos segundos, el mundo se nubló a su alrededor. Una cadena de ideas se desarrolló en su cabeza dando forma a preguntas sin respuesta. Pero nada de eso podía ser cierto. Tal vez no conocía tanto al capitán como ella había creído y tal vez su padre había sido más reservado de lo que a ella le habría gustado, pero sabía con toda certeza que Theodore Evans jamás habría robado ni tampoco hubiera encubierto a un ladrón.

Sally pensó, sintiendo náuseas, en todas las conversaciones privadas que su padre y Ben habían mantenido a lo largo de ese año. Recordó a Ben diciendo de sí mismo que no era muy distinto a un pirata. También le vino a la mente la imagen de su padre, pálido y confundido, leyendo aquella primera carta que recibió de Ben. Así pues, ¿era posible que su padre no solo estuviera al corriente, sino que también formara parte de algún negocio ilícito? ¿Tenía esto algo que ver con la carta que envió Sir Hampton? Sentada en la cama, sintió una enorme sensación de vértigo. Ben, su padre, el viaje a Hong Kong... todos estos acontecimientos estaban cambiando de naturaleza; ahora se mostraban con un cariz diferente, teñido de algo negativo y carente de todo sentido.

2

Los primeros meses de luto pasaron lentamente. La ausencia de su padre constituía el origen de un dolor constante. Un dolor físico que se manifestaba en el pecho y el estómago y no la dejaba respirar. Muchas veces se había preocupado por la salud de su padre, pero nunca llegó a pensar que tendría que acostumbrarse a su ausencia. Tampoco ayudaba el pensar que Theodore podría haber estado implicado o haber ayudado a Ben en un negocio fraudulento, pero intentaba bloquear esas ideas cada vez que surgían. A veces, el sentimiento de pérdida era tal que tenía pequeños, y secretos, ataques de pánico. Estaba sola en el mundo, completamente desprotegida. En estos momentos de angustia se consolaba pensando en la suerte que tenía al haber conocido a los Abbott.

No solo le habían ofrecido un refugio en el que poder recuperarse de todo lo que le había pasado, sino que le proporcionaban un entorno familiar tan deseado como desconocido para ella. Christine y Mary eran dos mujeres cariñosas y alegres que representaban un ejemplo a seguir. Siempre tenían opiniones juiciosas y se movían, se sentaban y respiraban siguiendo el decoro y las normas del buen gusto. Sabían qué tipo de *soufflé* ordenar para una cena y qué tipo de guantes llevar a cada momento. A su lado, Sally se sentía torpe y destartalada, pero le gustaba poder aprender de esas damas de educación más convencional.

Los hombres Abbott eran muy diferentes entre sí. Mister Abbott era el cabeza de familia y actuaba como tal en todo momento. Cuando todos estaban reunidos, él llevaba la voz cantante, elegía los temas de conversación y administraba justicia si alguien llevaba la contraria. En general, todos los Abbott seguían conversaciones armoniosas en las cuales no había enfrentamientos, solo dialéctica fluida y deportiva. Peter era el único que, en ocasiones, se oponía a los otros miembros del clan. Sally llegó a deducir que esto se debía más a un divertimento personal que a una confrontación abierta con su familia. A veces todos se lo tomaban en broma y, otras veces, se desarrollaban largas horas de conversación para hallar una solución a la discusión iniciada. Por último, Jonathan, el hermano mayor de la familia, era más bien de personalidad callada y taciturna. Físicamente era grande y fuerte como su padre, mientras que Peter tenía una figura grácil y esbelta.

Sally disfrutaba enormemente de las conversaciones y de las largas veladas familiares, aunque, en ocasiones, se sentía más como un espectador que como un participante. Aun así, ya no había más viajes, conversaciones crípticas, misterios del pasado... la vida en casa de los Abbott transcurría como ella siempre lo había deseado: con una cotidianidad confortable y previsible. Por esta misma razón, Sally decidió olvidarse de Ben y de las dudas que su comportamiento había levantado sobre él y su padre. De nada servía volverse loca pensando en posibilidades y preguntas que no llevaban a ningún sitio.

De esta forma, Sally se alejó de Aberdeen Hill y de las cosas que ahí habían sucedido. Mientras estuviera de luto, no tenía por qué marcharse a ningún sitio, y, siendo una huérfana tan joven, los Abbott le dejaron bien claro que podría estar con ellos todo el tiempo que quisiera.

Un día, estaba leyendo en la biblioteca de los Abbott cuando uno de los criados anunció la visita de Mister Cox. Sally no tenía ganas de ver a nadie relacionado con Aberdeen Hill, pero no podía rechazar el hecho de dar audiencia a su mayordomo. Cuando el hombre entró en la biblioteca, estaba nervioso y Sally no sabía si eso se debía a que traía malas noticias o, simplemente, a que se sentía incómodo en la gran mansión de los Abbott.

—¿Cómo está usted, Miss Evans? —se inclinó Mister Cox mientras miraba a su alrededor.

—Estoy bien, gracias, Mister Cox. ¿Le puedo preguntar a qué se debe su visita? ¿Está todo bien en Aberdeen Hill?

—Sí, sí, todo bien —respondió Mister Cox sin mirarla directamente—. Solo quería hablar con usted de un tema un poco delicado.

Sally había disfrutado de la paz sin sobresaltos en los últimos meses, así que sintió cómo se le hacía un nudo en el estómago. No quería encontrarse con más sorpresas o tener que afrontar nuevos hechos inesperados. No obstante, ahora no podía escapar de lo que Cox tenía que decirle.

—Dígame, Mister Cox —intentó decir como una adulta, como si fuera Mary o Christine.

—Verá, usted ya ha estado fuera de la casa un tiempo y nosotros no tenemos mucho más que hacer en una casa vacía. Mistress Black y yo hemos pensado que, tal vez, podríamos buscarnos un nuevo emplazamiento para este tiempo en el que usted no resida en Aberdeen Hill. Por supuesto, en el caso de que usted vuelva a ocupar la casa, nosotros estaríamos dispuestos a volver a nuestro antiguo puesto.

Sally dejó ir un suspiro de alivio. Ahora entendía por qué Mister Cox estaba nervioso. No solo le estaba pidiendo un favor, sino que le estaba mencionando un tema relacionado con dinero, algo vergonzoso para un mayordomo de su categoría. Mister Cox estaba intentando hacer su petición con elegancia y educación.

—Ningún problema, lo entiendo perfectamente —afirmó Sally, levantándose de su asiento—. En cuanto tenga planes de volver a mi casa, se lo haré saber. ¿Solo son ustedes dos los que se quieren marchar?

—Bueno, Mistress Bean dice que está contenta de quedarse en su puesto. Está esperando un bebé y el trabajo tranquilo de la casa ya le va bien. Los criados chinos venían con la casa, y, a no ser que usted quiera prescindir de ellos, están contentos de quedarse para mantenerla limpia y cuidada.

—¡Qué buenas noticias para Charlie! ¿Podría decirme si Yi Mei Ji querría mudarse aquí y hacer las veces de doncella? —preguntó Sally, pensando que sería un detalle para con los Abbott traerse su propio servicio, dando así menos trabajo a los sirvientes de la casa.

—Honestamente, señorita, no creo que deba usted tener en cuenta la opinión de una criada china sobre el asunto. Si desea que se mude aquí con usted, ella tendría que estar feliz de complacerla.

Sin manifestar que no estaba del todo de acuerdo con esta última afirmación, Sally agradeció la información a Mister Cox diciendo que lo preguntaría a su nueva familia y le haría saber si era necesario enviar a la *amah*. Sally se sintió enormemente aliviada de conocer que su casa estaría ahora más vacía, sin tanta gente esperando su regreso. En cuanto Mister Cox se marchó, decidió escribir un mensaje a Charlie felicitándola por las buenas noticias. No fue hasta que envió la nota que se dio cuenta de que tal vez su cocinera no sabía leer.

La última vez que se preparó para un baile, su vida era completamente diferente. La expectación y las esperanzas eran parte de la rutina previa al evento. Ahora solo debía ponerse un vestido negro y recogerse todo el pelo en un moño sin florituras. Mei Ji, que se había trasladado a la mansión Abbott, la ayudó para prepararse según las convenciones del luto, pero con gusto y a la moda.

Asistía al baile en casa del gobernador porque su esposa le había enviado una invitación personal llena de conmiseración y amabilidad, pero en realidad hubiera preferido quedarse en casa, tendida en la cama, intentando no pensar en el baile. No se sentía atraída en lo más mínimo a pasar una noche mirando los bonitos vestidos de las otras damas o, peor aún, contemplando a las parejas bailando y divirtiéndose.

—No te preocupes, Sally —la consoló Christine—, habrá mucha gente que no estará bailando y podrás mantener animadas conversaciones con otros asistentes al baile.

Christine tenía veintiún años y los bailes eran la ocasión perfecta para encontrar esposo. Cada baile era un gran acontecimiento que esperaba con entusiasmo poco disimulado. Se pasaba horas eligiendo vestidos, combinando accesorios y probando peinados. En el pasado,

Sally había disfrutado de este protocolo, pero ahora se limitaba a sentarse y a observar cómo su amiga se dejaba llevar por la emoción de los preparativos. Por suerte, Mary era una mujer casada, y, aunque gozaba tanto como su hijastra de las fiestas, debía también mantenerse en un segundo plano y observar.

—Me encanta poder contemplar a las mujeres completamente acicaladas y llevadas por esta dulce anticipación previa a un baile —exclamó Peter, al ver a las damas ya preparadas bajar por las escaleras.

—¡Oh, por favor, Peter! Eres un travieso —dijo su madrastra.

—Bueno, hermano, ¿tengo razón o no? —preguntó Peter a su hermano Jonathan, que se encontraba con él tomando un brandy. Jonathan Abbott se limitó a gruñir por toda respuesta y siguió con la conversación que estaba manteniendo con su padre.

—Espero que Sally pueda deshacerse de este duelo tan inútil que lleva y poder pedirle un baile pronto —prosiguió Peter.

—¡Peter! —exclamaron su hermana y su madrastra casi al unísono.

—¿Qué? Sally solo tiene dieciocho años y lleva meses guardando luto por su padre. —Peter se defendió sin dejar de sonreír.

—No escuches a mi hermano —dijo Christine a Sally—, le encanta provocar.

—Tranquila, he aprendido a no hacerlo cuando bromea —afirmó Sally, quien, en el fondo, se sentía halagada por el comentario de Peter.

—¿Quién dice que bromeo? —replicó el chico.

En más de una ocasión, Peter había comentado la belleza de su huésped o flirteaba con ella descaradamente.

Todos estaban acostumbrados a las bromas y los comentarios del hijo pequeño de la familia y Sally agradecía estas interrupciones locuaces e inocentes a su cotidianidad marcada por el negro y el duelo.

El baile en casa del gobernador había sido un acontecimiento esperado por toda la clase alta de Hong Kong. No solamente porque el anfitrión era el mismísimo gobernador, sino también porque se esperaba la presencia de un invitado muy especial: el comisionado Keying, acompañado de su séquito, iba a asistir a la fiesta. Todo el mundo tenía curiosidad por ver al mandarín de cerca y, por eso mismo, Mister Abbott, quien raramente asistía a fiestas, los acompañó con la excusa de que había sido invitado por el gobernador y, por tanto, no tenía más remedio que ir.

—Keying es un viejo conocido en Hong Kong —anunció Mister Abbott en la calesa de camino a la fiesta—; fue el responsable de negociar con nosotros el Tratado de Nankín en el cuarenta y dos, cuando los chinos perdieron la guerra. He oído al gobernador y otros colegas decir que es un gran admirador de la cultura británica. Creo que eso dice mucho de su valor como ser humano —añadió Mister Abbott.

—Dicen que la corte del emperador es de las más grandes del mundo —mencionó Christine para llenar el silencio que siguió al comentario del patriarca.

—Así es, querida —agregó Mister Abbott—. Su palacio se conoce con el nombre de «la ciudad prohibida». Se dice que es un complejo tan grande como una verdadera ciudad construida con un sistema de patios amurallados diseñados para su defensa.

—¿Cuánta gente debe de vivir en ese palacio? —preguntó Mary a su marido.

—Miles —respondió Mister Abbott—. La jerarquía y las normas de la corte de los Qing son de las más complicadas que existen.

—Así es, padre —añadió Peter con fascinación—. Y de las más desconocidas.

—Pero no lo entiendo —interrumpió Christine—. Si estos son los Qing, ¿por qué los llamamos mandarines?

—Creo que tiene algo que ver con el dialecto que se habla en Pequín —contestó Mister Abbott.

—Ese es el nombre que los monjes jesuitas portugueses dieron a los miembros de la corte en Pequín. «Mandarín» viene de la palabra «mandar» en portugués. Es la palabra que se dio a los que mandaban y, por extensión, a los chinos del norte y a su lengua. —Sally había oído la explicación de Theodore meses antes y lo narró con entusiasmo. Estaba contenta de poder contribuir a la conversación. Cuando acabó, se dio cuenta de que todos los miembros de la familia Abbott la miraban en silencio y, sin saber por qué, podía notar cierta desaprobación de su intervención.

—¿Está segura? —interrumpió el silencio Mister Abbott—. ¿No cree que tal vez esa es una historia algo ridícula?

Sally no respondió nada, aunque notó que sus mejillas ardían. Nunca se había planteado que algo que le dijera su padre no fuera verdad y a ella no le parecía una explicación absurda. Pero decidió mostrar modestia para con el hombre que le había dado un refugio e intentó sonreír amablemente el resto del viaje sin mostrar la vergüenza que sentía por su metedura de pata.

—No te preocupes, a veces mi padre es un poco duro, pero no te lo tomes al pie de la letra —le dijo Peter disimuladamente cuando bajaron de la calesa—. Yo también he oído esa explicación y no me parece ridícula.

Sally agradeció tímidamente la muestra de solidaridad de Peter y observó cómo el chico se dirigía hacia el interior de la casa del gobernador. Hasta ahora este chico no había sido para ella otra cosa que el hermano atrevido y encantador de Christine. Pero, al ver su figura adentrarse en el recibidor de la mansión, se sorprendió a sí misma deseando que su luto se acabara pronto para poder bailar con él.

Sin embargo, se tenía que resignar a contemplar cómo los demás disfrutaban de la fiesta. Aunque asistía al baile como invitada de la esposa del gobernador Bowen, Sally sabía que debía mostrar en todo momento una actitud llena de modestia y humildad. No hubiera sido bien visto que se riera abiertamente, que iniciara conversaciones o que, como bien le había indicado Mary, se paseara demasiado. Por esta razón, Sally presentó sus respetos al gobernador y a su esposa pensando en retirarse a un segundo plano tan pronto como hubieran acabado.

—Me alegro de que haya venido al baile —dijo Mistress Bowen.

—Sí, no queríamos que se quedara encerrada en casa durante todo el luto. ¡Es usted tan joven! Y creo que todos podemos ser algo flexibles con las tradiciones —dijo el gobernador, que era un hombre muy alto, gordo, canoso y de semblante amable. Sally pensó que tenía la actitud y la forma físicas necesarias para un gobernador.

—Gracias, gobernador Bowen —repitió Sally con una leve inclinación—. Me sentí muy halagada al recibir su invitación.

—De hecho, fue nuestra querida hija pequeña, Emily, quien me recordó que debíamos avisarla e hizo que mi esposa le enviara la invitación. —El gobernador señaló un grupo de chicas a las que Sally conocía de vista, pero a las que no había sido presentada. Sin duda, aun siendo la hija del principal administrador de la colonia, la chica no pertenecía al mismo círculo social que Mary Ann Lockhart o las Abbott.

—¿No te enteraste? —dijo Mary Abbott cuando caminaban hacia donde se encontraba el resto de sus amigas—. Justo antes de venirse a Hong Kong, Emily y dos más de sus hermanos anunciaron a sus padres su intención de convertirse al catolicismo. ¡Se dice que Emily ha expresado su deseo de convertirse en monja!

—¿De verdad? —preguntó Sally, quien ahora entendía por qué su grupo de amistades no se relacionaba con la chica.

—Sí —dijo Mary—. Mister Abbott me ha dicho en confidencia que se esperaba mucho del nuevo gobernador, siendo un experto en estudios chinos, pero que desde que ha llegado todo es un caos y en parte se debe a que no es el mismo desde que su querida hijita lo ha traicionado de esta manera. ¿Católicos? ¡Qué locura!

Sally se limitó a sonreír, aunque era una de esas ocasiones en que se sentía como una intrusa en un mundo ajeno. Después de todo, Sally se había criado entre católicos, y, aunque su padre nunca había mostrado ningún interés por la religión, sabía que su madre había sido católica, al menos de educación.

Cuando se reunieron con su grupo, vieron cómo todas sus amistades más cercanas, y vinculadas con los Abbott, habían llegado al baile: Mary Ann Lockhart y Harriet Low, pero también Mary Ann Shaw, Mary Ann Pine y Charlotte Pritchard.

—¡Dios nos bendiga! Mary Ann es ciertamente un nombre popular —se oyó a Peter comentar este hecho a su hermano y a otros caballeros que se encontraban charlando al lado del grupo de las chicas. Por primera vez en toda la velada, y tal vez en todos estos meses, Sally oyó algo que le hizo querer reírse a carcajadas. Sabía que no estaba bien visto reír y mucho menos escuchar conversaciones ajenas, así que tuvo que morderse el labio para disimular. Pero nadie pareció prestar ninguna atención a lo que Sally hacía porque, en ese momento, el salón al completo hervía con la emoción de la llegada del enviado del emperador.

Todo el mundo pareció detenerse para mirar en dirección a la puerta. Sally intentó con disimulo ponerse de puntillas y mirar entre el mar de cabezas y sombreros que se extendía entre la esquina donde se encontraba y la parte donde estaba el emisario y su séquito.

—¿Veis alguna cosa? —preguntó Mary Abbott en voz baja.

—Solo veo unos gorros de seda —replicó Sally.

—No se ve nada —contestó otra de las chicas.

—¡Ven! —Sally oyó de repente una voz cálida que susurró muy cerca de su oreja. Antes de que tuviera tiempo de reaccionar, notó cómo la cogían de la mano y la instaban a moverse. Era Peter, quien, con soltura y firmeza, la arrastraba entre el gentío, bordeando la sala. Sally sabía que no se tendría que haber alejado del grupo de amigas que la acompañaban, pero no pudo resistirse a seguir al joven. La posibilidad de ver de cerca al misterioso enviado y el contacto de la piel caliente de Peter con la seda de su guante era lo más excitante que le había pasado en mucho tiempo. Si alguien los pillaba sabía que Peter se inventaría una buena excusa y, de todas formas, todo el mundo estaba demasiado pendiente de lo que pasaba en la parte frontal de la sala.

Cuando estaban casi en paralelo con la puerta, Peter se detuvo. Parecía un niño llevado por la emoción de una travesura.

—¡Mira! Qué serios que son estos señores mandarines —dijo mientras estiraba el cuello. Sally quiso decir que ella no era suficientemente alta como para ver nada, cuando Peter la tomó por la cintura y con un movimiento lleno de fuerza y agilidad la levantó. Sally tuvo que reprimir un gritito al notar que sus pies ya no tocaban el suelo, pero en su lugar se mordió los labios y puso, de forma instintiva, sus manos sobre las de Peter. Sally pudo ver por unos segundos a un hombre no muy alto con un hermoso traje tradicional manchú en seda azul; justo en el centro del pecho, mostraba un cuadrado profusamente decorado de lo que parecía un bordado, y también llevaba un largo collar de perlas y un sombrero negro y cónico. Se encontraba rodeado de otros individuos que llevaban trajes similares. Al lado del grupo principal estaba Mister Abbott, acompañado de Daniel Kendall y otros caballeros.

—Ya los he visto, ahora puedes bajarme —indicó Sally girándose hacia atrás con dificultad, ya que el corsé se le estaba clavando en la piel de la cintura—. Si alguien nos viera así...

—¿Quién nos va a ver? —preguntó Peter de forma retórica sin dejar de sonreír.

Sally quería decirle lo poco correcto que era este proceder. Pero en su lugar no pudo evitar mirarlo a la cara y devolverle la sonrisa. Hacía mucho tiempo que no se divertía así y no se había dado cuenta de hasta qué punto necesitaba un momento fuera de los límites marcados por la vida de una huérfana en luto.

—Gracias. —Fue todo lo que se limitó a decir—. ¿Quiénes son los caballeros que están al lado de tu padre? —preguntó Sally pensando que debía empezar a ser capaz de conocer a más personalidades ilustres de Victoria.

—A ver —dijo Peter, intentando localizar a su padre entre la muchedumbre—. ¡Ah, sí! Ese es Daniel Kendall y su hermano James, un buen amigo mío, y luego está Mister Palmer, el señor con el gran bigote, es el secretario general de la colonia, pero mi padre siempre dice que él es el verdadero dueño de esta ciudad.

—¡Ah! —dijo Sally, mirando a su alrededor. Sally quería mencionar a algún conocido, pero se dio cuenta de que su círculo de conocidos era limitado. Por fin dijo—: No veo a William Turner, el periodista del *Friend of China*.

—¿Conoces a Turner? —preguntó Peter sorprendido y pronunciando el nombre con desdén.

—Lo conocí brevemente hace meses —dijo Sally pensando que sería mejor no mencionar la conexión de Turner con Ben y su padre.

—No creo que esa rata sea bienvenida en casa del gobernador, ni en ninguna casa decente de esta ciudad. Después de las calumnias que se ha dedicado a inventar para estropear el buen nombre de varios grandes hombres de esta colonia... ¡Mary nos está buscando! —interrumpió el chico, que había visto a su madrastra mirando a su alrededor buscando a Sally. Peter volvió a coger la mano de Sally y, de la misma manera que se la había llevado, la trajo de vuelta junto a su madrastra.

—¡Peter, Sally! —exclamó Mary en cuanto los vio llegar. Sally habría deseado que nadie hubiera notado su ausencia, pero era evidente que había estado buscándola—. ¿Qué ha pasado? ¿Dónde estabais?

Sally iba a decir que con el gentío se había mareado y que Peter, amablemente, la había acompañado a un extremo de la sala cerca de la ventana. Pero antes de que pudiera abrir la boca contestó por ambos:

—He llevado a Sally a un lugar más cercano a la puerta para que pudiera ver al famoso comisionado.

—¿Te has llevado a Sally? —Mary miró a Sally obviamente llena de incredulidad, pero se tomó el silencio de la joven como una confirmación, y, llena de desaprobación, añadió—: Sally está de luto, no puede irse contigo a hacer una de esas locas travesuras tuyas. ¿Qué pensaría la gente?

—La gente pensaría, precisamente, que Sally quería ver al famoso Keying de cerca —dijo Peter de forma dulce aunque insolente—. Las huérfanas también tienen derecho a echar un vistazo a personalidades importantes.

—Peter... —es todo lo que su madrastra contestó, aunque era evidente que ya no estaba enfadada con él, más bien alegre. Así que se limitó a dar otro sorbo a su copa llena de champán.

Sally se quedó en silencio, contenta de que Mary la mantuviera al margen de la discusión. Poco después, todos los asistentes que iban a comenzar la siguiente danza se acercaron al centro de la sala para tomar posiciones y Sally agradeció que la atención ya no estuviera centrada en ella. De esta manera, se posicionó junto a Mary en primera fila.

—Oh, Mary Ann está encantadora esta noche, ¿no es así? —comentó Mary señalando a Miss Lockhart. Esta se encontraba en el centro de la fila conformada por las damas que iban a iniciar el baile. Llevaba un precioso vestido de color lila y no paraba de sonreír. Sally sintió como si el baile estuviera particularmente dedicado a Mary Ann Lockhart. Toda la energía y atención de la sala parecía centrarse en esta joven. Con una punzada de dolor, pudo comprobar que el compañero de baile de Mary Ann era Peter. Cuando Peter vio que Sally lo estaba mirando, le devolvió la mirada y le sonrió a distancia. Sally apartó la mirada lo más rápidamente posible, esperando que Peter no se hubiera dado cuenta de que lo estaba mirando a él. Sin embargo, por el rabillo del ojo, pudo ver cómo Mary Ann se giraba y miraba en su dirección. Seguramente quería saber a quién estaba sonriendo su compañero de baile.

—Sí, está encantadora, siempre lo está —respondió Sally mirando a Mary e intentando ignorar a Mary Ann o a Peter.

Cuando el baile se inició y las parejas empezaron sus coordinados pasos, Sally decidió que era una buena oportunidad para observar detenidamente al comisionado Keying. El diplomático estaba casi enfrente de ella y miraba el espectáculo con curiosidad. El gobernador se encontraba a su lado, estaba señalando a las parejas que bailaban y a la orquesta y Sally pensó que probablemente le estaba dando explicaciones sobre la fiesta, el baile y las tradiciones británicas relacionadas. El diplomático chino tendría más de cincuenta años y destilaba solemnidad. Sally se preguntaba en qué misiones había estado implicado, qué intrigas dignas de Shakespeare había urdido o si había nacido y crecido en la maravillosa ciudad prohibida, cuando sus pensamientos fueron interrumpidos al ver que el diplomático la estaba mirando directamente. Desde el otro lado de la sala y entre las figuras de la gente bailando, Sally vio cómo el comisionado Keying no solo la miraba, sino que parecía comentar algo a su traductor, quien se lo tradujo al gobernador, quien, a su vez, también miró directamente en dirección a Sally. Pronto los dos hombres devolvieron su atención al baile y Sally se quedó dudando de si lo que acababa de ver significaba algo o había sido algo completamente aleatorio. Al mismo tiempo se dio cuenta de que Mary Ann la había mirado en un par de ocasiones mientras bailaba. Sally empezó a sentirse agobiada y a desear que el gobernador nunca la hubiera invitado a este baile.

Cuando el baile acabó, la gente se agrupó para comentarlo. Sally intentó quedarse rezagada, mientras todas las chicas ensalzaban la música y, principalmente, las cualidades de Mary Ann y Peter como bailarines.

—Oh, Mary Ann, eres una bailarina llena de gracia —dijo Harriet—. Todo el mundo estaba contemplando la maravillosa pareja que hacíais tú y Peter.

—Gracias —contestó Mary Ann complaciente—. Es un placer bailar con Peter, es un excelente compañero de baile.

—Sí, sí que lo es —dijo Christine algo seria aunque llena de orgullo.

—Todas habéis bailado muy bien. —Sally rompió su silencio—. Creo firmemente que Christine comparte las mismas cualidades para la danza que su hermano, ¿no creéis?

Antes de que alguien tuviera tiempo de contestar, se dieron cuenta de que el gobernador, acompañado de Keying y su séquito, se acercaba al grupo.

—Bien, bien —dijo el gobernador alzando la voz—. Si tenemos aquí al más distinguido grupo de jovencitas del baile.

Todo el grupo se inclinó en señal de respeto y más gente, incluidos los hombres Abbott, se unió al grupo.

—Venimos a anunciar que nuestro amigo, el honorable enviado del emperador comisionado Keying, está impresionado por la gracia de las damas de la sociedad de Hong Kong. Ha comentado en particular las cualidades de una de las jóvenes de quien me ha dicho que tendría que ser nombrada la «Bella del Baile».

Todos los presentes miraron instintivamente a Mary Ann, quien sonreía ampliamente.

—Y, por supuesto, le he tenido que comentar que Miss Salomé Evans no puede bailar porque está cumpliendo con sus obligaciones para con el luto de su padre —añadió el gobernador mirando, ahora, a Sally.

La chica no pudo contener su sorpresa. Todo el mundo se volvió hacia ella y, lejos de sentirse halagada, deseó con todas sus fuerzas que el gobernador no hubiera dicho nada. Mostrando modestia, mantuvo su mirada baja, pero podía notar cómo las otras chicas, y en especial Mary Ann, la observaban llenas de incredulidad y algo de envidia.

—Puede darle las gracias de parte de Miss Evans —interrumpió Harriet, quien parecía complacida y divertida con la situación.

—Sí, nuestra queridísima Sally se ha convertido en una de las bellezas de la colonia —dijo Mary Ann con un tono neutral que no daba pie a interpretar sus verdaderos sentimientos—. Es una lástima que todo lo que le ha pasado no la deje bailar o vestirse de una forma más favorecedora.

—Pues yo creo que el negro le queda muy bien —interrumpió Peter, dejando a todos estupefactos.

—Así pues —continuó el gobernador—, tengo que decir que sentimos enormemente que su padre no pudiera acabar el cuadro que le había encargado. Después de todo, era un regalo para nuestro ilustre amigo Keying.

—No tenía ni idea —anunció Sally, quien había olvidado por completo el cuadro de su padre.

—No se preocupe, querida, es un mal menor —se apresuró a decir el gobernador—. Pero tarde o temprano tendremos que hablar de cómo acabar el encargo. Ahora no piense en eso e intente divertirse.

En cuanto el gobernador se fue, todos rodearon a Sally haciendo un alboroto y comentando la suerte que tenía la muchacha al haber sido destacada y halagada por el diplomático. Sin embargo, lejos de estar contenta, Sally sintió que la presión era casi asfixiante y en cuanto tuvo la ocasión se excusó y salió a los jardines de la mansión. La noche era húmeda y sin brisa, pero aun así se estaba mucho mejor que en el salón de baile lleno de gente, ruido y transpiración. Los jardines habían sido construidos siguiendo un estilo francés y Sally se dirigió a la fuente que había en el centro y se sentó en un banco a observar algunas de las parejas que paseaban por el jardín. Podía oír el sonido del agua contra el sonido de fondo de la gente y la música. En el pequeño estanque bajo la fuente, flores de loto surgían del agua recordándole cuán lejos de Europa estaba. Ahora este era su hogar, aunque lo sentía incompleto sin la presencia de su padre. La admiración del comisionado Keying tendría que haberla hecho sentir mejor, pero únicamente había incrementado la sensación de soledad y pérdida.

Estaba a punto de volver al interior de la casa cuando vio que un hombre se aproximaba hacia donde estaba ella. A contraluz no podía ver bien quién era, pero lo reconoció enseguida por su forma de caminar.

—Cualquier otra chica se hubiera quedado para disfrutar de la atención de un importante cortesano chino y toda la sociedad de una colonia —dijo Peter cuando se encontraba a tan solo unos metros. En la penumbra se intuía que estaba sonriendo cuando dijo esto.

—Soy una huérfana en luto, ¿recuerdas? No puedo disfrutar de nada. —Sally quería sonar divertida, pero no pudo evitar dejar traslucir algo de la amargura que la invadía.

—Lo sé, pero eso no impide que puedas bailar conmigo —susurró Peter mientras le ofrecía la mano—, siempre y cuando dejes bien claro que no lo estás disfrutando, claro está.

Como respuesta, Sally no pudo evitar soltar una carcajada. En su lugar tendría que haber dicho que no era apropiado bailar, especialmente en medio del jardín, pero una fuerza casi magnética le hizo acercarse a Peter y cogerle la mano.

Los dos bailaron un discreto vals. Sally no miró alrededor ni una vez, y, por tanto, no pudo saber si alguien más se encontraba en los jardines en ese momento o si estaban completamente solos. No le importó si los veían, solamente se dejó llevar y disfrutó de este baile como si hubiera sido el primero de su vida.

3

—Y esto es una flor de loto —dijo Madame Bourgeau—, ¿ves? —La dama movió el objeto de hierro a un
lado y a otro y las pestañas que hacían a la vez de pétalos
de la flor se abrieron ligeramente—. Bueno, más bien es
un objeto ritual que simboliza la flor de loto.

—Aha —confirmó Sally sin alzar la vista de su cuadernillo—. ¿Para qué se utiliza una flor en un ritual?
—añadió más bien por educación que por interés.

Madame Bourgeau suspiró con frustración y rodeó
la mesa para detenerse delante de Sally, que no quería
dejar de garabatear, pero sabía que este era el momento
para cerrar el cuadernillo y atender su lección. Desde su
posición, sentada, Sally se encontró frente a frente con el
escote de esta mujer rubia y voluptuosa. Los pechos de
Madame Bourgeau eran tan desmesuradamente grandes
que ocupaban su propio espacio en la habitación. Para la
joven Sally, para quien sus pechos justo habían empezado a mostrarse como dos montículos inesperados y tími-
dos, las mamas de Madame Bourgeau parecían reunir
una fuerza especial y potente, como si todo el universo
gravitara hacia ellas. Sally sentía envidia de la exuberante

feminidad de esta cuarentona de movimientos nerviosos. Solo había empezado a notar los cambios en su cuerpo unos meses atrás, y a la vez parecía que una eternidad la separara de su infancia. Ya no se acordaba de cómo era vivir en su antiguo cuerpo de niña o de cómo era no sentir más inquietudes que las básicas. Ahora Sally sufría un constante estado de exaltación y duda, que incrementaba al no tener ya la opción de correr a los brazos de su padre para buscar consuelo. En su lugar, se pasaba las horas en un estado melancólico teñido de un enfado constante e indefinido.

Theodore no podía soportar el nuevo estado de su hija y, en ocasiones, la dejaba pasar unos días con Madame Bourgeau, quien en su juventud había sido institutriz de la prole de algunas de las familias más importantes de Francia. Sally no sabía la naturaleza de la amistad de su padre con la maestra, pero algo le decía que era mejor no preguntar. No hacía falta ser muy avispado para saber que no era normal que, a veces, se quedaran unos días en casa de una solterona. Theodore se marchaba luego a trabajar en sus pinturas, mientras Sally se quedaba recibiendo clases absurdas en las que se hablaba de lenguas extrañas y flores que crecían en países exóticos.

El cuadernillo azul para sus bocetos se había convertido en su única distracción y en su mayor confidente. Nada más que dibujos definidos por un afectado romanticismo parecían salir de su lápiz. Ninguno de ellos le gustaba o era suficientemente bueno, pero aun así todos suplían fielmente la ardua labor de disminuir su hastío y mostrar su dolor existencial. Más de una vez se encontró llevada, con placer lleno de culpabilidad, a dibujar el contorno de un cuerpo desnudo. El cuello y el torso de los hombres eran sus partes preferidas; dejaba que la mano siguiera el lápiz como si este estuviera meramente revelando una imagen que ya existía. Cuando retrataba mujeres, no las diseñaba desnudas, estaba más interesada en sus rostros y en su pelo. Sus mujeres siempre parecían preparadas para ir a un baile y todas guardaban, de una forma u otra, gran parecido con ella misma. Todas parecían versiones más bellas y adultas de la púber Sally. En un par de ocasiones se sorprendió intentando plasmar el escote de Madame Bourgeau. Se preguntaba si sus pequeños y torpes senos llegarían a ser tan imponentes como los de ella y cómo sería su vida una vez que su nuevo cuerpo tomara forma.

—La flor de loto es un símbolo muy importante en toda Asia —continuó Madame Bourgeau, ahora que se había asegurado la atención de su alumna— y este objeto fue traído del mismísimo Nepal. Ahora bien, ¿me podrías decir dónde está Nepal?

—Hummm entre... ¿India y Tíbet? —dijo Sally sin ganas y preguntándose si los niños de otras familias tenían que aprender las mismas sandeces.

—Muy bien, y ahora dime: ¿Cuáles son las religiones principales que se practican en Nepal? —preguntó Madame Bourgeau moviendo la flor metálica como si se tratara de una batuta.

—El hinduismo y el budismo —suspiró Sally ahora mirando por la ventana.

—Así es. ¿Qué tipo de budismo? —Madame Bourgeau soltó esta última pregunta rápidamente, esperando sorprender a Sally.

—No tengo ni idea —respondió Sally con sinceridad, ya que también esperaba poder acabar con el interrogatorio.

—¡Budismo tibetano o budismo tántrico! —exclamó la maestra.

—Ah, no lo sabía —dijo Sally volviendo a garabatear.

—Bueno, no tenías por qué saberlo, pero siempre es bueno conocer otras culturas en profundidad —explicó Madame Bourgeau volviendo a su lado de la mesa—. En Nepal, en Tíbet y en Mongolia se sigue este tipo de budismo perteneciente al llamado Mahayana. También de esta corriente hay el budismo chan en China, llamado zen en Japón. Pero ya entraremos en más detalle otro día. Volvamos a la flor de loto.

Sally pensó que, después de esta inútil explicación sobre una religión en la que no tenía el menor interés y de la que, estaba convencida, no se hablaba en los círculos sociales en los que ella quería ser introducida, hablar de una flor no podía estar tan mal.

—*D'accord* —respondió Sally, poniendo su mejor cara de niña buena ante la que Madame Bourgeau respondió con una mueca de incredulidad.

—La flor de loto es representada de múltiples maneras y colores y tiene miles de interpretaciones y usos rituales, estéticos y litúrgicos. Pero, como quiero que te acuerdes de lo más esencial, te diré que la flor de loto es un símbolo de pureza porque, aun siendo una flor majestuosa y bella, nace y crece en las aguas más fangosas y sucias.

—¡Ah! —dijo Sally sin poder evitar echar otro vistazo a los senos de su institutriz.

Sally decidió no decir nada a las Abbott sobre el baile con Peter. De sus amigas, solo Harriet sabía que el travieso de los Abbott la había sacado a bailar a solas en un jardín lleno de humedad y luces mortecinas.

—¿Y te intentó besar? —preguntó Harriet, apretando una mano contra la otra y acercándose a Sally.

—Chsss —dijo Sally mirando alrededor—. ¡Su hermana y su madrastra podrían entrar en cualquier momento!

Las dos se encontraban en el West Cottage tomando un té frío. El día era bochornoso y medio Hong Kong se encontraba languideciendo a la sombra de los jardines en la fonda. Sally había pedido permiso para salir y, aunque aún no estaba autorizada a acabar su luto, Mister Abbott le había concedido permiso basándose en el hecho de que ya había salido de su encierro por duelo para ir al baile del gobernador. Necesitaba comentar con alguien lo que había pasado para poder restarle importancia. Desde aquella noche, no podía parar de pensar en lo que Peter había hecho por ella y en si esto tenía alguna importancia especial. La pregunta de Harriet provocaba el efecto totalmente contrario.

—¿Y bien? —insistió su amiga con una sonrisa pícara.

—¿Qué? —se resistió Sally.

—¿Tú crees que te quería besar? —bajó la voz Harriet.

—¡No! —dijo Sally intentando sonar convincente—. Yo creo que simplemente quiso ayudarme. Ya sabes, hacerme sentir mejor acerca del hecho de que no me está permitido bailar. Fue totalmente inocente.

—Si fue totalmente inocente, ¿por qué no se lo explicas a Christine? Entiendo que Mary no estaría muy contenta, es muy protectora de su hijastro —dijo Harriet con un tono lleno de intención—. Pero Christine querría saber lo que su mejor amiga y su hermano están haciendo, estoy segura de ello.

Sally se quedó parada por un instante, ignorando el comentario sobre Mary, e intentó pensar lo más rápidamente posible una respuesta plausible.

—Bueno, aunque fuera inocente, no creo que Christine lo aprobara y no querría poner a Peter en un aprieto.

—Claro —coincidió Harriet pensativa.

Durante un rato, las dos amigas discutieron las diferentes posibilidades y Sally pensaba que tal vez debía sentirse culpable por no haberse negado a bailar con Peter. Pero estaba disfrutando de la conversación, aunque no pudiera admitir a Harriet, o a ella misma, que también sentía placer en saber que era una preferida del pequeño de los Abbott.

—De todas formas, Peter siempre ha sido algo travieso, sobre todo cuando se trata de amigas de la familia —concluyó Harriet—. Y, si no, mira las atenciones que le dedica a Mary Ann.

—Sí, por supuesto —admitió Sally ocultando su decepción y el hastío que empezaba a sentir cada vez que se mencionaba a Miss Lockhart—. Está claro que Peter solo quería animarme.

—Sí, es un buen chico y nunca se atrevería a contrariar a su familia. —Harriet continuó con sus cavilaciones—. Después de todo, solo soy americana, pero por lo que he aprendido de ustedes los ingleses, creo que los Abbott no dejarían que uno de sus hijos varones cortejara a una huésped y mucho menos a una chica huérfana y sin posibilidades.

Sally intentó abrir la boca para replicar que ella era hija de un caballero y la heredera de una casa en Bristol, sin olvidar que ahora era la protegida de una de las familias más importantes de Hong Kong, pero se detuvo pensando que Harriet era americana y estaba interpretando la situación desde su punto de vista.

Sin embargo, ¿y si Harriet tenía razón? ¿Era ella un mero caso caritativo para los Abbott? De repente, la sensación de vergüenza se volvió cegadora. Todo este tiempo había pensado que los Abbott la consideraban una más. Sally pensó entonces en su padre pintando el cuadro para el gobernador, en la reacción de Keying en el baile y en la naturalidad con la que Peter la consideraba su amiga. Después de todo, ella sería una invitada de los Abbott por tiempo indefinido. En cuanto el período de luto acabara, estaba segura de que encontraría un esposo que afianzaría su situación.

Los pensamientos de Sally se vieron interrumpidos por la llegada de las otras chicas del grupo, quienes se unieron a la mesa para tomar el té con ellas. Todas las Mary Ann de Hong Kong estaban allí, las Abbott y algunas de las otras esposas de miembros importantes de la Compañía.

—Bueno, ahora que no voy a dejar a Harriet sola, si me disculpáis, me voy a volver a casa. —Y sin hacer caso de las protestas de sus amigas, añadió—: Ya he estado fuera demasiado tiempo, creo que debo volver.

—Creo que has optado por lo más sensato, querida —aprobó Christine.

En realidad, Sally no se encontraba muy bien. Su vestido azabache solo empeoraba aún más la ya insufrible humedad del ambiente. La casa de los Abbott no estaba a más de diez minutos de la posada donde se encontraban, pero Sally caminaba lentamente sumida de nuevo en sus cavilaciones y, por tanto, no vio a Mistress Elliott cuando se cruzó con ella en Victoria Road.

—¡Miss Evans! —exclamó la misionera—. ¡Miss Evans! ¿Cómo está usted?

Sally se detuvo en seco y se disculpó por no haberla visto.

—No se preocupe, todos tenemos momentos en los que nos perdemos en nosotros mismos —dijo Mistress Elliott.

Sally quiso replicar que no se imaginaba a la siempre

atenta y diligente esposa del clérigo ensimismada, pero, antes de que pudiera decir nada, sintió cómo la sangre abandonaba su cabeza rápidamente. En unos segundos, había perdido el equilibrio y las fuerzas. Todo a su alrededor estaba desapareciendo detrás de una neblina blanca. A duras penas pudo encontrar un punto de apoyo y, cuando lo hizo, vio su mano tocando la pared de la fachada de una de las casas. Un picor extraño y frío atacaba su piel. Tampoco podía oír bien, aunque distinguía la voz de Mistress Elliott llamándola.

Cuando se despertó estaba en una sala completamente desconocida para ella. La habitación era oscura y algo pequeña. Parecía un estudio o sala de estar y se oía el ruido de la calle. Cuando pudo enfocar bien, percibió que había dos figuras en la habitación sentadas junto a ella. Se trataba de los Elliott.

—Lo ves, querido, te dije que no tardaría nada en despertarse. —Mistress Elliott se acercó a ella y le ofreció un vaso de agua.

—Gracias, Mistress Elliott —dijo Sally con vehemencia. Se encontraba mucho mejor, aunque aún sentía un peso que le oprimía el pecho y no le dejaba respirar.

—¡Oh! Puedes llamarme Henrietta —le indicó Mistress Elliott. Sally se sorprendió al darse cuenta de que, después de todas sus excursiones caritativas juntas, nunca había sabido cuál era el nombre de esta mujer.

—Henrietta —repitió Sally—, muchas gracias. No sé lo que me ha pasado.

—Ha tenido una fuerte bajada de tensión —respondió Mister Elliott—. Seguramente está algo deshidratada y el calor y la humedad no han ayudado.

—Sí, pasa muy a menudo —continuó su esposa—. Te he traído a nuestra casa porque estaba muy cerca de donde te has desmayado. He tenido que pedir a un par de mozos chinos que me ayudaran.

—Estoy avergonzada —murmuró Sally, que se podía imaginar a la delgada Henrietta y a dos hombres cargando su cuerpo en medio de la calle.

—No es necesario avergonzarse, pero sí que le recomendaría que no fuera sola por la calle cuando hace tanto calor, o bien que se hidrate debidamente.

—Sí, no me gustaría desmayarme de nuevo y que el doctor Robbins me dijera que padezco un caso de histeria. —Sally dijo esto y se arrepintió casi inmediatamente, pero los Elliott no entendieron su comentario irónico y se limitaron a asentir educadamente.

—Bueno, creo que esto nos brinda la oportunidad de darle nuestro más sincero pésame. Espero que recibiera nuestras condolencias.

Sally no tuvo más remedio que admitir que nunca leyó ninguna de las notas que recibió cuando murió su padre. Mientras decía esto, deseó no haberse marchado y haberse quedado en el Cottage con una de sus amigas. Prefería mil veces estar haciendo algo de *gup* que estar sentada en este sombrío cuarto de estar hablando de la muerte de su padre.

—Lo entendemos perfectamente —aseguró Mister Elliott—. La muerte de su padre fue un suceso sumamente trágico y queremos que sepa que podrá contar con nosotros para cualquier cosa que necesite.

—Gracias, Mister Elliott, es usted muy amable. —La forma de hablar del clérigo era algo pretenciosa, pero Sally sabía que sus palabras eran honestas.

»¿Cómo va su misión, Mister Elliot? —Era todo lo que a Sally se le había ocurrido para llenar el silencio.

—Muy bien, gracias. Hemos empezado a planificar y

a colectar dinero para una nueva escuela. Aunque debo decir que le debo tanto a mi esposa... Está llevando a cabo una labor sin igual. Tenemos cuatro chicas chinas nuevas que han sido enviadas por sus familias para ser educadas bajo nuestra tutela.

—Felicidades, Mistress Elliott; quiero decir, ¡Henrietta! —dijo Sally aún con un hilo de voz debido al mareo.

—Gracias, la verdad es que estamos muy contentos.

—Siento no haberla acompañado más... —dijo avergonzada pensando que habían pasado meses desde la última vez que fue a una de las aldeas.

—No se preocupe —interrumpió Henrietta—. Ahora su trabajo es honrar a su padre de la mejor manera posible.

Después de beber un par de sorbos más, Sally empezó a encontrarse mejor y Mistress Elliott le ofreció unas sales para oler y un palo de regaliz. Sally nunca había probado uno y Mister Elliott le indicó que lo mordiera y así se encontraría mejor. Cuando mordió lo que parecía una rama tierna, Sally se sorprendió gratamente de notar un gusto fuerte y fresco en la boca.

—Es un remedio holandés que aprendí en Macao —dijo Mister Elliott.

—¡Oh! No sabía que habían vivido ustedes en Macao... —Sally sintió que esta aburrida pareja cobraba interés inmediatamente.

—¡Yo no! Esta es mi primera vez en Asia; fue Mister Elliott cuando era joven, antes de casarnos.

—¿Ah, sí? ¿Es Macao muy diferente a Hong Kong?

—En algunas cosas se parecen mucho, pero, en general, Macao es más antiguo, con familias de todo el mundo establecidas desde hace años. Hong Kong es más propiamente británico.

—Algunas de estas familias se han mudado posteriormente a Hong Kong, ¿no es así, querido? —añadió su mujer.

—Sí. —Fue todo lo que dijo él—. Conocí a los Davis y a los Low y también al capitán Wright y a su familia.

Cuando Mister Elliott mencionó a Ben, Sally sintió cómo le daba un vuelco el corazón. Después de la muerte de su padre, el capitán Wright y su fuga se habían convertido en la comidilla de Victoria. Pero todo el mundo, a excepción de Mary Ann, intentaba no mencionar al americano delante de ella. Mister Elliott era, pues, la última persona de la que esperaba oír mencionar al capitán, y, por su actitud, el clérigo no debía de tener la menor idea sobre la relación de Sally con el americano.

—Muchas familias, así es —dijo rápidamente Henrietta intentando desviar la atención de lo que su marido acababa de decir. Pero Sally no pudo resistir la tentación de preguntar más.

—¿Usted conoció al capitán? ¿Cuándo?

Mister Elliott miró a su mujer incómodo. Parecía que acababa de darse cuenta de que no tenía que haber mencionado a Wright, pero Mistress Elliott permaneció estoica, y, en su silencio, su marido vio la aprobación para continuar.

—Nos conocimos brevemente. Él era prácticamente un niño y yo acababa de salir de la adolescencia y llevábamos poco tiempo en la isla. Él estaba visitando a su tío y yo estaba ayudando en el orfanato local.

—¿Su tío? —Sally estaba confundida. Había oído hablar a Ben sobre su familia, pero nunca le había oído mencionar a su tío o una visita a Macao durante su infancia. Las dudas la llevaban a querer saber más urgentemente—. ¿Quién era su tío?

Sally volvió a notar cómo Mister Elliott miraba a su

mujer de reojo y no pudo evitar insistir. El desconocimiento sobre una persona que en el pasado había creído tan cercana le hacía exorcizar una angustia casi olvidada.

—El capitán Wright es el sobrino de Charles W. King —anunció Mister Elliott. Sally se dio cuenta de que los Elliott esperaban que ella conociera ese nombre, pero era la primera vez que lo oía. Tomó otro sorbo de agua y esperó pacientemente a que su interlocutor se diera cuenta de que debía darle más información.

—Los King, una pareja realmente remarcable —dijo Mister Elliott como pensando en voz alta—. Mientras que casi la totalidad de los comerciantes de Macao estaban directamente relacionados con el comercio de opio, Charles W. King hizo campaña contra él.

Sally agradeció que Mister Elliott no usara un aire condescendiente cuando le hablaba de la familia King y, aun a riesgo de sonar más ignorante, no pudo evitar preguntar por qué el señor King se oponía al comercio de opio.

—Querida —respondió de forma algo severa Mistress Elliott, interrumpiendo así a su paciente esposo—, por lo que he oído, Mister King es un buen cristiano, un hombre muy celoso de su religión, y el comercio con una droga no es algo que todos los fieles de Cristo vean con buenos ojos.

—En efecto, el opio es un narcótico extremadamente potente que ha hecho verdaderos estragos sobre la población en China —informó Mister Elliott en un tono más neutro.

—No sabía que sus efectos fueran tan perniciosos. —Cuando dijo estas palabras, Sally se dio cuenta de cuán inocentes sonaban. Para ella, este era un comercio tan normal como el del té o las especias y nunca le había dado mucho en lo que pensar. Había oído hablar de los fumaderos de opio, pero le parecía algo tan distante y legendario como los harenes del Medio Oriente.

—Dios te bendiga, querida —es todo lo que se limitó a contestar Mistress Elliott abrigada por el silencio de su esposo—. El opio es una poderosa droga que crea una adicción sin igual.

—Así que, ¿qué hizo Mister King para demostrar su oposición al opio? —Sally retomó el tema intentando ignorar el tono paternalista de su amiga.

—No es tanto lo que hizo sino en qué participó. Como he dicho, los King eran un matrimonio formidable. Charles King se casó con Charlotte, quien creo que se apellidaba Benhews por aquel entonces. Ella era una buena cristiana, una mujer fuerte e inteligente. —Mister Elliott hizo una pausa para mirar a su esposa, dando a entender que estas cualidades también se aplicaban a ella—. Charlotte King no solo hablaba cantonés con fluidez, sino que también fue, por ejemplo, la primera mujer americana que se adentró en Japón en misión oficial. Fue, junto a su marido y otros miembros de la congregación, en misión evangelizadora para devolver a su tierra a unos marineros japoneses víctimas de un hundimiento.

—Desde luego —dijo Sally imaginándose a la joven americana divisando la costa de Japón a bordo de un barco en donde ella era la única mujer.

—Así pues, hace unos quince años, King preguntó al entonces comisionado Lin si podía presenciar la quema de cargamentos de opio y el diplomático dio su permiso a él y a Mistress King. Las mujeres occidentales no habían recibido permiso para pisar territorio chino hasta entonces. El matrimonio se aventuró río arriba, en el río de la

Perla, y creo que fue en Humen donde pudieron ver, según me describieron ellos mismos, cómo los paquetes de opio se abrían y se esparcía su contenido en una mezcla de cal y sal que se tiraba luego al río. Aún me acuerdo cómo describían el olor penetrante y las náuseas que sintieron.

—¿Qué olor? —preguntó Sally, fascinada por la descripción y la vida de Charlotte.

—Dulce, dulzón. Abrumador —le contestó Mister Elliott.

Por un momento, los tres, se quedaron en silencio. Sally siempre había pensado que la guerra entre chinos y británicos había tenido unas razones simplemente más comerciales. Sin embargo, empezaba a entender que las autoridades chinas combatían algo similar a una plaga.

—No sabía nada sobre los King —concluyó Sally—. Muchas gracias por la información, creo que ahora debería irme, llevo aquí un buen rato y no quiero que los Abbott se preocupen por mi ausencia.

—Podemos enviar una nota para que la vengan a recoger —ofreció Mister Elliott diligentemente.

—No se preocupe, me encuentro mucho mejor y creo que me sentará bien caminar para despejarme.

Mister Elliott insistió en acompañarla a casa y salieron de nuevo a la calle, ocupada por un gentío. Los dos marcharon en un silencio solamente interrumpido por Sally para preguntar si el capitán y él habían retomado el contacto en Hong Kong.

—Los dos fuimos presentados y hablamos brevemente de nuestro pasado encuentro en Macao y nuestros conocidos comunes. Pero creo que fue la única vez que vi al capitán Wright.

Sally quería preguntarle si sabía por qué alguien que había sido criado por un opositor al comercio de la droga acababa siendo un vendedor corrupto de la misma. Sally deseaba, con todas sus fuerzas, poder responder algunas de las preguntas que, desde hacía un tiempo, surgían en su vida y quedaban sin contestar. Pero no le cabía la menor duda de que el pobre Mister Elliott, aun con sus mejores intenciones, habría sido incapaz de resolver sus dudas. Así que, cuando llegaron a la casa, se despidieron educadamente y Sally entró en la mansión de los Abbott con la determinación de olvidarlo todo sobre Ben y el dichoso opio. Prefería ocupar sus pensamientos con Peter y su baile prohibido en el jardín.

4

—Despierta —dijo la voz—, despierta.

Sally se quiso mover, pero no pudo. Su cuerpo dormido pesaba tanto que parecía estar hundido entre las sábanas.

—Estoy aquí —repitió la voz.

Esto acabó de despertar a Sally. Ya no estaba sola en la habitación. La ventana se abría dejando pasar la luz mortecina y el aire sutilmente fresco de las mañanas de marzo, en una habitación de ambiente cargado tras una noche de sudor. Sally supo entonces que él estaba echado a su lado, y giró su cuerpo quedándose cara a cara con Peter.

—Hola, Mister Abbott —dijo Sally tocando su nariz con la de Peter y alargando su mano para tocar su mejilla. La piel de él era fresca. Este era uno de sus momentos preferidos; el tacto ligeramente frío de él contra la piel tibia y sudorosa de ella.

—Hola, Miss Evans —respondió Peter a su vez.

Los dos se quedaron uno delante del otro. Ella debajo de las sábanas y Peter por encima de ellas. Sally aspiró profundamente y pudo oler en su piel tabaco, ginebra y el olor parecido a flores, dulce y embriagador, que siempre acompañaba a Peter.

—¿No te has acostado aún? —inquirió Sally, cerrando los ojos y acercando su cuerpo para acurrucarse en el de él.

—No, ha sido una noche larga jugando a las cartas en casa de Kendall —dijo, cerrando los ojos a su vez—. Estoy muy cansado.

—Ya me imagino. —Sally podía notar cómo se adormecía—. Creo que deberías marcharte antes de que la pobre Mei Ji venga a despertarme, te encuentre aquí y se dé el susto de su vida.

—Que me encuentre —siguió el muchacho—. Ella es tu *amah*, te pertenece a ti y no diría nada a nadie.

Sally apartó su cuerpo, abrió los ojos y miró a Peter, quien estaba plácidamente acostado, dejándose llevar por el peso del sueño.

—¡Peter! —exclamó la chica, más despierta—. A mí sí que me importaría que mi criada se piense que estoy durmiendo con el hijo de la familia que me ha acogido. Ella es mi doncella. ¿Lo entiendes, verdad?

—Sí, por supuesto —respondió Peter, empezando a moverse. Sally observó cómo el chico se incorporaba lentamente y se sentaba en la cama. Sin embargo, en lugar de marcharse, comenzó a quitarse las botas.

—¿Qué haces? —Sally pudo ver entre divertida y asustada cómo el chico estaba ahora despojándose de la levita.

—Aún es muy pronto, deben de ser las seis de la mañana. Si no me despierto, me despiertas antes de que Mei Ji venga, estoy seguro de que no nos verá nadie —le explicó mientras se metía con pantalones y camisa dentro de la cama—. ¿No quieres que durmamos abrazados un ratito?

Como siempre, Sally no se pudo resistir. Hacía unas semanas que Peter venía a su habitación y la despertaba con una flor, un beso o se quedaba dormido a su lado. La primera vez que Peter se metió debajo de las sábanas con ella, Sally estaba tan dormida que no se dio cuenta de lo que estaba pasando hasta que notó los brazos jóvenes de él alrededor de su cuerpo. Antes de que ella pudiera decir nada, ya estaba dormido, abrazado a su espalda y resoplando aliento húmedo en su nuca. Sally no supo qué hacer o cómo reaccionar. Pero el contacto de otro cuerpo en un abrazo de esas características era algo que jamás había experimentado en su vida. Lejos de estar asustada por la proximidad del chico, Sally sintió que había dejado de estar sola. Un tipo de soledad que ni siquiera sabía que existía hasta que Peter la rodeó con su cuerpo. Cuando ella se despertó de nuevo, él ya se había marchado y nunca comentaron nada sobre el asunto.

Habían creado una nueva tradición secreta entre los dos, ni escrita ni hablada, y desde entonces las visitas de Peter se repitieron con más frecuencia.

—Sabes, hoy hace dos meses exactamente que entraste en esta habitación y me dijiste que me amabas —susurró Sally, quien se encontraba completamente desvelada y tenía ganas de charlar.

—Ajá —confirmó Peter, apretando su cuerpo contra el de la chica.

—Nunca te he dicho que esa noche, cuando llegué a mi habitación, recé para que me quisieras. Acabábamos de pasar una larga velada en casa de Mary Ann y casi me volví loca aquella noche viendo cómo hablabas con ella. No podía concentrarme en la comida, ni en la cena, solo estaba pensando si las miradas que creía ver iban realmente dirigidas a mí o eran simplemente producto de mi imaginación. Me convencí de que no podía ser verdad, que, como era natural, estarías interesado en Mary Ann y no en la pobre huérfana alojada en tu casa. Llegué a mi habitación prometiéndome que olvidaría aquel baile en los jardines de la casa del gobernador, tus miradas, tus halagos, tu flirteo... Me prometí dejar de soñar, pero cuando me encontré a solas en la habitación mi voluntad cedió e imploré que me amaras. Así que, cuando vi tu sombra en la ventana, no me asusté. Porque sabía que eras tú. ¿Aún estás despierto?

—Humm —contestó Peter sin separar los labios. Parecía que ya estaba casi dormido y sin embargo se movió un poco y añadió—: Suerte que tu habitación está en la primera planta y al lado de un árbol. Fue muy fácil colarme.

Los dos se rieron en voz baja. Peter apretó su cuerpo aún más contra el de la chica. Sally sabía las implicaciones que esto conllevaba, pero lo ilícito era compensado por la seguridad que sentía al pensar que los dos estaban destinados a estar juntos.

—Te dije que me había quedado prendado de ti desde el momento en que te vi. Y que supe que serías mía desde el baile de aquella noche. No podía esperar a decirte que te amaba y por eso había entrado en tu habitación. También te pregunté si aún pensabas en el americano, y me hiciste el hombre más feliz del mundo cuando dijiste que no.

Sally se estremeció al escuchar de nuevo las palabras que Peter le había dicho hacía dos meses. Podría oírlas cien veces más y no perderían su fuerza sublime, un poder casi curativo que le recordaba que ya no era solamente una huérfana y que pronto se convertiría en esposa.

Nunca se habían prometido formalmente y, de momento, debían mantenerlo todo en secreto hasta que acabara el período de luto de Sally. Por ahora, solo tenían estas mañanas en que dormían juntos o hablaban durante horas. Sus planes, las aspiraciones y las historias de su infancia eran sus temas preferidos. Sally le hablaba de sus continuos viajes y de las locuras de Theodore, mientras que Peter compartía con ella recuerdos de su infancia en Calcuta y la férrea disciplina con la que su padre los había criado.

Sally se giró dando la espalda a su amado mientras este la rodeó con su brazo. Él se quedó dormido y su respiración pronto fue regular y plácida. Ella permaneció despierta disfrutando del instante y esperando el momento en que tendría que despertarle.

—Pareces cansada —dijo Christine durante el desayuno.

—Sí, no he dormido muy bien, la verdad —respondió Sally—. Hace demasiado calor por las noches.

—Sí, tienes razón, este país de bastardos... justo acabamos el invierno como quien dice y ya tenemos unas temperaturas inaguantables —dijo Jonathan sin levantar la mirada de su plato de gachas.

—¡Jon! No digas esa palabra —le respondió su hermana—. ¿Dónde está Peter?

—Creo que aún está dormido —respondió Mary, quien acababa de entrar en el comedor de los Abbott—. ¿Alguien sabe dónde se metió ayer por la noche? No creo que entrara en casa hasta muy entrada la mañana.

—Estuvimos en casa de Kendall, ya sabes, ese amigo nuestro de Londres, jugando a cartas, pero volvimos hacia las cinco o así.

—¿Las cinco? Juraría que oí la puerta de su habitación más tarde, hacia las nueve...

—Debía de ser su ayudante de cámara entrando en la habitación —dijo Sally sin pensar, intentando justificar la situación. Todos los Abbott presentes se volvieron y la miraron como si se acabaran de dar cuenta por primera vez de que la chica estaba presente—. O se quedó en la caseta al volver de casa de Kendall... —La caseta, aquella especie de casa-invernadero que era utilizada por Peter y su hermano para encontrarse con sus amigos para jugar a cartas—. ¿No?

—Sí, debe de ser eso —acordó Mary sin dejar de mirar a Sally—. Pero Jonathan, querido, hay que dejar este hábito de pasar tantas noches en casa de Kendall. Ya sabes lo que dirá vuestro padre si luego os dormís durante una reunión de la comisión.

Tanto Peter como Jonathan trabajaban en la oficina de su padre. Sally no sabía exactamente qué hacía ninguno de los dos, pero sí sabía que tenían muchas reuniones en el club de caballeros y, a veces, participaban en viajes a Cantón junto a otros miembros de la Compañía. También había oído a Peter más de una vez diciendo que deseaba montar su propia firma y empezar a viajar a Calcuta por su cuenta para conseguir el mejor precio posible en las subastas de opio. Pero, por el momento, su padre quería que aprendiera el oficio con él hasta que supiera lo suficiente para montar su propia empresa.

—Mi padre no entiende que, lo que a él le costó quince años aprender, yo lo tengo asumido porque crecí en las colonias rodeado de negocios de compra y venta y trueque. Mientras que él vio su primer asiático en Londres, a la edad de veinte años, yo he crecido rodeado de esta gente. Entiendo su mentalidad y ellos me aprecian. —le explicó Peter esa misma tarde.

—Bueno, eres muy joven aún —intentó ser diplomática—, a lo mejor en los próximos dos años puedes desarrollar tu propio negocio.

—¡Pero podría hacerlo ahora mismo! —exclamó Peter lleno de resentimiento—. Ya tengo veinte años y... ¡Podría estar haciendo tanto! No quiero pasar mi juventud ahogado en los juegos políticos de cortesanos de la Compañía. Ya perdieron su monopolio una vez y en pocos años no gozarán del prestigio que tenían antaño. Hace un tiempo ni siquiera las esposas de los miembros de la Compañía socializaban con las mujeres de los *Country Traders*. Pero las cosas están cambiando. ¡Mírate a ti! ¡Tú eres la hija de un pintor!

Sally se movió incómoda recordando las palabras de Harriet sobre su inferioridad social en comparación con la posición de los Abbott. Los dos se encontraban sentados, sobre una manta, en los jardines de la casa, mirando cómo el resto de los Abbott, a excepción de Mister Abbott, y Mary Ann, jugaban a un nuevo juego, el croquet. Era una excusa perfecta para hablar solos sin levantar sospechas.

—¡Bien hecho, Mary! —aplaudió Peter como medida preventiva—. Debemos loar su juego de vez en cuando o se darán cuenta de que no les estamos prestando ninguna atención —añadió en voz baja hacia Sally.

—Sí, Mary, lo haces muy bien —confirmó Mary Ann aplaudiendo a su compañera de equipo mientras miraba de reojo hacia donde estaban sentados Sally y Peter.

—Pero mi padre era un caballero y mi abuelo un miembro del Parlamento, Peter... —Sally volvió al tema, preocupada y recordando las palabras de Harriet aquella tarde en el West Cottage.

—Sí, cariño, pero en la sociedad de Hong Kong solo cuenta cuán alto estás en la jerarquía administrativa o comercial o cuánto poder tienes respecto a los chinos de la península.

—Bueno, ¿cuenta que estuviera directamente trabajando para el gobernador? —intentó Sally, quien tenía la necesidad apremiante de defender el honor de los Evans.

—Sí, claro, preciosa —dijo Peter sin dejar de mirar el juego—. Es una lástima que no lo acabara.

—Y, ¿cómo lo hago yo, hermanito? —interrumpió Christine—. ¿Lo hago bien?

—¡Muy bien! Eres una jugadora excelente —dijo Peter.

—Lo haces muy bien y con mucho estilo, Christine —añadió Sally, a quien el croquet aburría soberanamente y agradecía que el luto le proporcionara una buena excusa para no tener que jugar—. Las dos sois jugadoras maravillosas, espero que me podáis enseñar. Yo soy negada para este juego —añadió sabiendo que debía halagar a la madrastra y su hijastra por igual o podía crear un mal ambiente.

»¿Te ha mencionado algo, el gobernador, sobre el cuadro? —preguntó Sally con un hilo de voz. Sintió pena al pensar en el cuadro inacabado, tapado por una sábana y cubierto de polvo, yaciendo en el estudio de su padre. Al pensar en ella, la obra pareció cobrar vida y Sally sintió su presencia esperando ser acabada en el taller de Aberdeen Hill.

—Creo que mi padre me dijo que el gobernador había pedido que buscaran un pintor en Macao o Singapur para finalizar la obra de tu padre. Debe de estar esperando a que acabes el luto para hablar contigo del asunto.

—Yo podría acabar el cuadro —aventuró Sally—. En el taller se conservan todos los bocetos de mi padre y creo que puedo hacerme una idea de cómo él querría...

—¿Tú? —preguntó Peter, apartando por primera vez la mirada del juego—. No creo que sea muy apropiado que tú retomes el trabajo de tu padre. Una dama haciendo un trabajo manual...

—No es un trabajo manual. ¡Es arte! —dijo Sally, intentando mostrarse dulce y ocultando su enfado. Justo ahora Mary Ann volvía a mirar en dirección a ellos—. Muchas damas de la alta sociedad son diestras en el arte de la pintura...

—Sí, en efecto, pintan flores, paisajes y retratitos como divertimento —respondió Peter lentamente, denotando algo de paciencia cargada de paternalismo—. ¡Pero no se atreverían a pintar un cuadro para un alto cargo al servicio de nuestra majestad!

—¿Crees que no soy lo suficientemente buena? —Sally estaba notando cómo perdía la compostura. Pero se contuvo. Le hubiera gustado decir que su padre le había enseñado todo lo que sabía sobre pintura, que había aprendido a coger un pincel antes que una muñeca y que la única razón por la que no había proseguido una carrera como pintora era porque era una dama con aspiraciones a convertirse en la esposa de alguien, sin tener la necesidad de trabajar, pero simplemente dijo—: Podría haber sido la próxima Artemisia Gentileschi...

—No sé quién es esa, Sally —dijo Peter con humor—. Estoy seguro de que tienes un gran talento, es una de las razones por las que te amo tanto, pero un día serás mi esposa y es mejor que no intentemos romper ciertas convenciones haciendo pensar a todos que estamos un poco locos. —Y ofreciendo la mejor de sus sonrisas, añadió—: Eso queda entre tú y yo.

Sally le devolvió la sonrisa. No tenía más remedio que admitir que Peter tenía razón. Aunque sentía que le debía a su padre el acabar el gran cuadro al que tanto tiempo le estaba dedicando justo antes de morir, no quería dejar en ridículo su nombre y el de su futura familia política.

Sally desvió sus ojos y miró a Peter con atrevimiento. Observó cómo él miraba el juego, con su nariz recta y sus labios perfilados. Sin ser una belleza clásica, Peter era atractivo y jovial. Había algo hermoso en él y le gustaba observarle cuando no la miraba directamente. Poseía una inocencia casi infantil que lo hacía más atractivo; la clase de cualidad que solamente unos pocos hombres maduros consiguen conservar. En momentos como este, Sally no podía evitar comparar a Peter con Ben. Aun teniendo en cuenta que mantenían en secreto su noviazgo, Sally se sentía segura con Peter. Podía hablar con él directamente de sus sentimientos y sabía exactamente cuáles eran sus intenciones. No había entre ellos el misterioso juego de preguntas sin resolver que siempre había rodeado a Ben. A pesar de todo lo que había ocurrido en el último año, se sentía completamente bendecida por su nueva vida.

Sally interrumpió sus pensamientos y apartó los ojos de Peter para volver a mirar el juego. En un segundo vio a Mister Abbott saliendo de la casa y acercándose adonde se encontraban ellos. Caminaba tranquilamente, con las manos detrás de la espalda y balanceándose ligeramente de lado a lado. Esta era una de las pocas veces que había visto a Mister Abbott salir de la casa y aventurarse en los jardines. Siempre se encontraba en su despacho, al que Sally aún no había sido invitada, o solo salía para trabajar o ir al Hong Kong Club, del cual era un orgullosísimo miembro.

A pesar de que todos los Abbott adoraban a su patriarca, había en su presencia algo que aportaba tensión al ambiente. Siempre emitía sus opiniones, las cuales eran elaboradas siguiendo un recio sentido del deber y religiosamente seguidas por todos los miembros de la casa y del servicio. Por su parte, Sally mesuraba cada una de sus palabras y se sentaba más erguida que de costumbre cuando estaba en presencia de Mister Abbott. Desde que vivía con ellos, la chica había empezado a desear desesperadamente sentir el mismo respeto y devoción que le profesaban los demás miembros del clan; creía que así daría el último paso natural para convertirse en una Abbott. Pero la mirada soberbia del hombre, junto con algo más que Sally no podía explicar, la incomodaban. Las pocas veces que Mister Abbott miraba en su dirección tenía la sensación de que podía leer sus pensamientos. Por esta razón, Sally perseveraba inútilmente en su misión por agradar al gran señor de la casa, quien parecía más bien divertirse con los torpes intentos de Sally. Peter le había dicho que él era así con todo el mundo, pero habían pasado meses y aún se sentía en período de pruebas cuando de Mister Abbott se trataba. Su posible reacción cuando descubriera lo que pasaba entre ella y Peter era una de las cosas que más preocupaban a la chica.

Así que cuando estaba a punto de llegar al lugar donde la pareja se encontraba sentada, Sally movió su torso instintivamente, separándose un poco más de Peter.

—Así que esto es lo que toda la familia Abbott y visitantes están haciendo —dijo Mister Abbott al detenerse al lado de Peter, sin dejar de mirar a su mujer y sus hijos jugando al croquet—. Me acuerdo cuando jugaba al croquet de joven; era un gran jugador.

Tanto Peter como ella prefirieron no comentar que el croquet se practicaba no hacía mucho.

—¿Va usted a jugar, entonces? —se aventuró a preguntar Sally, convencida de que Mister Abbott agradecería su interés.

—¡No! No sea tonta, Miss Salomé Evans —gruñó Mister Abbott—. Yo soy demasiado mayor para estos jueguecitos.

Sally enrojeció rápidamente y no supo qué otra cosa hacer más que mirar en dirección a las Abbott, como si la partida fuera lo más interesante del mundo. Sabía que no serviría de nada añadir más, y haber recurrido a Peter —quien también permaneció callado y, de repente, parecía sinceramente interesado en el juego— únicamente hubiera hecho que un comentario sin importancia se convirtiera en una situación innecesariamente incómoda. Durante los largos minutos que se sucedieron, los tres miraron el juego en silencio, y lo único que podían oír eran las risas y exclamaciones de Mary Ann, Christine y Mary y los comentarios sarcásticos y negativos de Jonathan.

—Miss Evans —interrumpió Mister Abbott de forma imperativa—. He estado hablando con el jefe de policía y con el encargado del servicio de defensa marítima y me han informado que aún siguen sin pistas sobre los ladrones que entraron en su casa. Les gustaría saber si usted puede recordar algo más; cualquier detalle que pueda revelar la identidad de los ladrones podría ayudar.

—No, no recuerdo nada, señor. —Sally no sabía exactamente por qué estaba mintiendo. Sentía que era algo tarde para confesar que durante este tiempo no les había informado de que uno de los ladrones tenía una cicatriz en el pie. Podría decir que simplemente se había olvidado, pero tenía la sensación de que Mister Abbott sabría inmediatamente si mentía o no. Definitivamente Sally no quería ser humillada de nuevo delante de Peter, así que puso su mejor cara de inocencia y aguantó la mirada inquisitiva del hombre lo mejor que pudo. Mister Abbott pareció darse por satisfecho y añadió:

—Muy bien, pues, de todas formas, no creo que nunca podamos encontrar a esos bellacos. Tanto si son piratas como, peor aún, corsarios del Imperio mandarín, va a ser imposible identificarlos, sin pistas, entre la multitud de criminales que abundan en los miles de kilómetros de la costa china.

Esta afirmación reconfortó a Sally. Si era tan difícil encontrar a los piratas, eso quería decir que ya no importaba si ocultaba o no el detalle sobre la cicatriz. Seguramente Mister Abbott tenía razón; después de todo, esos ladrones salieron de la casa, escondiéndose en la oscuridad de las calles de Hong Kong sin ser vistos por la policía o los vecinos. Sería imposible encontrarlos.

Sin embargo, la sensación de alivio fue inmediatamente reemplazada por un gran pesar. Nunca encontrarían a aquellos hombres que no solo provocaron la muerte de su padre, sino que también se llevaron con él su memoria. Si no recuperaban el botín, nunca podría leer la carta que su padre le estaba escribiendo sobre su madre.

—No te preocupes —intervino Peter, mostrando la mejor de sus encantadoras sonrisas y moviendo su mano disimuladamente hasta rozar ligeramente la de Sally—. Si vuelven a atacar serán hechos presos y condenados.

Sally respondió con una sonrisa tímida, y, antes de que pudiera decir algo más Mister Abbott añadió:

—Por otro lado, aún no he obtenido respuesta de la oficina de contratos de la Compañía en cuanto a quién es el abogado de los asuntos de la familia para poder poner en orden el testamento de su padre. Lamento decirle, joven, que los rumores apuntan a que su padre tenía algunas deudas y, por tanto, es necesario saber a cuánto ascendían, cuánto hay en el banco y si el banco se encuentra en Londres o en Bristol. Tal vez sea necesario vender su casa en Bristol para poder pagar las deudas. También cabe decir que tampoco sabemos si su padre había nombrado un testaferro.

—¡No, Christine, eso no se hace así! —se oyó la potente voz de Jonathan de fondo.

—¡Yo creo que sí, querido hermano mayor! —replicó la muchacha.

—Disculpe todo este lío —fue la respuesta de Sally—. Desgraciadamente, mi padre nunca me habló de mi herencia y los ladrones se llevaron todos sus documentos. Por lo tanto, no poseo información alguna acerca de estos asuntos. Sé que años atrás un tal Sir Hampton administraba los asuntos de mi padre y aunque no sé su dirección ni para qué bufete trabaja, creo que está afincado en San Francisco.

—¿San Francisco, eh? No será difícil encontrarlo entonces —dijo Mister Abbott pensativo—. Bueno, de todas formas, querida, no se debe preocupar por nada, ya que yo puedo actuar como testaferro y abogado en su nombre y me aseguraré de que todos sus asuntos estén en orden. No creo que las deudas de su padre asciendan a tanto y la casa de Bristol siempre podrá ser una buena herencia para una chica como usted.

—Le doy las gracias de todo corazón. —Era en momentos como este, cuando Sally se acordaba de lo mucho que debía a Mister Abbott y cómo, a pesar de sus gestos distantes y sus respuestas bruscas, no había recibido de él otra cosa que amabilidad y apoyo.

En ese momento, Mei Ji apareció portando una bandeja con té.

—Espero que disculpe mi atrevimiento —explicó Mister Abbott—. Me he encontrado con su criadita y le he pedido que nos trajera el té.

Mei Ji estaba sentada en el suelo, intentando servir el té sobre la manta donde Peter y Sally estaban sentados, cuando Mary, Christine y Mary Ann se acercaron contentas al ver que llegaba la bebida.

—¡Eh! ¿No tendríamos que acabar la partida primero? —bramó Jonathan desde el campo de croquet. Todos los presentes ignoraron al mayor de la prole, pero su grito pareció causar una gran reacción en Mei Ji. La joven *amah* se estremeció y palideció. A duras penas pudo continuar sirviendo el té, ya que sus delicadas manos temblaban y parecía que hubiera perdido la concentración. En cuanto acabó, miró a Sally brevemente en forma de disculpa y volvió a la casa caminando deprisa y con la cabeza baja en señal de vergüenza. Sally no tenía ni idea de qué había pasado, y, aunque Mei Ji era de disposición más bien nerviosa, nunca la había visto actuar así.

—Qué chica tan extraña tiene usted por doncella, Miss Evans —dijo Mister Abbott después de tomar su primer sorbo de té.

Una mañana de mayo, Mary, Christine, Peter, Mary Ann y Sally fueron a dar un paseo por el campo. Pronto empezaría la estación del monzón y querían aprovechar el tiempo antes de que hiciera demasiado calor y lloviera casi constantemente. Por fortuna, el día era inusualmente soleado y, a excepción de algunas brumas en el horizonte, el cielo estaba despejado. Los cinco estaban paseando por un sendero improvisado que se alargaba, paralelamente a la costa, en la falda del Tai Ping Shan. A sus pies se extendía el puerto, la ciudad de Victoria, la bahía y Wan Chai. Por encima de ellos se levantaba la montaña y su majestuoso pico, conocido como el *peak* o el pico de Victoria, el más famoso e imponente de toda la costa.

Sally avanzaba lentamente por este camino improvisado, más apto para pastores y pescadores y sus bestias que para damas inglesas. Aunque aún era temprano por la mañana, ya se notaba bochorno y Sally advertía cómo se acumulaba el sudor en su espalda y en sus muslos. De todas formas, estaba contenta de haber salido de casa. Ya había seguido el duelo durante nueve meses y sufría un hastío feroz, dominado por la falta de diversión y el omnipresente negro.

La isla de Hong Kong no debía de tener más de unos mil kilómetros cuadrados y era una masa compuesta por colinas y montañas cubiertas de tierra volcánica. Aunque el sendero no subía montaña arriba, se podía ver, no solo el mar, sino también la imponente línea de la costa de la península de Kowloon. Sally se detenía a menudo para coger aire y contemplar las espectaculares vistas. Aunque la vegetación no era tan espesa como en la mitad más alta de la montaña, había plantas y arbustos de aspecto tropical que refulgían en un verde intenso que contrarrestaba con el azul oscuro del mar. En Victoria se habían acostumbrado a la humedad, al omnipresente olor a puerto y a los aromas dulzones de especias, té y jazmines. Desde el sendero el aire era más fresco y estaba cargado de esencias de hierbas y flores.

Llevaban dos horas caminando y habían ido ascendiendo paulatinamente, en dirección oeste, donde se encontraba el conocido distrito de West Point. Desde el camino habían visto las playas en las afueras de Victoria pobladas de *sampans* y *junks* de los pescadores de la zona. Como pequeñas hormiguitas, se podía divisar a los hombres llevando sus sombreros cónicos y los pantalones arremangados afanados en las barcas, trayendo su primera pesca de la mañana. Parecía que todos los hombres de una familia, o tal vez de una aldea entera, colaboraban haciendo diferentes labores, desde recoger el pescado a plegar las redes o amarrar las barcas.

—Parece mentira que hace solo unos pocos años la mayoría de los habitantes de la isla fueran pescadores pobres como estos —reflexionó Sally en voz alta. Todos los demás participantes de la excursión se pararon para mirar en dirección a los pescadores—. Ahora hay toda una ciudad y un gran puerto.

—Sí, estos pobres chinos deben de sentirse afortunados de que estemos aquí —dijo Mary Ann mientras los señalaba con su sombrilla cerrada—. Les hemos traído la mejor civilización del mundo.

—Creo que China es también considerada una civilización, querida Mary Ann —respondió Peter mientras dejaba las cestas de *picnic* en el suelo.

—¡Oh, pobre Peter! No puedes decir que eso sea una civilización —insistió ella mientras seguía señalando hacia la playa.

—Creo que Peter se refiere a los mandarines de Pekín —dijo Christine en tono conciliador.

—Bueno, no creo que la vida de estos pescadores cambiara mucho con nuestra llegada —dijo Sally con una sonrisa.

Solo Peter se rio con Sally. Las demás damas miraron a Sally fijamente:

—No entiendo dónde está la broma, Sally —la increpó Mary Ann.

Sally se quedó en silencio y nadie añadió nada hasta que Peter volvió a hablar.

—En Victoria se dice que se espera poder construir un camino que permita subir al pico e incluso construir casas en la montaña. El aire aquí es más fresco, las temperaturas, más bajas y hay menos mosquitos.

—¿Te imaginas una casa con estas vistas? —preguntó Mary mirando directamente a Peter.

Los cuatro siguieron hablando de las posibilidades urbanísticas de la montaña, mientras Sally los seguía en silencio. Pronto sintió cómo el calor la asfixiaba y que podría desfallecer en cualquier momento. Sin embargo, lo último que quería era llamar la atención, así que siguió caminando, intentando no pensar en la pendiente que descendía a su derecha. En un par de ocasiones, Peter la ayudó dándole la mano como apoyo para saltar una piedra o en un tramo difícil. Sally agradecía enormemente sus atenciones, pero cada vez que lo hacía veía cómo las otras tres mujeres los miraban, controlando cada uno de sus movimientos con desaprobación.

—Creo que Sally debe descansar un poco —anunció Peter al resto del grupo.

—¿Estás seguro? —preguntó su madrastra ligeramente molesta—. Estamos a punto de llegar al claro donde haremos el *picnic*.

—Sí, seguid —anunció el chico con autoridad—. Le daré algo de beber y nos reuniremos en un momento con vosotras en el claro.

—De acuerdo, pero no tardéis, hermanito. ¡Estoy hambrienta! —indicó Christine mientras se alejaba sendero arriba.

—No hace falta que nos esperéis para empezar el desayuno. —Fue todo lo que dijo Peter.

Sally se sentó en una piedra y los dos se quedaron en silencio hasta que las tres mujeres salieron de su vista tras una curva sendero arriba. En ese momento empezó a respirar mejor y, con alivio, sintió que el paisaje cobraba una nueva vida. Era la primera vez que Sally y Peter se quedaban solos en público desde aquella noche que habían bailado en el jardín de la casa del gobernador. Peter le ofreció algo de agua y se sentó a su lado. Sally no dijo nada, tan solo quería disfrutar de este momento a su lado.

Un par de minutos después, Peter rompió el silencio:

—Sé que lo dábamos por hecho... —empezó Peter. Por un momento no supo cómo continuar y se quedó mirando a Sally. La chica le miró. Su piel clara y sonrojada por el ejercicio brillaba al sol. Sus ojos parecían sonreír por sí mismos, aunque su boca se mantenía cerrada en una mueca llena de expectación—. Me gustaría pedirte que aceptaras mi mano, haciéndome así el gran honor de convertirte en mi esposa.

Sally, de alguna manera, sabía que esto iba a pasar. No estaba sorprendida y, extrañamente, tampoco experimentaba la felicidad llena de éxtasis que habría esperado en una situación así. Sentía, sin embargo, un gran alivio. Peter tenía lágrimas en los ojos y Sally no supo qué más hacer que reír y abrazarle.

—¡Soy tan feliz! —dijo Sally, intentando corresponder a la emoción mostrada por Peter.

Los dos estuvieron abrazados durante un largo minuto, y, cuando se separaron, Sally vio por encima del hombro de Peter que no estaban solos. Con la mirada nublada, Sally creyó ver la figura de Mary Ann sendero arriba, mirando en dirección a ellos, y, sin decir nada, la chica dio media vuelta y se marchó rápidamente.

—¡Creo que Mary Ann nos ha visto! —exclamó Sally con preocupación.

—¿Estás segura? —Peter se volvió hacia la parte del sendero donde Sally había visto a Mary Ann con incredulidad—. Seguro que no ha visto nada, ¡vamos!

Los dos siguieron el resto del camino de la mano, callados y simplemente sonriéndose. Cuando llegaron al llano donde les esperaban para el *picnic*, los dos separaron sus manos entrelazadas y se pararon en seco. Mary Ann estaba de pie, algo inclinada y hablando con las Abbott; en cuanto vieron que la pareja había llegado, los miraron con asombro. Sally se quedó paralizada cuando vio la mirada de Mary, llena de indignación y de algo parecido al asco, dirigida directamente a ella.

5

—Peter, ¿es cierto lo que nos acaba de explicar Mary Ann? —fue lo primero que Mary preguntó en cuanto Sally y Peter se acercaron al lugar donde habían puesto la manta y servido el desayuno para el *picnic*. La pregunta, que más bien sonó como una súplica, quedó suspendida en el aire por unos instantes. Todo el mundo sabía la respuesta.

Peter explicó de buen humor que estaban en lo cierto. Sin embargo, en lugar de las felicitaciones esperadas, lo único con lo que se encontraron los jóvenes prometidos fue una lluvia de preguntas, comentarios incrédulos, súplicas y lloros, mientras Peter intentaba inútilmente calmar los ánimos.

—¿Le has pedido permiso a papá? —Es lo primero que preguntó Christine.

—¿Es esta una de tus bromas, Peter? —añadió Mary con lágrimas en los ojos.

—No, no he hecho nada de eso. —Peter intentó contestar a la primera pregunta ignorando así la segunda. Pero fue interrumpido.

—¿No sabes que Sally es una huérfana bajo nuestra tutela? —le volvió a preguntar Christine, aunque esta vez era evidente que no necesitaba una respuesta.

—¿Qué va a pensar la gente? —siguió Mary, quien estaba cerca de perder la compostura y tenía que morderse los labios para no empezar a sollozar.

—No pasa nada, no hemos hecho nada... —intentó decir Sally para defender a Peter, pero este le interrumpió con un ademán de la mano.

—Debéis tranquilizaros —imploró Peter—. Este era un compromiso entre los dos. ¡Por supuesto que iba a hablar con papá antes de hacerlo oficial! Además, no lo hubiéramos hecho público antes de que Sally acabara su duelo.

—Creo que ellas se refieren a que hubiera sido más indicado hablar con Mister Abbott antes de lanzarte a un compromiso de este tipo —comentó Mary Ann, quien exhibía su mejor semblante de preocupación y empatía, aunque, para Sally, la muchacha parecía más bien disfrutar de la escena—. Pero si los dos estáis enamorados, estoy segura de que Mister Abbott estará satisfecho de oír que su favorito está enamorado de la bella hija del famoso pintor de Bristol.

Sally no agradeció para nada el tono irónico con el que Mary Ann hablaba, pero pareció calmar momentáneamente los ánimos de las dos muchachas.

—Lo siento, Sally —dijo Christine dirigiéndose finalmente a ella—, pero es que un compromiso es algo serio y en mi familia este tipo de decisiones se toman en grupo y siguiendo un cierto protocolo.

Sally sintió un escalofrío al imaginarse a todos los Abbott discutiendo la conveniencia de su compromiso.

—Sí, somos una familia muy unida y esto ha sido una completa sorpresa —explicó Mary mientras se enjugaba las lágrimas—. Simplemente no queremos que nadie salga herido.

—¡Por favor! Nadie saldrá herido —dijo Peter; era evidente que estaba perdiendo la paciencia—. Amo a Sally y no hay más que decir.

—Antes de nada deberías hablar con papá —fue toda la respuesta que Christine le ofreció.

Los cinco decidieron desayunar y volver a Victoria antes de que el calor del mediodía se hiciera insoportable. Mientras todos comían rápido y en silencio, Sally miraba su pan con mantequilla sin probarlo; su apetito se había esfumado y, aunque ya no se sentía mareada, un dolor nervioso estaba atacando su estómago vacío. En su cabeza aún se repetían el eco de algunas de las cosas que se habían dicho hacía un momento. No podía creer que una ocasión tan feliz como un compromiso en la que ella solo había esperado las felicitaciones de rigor se convirtiera en una tragedia familiar. Pero Christine tenía razón, tanto Peter como ella habían sido unos irresponsables. Después de unos meses acogida en casa de los Abbott, había aprendido que todas las grandes decisiones se llevaban a cabo con la aprobación del patriarca Abbott. Había sido una ilusa al pensar que los dos podían mantener una relación independiente a espaldas del resto de la familia y esperar su total consentimiento. Con dolor, ahora podía ver que su compromiso siempre sería visto por la familia como una falta de respeto, un acto arrogante e inapropiado.

El pensar que había podido ofender a la familia que la había acogido la llenaba de una vergüenza asfixiante. Quería encontrar una respuesta a por qué él no había hecho algo para prevenir esta situación en el rostro de Peter. Sin embargo, no tuvo el coraje necesario de mirar al joven ni a ninguno de los demás miembros del silencioso grupo. En su lugar dejó de mirar el pan con mantequilla y desvió su atención a las vistas que se extendían desde el claro.

El día aún disfrutaba de una atmósfera límpida que parecía dar relieve a la costa gris y verde de Kowloon. Desde donde estaba sentada, podía ver los barcos que, diminutos, navegaban a un lado y al otro del puerto de Victoria. Las velas blancas, naranjas y rojas parecían pequeñas gotas de pintura al óleo sobre un lienzo preparado en pasteles y acuarela. Por un momento se olvidó de la ansiedad que albergaba en la boca de su estómago, para concentrar todos sus sentidos en el paisaje. Si se olvidaba de su propia existencia, podría fundirse con los colores, los olores y los sonidos que se desplegaban ante ella. La grandeza a su alrededor borraría las pequeñas inquietudes desplegadas sobre esa infame manta de *picnic*.

Al bajar por el sendero, Peter parecía de nuevo él mismo, hablaba de varios temas y caminaba deprisa y de forma animada. Él iba delante marcando el paso que seguían Mary y Mary Ann. Christine y Sally se habían quedado rezagadas. Sin ninguna ayuda, Sally tenía graves problemas para descender, con su pesado vestido, entre las piedras y salientes, sin tropezar. Agradecía que Christine, algo patosa, compartiera sus penurias en el descenso. En un momento dado, Christine estuvo a punto de perder el equilibrio y Sally le ofreció la mano. Christine la tomó instintivamente, mientras que con la otra mano sujetaba su pamela de paja para que no cayese acantilado abajo. Ambas chicas rieron nerviosamente y, por un instante, pareció que todo volvía a la normalidad. Christine miró a Sally por primera vez desde que había llegado al claro con Peter una hora antes, y de forma dulce, casi protectora, le dijo:

—Sally, siento mucho nuestra reacción. Tú eres aún una joven huérfana y estás bajo nuestra protección. Solo deseamos lo mejor para ti y hubiéramos preferido que Peter nos lo hubiera contado.

—Lo entiendo perfectamente, Christine, y pido mis más sinceras disculpas por cualquier pesar o inconveniente que pueda haber causado a tu familia —respondió Sally, intentando desesperadamente deshacer el agravio. Pero no tuvieron tiempo de continuar la conversación: las dos debían empezar a descender a toda prisa si no querían separarse del resto del grupo.

Sally se pasó el resto de la tarde y parte de la mañana del día siguiente encerrada en su habitación. Ninguno de los Abbott puso objeción alguna al retiro voluntario de Sally y el único contacto que tuvo con el resto de la familia fue cuando Christine envió un criado a preguntarle si se encontraba mejor y si necesitaba algo. Sally sabía que era mejor quedarse al margen y dejar que el resto de la familia tuviera tiempo de digerir y discutir lo sucedido. Desde su silencioso cuarto, y sintiéndose más como un acusado a la espera de un veredicto que un invitado, se podía imaginar las largas conversaciones que las mujeres Abbott —seguramente acompañadas durante un rato por Mary Ann— estarían entablando en el salón entre sorbo y sorbo de té. Probablemente Jonathan también estaba allí, escuchando y sumido en su habitual mal humor. Tal vez Jon no estaba en el salón con las mujeres, sino que estaba en el estudio de Mister Abbott acompañando a su padre en la larga diatriba que, con toda certeza, Abbott estaba esgrimiendo por y para Peter. Mientras tanto, el pequeño de los Abbott estaría sentado en una de las butacas del estudio escuchando impacientemente, esperando la oportunidad para poder explicar por qué se había comprometido con la chica Evans. Aunque desde su habitación no podía oír nada, se entretenía con suposiciones: cómo sería cada gesto y cada palabra en las habitaciones de la planta inferior. En su larga espera, podía incluso sentir los nerviosos sorbos de té, las exclamaciones de desautorización, las cejas levantadas con incredulidad, los dedos ansiosos rascando la piel...

Por la noche no pudo dormir; esperaba que Peter fuera a su habitación y la pusiera al corriente de todo lo sucedido. Cada ruido hacía que su cuerpo se pusiera en tensión y afinara el oído esperando a que fuera Peter subiendo a su balcón y entrando en su estancia. Pero las luces del alba rompieron en su habitación y Peter no había aparecido.

En todo el tiempo que pasó en sus aposentos, Sally solo vio a Mei Ji. Aunque la criada sabía que algo grave estaba pasando, optó por atender a su ama sin preguntarle nada. No obstante, la joven criada se tomó más tiempo del habitual para preparar los diferentes vestidos y accesorios que Sally podría llevar si se reunía con el resto para desayunar. También le estuvo cepillando el pelo y lavando el rostro con agua de rosas. Estaba claro que la chica no quería dejar sola a Sally. Esta agradeció la compañía silenciosa de la joven y se detuvo a contemplarla con más atención. La chica parecía más delgada y pálida que de costumbre.

—Mei Ji, ¿te encuentras bien? —preguntó Sally lentamente para que su *amah* la entendiera.

—Bien, yo bien —respondió la chica, quien mostraba sentir todo lo contrario. Parecía cansada y sus movimientos eran más lentos que de costumbre. Sally se percató de que hacía un tiempo que no hablaba con su joven criada. Mei Ji debía de tener solo un par de años menos que Sally y esta siempre había intentado conversar con ella y enseñarle palabras nuevas en inglés. Pero desde que todo su universo parecía girar en torno a Peter y a los Abbott, sus conversaciones diarias se habían limitado a unos pocos monosílabos para indicar si su pelo estaba bien o mal o qué vestido quería llevar.

—¿Estás segura? ¿Tú bien? —repitió Sally torpemente para hacerse entender.

Mei Ji esta vez no dijo nada y se limitó a mover la cabeza. Sally reconoció que la chica debía de estar avergonzada y no quería hablar con ella sobre su salud. Entonces pensó que cuando su situación estuviera resuelta y supiera que su compromiso era aceptado por los Abbott, mandaría a su criada de vuelta a Aberdeen Hill para que descansara. Por el momento necesitaba tener una persona conocida en casa de los Abbott que le ayudara a hacer más llevadera su nueva situación.

Las dos chicas permanecieron en silencio mientras Sally se vestía, con sus ropas más discretas, a la espera de decidirse si era conveniente bajar a tomar el té con el resto de los Abbott. Poco después, alguien llamó a la puerta con los nudillos con tres golpes discretos. Sally supo inmediatamente que se trataba de Christine.

—Hola, Sally, soy Christine. ¿Cómo te encuentras? —preguntó la chica desde el otro lado de la puerta.

—Adelante, pasa. —Sally indicó a Mei Ji que abriera la puerta. En cuanto Christine entró en la habitación, Sally se dio cuenta de que el veredicto, cualquiera que fuese, ya había sido tomado. Al pensar esto intentó, sin éxito, leer el rostro casi inexpresivo de Christine, y Sally notó que un escalofrío recorría su cuerpo. Tal vez Mister Abbott no había aceptado la legitimidad del compromiso y, desprotegida y avergonzada, tendría que volver a Aberdeen Hill e intentar rehacer una vida sin dinero y sin conexiones sociales, sin olvidar que perdería a Peter para siempre.

—Me alegro de que te encuentres mejor —dijo Christine con afectada amabilidad, aún conteniendo cualquier muestra de emoción en su rostro.

—Gracias, siento haberme retirado a la habitación de esta forma, pero creí firmemente que era lo más adecuado dada mi condición. —Sally había aprendido suficiente de la diplomacia necesaria para convivir con los Abbott.

—Sí, el descanso en los aposentos privados es la mejor manera de sobreponerse al cansancio y a los mareos —acordó Christine, y poniéndose las manos en el pecho en señal de preocupación, añadió—: ¿Te has tomado tus sales, querida?

—Sí, me he tomado la dosis que el doctor Robbins siempre recomienda para estas situaciones —mintió Sally, quien no quería alargar más la conversación. Necesitaba saber a qué había venido Christine a su cuarto, y por qué no era su prometido el que la había venido a ver, en caso, claro está, de que aún fuera su prometido. Pero Sally sabía que no debía perder la compostura y que interrogar a su amiga podía ser un error fatal. Toda la habitación rezumaba tensión; incluso Mei Ji parecía estar a la expectativa.

—Me alegra oír esto. Mi familia y yo esperamos que, si te encuentras bien, te unas a nosotros en el salón para tomar el té ahora.

—Gracias, Christine. Puedes informar al resto que no tardaré en unirme a vosotros —dijo Sally, mientras tomó sus manos una dentro de la otra como hacían muchas damas elegantes, un gesto con el que Sally quería evitar que Christine viera cómo le temblaban.

Tan pronto como Christine se hubo marchado, Sally se sentó delante de su mesita y se contempló en el espejo. Durante dos minutos intentó respirar profundamente para tranquilizarse e intentar ensayar su mejor expresión de contención y decoro. Pasara lo que pasase, no debía flaquear o perder los nervios. Toda su atención debía estar concentrada en no empeorar la situación y en ayudar a Peter. Si todos pensaban ahora que ella había sido una cría inocente e irresponsable, o, ¡peor aún!, una entrometida aprovechada, ella debía poner toda su energía en demostrar lo contrario. Debía mostrar con elegancia que ella era una dama capaz de exhibir una actitud elegante y mesurada en cualquier ocasión.

Cuando ya estuvo preparada y Mei Ji arregló su pelo por última vez, Sally bajó a la planta principal y se dirigió a la puerta cerrada del salón. El silencio del caserón parecía amplificar los sonidos acelerados que su propio cuerpo producía: el latido de su corazón, la respiración profunda y nerviosa y sus piernas rozando las enaguas de su vestido. Tomando aire por última vez, Sally llamó a la puerta del salón sintiendo que —como el día que robaron en Aberdeen Hill y tuvo que lanzarse a atravesar el jardín para llegar al taller de su padre— estaba a punto de saltar al vacío.

—Pase —oyó la voz profunda de Mister Abbott.

Sally entró en la habitación y se encontró a todos los Abbott sentados alrededor de la chimenea, que, como siempre, estaba apagada en esta época del año. Todos tenían una taza de té en la mano y miraron en silencio cómo la chica entraba en la habitación y se sentaba en la única butaca vacía del círculo, entre Christine y Mary.

—Me acaba de informar Christine de que se encuentra mucho mejor —anunció Mister Abbott tan pronto como Sally se sirvió la última taza de té que quedaba en la pequeña mesita de estilo napoleónico—. Me alegro de que haya seguido el consejo de nuestro buen amigo, el doctor Robbins, y se haya tomado las dosis de sales.

—Gracias, Mister Abbott —respondió Sally sin saber de qué estaba dando las gracias exactamente—. En efecto, me encuentro mucho mejor.

—Bueno, pero no estamos aquí para hablar de sus dichosos mareos, ¿no es así? —continuó Mister Abbott haciendo que el resto del grupo empezara a reír. Sally intentó unirse al coro, pero sabía que estaba tan tensa que probablemente solo sería capaz de esgrimir una triste mueca—. No vamos a negar que fue una sorpresa descubrir que nuestro querido, y, por qué no decirlo, en ocasiones alocado hijo pequeño, no solo había desarrollado sentimientos románticos hacia nuestra *protégée*. Aún fue, si cabe, más sorprendente, que ambos decidieran romper todas las normas del decoro, el buen gusto y el amor filial y se comprometieran secretamente como una pareja de indeseados amantes o desesperados fugitivos. Si bien nuestra sublime literatura se ha tomado a menudo la licencia de exaltar lo que se ha llamado libremente «amor prohibido», todos estaremos de acuerdo en que es mejor dejar tales fantasías a las gloriosas palabras de Shakespeare, sin olvidar que, incluso en sus páginas, tales fábulas amorosas acaban de forma fatal e indeseable.

Dicho esto, las mujeres Abbott asintieron devotamente y Sally imitó el gesto de forma automática. Por el rabillo del ojo intentó, sin éxito, ver la reacción de Peter, pero se encontraba en su mismo lado, sentado en el banco más cercano a la chimenea.

—Tienes toda la razón, padre —afirmó vehemente Christine, pensando que su ferviente movimiento de cabeza no había sido suficiente acto de afirmación.

—Por supuesto —reiteró el eco de Mary.

—Por supuesto —repitió Sally, a quien le pareció que también oía la voz de Peter coincidiendo con su padre.

—Son estupideces —fue toda la respuesta que dio Jonathan.

—En efecto —prosiguió Mister Abbott—, no debemos olvidarnos de lo precipitada que ha sido esta decisión. Si mi hijo hubiera tenido el buen juicio de discutir conmigo este asunto antes de proceder, yo hubiera destacado este aspecto del mismo, poniendo el énfasis en el hecho de que nosotros no somos como esos garrulos que lamentablemente abundan en Hong Kong, y que se casan y vuelven a casar, sin importarles las normas de conducta que tanto honoran a los de nuestra clase, la alta alcurnia de los buenos y fieles siervos de nuestra Ilustrísima reina Victoria. No sé exactamene cuál fue la disciplina seguida por el difunto Theodore Evans en cuanto a la educación de nuestra invitada —continuó señalando a Sally, quien, en cuanto oyó la mención a su padre, por un instante miró a Mister Abbott desafiantemente, pero optó, por el bien de su querido Peter, por volver a mirar su taza llena de té lechoso y asumir una actitud pasiva y respetuosa—, pero no debe de haber sido muy estricta si tenemos en cuenta que, tal vez por descuido tan propio de las almas liberales y artísticas, dejó que su hija mantuviera un flirteo casi licencioso con un ex militar americano de desconocido origen, quien, para más vergüenza, resultó ser un petulante ladrón.

Sally sintió que la taza se le podría muy bien haber escapado de las manos al oír esto último, pero de forma sorprendente consiguió dominarse y llevarse la taza a la boca. De esta forma, y si mantenía su concentración en el té, la taza cubriría su boca torcida en una mueca de dolor causado por las palabras de Mister Abbott. Después de tomar el sorbo y volver a posar la taza en su plato, Sally sintió que había conseguido pasar lo que parecía más una trampa de Mister Abbott que un ataque personal, después de una pausa en donde Mister Abbott miró directamente a Sally, estudiando su reacción y, con seguridad, comprobando que esta no le mantenía la mirada como antes.

Una vez comprobado que Sally no le daba ninguna señal de provocación o insolencia, continuó:

—No obstante, no es parte de nuestro *savoir fair* hablar mal de los difuntos. Debemos, sin embargo, concentrarnos en nuestra presente situación. Después de hablar extensamente en privado y en nuestro círculo familiar inmediato, hemos determinado que lo mejor es obrar de la forma más adecuada en estas circunstancias. Peter —dijo Mister Abbott, dirigiéndose a su hijo menor para que prosiguiera.

Peter se movió de su silla y alargó el cuerpo en dirección a Sally. Jonathan estaba entre los dos, con lo que Sally tuvo que doblarse ligeramente para poder ver la cara de su amado. Este parecía preocupado, pero, no sin esfuerzo, sonrió de lado y alargó el brazo.

—Después de discutir este asunto con papá, hemos decidido que, por el momento, nuestro compromiso sigue en pie —dijo mientras movía la mano para que Sally tomara lo que había en ella. Sally tomó una cajita de cuero negro y Peter añadió en un tono neutro y carente de emoción—: Por supuesto, no lo haremos público hasta que tu período de luto acabe el día del aniversario de tu padre. —Sally sonrió ligeramente y asintió en sentido de aprobación con su prometido y la decisión tomada. Mientras hacía esto, miró el contenido de la cajita: un anillo con un rubí. Sally dio las gracias a todos mientras sus ojos se llenaban de lágrimas. Christine parecía emocionada y los demás, Mister Abbott incluido, sonreían ampliamente.

—Bueno, Miss Sally —concluyó Mister Abbott—, supongo que este es el inicio de lo que concluirá con la bienvenida oficial a la familia Abbott.

Sally no pudo responder porque las lágrimas ahora brotaban imparables de sus ojos y cubrían sus mejillas y sus fosas nasales. Todos aprobaron la emotiva y agradecida reacción de Sally aplaudiendo y riendo. Sin embargo, solo Sally sabía que sus lágrimas estaban siendo malinterpretadas por todos.

6

Fue la primera vez que Sally olió directamente el denso humo del opio cuando se dio cuenta de que la isla, especialmente la ciudad, siempre había emanado ese aroma. Una fragancia persistente, que lo invadía todo: las calles la madera, la ropa, los hombres... Cuando fue consciente de ello, jamás pudo dejar de percibir aquel aroma. Hong Kong se convirtió así en la eterna dama portadora de aquel perfume.

Sally miró el rubí en el dedo anular de su mano izquierda una vez más. El rojo de la piedra resplandecía tímidamente con la claridad blanca que entraba por la ventana de su cuarto. «Es extraño —pensó Sally—. Nunca imaginé que este pequeño objeto me haría sentir una sensación tan aguda de soledad.» Además, el anillo —de oro con una gran piedra rosada rodeada de una filigrana dorada— no era exactamente de su gusto. Después de observarlo un rato más, Sally lo guardó en el mismo joyero donde casi un año atrás había escondido las últimas cartas de Ben. Al ver las cartas dentro de la cajita, Sally se sintió tentada de cogerlas y leerlas de nuevo. Sin embargo, cerró la caja rápidamente y se sentó en una de las butacas de su habitación.

Pero ¿qué era exactamente lo que no le gustaba de algo tan maravilloso? Después de todo, este anillo era el símbolo del compromiso con su amado Peter. Tal vez se sentía así porque su padre no había estado presente para poder aprobar el futuro enlace o porque la reacción de los Abbott había estado muy lejos de ser la que ella esperaba. Su compromiso había sido aceptado por la familia; sin embargo, ni ella ni Peter podían actuar como una pareja comprometida hasta que llegara septiembre. Las cosas habían vuelto más o menos a la normalidad, pero en la casa casi nunca se hablaba del compromiso y aún había cierta tensión en el aire entre Sally y, sobre todo, Mister Abbott y Mary. El primero se mostraba, como era de esperar, cauto y severo. Pero quien parecía no llevar nada bien la nueva relación era Mary. Era evidente que algo había cambiado en ella; no aprobaba el enlace y había marcado distancia con Sally. Siempre había sido evidente que, para la segunda esposa de Mister Abbott, el favorito de sus hijastros era Peter, pero Sally nunca habría imaginado que Mary mostraría esta repentina aversión a su futura nuera de una forma tan abierta.

A pesar de todas estas dificultades, Sally quería olvidar el ambiente general que se respiraba en casa de los Abbott y disfrutar de este momento de su vida. Intentaba huir de la rutina del luto y la recia cotidianidad de la casa soñando con su nueva vida de casada, imaginándose, en un futuro no tan lejano, como una mujer amada y protegida. Por fin, había encontrado a un hombre que se convertiría en su esposo. Un hombre que, además, habría suscitado la más sincera aprobación de su padre. Peter poseía cualidades que Theodore habría admirado: no solo era generoso y trabajador, sino también divertido y aventurero. Sally y Peter se habían pasado largos ratos hablando de su vida de casados. Peter intentaría montar su propio negocio de exportación, interesado como estaba en el té y la porcelana, y, juntos, podrían iniciar una nueva empresa que los llevaría a nuevas colonias, distintas ciudades y lejanos territorios.

Pero, por más que intentara concentrarse en su compromiso y en su futuro con Peter, la relación con él había cambiado. Todo aquello le había afectado más de lo que él quería admitir. Su humor, normalmente alegre y despreocupado, ahora era en ocasiones algo taciturno y distante. Trabajaba en exceso y luego podía pasarse días durmiendo. Sally casi nunca lo veía relajado. No le dijo nada, pero al cabo de unas semanas empezó a estar verdaderamente preocupada.

Un día que paseaban por los jardines con Christine, quien hacía las veces de carabina y caminaba justo detrás de ellos paseando a su caniche, Sally intentó sacar el tema:

—Creo que nos podrían dejar solos, ¿no crees? —dijo Sally en voz baja—. Después de todo, solo estamos caminando por los jardines.

—Sí —dijo Peter distraído y tomando la mano de Sally en la suya.

—¿Peter, estás bien? —preguntó Sally. Peter ni siquiera la miraba; su mirada estaba concentrada en algún punto indefinido del jardín. Sus pupilas dilatadas crearon un extraño efecto en sus ojos grises; en su piel clara destacaban dos agujeros negros de aspecto casi sobrenatural. El contorno de sus ojos estaba hinchado y de un color grisáceo—. Pareces enfermo.

—Solo necesito dormir —respondió Peter sin dejar de mirar en la lejanía—. He estado trabajando demasiado.

—Podrías venir una mañana a verme, como solías hacer... —sugirió Sally, dulcificando su voz y apretando la mano de su prometido mientras miraba por encima de su hombro para comprobar que Christine no estuviera oyendo nada.

—¿Estás loca? —dijo Peter mirando a Sally directamente por primera vez desde que habían iniciado la conversación. Una vez que hubo mirado a su prometida directamente, Peter pareció arrepentirse de su arrebato, y, en un tono más dulce, añadió—: Después de todo lo que ha pasado debemos ir con cuidado. Además, ahora necesito trabajar y descansar más que nunca. Tengo que reunir el suficiente dinero para poder montar mi propio negocio de exportación.

—Tienes razón, pero es que simplemente te echo de menos... —dijo Sally, sin dejar de susurrar.

—Yo también. Pero ahora hay otros asuntos de los que debo ocuparme...

—Por supuesto.

—Debes acabar con el luto y volver a encauzar la relación con mi familia —dijo Peter.

—¿Qué quieres decir? —Sally estaba confundida.

—Bueno, mi familia está profundamente decepcionada de que mantuviéramos nuestra relación en secreto —explicó Peter, mostrando que llevaba ya un tiempo queriendo comentarle este asunto.

—No lo entiendo... ¿No has hablado con ellos? —dijo Sally, sin saber si estaba enfadada o avergonzada—. Sé que las cosas no están igual que antes, pero pensaba que se sentían felices con nuestro compromiso.

—Sí, claro que se sienten felices... Pero creo que debes convencerles de que tus intenciones son sinceras.

—Un momento, sigo sin entenderlo. ¿Por qué no iban a ser mis intenciones sinceras? —dijo Sally, intentando no alzar la voz, pero notando que estaba perdiendo la serenidad.

—Bueno, ya sabes, es bastante usual que chicas en tu situación intenten conquistar a caballeros de familias adineradas. No es la primera vez que una joven se aprovecha de la bondad de sus protectores.

Por un segundo, Sally se quedó sin palabras. Quería que Peter la mirara para poder leer en su rostro si sus palabras eran o no sinceras. Era evidente que las cosas no eran igual desde que habían descubierto su relación, pero Sally no tenía ni idea de que esta situación hubiera provocado que la familia dudara de su integridad. Lo que aún parecía más extraño y, si cabe, doloroso, era que su prometido diese a entender que no estaba totalmente en desacuerdo con ellos.

—¿Cómo pueden pensar algo así? ¿Cómo pueden dudar de mis intenciones? —Ahora era Sally la que miraba a su alrededor—. Tú no lo crees, ¿verdad? Dime que tú no estás de acuerdo, por favor...

—Por supuesto que no estoy de acuerdo —dijo Peter algo molesto—, pero nuestro compromiso no es oficial aún y, por el bien de los dos, debes hacer que mis padres y mis hermanos vuelvan a verte como antes.

Sally no supo qué decir. En su interior luchaban sentimientos contradictorios. Por un lado, quería ganarse la estima de los Abbott y no deseaba entrar en un matrimonio con mal pie. Además, quería hacer todo lo posible para ayudar a su amado Peter. Pero, por otro lado, no entendía por qué dudaban de ella. Después de todo, no era una cazafortunas sin nombre o herencia y la única razón por la que había ido a vivir a la mansión Abbott era porque su padre había fallecido en circunstancias trágicas. Tampoco entendía por qué Peter no había defendido su nombre, y por qué tenía que ser ella la que debía convencerlos. Después estaba la idea de guardar el compromiso en secreto. Hasta el momento, Peter había sido su mejor amigo, se había sentido más cerca de él que de cualquier otro en el mundo, pero ahora que los dos iban caminando en silencio por los jardines, Sally lo miraba de nuevo, y sentía que estaba paseando junto a un extraño.

—Lo intentaré. —Es todo lo que se le ocurrió decir a la joven.

Unos días después, Sally, Christine y Mary Ann fueron al Central. Hacía días que Sally no salía de la mansión de los Abbott, donde las horas pasaban lentamente entre tomar el té, pasear por el jardín y leer libros. Tampoco había visto a Peter, quien estaba siempre fuera y, cuando estaba en la casa, se pasaba la mayor parte del tiempo durmiendo.

Sally había entrado en un estado melancólico que la llevó a dibujar de nuevo. En su cuaderno, y casi sin darse cuenta, había empezado a reproducir partes que aún recordaba del famoso cuadro del gobernador. A medida que los días pasaban, la idea de acabar el cuadro que había iniciado su padre parecía menos descabellada y más atrayente. Lamentablemente, Mister Abbott también había empezado a mostrar interés en la nueva actividad de Sally.

—Miss Sally, he visto que ha retomado usted la conocida afición de su padre por el arte. ¿No es así? —La primera respuesta de Sally fue cerrar su cuadernillo, pero sabía que era demasiado tarde. Todos los Abbott dejaron sus quehaceres al unísono para mirar a la joven prometida, esperando una respuesta.

—Nada. No es nada —respondió ella mientras se preguntaba por qué había sido tan estúpida de sacar el cuadernillo delante de la familia.

—Eso es una tontería, querida, no puede ser simplemente «nada» —insistió Mister Abbott.

—Estoy pensando en empezar a bordar un pañuelo para Mary y Christine en honor a la boda y estaba garabateando posibles ideas. —Sally se sorprendió al ver con qué rapidez había conseguido esta explicación. Ahora solo cabía esperar que Mister Abbott no quisiera ver sus diseños—. Son solo ideas vagas, no tengo nada concreto aún.

—Bueno, no es mala idea. Un regalo a tu futura familia política es de correcto proceder. Creo que Mary tiene un librito donde guarda diferentes diseños; si se lo pides, puede que te deje usar algunos.

—Sí, puedes mirártelo —dijo Mary con su nueva, y ya habitual, parquedad.

—Gracias —dijo Sally cerrando el libro. Ese mismo día decidió que sería mejor no trabajar en sus dibujos delante de los Abbott y que debía empezar a aprender a bordar.

Con la excusa de comprar telas e hilos para bordar pañuelos, Sally convenció a Christine y Mary Ann que la acompañaran al centro y así mirar tiendas. Las tres caminaban deprisa entre viandantes y palanquines. Entraron en una tiendecita cerca del parque de Queen's Road y eligieron una tela para hacer el pañuelo y unos bonitos hilos dorados, rosas y azules. Cuando salieron de nuevo a la calle, las otras dos chicas dijeron que querían ir a ver qué nuevos sombreros había disponibles en su tienda habitual; después podrían alquilar un palanquín para regresar a la mansión Abbott y observar sus nuevas compras. Sally no tenía ganas de mirar aquellos hermosos sombreros que no podía llevar, y mucho menos pagar, pero decidió que cualquier cosa era mejor que volver a estar encerrada en la casa de los Abbott. Al cruzar la calle en dirección a Stanley Street, la bolsita donde Sally había guardado su compra se cayó en el barro. Sally se agachó rápidamente mientras llamaba a Christine para que la esperaran. La bolsita, de tela blanca, estaba totalmente arruinada. Intentando no mancharse las mangas, la abrió y vio, con suma tristeza, que su compra había quedado completamente empapada. Los transeúntes pasaban cerca de ella, y viendo que un carro se le acercaba, intentó sacudir la bolsa y correr hacia el otro lado de la calle. Cuando llegó y miró a su alrededor, se percató de que había perdido de vista a sus dos amigas. Caminó deprisa de nuevo hacia el otro lado de la calle, pensando que tarde o temprano podría divisar a sus amigas. Pero la calle estaba tan abarrotada que no las encontraba. Tampoco recordaba cuál era la tienda hacia la que se habían dirigido.

Durante un tiempo, Sally caminó por Queen's Road buscando a sus compañeras en todas las sombrererías. Después de preguntar a los dependientes, Sally pensó que la mejor opción sería usar el poco dinero disponible para alquilar un palanquín y volver a casa. Pero, en el mismo momento en que tomó esta decisión, Sally se dio cuenta de que, por primera vez en mucho tiempo, estaba en la calle. La última vez que había salido sola se había desmayado tras su encuentro con Mistress Elliott. Pero esta vez no estaba mareada, al contrario, Sally sintió una especie de nueva libertad y se creyó capaz de echarse a correr en los Downs de Bristol.

Era evidente que correr no era una opción, así que simplemente se puso a pasear sin rumbo por las calles. A pesar del calor y la humedad se sintió ligera y caminaba a gran velocidad sin que le importase adónde se dirigía. Los sonidos de la calle se convirtieron en nada más que un zumbido lejano. Caminando sin dirección se sentía poderosa, nada que ver con aquella cría asustada y nerviosa que se había perdido casi dos años atrás en las calles de Hong Kong.

Pronto aminoró el paso, ya que se había introducido por las callejuelas más estrechas donde todo lo colonial daba paso a la ciudad china. Sabía que no debía aventurarse por esta parte de Victoria, pero el placer propio de hacer algo prohibido y el hecho de que los Abbott nunca aprobarían este periplo hicieron que no abortara su paseo. A cada paso se prometía que daría media vuelta, pero, en lugar de hacerlo, seguía caminando firmemente. Los olores a comida y especias parecían superar los olores de heces y desechos propios de la calle, donde cohabitaban paradas de carne con patos cocinados colgando de ventanas, casas de té y tiendas, junto a hombres sentados en pequeñas sillas que no alzaban más de un palmo, jugando extrañas partidas sobre un tablero. El coro de voces en chino que provenían del interior de las casas se mezclaba con la melodía de tonos variados y los aromas que emanaban las calles.

Pronto el espacio de la calle se fue llenando de curiosos; la mayoría eran hombres, pero también había niños que empezaron a seguirla a cierta distancia. En un principio, Sally ignoró a su extraño séquito, pero después de un rato le entró el pánico. Sin embargo, siguió saboreando el miedo que embotaba sus sentidos y que, a la vez, la hacía sentir más viva de lo que había estado en mucho tiempo.

De repente, una de las tiendas llamó su atención. Primero olió a tabaco mezclado con un aroma indefinido, dulce aunque de una acritud punzante. Instintivamente giró su cabeza en dirección al lugar de donde provenía aquel olor. Lo que vio la hizo parar en seco. Había oído hablar de los fumaderos de opio, pero, en su mente, se le representaban con la glamurosa imagen de una miniatura persa. Interiores llenos de una decoración suntuosa con hombres y mujeres tendidos en hermosos divanes servidos por sirvientes bellos y de actitud elegante. No obstante, lo que Sally encontró allí fue una escena muy diferente: era un espacio oscuro y polvoriento, y tardó unos segundos en ver el interior con claridad, pero, cuando lo hizo, no pudo desviar la mirada. Olvidando por completo el grupo que la había seguido, observó sin pudor, con terror y curiosidad mórbida.

El ambiente estaba cargado de una fina, casi palpable, neblina. Los suelos estaban cubiertos de alfombras polvorientas y deshilachadas, puestas unas encima de otras, y, sobre ellas, y esparcidos por el suelo, debía de haber unos ocho hombres, tal vez más. Descalzos, vestidos con camisas blancas y pantalones oscuros, debían de ser trabajadores del puerto. Los que habían tenido suerte descansaban sobre almohadas de forma tubular; otros yacían medio apoyados en las paredes cubiertas de raídos listones de madera. Todos, sin excepción, sostenían en sus manos unas largas pipas de madera oscura, tal vez caoba, que reposaban a pocos centímetros de sus bocas, listos para la próxima calada. Sostener las pipas parecía ser el único esfuerzo que estos hombres eran capaces de hacer, ya que sus cuerpos yacían en posturas que solo denotaban debilidad extrema, tal era la laxitud y el sopor en el que estaban sumergidos. La mayoría tenía los ojos cerrados; el resto simplemente luchaba inútilmente contra el peso de sus pestañas. Algunos miraron en dirección a Sally, pero ninguno parecía verla o importarle la aparición de esta joven inglesa vestida de negro. Sus ojos no denotaban ningún tipo de satisfacción, sino que mostraban un nuevo estado que no se definía en términos de vida, sueño o muerte. Una vigilia inducida llena de placer marchito. Esos fumadores miraban sin mirar, respiraban sin respirar y su mente vagaba en algún lugar lejos de ese antro.

A Sally la invadió una profunda pena solo superada por el asco que sentía, y que pronto se convirtió en náuseas. El intenso olor a opio y tabaco se mezclaba con la fragancia acumulada de orina y sudor. No tuvo más remedio que desviar la mirada del decadente espectáculo del fumadero y alejarse rápidamente con la esperanza de salir de ese laberinto de madera y barro.

Sally empezaba a preocuparse y, aunque sentía que alguien la seguía de cerca, no se atrevía a volverse para comprobarlo. Por más que intentara buscar una salida u orientarse, todas las calles parecían la misma y no tenía ni idea de cuál era la mejor manera de volver al Central sin necesidad de pararse y dar marcha atrás. Su aventura estaba tomando ahora el cariz de una pesadilla y empezó a desear con todas sus fuerzas no haber decidido perderse en el barrio chino.

Con cada paso, más nerviosa se ponía. Ahora podía sentir cómo el grupo de hombres la señalaban y se reían abiertamente. Sally corrió calle abajo sabiendo que se estaba metiendo aún más en el corazón del arrabal.

Cuando estaba a punto de empezar a llorar presa del pánico, la calle se abrió para dar lugar a una especie de plaza. Sally vio con alivio que, en medio de esta especie de explanada, había un hombre vestido de occidental. Estaba delante de un teatrillo donde se llevaba a cabo algún tipo de espectáculo con canto. Unos cuantos curiosos se habían reunido alrededor para contemplarlo. Casi a zancadas, Sally se acercó a él y pudo comprobar aliviada que conocía a aquel hombre trajeado: era William Turner, el periodista del *Friend of China*.

—¡Mister Turner! ¡Mister Turner! —le llamó Sally extasiada. Turner se volvió y miró a Sally sorprendido.

—¡Oh, Miss Sally Evans! Esta es toda una sorpresa.

—Sí. —Sally se hallaba casi sin aliento y debía de estar medio despeinada. Miró para atrás y, aunque aún había un grupo de curiosos, estos parecían disiparse.

—¡Por Dios! ¿Está usted bien? ¿Le ha pasado algo? —dijo Mister Turner ofreciéndole un pañuelo con el que ella se secó el sudor.

—No me ha pasado nada... sé que le pareceré una tonta... pero me he perdido —dijo Sally sintiendo que recuperaba el aliento. Delante de ellos, un hombre enmascarado, y que lucía un gran vestido del que salían una especie de espadas, acompañaba unos movimientos sincopados de cabeza con un canto chirriante y ondulante. Sally no había oído nada igual.

—¡Pobre chica! Pero ¿hacia dónde iba? ¿Cómo ha acabado aquí? —preguntó Turner mirando a su alrededor.

—Perdí a mis acompañantes... y luego me puse a caminar y creí que era una buena idea...

—¿Investigar un poco? —Turner acabó la frase, parecía aliviado y algo divertido al ver que la actitud de la joven solo había sido una travesura.

—Sí...

—Bueno, supongo que después de casi un año en casa de los Abbott necesitaba respirar otros ambientes... —dijo Turner con una media sonrisa—. Y bien, ¿qué piensa usted del Hong Kong real?

Sally llevaba tanto tiempo guardándose sus opiniones más sinceras que cuando alguien le hizo una pregunta que exigía honestidad se quedó en blanco. Pensó durante unos segundos y solo pudo decir:

—He visto por primera vez un fumadero de opio... —En el momento en que lo dijo se sorprendió de cuánto deseaba compartir con alguien lo que había visto en aquel callejón.

—¿Sí? ¿Y qué le ha parecido? —dijo Turner con verdadero interés.

—Bueno... sucio y triste... —Sally intentó buscar los mejores adjetivos, pero no pudo encontrar nada mejor.

—Sucio y triste —repitió Turner pensativo—. Creo que es una buena manera de describirlos. Una vez, un adicto al opio que conozco me dijo que podías estar en el sitio más repugnante, pero que en cuanto fumabas un poco de esta droga sentías que estabas en la cama más maravillosa y cómoda del mundo. El opio es poderoso porque te evade de la realidad, y, por esa misma razón, te consume en todos los sentidos. Acabas siendo esclavo de tus sueños... —Turner dijo esto evocadoramente, con evidente sentimiento, mientras miraba el espectáculo—. Parece mentira, pero me encanta la ópera —cambió Mister Turner de tema—. Este es un espectáculo típico de Sichuan, lo llaman *bian lian*, «cambiar caras», y es distinto a la ópera cantonesa. El hombre va cantando y va cambiando de máscara casi por arte de magia.

—¿Esto es ópera? —dijo Sally sorprendida, mirando al hombre disfrazado que ahora sostenía una nota imposible durante largo rato—. Nunca había oído hablar de ópera en China...

—Bueno, aquí tienes la oportunidad de ver un pequeño espectáculo en su estado más popular —dijo Turner aún mirando al señor enmascarado, quien no había acabado con su aria. En cuanto finalizó, un montón de instrumentos de percusión sonaron a la vez, sin orden aparente e *in crescendo*, con gran estruendo.

Sally tardó unos segundos en darse cuenta de que todo ello señalaba algún tipo de pausa dramática. Ahora el señor disfrazado se paseaba por el escenario tocando su barba, como si reflexionara. Sally observó que, en efecto, la máscara había cambiado. Cuando el ruido de platillos y tambores aminoró, una dama, también disfrazada, entró en el escenario. Llevaba el cabello lleno de horquillas y empezó a cantar con notas aún más agudas.

—En realidad es un hombre —dijo Mister Turner con evidente fascinación.

—¿Como los actores en la época de Shakespeare? —aventuró Sally, quien no podía creer que aquella grácil dama entretenida en entonar notas tan inhumanamente agudas pudiera ser un hombre.

—En efecto. Estoy asombrado de sus conocimientos, Miss Sally. De hecho, a pesar de la evidente diferencia en el canto y la música, las historias representadas en la ópera china no difieren mucho de las que escribió Shakespeare, para el teatro, o Monteverdi y Mozart —parecía que el periodista quería añadir algo más, pero se interrumpió—: Miss Sally, no nos deberíamos entretener, sus amigos deben de estar buscándola. Yo la acompañaré de vuelta a casa de los Abbott.

—No hace falta ir tan lejos. Si me acompaña a un lugar donde pueda alquilar un palanquín, estaré más que agradecida con usted —dijo Sally, que acababa de recordar la opinión que Peter tenía de Mister Turner. Sería mejor por el bien de todos, pensó Sally, que los Abbott no la vieran con el periodista.

—Sí, creo que esa es una excelente idea —afirmó Turner y, ofreciéndole su brazo, se dirigieron hacia una de las callejuelas. Los dos caminaron en silencio hasta que Turner le hizo una pregunta repentina:

—Miss Sally, espero que no se sienta ofendida por mi atrevimiento, pero ¿está usted bien en casa de los Abbott?

—La pregunta dejó a Sally tan sorprendida que casi tropezó. Fuera de la propia familia, nadie sabía lo que estaba pasando en casa de los Abbott. Y ella no había compartido con nadie, a excepción de las cartas que enviaba a sus amigas, sus sentimientos al respecto. Incluso en sus cartas intentaba edulcorar lo máximo posible sus problemas con Mister Abbott, su sensación de soledad y la creciente sospecha de que su prometido, de alguna manera que ella aún no podía describir, la estaba traicionando. Que Mister Turner, a quien no había visto en todo el último año, le hiciera esta pregunta la sorprendió y la conmovió.

—¿Qué quiere decir? —Es todo lo que su sentido común le dejó ofrecer al periodista como respuesta.

—Bueno, usted sabe que tuve el placer de conocer a su padre —empezó a explicar el periodista—. Un hombre excepcional, sin duda, y fue algo así como una sorpresa saber que los Abbott la acogían bajo su protección. Son una familia muy diferente a su padre Theodore y, si me lo permite decir, a sus ideales. —Una vez más el periodista dejó atónita a Sally. Al ver que esta no respondía, continuó—: Cuando su padre murió, intenté visitarla e incluso extender una invitación para que se instalara en mi casa, donde mi querida esposa esperaba acogerla como a una hermana, pero los Abbott y Miss Lockhart ya habían llegado a su casa y se negaron en rotundo a dejarme entrar. ¿No recibió usted ninguna de mis notas?

—No, no recibí nada. —Sally seguía boquiabierta, pero esta vez consiguió hablar—: Créame cuando le digo que esta es la primera noticia que tengo al respecto. Los días después de la muerte de mi padre estuve postrada en cama y me mudé a casa de los Abbott al día siguiente del entierro.

Ahora que Sally caminaba cogida del brazo de Mister Turner, y se sentía más segura, tuvo la oportunidad de observar con más detenimiento cómo los transeúntes, la gente que estaba en las tiendas y aquellos que se asomaban por las ventanas, salían a la calle, y los seguían o señalaban con total descaro. Sally y su acompañante eran el elemento exótico, el verdadero espectáculo, y no al revés. Pero poco le importaba a Sally, ya que estaba, por encima de todo, concentrada en su conversación con el periodista. No podía creer que nunca le hubieran llegado los mensajes de Mister Turner. Si los Abbott, deliberadamente, habían no solo prohibido que Mister Turner la visitara, sino que, además, habían ocultado sus misivas... ¿Era porque estaban intentando protegerla del periodista? ¿Por qué? ¿Era Mister Turner un mentiroso?

—Lo sé —dijo Mister Turner—. En el momento en que usted se mudó a la mansión Abbott, supe que ya no podría hablar con usted y veo que el duelo tampoco le ha permitido salir libremente...

—Entonces, cuando vino a verme... ¿de qué quería hablar? —Sally intuía que estaban saliendo del barrio chino y pronto llegarían a las abiertas calles de la colonia. Por un momento, deseó pararse y no seguir caminando; quería saber qué era lo que este nervioso hombre tenía que explicarle y sabía que era mejor hacerlo al abrigo de las callejuelas y no en medio del Central de Victoria, donde otros conocidos podían verlos.

—Bueno, quería darle mi pésame, por supuesto —tanteó el periodista—, y hablarle sobre lo que estaba a punto de hacerse público sobre nuestro amigo Ben...

—¿El capitán Wright? —dijo Sally casi en un susurro.

—Así es. Ben era mi amigo y sé que tanto usted como su padre tenían una relación muy estrecha con él. Yo estaba a punto de publicar la versión oficial sobre su acusación por robo y la huida. Créame, no tenía otro remedio —se disculpó el periodista—, pero quería ponerme en contacto con usted y decirle que yo no creía ni una palabra de lo que decía en mi artículo. Sabía que usted querría saberlo. Ambos estaremos de acuerdo en que Ben podía ser algo reservado y fanfarrón, pero jamás robaría a nadie. —Mientras decía esto, el periodista miró a Sally implorando su empatía, pero la chica no sabía qué decir y empezó a asustarse. ¿Y si el periodista no era un mentiroso, sino que simplemente estaba loco?

—Pero había pruebas, testigos... —respondió Sally y automáticamente se dio cuenta de que desconocía totalmente el caso; ni siquiera se había leído los artículos publicados al respecto, simplemente había escuchado la versión de Mary y Christine y no había indagado más.

—¡Todo era una trampa! —dijo Mister Turner parándose en seco y mirando a su alrededor—. Les interesaba sacarse de en medio a Ben y a todos los que pertenecían a su círculo.

—¿Se refiere usted a mi padre? —Sally no sabía si reír o no.

En un principio había tenido miedo, pero ahora esta conversación empezaba a sonar ridícula. Turner no dijo nada, pero sus ojos hinchados se clavaron en los de ella, rogando que le creyese. El hombre se acercó y Sally pudo ver las gotas de sudor cayendo por la frente del periodista. Estaban tan cerca que olía también su aliento empapado en vino. ¿Estaba borracho? No era buena idea estar en este callejón a solas con un borracho; debían empezar a caminar hacia las calles del Central cuanto antes, pensó la joven. Mister Turner pareció ver la incomodidad que había despertado en la chica y se apartó, sacó otro pañuelo y se secó las gotas de sudor.

—Perdón, Miss Sally, no la quería asustar. Después de todo, usted no es más que una niña. Solo le puedo decir que si un día quiere hablar o no está bien en casa de los Abbott, ya sabe a quién puede acudir. Si no es a mí, también puede hablar con el fiscal Dunskey, es un hombre incorruptible y de total confianza.

—¿El fiscal? —Sally no podía creer que esta conversación hubiera tomado un cariz tan extraño.

Los dos volvieron a caminar en silencio. Ya se acercaban al final de la callejuela. Pronto estarían en pleno Central y Sally solo quiso saber algo más antes de dar por finalizada esa charada.

—Dígame, Turner: ¿qué tiene la familia Abbott en su contra?

En un principio, Turner se mostró sorprendido, pero luego, algo parecido al alivio barrió su cara. Ahora que ya estaban cerca de Queen's Road, Turner dejó de dar el brazo a Sally y en voz baja y sin dejar de mirar a su alrededor añadió:

—Veo que usted, en efecto, no lee la prensa de la ciudad. Desde que me echaron del despacho del tasador general, hace ya casi una década, he estado trabajando de periodista intentando destapar los casos de corrupción que han infestado esta colonia cual manada de ratas en un barco de carga. Mis principales objetivos han sido, siento informarla, su protector, el mismísimo Mister Abbott, y toda su *troupe* de ladrones corruptos, pendencieros y adictos al láudano.

—¿Pendencieros y adictos al láudano? —repitió con incredulidad Sally. Pero Turner pareció no escucharla. Sus ojos se habían llenado de ira y sus dientes estaban apretados de rabia.

—Bueno, no todos son adictos al láudano, solo los idiotas de sus hijos y el tonto del hermano de Kendall.

Sally creyó que sus piernas iban a fallarle completamente; la sangre había abandonado su cabeza. Tuvo que pararse en seco y respirar hondo para volver en sí.

—¿Está usted bien, Miss Sally? Perdone, niña... me había olvidado que usted los conoce...

Era evidente que, aunque Turner sabía que Sally vivía con ellos, no estaba al corriente de cuánto conocía Sally a los chicos Abbott y, en consecuencia, no podía saber que Sally estaba prometida con uno de ellos.

—No pasa nada. —Sally intentó recuperarse. Miró alrededor y vio que ahora solo se encontraban a unos pocos pasos de un puesto de alquiler de palanquines. Con alivio, vio las figuras de Mary Ann y Christine hablando con un hombre chino vestido de occidental. Parecía que estaban preguntando por ella. Cuando vieron a Sally, gritaron su nombre y se apresuraron a su encuentro. Turner se separó de ella y dijo, con un hilo de voz:

—Me temo que ahora debo marcharme... Solo una cosa más: me dijeron que usted es capaz de pintar tan bien como lo hacía su padre. Le recomendaría que, cuando pueda, acabe el cuadro del gobernador.

Justo cuando Turner acabó la frase, las dos chicas habían llegado a la altura de donde se encontraba Sally. En un principio la atosigaron a preguntas y, al cabo de pocos segundos, vieron a Turner a un metro por detrás de la chica. Sally estaba totalmente abrumada y, sin saber qué decir, se volvió hacia Turner.

—Disculpen, señoritas —dijo con una ligera inclinación de cabeza—. Les devuelvo a Miss Evans, se había extraviado.

—Sí, os perdí de vista y me encontraba tan mal que me acabé desmayando —dijo Sally enseñando su bolsita y el bajo de su vestido llenos de barro—. Mister Turner me ayudó y me trajo hasta aquí.

Tras un escueto «gracias», las dos chicas se llevaron a Sally lejos de aquel hombre hacia uno de los palanquines.

—Gracias a Dios que te hemos encontrado, Sally —dijo Christine.

—Sí, no sé qué es peor, que te hayas perdido o que te encontrara el loco de William Turner.

—Sí, ese hombre es un cerdo, un borracho y un loco... —añadió Christine, mirando hacia atrás para comprobar que no las siguiera, pero Turner ya se había perdido entre el gentío de la calle.

7

Las últimas tres notas quedaron sostenidas en el aire. A pesar de que el sonido se había calmado, la vibración permanecía suspendida en el ambiente. Sally había practicado durante días y no podía creer que, por fin, hubiese podido dar fin a su pequeño *concerto*. Su audiencia se mantenía en silencio cuando ella apoyó el violín sobre su muslo y el arco en la otra mano. Miró a su padre buscando su aprobación, pero la cara de Theodore era inexpresiva.

—Ha estado muy bien, querida —dijo Madame Bourgeau.

—Excelente —indicó su maestro—. Pero has perdido un poco el *tempo* en la segunda parte. Se te veía tan contenta con el resultado que seguro que te has confiado y despistado irremediablemente.

Sally sintió cómo le ardían las mejillas. Su profesor de música, Madame Bourgeau y su padre parecían decepcionados con su interpretación.

—¿Haydn? —dijo por fin Theodore.

—Sí. Una versión sencilla, por supuesto —indicó Sally.

—A mí me ha gustado —concluyó.

Sally miró a su profesor intentando buscar un signo de aprobación, esperando un comentario que pudiera aliviar la tensión. Al fin y al cabo, Sally solo llevaba un par de años tomando clases esporádicas. Nunca le había gustado el piano, sentía que sus manos torpes se perdían entre las teclas. Sin embargo, amaba el sonido que emanaba del violín. Todas las otras chicas estaban aprendiendo a tocar el piano, mientras Sally luchaba contra su incapacidad de convertirse en algo más que en una aficionada del violín.

Lamentablemente, las caprichosas cuerdas de ese pequeño instrumento habían presentado un reto mucho más grande que el reto que podía suponer el piano. Sally no entendía como un instrumento tan bello, de un sonido tan conmovedor, podía, a su vez, despertar sonidos tan chirriantes si no era tocado adecuadamente. Una nota desafinada parecía esgrimir el grito de un violín torturado por su amo, cual gato salvaje que no se ha dejado adiestrar.

Al cabo de pocos meses —y después de incansables horas de práctica escondida en lugares donde nadie pudiera oír sus continuos fracasos—, Sally se había dado cuenta de que no poseía el don de la música. Se conformaba pensando que, al menos, sabía pintar.

No obstante, había una razón por la cual, cuando estaban en Francia, volvía a sus clases de violín: su maestro, un joven talento llamado Diego Fabra, un buen amigo de su padre y un excelente músico que se pasaba los días intentando escribir la gran sinfonía que un día le haría famoso. Sus clases no eran especialmente divertidas o inspiradoras, pero a Sally le gustaba sentarse cerca de ese hombre de veintitantos. Diego la reñía constantemente por su falta de concentración y su pérdida del tempo. Ella, a su vez, se limitaba a contemplar su perfil griego y sus orejas perfectas. De todo el cuerpo de su maestro, eran las orejas lo que más atraía la atención de Sally. Eran grandes y majestuosos apéndices creados para ser los perfectos receptores de las más delicadas melodías. Eran redondas, con una fina curvatura que descendía graciosamente hacia unos lóbulos carnosos y pequeños. Irónicamente, tenían la forma propia de una clave de sol. La parte preferida de Sally era el vello rubio que las cubría. La chica soñaba con tocarlas un día y poder sentir así su tacto aterciopelado. Sin embargo, Sally nunca se atrevió a hacer tal locura. Todos hubieran pensado que algún tipo de manía adolescente la había poseído y la había dejado atontada. Así pues, se limitaba a seguir practicando con la esperanza de recibir algún día la aprobación de Diego.

—Puedes tocar algo para nosotros —dijo Sally, alargando su violín. Su padre y Madame Bourgeau se unieron y pidieron a Diego que tocara algo. Él se hizo de rogar un poco y finalmente fue a buscar su propio violín. La chica y el maestro intercambiaron asientos y el chico empezó a tocar una pieza que parecía ser de Bach. Su postura era perfecta. Sus ojos estaban cerrados. De todo el cuerpo, únicamente su boca mostraba el verdadero esfuerzo que su cuerpo y su mente estaban llevando a cabo. Los labios a veces estaban apretados uno contra el otro de forma sutil pero firme, para relajarse dramáticamente un segundo después. En ocasiones, el esfuerzo era tal que el labio inferior desaparecía detrás de la hilera de sus dientes superiores. Sus dedos se movían con agilidad de una nota a la otra; cualquiera hubiera jurado que los dedos simplemente rozaban las cuerdas y, sin embargo, los más bellos compases aparecían en cadena uno detrás del otro.

Durante los días siguientes al encuentro con Turner, Sally estuvo repasando una y otra vez la conversación que habían tenido. En un principio, se convenció de que todo lo que le había contado aquel hombre no era más que una sarta de tonterías fruto de la imaginación de un hombre desesperado y ebrio. Peor aún, podía ser que, simplemente, el hombre la estuviera usando para seguir calumniando a los Abbott.

Sally podía imaginar a Jonathan y a sus otros amigos llevando una vida distendida, pero, cuando pensaba en su tierno y alegre prometido, no tenía otro remedio que desacreditar al periodista. Sally recordaba entonces las mañanas que había pasado con Peter echados en la cama, hablando y riendo. Estos momentos eran atesorados en su mente como los más felices de su vida y, estaba convencida, Peter era el hombre que ella deseaba tener como esposo. Desde que su compromiso secreto salió a la luz, Sally no podía evitar ver cómo su prometido ya no era el mismo y ahora su relación estaba dominada por el control de los Abbott y la inevitable distancia creada entre los dos.

Tampoco no se le escapaba a Sally el hecho de que, si creía a Turner, las acusaciones dirigidas a Ben por parte de los Abbott probablemente eran falsas. Aunque remota, esta posibilidad no solo eximía de toda culpa a quien había sido su primer amor y su amigo, sino también a su padre. Si Ben no era un ladrón, significaba que su padre no había estado colaborando con un criminal, tal y como había sospechado en algunos momentos.

Desde el funeral de su padre, Sally se forzó a no pensar en el americano y, sobre todo, en las cartas de despedida enviadas después de su huida. Sin embargo, a falta de fuentes a las que acudir, Sally decidió rescatar las cartas y releerlas. Aún estaban guardadas en el joyero. Cuando las tomó en sus manos, contempló las hojas arrugadas sin leerlas, y, luego, cuando finalmente lo hizo, se sorprendió al sentir que las palabras de Ben parecían sinceras. Sus líneas demostraban una preocupación por ella y por su padre. Cuando leyó las cartas por primera vez, estaba dominada por la desolación y la rabia, pero ahora se conmovió. Por un momento sintió una gran nostalgia. Recordó los tiempos en Aberdeen Hill, cuando su padre aún estaba vivo y todo era parte de una promesa.

Una mañana, después de no haber dormido en toda la noche, resolvió tomar cartas en el asunto. Escribió a Zora explicando parte de sus dudas y miedos sin llegar a dar demasiados detalles. Después pidió a Mister Abbott si podía ausentarse durante el día para volver a Aberdeen Hill y resolver algunos asuntos relacionados con la casa, así como comprobar la salud de su cocinera, que estaba encinta.

Mister Abbott insistió que esperara a que Mary volviera de sus compras para ir con ella, pero Sally le convenció de que no había ninguna necesidad, que no se molestara, ya que esto era algo que ella podía hacer sola.

Cuando finalmente salió a la calle, Sally se afanó para ir a la oficina de correos con Mei Ji, quien, como siempre últimamente, la seguía arrastrando los pies como un alma en pena. Sally quería enviar la carta a Zora directamente y asegurarse de que el sobre saliera en el siguiente vapor a Singapur. Después de salir de correos, Sally fue a una de las tiendas que conocía en Wellington Street y compró una preciosa manta bordada para el bebé de la cocinera Charlie. Con el regalo en mano, Sally no pudo evitar pensar que, en los últimos meses, no se había preocupado ni una sola vez de comprobar cómo estaba su cocinera o cualquiera de los criados de la casa, y que se había distanciado sobremanera de la casa y de todo lo relacionado con ella. Cuando salieron a la calle, llovía un poco y la chica y su *amah* recorrieron las calles a paso lento. Cuanto más cerca de Aberdeen Hill se encontraban, más aminoraban su marcha. Doblaron la esquina en Queen's Road y empezaron a subir la familiar cuesta de Aberdeen Road. Sally se paró en seco:

—Parece que nada ha cambiado —musitó para sí misma.

—¿Perdone? —dijo Mei Ji.

La criada no lo había entendido, aunque parecía que compartía la opinión de Sally.

—Nada, Mei Ji, nada —respondió Sally, haciendo un ademán para continuar caminando.

Cuando llegaron a Aberdeen Hill, la portalada de la entrada estaba entreabierta. Desde fuera se oían los gritos alegres de Siu Wong y Siu Kang. Al entrar vieron que los niños estaban jugando a algo que parecían dados. Al ver a Sally y Mei Ji se pusieron de pie de golpe y dejaron los dados en el suelo. Los dos saludaron en cantonés, repitiendo *fùnyìhng, fùnyìhng*, para dar la bienvenida. Tal era su sorpresa que habían olvidado saludar con su típico «Hola, Miss Sally». Los niños intentaban mostrarse como buenos criados, pero no podían esconder una traviesa cara de asombro al ver a su ama. Sally se echó a reír inmediatamente delante de los dos pillos; había olvidado cómo le gustaba su presencia juguetona y descarada. Sally les pidió que fueran a buscar a Mistress Kwong.

Los niños entraron en la casa corriendo, y, olvidándose de las formalidades pertinentes, empezaron a gritar

«Miss Sally». Sally y Mei Ji entraron por la puerta y se toparon con Mistress Kwong, quien salía de la cocina sacada a gritos por los niños. Cuando la anciana vio a Sally, no pudo evitar pararse de golpe. Parecía que la mujer hubiese visto un fantasma.

—Bienvenida, Miss Sally. Mei Ji —dijo Mistress Kwong con un semblante serio, casi inexpresivo. Pero inmediatamente añadió con sorna—: *hóunoih móuhgin*.

—Sí, «largo tiempo sin vernos» —repitió Sally, que había reconocido la famosa frase hecha. Deseaba actuar como la jefa de la casa y de sus sirvientes, pero no podía evitar sentirse como la hija pródiga que regresaba a un hogar que ya no le pertenecía.

»¿Cómo está usted? ¿Está todo bien en Aberdeen Hill? —Las dos caminaron hacia el comedor. La casa estaba tal y como la había dejado después del funeral de su padre, incluso los espejos aún seguían tapados.

—Sí, yo estoy bien y la casa también. —Mistress Kwong se volvió y sin tapujos preguntó—: ¿A qué ha venido, Miss Evans?

Sally suspiró. Se sentía como una cría a quien una profesora malhumorada preguntaba por qué había faltado a clase.

—He venido a ver cómo estaba todo y a traer a casa esto para el bebé de Miss Charlie —dijo Sally, haciendo que Mei Ji le enseñara el paquete que acababan de comprar. Mistress Kwong se miró el regalo y sonrió levemente.

—¿Por qué nos lo trae a nosotros?

—¿Por qué? ¿Ha pasado algo con Charlie? —se alarmó Sally, quien ahora se percataba de que Mistress Kwong y los niños eran los únicos que parecían vivir en la casa.

—Sí... Charlie tuvo el bebé hace un par de semanas. Un bebé muy sano, gordo y pelirrojo; se llama Carrick.

—Mientras decía esto, Mistress Kwong observaba a Mei Ji con detenimiento.

—¡Oh! Eso son noticias excelentes —exclamó Sally dando un saltito—; tendría que haberlo sabido.

—Sí, en efecto. Pero, como usted no estaba, le dije que nos apañaríamos sin ella durante un mes y que usted ya lo había aprobado —explicó Mistress Kwong, quien seguía más interesada en Mei Ji que en mirar a Sally. La chica tendría que haber reñido a Mistress Kwong por haber tenido la insolencia de haber tomado decisiones sin consultarle y mentir luego al respecto. Sin embargo, lo dejó pasar, sabiendo que ella había estado ausente todo este tiempo.

—¿Vamos al porche a tomar té? —Es todo lo que se le ocurrió decir.

Sally hizo sentar a Mei Ji a su lado mientras esperaban a que Mistress Kwong preparara el té. Cuando esta llegó con la bandeja, Sally le pidió que se sentara a su lado. Sally quería pasar un tiempo tranquilo en su jardín y quería tomar el té en compañía. La criada no discutió la invitación y con un largo suspiro sentó su cansado cuerpo en una de las butacas de mimbre del porche. Sally miró sus pies vendados e intentó imaginar el dolor insufrible que esta criada insolente y extraña vivía a diario.

Llovía débilmente y la tarde, aunque calurosa, recibía cierta brisa que la hacía más agradable. Las tres mujeres se quedaron en silencio mirando en dirección al jardín, en dirección al taller de Theodore.

Mistress Kwong pareció no poder contenerse más y empezó a hacer preguntas en cantonés a Mei Ji. La joven criada respondía, sin alzar la cabeza, y con frases cortas.

—¿Me puede decir qué pasa, Mistress Kwong? —dijo Sally cuando las dos mujeres pararon de hablar.

—A esta chica le pasa algo; está enferma. ¿No está de acuerdo, Miss Sally? —Lejos de ver la actitud severa que normalmente exhibía, Sally se dio cuenta de su sincera preocupación—. Pero ella dice que no le pasa nada... Y no la creo.

—Yo también pienso que está algo cansada —confirmó Sally, satisfecha al haber encontrado por fin un punto en común con su anciana *amah*—. Pero ella insiste en que está bien. Cuando salga del luto en septiembre, la enviaré de vuelta a Aberdeen Hill para que descanse.

—Bien hecho. —Mistress Kowng parecía, a su vez, sorprendida de la iniciativa de Sally—. Pero yo creo que sería mejor si nos la enviara un poco antes.

Sally asintió y miró de nuevo a Mei Ji. La muchacha se mantenía en silencio y sin probar el té que le había servido Mistress Kwong.

—Por cierto, me olvidaba —dijo Mistress Kwong, sacando lo que parecía una carta arrugada por la mitad—. Esto llegó para usted hace dos días. No se lo envié a casa de los Abbott porque pensé que era mejor dárselo yo misma, pero no he tenido tiempo de ir hasta allí.

Sally miró sorprendida a su criada y tomó en sus manos la carta que esta le ofrecía. Cuando vio el remitente se quedó petrificada. Era una carta de Sir Hampton, el amigo de su padre y abogado de la familia. En unos segundos había abierto el sobre y leído su contenido:

Querida Sally,

Espero tener más suerte con esta carta que con el resto de las que le he enviado. También espero que esta misiva la encuentre con buena salud y feliz, a pesar de todo lo que ha pasado. No sé si se acordará usted de mí. Soy un viejo amigo de su padre y cuando usted era pequeña había hecho algunas de las funciones que, a mi entender, eran más propias de un amigo íntimo de la familia que de un simple letrado. Desde hace unos meses, un tal Mister Abbott ha estado contactándome en referencia al testamento de su padre. Dadas las circunstancias, preferí ser cauto y le respondí instándole a que hablara con usted previa y directamente, si bien yo había sido nombrado por su padre como su testaferro en caso de defunción. La última noticia que recibí de este señor era una escueta carta diciendo que usted no estaba en condiciones de tratar estos asuntos y que le había nombrado su tutor. ¿A qué se refería? ¿Está usted bien? Si usted está —esperemos que no— impedida física o mentalmente, necesito saberlo. Mister Abbott no me ha dado ninguna información y usted no ha respondido ninguno de los mensajes que, insistentemente, he enviado a lo largo de estos meses. Por esta razón decidí enviar esta carta a su antigua dirección, con la esperanza de que, si no es usted, sea un amigo o quien sea que pueda darme información complementaria a aquella que Mister Abbott me está proporcionando. Por favor, póngase en contacto conmigo lo antes posible y si usted, mi querida niña, lee esta epístola, no mencione nada a nadie, y mucho menos al llamado Mister Abbott.

Atentamente y con afecto,

WILLIAM

Sally empezó a temblar de rabia. La sacudida empezó en sus manos y pronto invadió todo su cuerpo. Mistress Kwong la había estado mirando en todo momento, expectante. Incluso Mei Ji despertó de su encandilamiento y miró a Sally con preocupación. Cuando Sally se aseguró de que había entendido bien el contenido de la carta, aún temblando, alzó la cabeza y miró hacia el abandonado taller de su padre, al otro lado del jardín. Aunque hacía calor, Sally sentía frío.

—Una pregunta, Mistress Kwong —dijo Sally, intentando dominar el temblor que también se había apoderado de su mandíbula.

—Dígame —dijo la anciana casi con un susurro.

—¿Se acuerda cuando murió mi padre y tuve que pasar dos días en cama? —Sally hizo una pausa para dar tiempo a Mistress Kwong de situarse—. ¿Vino un señor llamado Mister Turner a verme?

—¿Un señor periodista? ¿Gordo como un cerdo? —respondió Mistress Kwong casi de forma retórica.

—Sí.

—Sí, vino y habló conmigo.

—¿Por qué no le dejó que me visitara? —Sally seguía mirando hacia la caseta; estaba temblando menos, aunque aún tenía frío.

—Los Abbott vinieron y me dijeron que no podía recibir ninguna visita.

—¿Le dio alguna carta o mensaje?

—Sí, me pasó una nota.

—¿Por qué no me la dio? —Sally estaba ahora alzando la voz y mirando a Mistress Kwong directamente a la cara.

—¡Sí que se la di! —dijo la anciana, quien, por primera vez desde que Sally la conocía, parecía preocupada. Incluso asustada—. ¡Estaba siempre durmiendo y la dejé en su mesita de noche!

Sally volvió a mirar en dirección a la caseta. El jardín presentaba una hermosa imagen difuminada por la lluvia y la humedad que se desprendía de la tierra. Sin saber por qué, recordó aquel cristal que se clavó en su pie la noche del robo.

Sally no sabría decir cuánto tiempo pasó sentada en el porche de Aberdeen Hill, tomando una taza de té con jazmín detrás de otra. Primero esperó a que se le pasara la reacción nerviosa que había tenido al leer la carta y luego empezó a pensar en todas las posibilidades, en todas las opciones. Sobre todo, intentó digerir la idea, ahora más real que nunca, de que Turner tuviera razón. Si era así, Ben era inocente. Aceptar esta opción traía consigo graves consecuencias: lo que Turner le había dicho sobre Peter debía de ser cierto... ¿Cambiaba esto sus sentimientos respecto a su prometido?

Por unos momentos, se sintió tan abrumada que miró a Mistress Kwong dudando de si la anciana *amah* podría convertirse en su confidente. Pero hacer algo así era ridículo.

—Sally —interrumpió sus pensamientos Mistress Kwong; una vez más la criada rompía todas las convenciones sociales al llamarla directamente por su nombre. Pero a ella no le importó.

—Dígame, Mistress Kowng.

—Esta familia con la que viven usted y Mei Ji... ¿son buenos?

—Sí, creo que sí, pero a veces... —Sally no supo cómo continuar, mientras Mei Ji la miraba con sus ojos lánguidos. Parecía que la chica había entendido la pregunta de Mistress Kwong.

—Entonces, vuelvan pronto a Aberdeen Hill.

Sally le respondió con una mirada llena de curiosidad. La *amah* siempre la había incomodado, pero ahora le empezaba a gustar esta anciana loca.

Antes de irse, Sally escribió a Sir Hampton de su puño y letra, diciéndole que estaba bien y que gozaba de buena salud, que estaba deseando recibir noticias suyas y que, a partir de entonces, siempre remitiera sus cartas a Aberdeen Hill. Al acabar la carta, pidió a Mistress Kwong que enviara la carta ella misma.

Cuando se despidieron, Sally prometió volver a Aberdeen Hill pronto y enviar a Mei Ji en los próximos días. Aunque no sabía qué pensar exactamente, estaba empezando a formar un plan. Peter y ella debían casarse urgentemente e iniciar su vida lejos de Hong Kong y de todos sus problemas.

Sally no pudo dormir aquella noche. No podía parar de pensar ni un instante y ansiaba hablar con Peter para poder compartir sus dudas y empezar a hacer planes. Pero aún quedaban horas hasta el amanecer y Sally sabía que no podía seguir dando vueltas en la cama sin volverse loca. Necesitaba aire fresco y, aunque sabía que era inapropiado, decidió salir a los jardines a dar un paseo.

La noche era clara y, si bien a su alrededor refulgían las luces provenientes de las casas y del puerto, se podía ver el cielo con claridad. En pocas semanas el verano llegaría a su fin y parecía que el sutil otoño de Hong Kong empezaba a despuntar: soplaba una brisa suave que movía la hierba húmeda y, sorprendentemente, no parecía haber tantos mosquitos como era de esperar.

Sabía que si alguien la encontraba deambulando por los jardines tendría que dar muchas explicaciones, pero valía la pena salir y gozar del aire de esa noche maravillosa. Aunque echaba de menos a Peter, empezó a aclarar sus pensamientos y todos sus problemas parecieron disminuir. Quizás había una explicación lógica o, simplemente, todo ello no era más que un triste cúmulo de malentendidos y exageraciones.

En su paseo caminó hacia la zona este del parque y se encontró delante de la casa de invitados que hacía las veces de espacio privado para Peter, Jonathan y sus amigos. La luz estaba encendida y Sally se apresuró a esconderse detrás de un árbol rodeado de arbustos que colindaba con un sendero. Desde su posición, se sorprendió al ver la luz encendida porque pensaba que los chicos habían ido al Hong Kong Club. Al pensar esto, Sally se acordó inmediatamente del comentario que Turner había hecho sobre los dos hermanos Abbott. De todo lo que había dicho el periodista, que Peter fuera un drogadicto era lo que más se resistía a creer. Tal vez Jonathan pudiera ser un adicto al láudano, pero Peter, su Peter, distaba mucho de parecer un poeta maldito viviendo aletargado en una buhardilla parisina.

Poco después de que Sally tomara su posición detrás del árbol, oyó un ruido de cristal roto. Justo entonces se alzó un grito que atravesó el jardín como un estruendo: era la voz profunda de Jonathan. En ese momento se abrió la puerta de la casa de invitados y apareció la figura de una chica que daba gritos y lloraba. Había tropezado. Desde el primer momento había reconocido la voz de la muchacha: era Mei Ji. Sally, que aún se encontraba en su escondite, paralizada por la sorpresa y el horror, pudo ver cómo su criada estaba medio desnuda; su camisa abierta y uno de sus blancos pechos claramente discernible en la oscuridad. Mei Ji, sumida en la histeria, había conseguido levantarse y corría intentando subirse los pantalones. Casi parecía un pez luchando por respirar fuera del agua. Aún llorando, corrió hacia la casa principal. Justo en ese momento, emergió de la casa Jonathan, quien no había parado de gritar improperios ininteligibles. Parecía abrocharse los pantalones y empezó a caminar, no sin dificultades, en la misma dirección por la que Mei Ji había salido corriendo.

—¡Te vas a enterar, puta! —Fue lo único que Sally consiguió entender.

8

El sermón del arzobispo retumbaba en las paredes de Saint Paul's Cathedral. Sus palabras eran pronunciadas con un claro acento del norte de Inglaterra, seguramente procedente de Leeds, que le otorgaba un tono amable, casi cantarín. A pesar de todo, Sally no estaba atenta a nada de lo que el buen hombre decía. Por suerte, tenía práctica en seguir la misa sin que nadie se diera cuenta de que no entendía nada de aquel ritual. Era tan sencillo como fijarse en los movimientos de los demás asistentes y repetir sus palabras. Si era rápida e imitaba a los otros feligreses con un segundo de diferencia, podía seguir toda la ceremonia con naturalidad y sin levantar sospechas. Esta era una técnica que había desarrollado en el último año de su vida. Después de todo, no había querido confesar a los Abbott que a duras penas sabía los rezos o los cánticos. Ninguno de ellos hubiera entendido que Theodore nunca la hubiese llevado a la iglesia, a no ser que fuera absolutamente necesario, ni que tampoco practicaran ritual litúrgico alguno a no ser que se tratara de una visita de valor antropológico.

—Nuestro hermano Theodore, un devoto y gran seguidor de los valores cristianos tan presentes en sus divinos lienzos... —captó que decía el arzobispo, y Sally tuvo que morderse el labio para no dejar aflorar una carcajada. Se notaba que, en toda la catedral, ella era la única que conocía al homenajeado. Después de todo, ese evento marcaba el año del aniversario de la muerte de su padre y el tan ansiado final del luto, así como el anuncio de su compromiso. Sin embargo, Sally no sentía ningún tipo de felicidad; todo esto solo era la pantomima que servía de colofón para un año extraño y triste.

Con la cabeza inclinada demostrando su más devota expresión, Sally intentó mirar de reojo a Peter. Él estaba al lado de su padre escuchando atentamente. Entre los dos estaba Christine, Mary y Jonathan. Al ver a este último, Sally sintió un escalofrío que la hizo volver a mirar hacia el púlpito. Cada vez que veía a Jonathan irremediablemente volvía a ella la imagen de su figura amenazante y violenta siguiendo a la muchacha en el jardín. Desde aquella noche, nada había sido lo mismo para Sally; su percepción del mundo había cambiado para siempre.

Sally cerró los ojos e intentó escuchar al arzobispo, pero su mente volvió a recrear lo que pasó después de ver a la joven criada Mei Ji y a Jonathan. Si bien el mismo día, al leer la carta de Sir Hampton, un temblor violento había invadido su cuerpo, en el momento de ver a Mei Ji, Sally se había quedado quieta como una estatua de sal. Una rabia ciega invadió su cuerpo, y fue entonces cuando miró de nuevo hacia la caseta. Tenía que asegurarse de que allí no había nadie, especialmente Peter. Desde que Jon Abbott había salido corriendo, no había habido ningún movimiento dentro de la casa.

En cuanto estuvo segura de que la casa estaba vacía, corrió hacia donde se había dirigido su criada. Al llegar, intentando no emitir ni un sonido, se fue hacia la cocina de la mansión, donde estaba el cuartito en que Mei Ji dormía. Con suerte, la chica habría conseguido entrar en la casa, y Jonathan, para no montar un alboroto, habría desistido en su persecución. Ese debía de ser el caso, porque la casa estaba en silencio.

Aún con los oídos embotados, pero presa de una extraña exaltación, Sally atravesó el comedor y abrió la puerta de madera que daba a las cocinas de la mansión. La puerta chirrió al abrirse y Sally tuvo que detenerse. Era mejor no abrirla del todo y no hacer ningún ruido más:

—Mei Ji, Mei Ji. —Sally susurró. Si ella estaba allí seguramente habría oído la puerta de la cocina y no quería asustarla haciéndole pensar que era Jonathan—. Mei Ji, soy Sally —repitió mientras se acercaba al cuarto de las criadas.

Una persona emergió con una pequeña lámpara de aceite. Sally reconoció enseguida a Lei Kei, quien había sido su doncella hasta que Mei Ji se trasladó a la casa de los Abbott.

—Mei Ji está aquí —dijo Lei Kei, señalando el cuarto del que había emergido—. Ella no bien, no bien.

Lei Kei daba la impresión de no querer dejar que Sally entrara en el cuarto o viera a Mei Ji. Sin embargo, haciendo un ademán para que Lei Kei estuviera quieta y en silencio, se metió en el cuarto. El pequeño habitáculo estaba oscuro, pero Sally pudo distinguir unas cuantas mantas en el suelo. En el lado derecho vio las piernas de Mei Ji. La chica estaba tumbada boca abajo llorando y a su lado había una criadita, de no más de siete años, acariciándole el pelo.

Con cautela, Sally se sentó en el suelo al lado de su *amah* y le puso la mano sobre su hombro desnudo.

—Mei Ji, soy yo, Sally. Sé lo que ha pasado, sé lo que Jonathan te ha hecho. —En cuanto reconoció la voz de Sally, la chica lloró más fuerte y empezó a hablar en cantonés.

—Quiere que se vaya —tradujo Lei Kei, quien también había entrado en el cuarto detrás de Sally—. Usted no debería estar aquí. Sabe de su vergüenza y eso es imperdonable.

—Mei Ji, Mei Ji. Escucha, esto no es culpa tuya; yo no estoy enfadada contigo. —Sally tocó el pelo de la muchacha. Mei Ji podía entenderla, sin embargo, Lei Kei había empezado, instantáneamente, a traducir—. Tienes que venir conmigo, yo te pondré a salvo. Esto no volverá a pasar.

Al oír esto, Mei Ji se volvió y miró a Sally directamente. En la oscuridad podía ver cómo su cara estaba hinchada y llena de lágrimas, mocos y lo que parecía sangre. Sally sacó un pañuelo de debajo de su manga e intentó pasarlo por la mejilla de la chica. No sabía qué hacer, pero tenía que calmar a la chica y llevársela de ahí. Con la asistencia de Lei Kei, Sally levantó a la criada del suelo y la rodeó con su brazo.

—Sáquela de aquí —imploró Lei Kei cuando Sally y Mei Ji pasaron por su lado—. Mei Ji no podía aguantar esto más. —El acento de Lei Kei era denso y Sally no supo si había entendido bien a la criada.

—¿Qué quiere decir? ¿Esta no es la primera vez que pasa? —Cuando acabó la frase, la pregunta había pasado a sonar más bien como un ruego. Todos estos meses en los que su criada se iba apagando, su cansancio, su constante tristeza... ¿Cómo no se había dado cuenta antes? Sally sabía que se tenían que marchar pronto. En el cuarto había más criadas, todas estaban tendidas en las sombras, atentas y expectantes. Sally podía oler el miedo, pero, afortunadamente, todas permanecieron en silencio.

—Empezó a pasar hace meses, en cuanto llegó. Siempre pasa... —dijo Lei Kei empezando a llorar.

—¿Por qué no dijisteis nada? ¿Por qué dejasteis que esto pasara? —Sally puso todas sus fuerzas en intentar no gritar o llorar. Aunque Mei Ji era ligera como una pluma, Sally empezaba a notar que la chica se apoyaba únicamente en ella y eso la estaba agotando.

—¿Y si usted se enfadaba y la echaba? Siempre pasa... —repitió Lei Kei, quien ahora parecía sinceramente enfadada—. Además Mister Jonathan prometió casarse con ella. —Tan pronto como Lei Kei acabó la frase, se oyó un ruido sordo que, por unos segundos, invadió la casa vacía. Las tres mujeres se estremecieron y se alejaron de la puerta. Durante unos largos minutos permanecieron en silencio, a la expectativa.

—Déjeme ir a ver —dijo Lei Kei. Sally intentó pararla; no quería que nadie más se topara con Jonathan. Pero, antes de que pudiera decir nada, la criada ya había salido de la habitación. Los siguientes minutos fueron largos y agonizantes. Sally empezó a pensar en qué podía hacer con Mei Ji y en cuál era la forma más sensata de proteger a su criada... Cuando por fin oyeron a alguien aproximarse por la cocina, Mei Ji se abrazó a ella con fuerza y no la soltó hasta que vieron que era Lei Kei la que entraba en el cuarto.

—No hay nadie. Pueden marchar —anunció Lei Kei.

—Voy a llevar a Mei Ji a mi dormitorio —dijo Sally con un hilo de voz—. En cuanto despunte el alba, la enviaré a Aberdeen Hill. ¿Hay alguien que la pueda acompañar?

Lei Kei afirmó con la cabeza y Sally y Mei Ji salieron del cuarto y se aventuraron por los pasillos del gran caserón vacío hacia la habitación de Sally. Las dos caminaron a paso ligero, pero intentando no hacer ruido. Sally cogía a Mei Ji por el brazo tan firmemente que parecía levantarla del suelo. Atravesaron pasillos, salas, subieron escaleras... Sally solo pensaba en llegar a su habitación sin ser descubierta, como si todo el universo dependiera únicamente de ello. Cuando por fin llegó delante de su puerta, se dio cuenta de que debía abrirla sin hacer ningún ruido. Apartó a Mei Ji de ella y con gestos le indicó que debía esperarse mientras abría. La chica entendió lo que Sally le decía y esperó, de pie y sosteniéndose en la pared, temblando. Sally tomó el pomo en su mano e intentó utilizar el silencio para agudizar su oído y tacto. A través del metal quería sentir la estructura interna del cerrojo, notar cada movimiento e intentar abrir la puerta con el menor ruido posible. Sally cerró los ojos y con la mano derecha apoyada en la izquierda giró el pomo lenta y con toda la precisión de la que fue capaz. Consiguió abrir la puerta con el mínimo ruido. Una vez dentro, repitió el procedimiento para cerrarla.

En cuanto Sally comprobó que nadie o nada se movía en la casa, fue hasta Mei Ji —que se había quedado de pie en medio de la habitación sin saber qué hacer— y la llevó a la cama. En un principio, la chica se resistió; era evidente que no quería sentarse en la cama de su jefa, pero estaba débil y los movimientos enérgicos de Sally le dieron a entender que no tenía otra opción. Cuando se sentó, Sally encendió la lámpara y miró la cara de la chica. Había sangre, pero solo alrededor de la boca; tenía el labio y la mejilla hinchados; probablemente la había golpeado. Miró el resto de la cabeza para asegurarse de que no tuviera otros golpes o cortes y, aunque estaba roja e hinchada en diferentes zonas, parecía no haber más heridas. Sally cogió uno de sus camisones, una toalla húmeda y un poco de alcohol. Después de lavar la cara de la chica y desinfectar su labio partido, Sally la ayudó a quitarse la ropa. En un principio, Mei Ji dejó ir un quejido, no quería que su dueña la desnudara, pero Sally la hizo callar y —torpemente, ya que nunca antes había ayudado a nadie a sacarse la ropa— la desnudó. Mientras lo hacía, Sally intentaba no mirar a la chica directamente, pero era inevitable ver los moratones que poblaban su cuerpo delgado, y, cuando ya le había quitado los pantalones y la camisa, pudo ver más de una docena de ellos. Aunque Sally no sabía mucho de medicina, recordó que si los moratones eran de diferentes colores significaba que estaban en diferentes estados de curación. Por tanto, habían sido hechos en diferentes días. Delante de ella había la evidencia de semanas de violación y tortura. Sally se apartó de la chica, que empezó a llorar en silencio. Desde su posición vio que los muslos de la chica tenían señales de un lila intenso... ¿Había sido atada? Sally sintió que no podía caminar, tuvo que coger el orinal que había debajo de la cama y empezó a vomitar.

—Lo siento —dijo Mei Ji muy bajito—. Lo siento, Miss Sally.

—No lo sientas —respondió Sally, mientras se limpiaba la boca—. No es culpa tuya; no es culpa tuya. —Eso era todo lo que Sally podía decir.

Sally se apresuró a poner el camisón a la chica y a hacerla entrar en su cama. Mei Ji imploró en un principio que no la dejara allí, pero Sally la obligó a permanecer entre las sábanas. En cuanto estuvo arropada, se quedó dormida. Sally acercó a la cama una de las butacas, se sentó y acarició el pelo negro y liso de su criada.

En toda la noche no se movió de su lado, ni tampoco dejó de acariciarla. Deseó que ese gesto pudiera borrar todo lo que había pasado debajo de sus narices sin que ella se diera cuenta.

En cuanto despuntó el alba, Lei Kei apareció en su habitación.

—Ya está todo preparado; un amigo la acompañará a Aberdeen Hill —dijo Lei Kei. Se notaba que ella tampoco había podido dormir—. Por favor, no diga nada a los Abbott. Si lo hace, le echarán las culpas a Mei Ji.

—Tranquila, les diré que has venido a decirme que Mei Ji tenía una fiebre que no pintaba bien y que, en consecuencia, la he enviado a Aberdeen Hill para evitar que contagiara a los demás... —explicó Sally, omitiendo que necesitaba explicárselo a Peter—. Que digan a Mistress Kwong que en cuanto pueda iré a Aberdeen Hill y que si tiene que llamar a un médico yo pagaré por él.

Seguidamente despertaron a Mei Ji y la vistieron con ropa que Lei Kei había traído. En cuanto se marcharon, Sally se quedó de pie sin saber qué hacer. Le dolía todo el cuerpo y, por primera vez en toda la noche, empezaba a notar el peso de las capas de enaguas, la falda y el corsé. Sin saber cómo, empezó a desnudarse sola, con rabia; empezó a estirar e incluso arrancar todo lo que estaba en su camino. No paró hasta que se quedó en ropa interior. Casi sin aliento, contempló la ropa negra de su vestido y el blanco de las enaguas yaciendo en el suelo. Se metió en su cama y se durmió.

No salió de su cuarto en casi todo el día, y, cuando lo hizo, pidió ver a Peter. No quería tener la obligación de hablar con ningún otro miembro de la familia que no fuera su prometido y, aún menos, no quería toparse con el hermano de este. Peter la recibió en el salón donde estaba charlando con su hermana y su madrastra. Sally se disculpó y pidió a Peter si podían dar un paseo a solas.

Después de todo, su luto estaba a punto de acabar y ni siquiera saldrían de los jardines. Mary puso objeciones al respecto, pero Peter estaba de buen humor y la convenció enseguida.

Una vez que se quedaron solos y empezaron a pasear, Sally no sabía cómo empezar. Tenía la necesidad imperiosa de abrazar a Peter, de escudarse en sus brazos y llorar, pero ni siquiera se atrevía a cogerle de la mano. Él, en cambio, le hablaba de cosas que habían sucedido en el trabajo, de planes que tenía para los próximos días... Sally, mientras tanto, pretendía escuchar y asentía con la cabeza esperando el momento adecuado para hablar.

—He oído que tu *amah* está enferma y la has tenido que enviar de vuelta a Aberdeen Hill —mencionó Peter después de acabar con su monólogo—. ¿Está bien? Esperemos que no sea nada grave... He oído que han surgido algunos casos de cólera entre los soldados apostados en la costa sud...

—Estará bien, creo. —Sally tenía un nudo en el estómago, pero sabía que era el momento de explicarlo todo—. Peter, Mei Ji no ha cogido una fiebre.

—¿Qué quieres decir?

—Peter... anoche presencié algo... —Sally miraba ahora el suelo, sentía los ojos del chico clavados en ella y no estaba segura de poder aguantarle la mirada.

—¿Presenciaste algo? ¿Dónde estabas anoche? —La voz de Peter sonaba ahora impaciente.

—Anoche salí a pasear por los jardines y vi cómo... cómo Jonathan atacaba a Mei Ji.

—¿Mei Ji? ¿Mei Ji, tu *amah*? —La voz de Peter iba creciendo en volumen y en algo parecido al desdén—. ¿Ella te ha dicho eso?

—No... lo vi anoche, en la casa del jardín...

—Esto es una locura —interrumpió Peter—. ¿Qué hacías cerca de la casa de invitados? ¿Qué clase de entrometida eres? Peor aún... ¡de loca! Caminar de noche sola por los jardines... esto no tiene ningún sentido. —Peter se había parado en seco y cogía el brazo de Sally. Ella no tuvo más remedio que mirar a su prometido, y en sus ojos no vio más que un desdén que rozaba la arrogancia. Por primera vez no reconocía al chico dulce y amable del que se había enamorado, el mismo que la fue a buscar aquella noche en casa del gobernador y bailó con ella a solas.

—¡Peter! —exclamó Sally con impotencia—. No podía dormir, te echaba de menos... —Sally alargó su mano y rozó la mejilla de Peter, pero su expresión no se relajó—. Simplemente necesitaba aire fresco, salí al jardín y vi lo que vi.

—¿Qué viste exactamente? —dijo Peter.

—Vi cómo Mei Ji salía corriendo y Jonathan detrás de ella. Ella estaba medio desnuda y lloraba y Jonathan la seguía gritándole... y él... —Sally no sabía cómo continuar—, él... estaba abrochándose los pantalones.

—Eso es imposible, anoche estábamos en el Hong Kong Club... —interrumpió Peter de nuevo, y empezó a caminar sin esperar a Sally. Ella lo siguió corriendo y cogió su mano.

—Por favor, cariño mío, tienes que creerme... —imploró la chica.

—Eso es imposible. Ayer no estábamos en la caseta, y, además, ya sabes cómo son estas criadas chinas... Tú no sabes cómo funciona el mundo. Estas chicas harían cualquier cosa por conseguir la atención de un hombre occidental y rico. Buscan y manipulan...

Sally se había quedado sin habla; miraba ávidamente

a su amado, incrédula. Tal vez sí que se estaba volviendo loca o quizás era la falta de horas sin dormir, pero esta conversación había tomado un cariz muy diferente del que ella se había imaginado. Nada de esto podía estar pasando.

—Tú no la viste... su cuerpo estaba lleno de moratones...

—Esta conversación se ha acabado, ¡ahora!

La exclamación resonó en los oídos de Sally como un trueno. Peter ya no hablaba como él, ya no era él. Su voz, su pronunciación, su tono... parecía más bien Mister Abbott, su padre, que él mismo. Después de unos momentos de silencio y con un deje más moderado, añadió:

—Lo siento. Todo este trabajo, toda la presión que he recibido desde que dijimos a mi familia que estábamos prometidos... —Tomó la mano de Sally quien, aún asustada, lo miró con la esperanza de encontrar la familiar expresión de Peter. Sin embargo, aunque parecía haberse relajado, en su semblante solo había cansancio y tristeza. Sally volvió a poner su mano en la mejilla de Peter y esta vez el joven inclinó la cara para apoyarla en la mano de Sally, como si de una almohada se tratase. Cerró los ojos y pareció que se podía quedar dormido allí mismo, de pie en medio del jardín.

—Pronto nos casaremos y tendremos nuestra propia familia. Podremos marcharnos lejos de aquí y seremos solamente tú y yo... —dijo Sally llena de esperanza y sin atreverse a mencionar el asunto de Jonathan de nuevo.

—Sí, pronto, solamente tú y yo —repitió Peter con los ojos aún cerrados.

Cuando la misa acabó, todo el grupo volvió a la mansión de los Abbott. Sally estaba ansiosa por volver a la casa y cambiarse de ropa para la cena. Por primera vez en todo este tiempo podría llevar un vestido que no fuera negro. Pero, más que el cambio de ropa, lo que Sally esperaba era la libertad que eso conllevaba. A cada minuto que pasaba ansiaba con más fuerza poder empezar su nueva vida junto a Peter. Una vez que los dos estuvieran casados, y fuera del control de los Abbott, Sally podría hablar con más calma sobre lo acontecido con su hermano Jonathan. Necesitaba demostrarle que lo que vio era cierto. Una vez que la creyera, debía intentar convencerle para que le denunciase o, al menos, asegurarse que algo como aquello no iba a volver a pasar. Lo que le había pasado a Mei Ji no podía quedar en el olvido.

Cuando se estaba cambiando con la ayuda de Lei Kei, una de las criadas anunció la llegada de Mistress Kwong, y, pensando que algo grave le había pasado a Mei Ji, Sally corrió al encuentro de su criada. Mientras bajaba las escaleras, se encontró con Mary:

—He oído que tu criada está aquí para darte noticias sobre esa doncella tuya que tiene fiebre —dijo Mary sin ningún atisbo de amabilidad. Cuando las dos estaban solas, Mary aún hacía menos esfuerzos para mostrar simpatía con la que una vez había sido su amiga—. He dicho que la hagan esperar fuera. No queremos que esta vieja entre en nuestra casa y, si ha estado en contacto con la enferma, nos contagie a todos.

—Muy bien —dijo Sally, que sentía cómo se le iba acabando la paciencia.

—Y dile a tu insolente *amah* que no se puede presentar en casa de una familia de la alta sociedad como la nuestra como si fuera la suya.

—Se lo diré. Pero mi criada tendría que sentirse con la libertad de presentarse en la casa si un recado o una urgencia así lo exigen. Después de todo, cuando Peter y yo anunciemos nuestro compromiso, esta será también mi familia.

—Ya veremos —contestó Mary. Habló tan bajito, que a Sally le costó entenderlo; por un momento, creía que había escuchado mal.

En cuanto salió, Sally vio que su criada la esperaba cerca de las cocheras. Aunque Mistress Kwong siempre se había mostrado fuerte y recia como un roble, ahora se la veía nerviosa. Sally corrió hacia ella:

—¡Mistress Kwong, Mistress Kowng! ¿Está Mei Ji bien? —dijo casi sin aliento.

—Está mejor, aún le duele todo. Pero usted, niña tonta, ¿qué hace aún aquí? Tiene que irse a su casa, a la casa de su padre.

—¿Has venido hasta aquí para decirme que me vaya? —Sally no sabía hasta dónde era capaz de llegar su criada.

—Esta gente no es buena, nada buena, Miss Evans. —La mujer la cogió por los brazos instigándola a moverse.

—No todos son malos... Me he comprometido con Peter, el hijo menor. Cuando sea su esposa, podré hacer algo respecto a lo sucedido con Mei Ji.

—¿Comprometida? —repitió la mujer, quien, instintivamente, miró las manos de la muchacha—. ¿Dónde está su anillo?

Sally sonrió para intentar calmar a la mujer, pero notó que ella misma también se estaba alterando.

—No lo he llevado hasta ahora porque no es oficial; no quería comprometerme durante el duelo de mi padre... —dijo Sally.

—No oficial, ¿eh? Esta gente no es buena, nada buena —repitió la anciana. Sally estaba empezando a perder la paciencia. ¿Por qué tenía que dar tantas explicaciones a su ama de llaves? No obstante, no podía evitar sentir que le debía una explicación:

—Usted no conoce a Peter.

—¡Todos iguales! —exclamó la mujer invadida por la impotencia—. Cuando vino el otro día, vi algo raro, no fiar —con las prisas Mistress Kwong se olvidaba de conjugar los verbos y su acento se hacía más difícil de entender—, así que pedir a Siu Wong que fuera a mirar.

—¿A mirar el qué?

—Ya sabe, seguir a Mister Abbott, espiar la casa... —dijo Mistress Kwong con una naturalidad sorprendente—. Siu Wong es un niño listo y sabe muy bien cómo seguir a alguien sin ser visto.

—¿Seguir? ¿Envió a un niño a seguir a Mister Abbott? —Sally no podía creer lo que estaba oyendo.

Mistress Kowng había hecho cosas muy atrevidas e insolentes desde que empezó a ser su criada hacía ya dos años, pero esto se salía, sin duda, de todo hecho marcado por el sentido común. Si cualquiera de la familia descubría algo tan fuera de lo normal como que Sally tenía a uno de sus sirvientes persiguiéndolos por la ciudad, su futuro con los Abbott habría acabado.

—¿Cómo ha podido hacer una cosa así? —dijo Sally, conteniendo una rabia violenta que la invadía casi por completo.

—¡Escuche! —la cortó Mistress Kwong, bajando el tono de voz para calmar a Sally—. No han descubierto a Siu Wong. Yo no hubiera puesto al crío en peligro. —Sally se calmó cuando oyó esto, y a su vez se sintió algo avergonzada al no haber pensado en que algo así también podía poner al pequeño criado en peligro.

—¿Está segura? —repitió Sally.

—Sí, escuche. El pequeño siguió a Mister Abbott y vio cómo este se encontraba con un par de hombres, hombres malos, piratas.

—¿Piratas? —Sally bufó con descrédito—. ¿Está segura?

—Sí... Mister Abbott fue a una taberna del Wan Chai y se encontró con ellos en la cochera.

—¿Para qué se encontraron? —Sally seguía sin poder creer una palabra, pero ahora estaba intrigada.

—Siu Wong se escondió, pero no pudo entender nada porque hablaban en inglés. Discutieron durante largo rato. Pero eso no es lo importante...

—¿Ah, no? —Sally empezaba a creer las palabras de la anciana, y eso implicaba que lo que le había dicho Turner, que Mister Abbott era un corrupto, también era verdad.

—No, lo importante es que Siu Wong los reconoció. El crío dice que son los mismos hombres que entraron a robar en la casa. Los mismos que entraron en el taller. Desde su escondite vio sus caras, oyó sus voces...

—No, no puede ser... —Sally movía la cabeza sin parar y notaba cómo las lágrimas empezaban a llenar sus ojos—. No puede ser cierto.

—Yo tampoco lo creí. Pero el crío dijo que uno de ellos tenía una cicatriz en el pie y que uno de los ladrones también tenía una.

—No, no, no... —decía Sally.

—Sally, tiene que salir de esta casa, tiene que volver a Aberdeen Hill.

—No puedo... Peter... —Sally había empezado a llorar, pero sabía que tenía que controlarse. Recordó las raras clases sobre budismo, recordó a Madame Bourgeau enseñándole una respiración lenta y profunda que se decía que tenía un efecto calmante. Recordó a su maestra, su estudio, y respiró tal y como ella había intentado enseñarle. En su momento le pareció una tontería, pero ahora tenía que calmarse si no quería llamar la atención de nadie y ponerse en peligro a ella o a Mistress Kwong. Se concentró en el aire que entraba por su nariz, que acariciaba las paredes de las fosas nasales y pasaba por su garganta para llenar su estómago y sus pulmones. Respiró unas cuantas veces hasta que se pudo dominar y ya no tenía la sensación de gritar.

—Sally, tiene que marcharse —oyó de nuevo a Mistress Kwong.

—No, aún no —dijo Sally de forma tajante.

Primero debía volver e intentar hablar con Peter. Luego entraría en el despacho de Mister Abbott, porque, por fin, intuía dónde podían encontrarse los documentos robados en el taller de su padre.

Con un vestido de discreto color azul marino y su anillo de prometida, Sally se unió al resto de la familia para su primera cena después de que se acabara el luto por su padre.

La cena con los Abbott estuvo llena de tensión. Sally tuvo que hacer acopio de toda su paciencia y autocontrol para no dejar entrever lo que realmente estaba sintiendo y pensando. Durante toda la velada exhibió la más amable de sus sonrisas, hizo comentarios ingeniosos cuando fue necesario y escuchó atentamente la palabrería de los Abbott. Intentó, incluso, fingir con más soltura que todo marchaba bien y que no sabía muchas de las verdades que se escondían detrás de los modales de Mister Abbott, de sus afirmaciones de buen samaritano, de sus consejos paternalistas... Después de todo, si algo había aprendido en su año pasado en casa de aquella familia Abbott era el arte del fingir.

—Sally, mañana iremos al mercado y luego a visitar a Mary Ann y Harriet. Estaremos fuera toda la mañana y comeremos con ellas en el Cottage —dijo Christine—. Puedes venir con nosotras si quieres.

Era evidente que Christine no quería que Sally las acompañara, seguramente porque Mary venía también. En otro momento, Sally se hubiera sentido herida por el desprecio de Mary y la falta de apoyo por parte de Christine, quien prefería dejarla sola antes que defenderla frente a su madrastra. Pero esta vez Sally no podía estar más contenta de la oportunidad de estar sola toda la mañana. Con todos los Abbott fuera de casa, Sally podría intentar entrar en el despacho de Mister Abbott y tener tiempo suficiente para poder encontrar los documentos robados en el taller de Theodore.

—No, id vosotras —respondió Sally, viendo cómo en la cara de Christine y Mary se reflejaba automáticamente algo de alivio—. Yo debería quedarme para arreglar mi nuevo vestuario ahora que el luto ha acabado.

—Hablando de esto —interrumpió Mister Abbott—, veo que se ha puesto el anillo de prometida.

—Así es —dijo Sally con una leve, aunque desafiante sonrisa.

—Bueno, querida, creo que hasta que no presentemos en sociedad su compromiso no debería llevar el anillo —añadió Mister Abbott.

Sally sintió que esta era una de las ocasiones en las que todos los Abbott, incluido Peter, la miraban con cierto desprecio. Así pues, sabía que solo había una respuesta posible:

—Disculpe mi atrevimiento, me lo quitaré enseguida. —Sally se levantó para abandonar la velada. Debía irse pronto a dormir si al día siguiente quería estar despejada y preparada para su pequeña misión—. Si me disculpan, me voy a retirar a mis aposentos. Buenas noches.

Sally se marchó del salón, sintiendo los ojos de todos los miembros del clan Abbott clavados en su espalda. El anillo seguía en su dedo anular.

Sally pensó que, con los nervios, sería incapaz de conciliar el sueño. Pero, sorprendentemente, durmió toda la noche. Aun así, en cuanto el día anunció su llegada, Sally estaba totalmente despierta y repasando mentalmente su plan. Tendida en la cama, y con los músculos agarrotados por la tensión, intentó convencerse muchas veces de que su decisión de entrar en el despacho de Mister Abbott no era más que una locura. Lo mejor era esperar pasivamente a que las cosas volvieran a la normalidad. Casarse con Peter y luego decidir si quería indagar más sobre su suegro y su cuñado.

Sin embargo, cada vez que estaba a punto de convencerse de esto y abortar su plan, los hechos volvían a ella y no podía escapar de la realidad. Todo apuntaba a que, no solo las acusaciones de Turner sobre Mister Abbott y su círculo eran ciertas, sino que, además, parecía que las acusaciones sobre Ben y el consecuente desprestigio del nombre de los Evans habían sido el resultado de una injusta manipulación. Lo más doloroso era que, si realmente Abbott tenía algo que ver con los piratas que habían entrado a robar, su futura familia política estaba relacionada con la muerte de su padre. Sally no podía pasar este hecho por alto, como tampoco podía ignorar el continuo maltrato y vejación al que su dulce criada había sido sometida. Sally no quería perder a Peter, pero debía encontrar pruebas para intentar convencerle de que no se estaba inventando nada. Era arriesgado, sin embargo, Sally no podía pasarse la vida sin obtener respuestas o, peor aún, conviviendo felizmente con una familia de criminales. Si su amor con Peter era tan fuerte como ella creía, los dos juntos superarían las consecuencias que cualquier acusación pudiera conllevar.

Los minutos fueron pasando y Sally continuaba postergando el momento para levantarse y salir de la cama. Cuando estaba a punto de empezar a moverse, oyó el familiar ruido de Peter subiendo por su balcón. Sally se incorporó en la cama con un brinco, sintiendo cómo su corazón se aceleraba. Durante un largo tiempo, había ansiado que Peter la viniera a ver, pero precisamente aquella mañana era el peor momento para ello.

Cuando Peter entró por la puerta del balcón, Sally se sentó en la cama. Los dos se miraron. La cara de él estaba pálida y chupada. Debajo de sus ojos, sus ya omnipresentes ojeras habían aumentado de intensidad. A primera vista era evidente que el chico aún no había dormido y estaba bebido.

—Así que ya estás despierta —dijo él, tambaleándose, y se sentó en la butaca que había cerca de la mesa de Sally—. ¿Estabas esperándome?

—No, pero he oído cómo subías y me he despertado —mintió Sally—. ¿Estás bien? ¿Necesitas acostarte?

—Un minuto —respondió el chico con un ligero movimiento de cabeza—. Solo quiero sentarme aquí un ratito y luego irme a mi habitación.

—¿No te quedas? —Sally no entendía qué hacía Peter en su habitación. Por un lado, quería que se acostara a su lado como en los viejos tiempos; pero por el otro, quería que el chico durmiera lejos de ella.

—No. Solo he venido a hablar. Esto se ha convertido en un lío espantoso...

—¿Esto? A qué te refieres con esto...

—Mi familia tenía razón —prosiguió Peter sin escuchar a Sally. Parecía inmerso en su propio monólogo—. Me precipité demasiado, me encandilé sin atender a las consecuencias. Al fin y al cabo, todos sabemos que solo quieres el dinero...

—Peter... —Sally no podía creer lo que estaba oyendo. Quería gritar e incluso insultar, pero no tenía fuerzas; la impotencia que sentía había adormecido sus músculos—. Peter, no puedes decir eso en serio.

—Mi compromiso contigo no ha traído más que problemas —seguía su soliloquio—; tú no has traído más que problemas. ¿Por qué te has inventado una cosa así sobre mi hermano? Al fin y al cabo, solo quieres separarme de mi familia. —Al decir esto, Peter dirigió una mirada llena de crueldad y dureza hacia Sally, quien, llena de desesperación, solo podía llorar.

—Yo no me inventé nada, no era mi intención... —Sally intentó explicar entre lágrimas—. Sabes que no me lo he inventado. Sabes lo que tu hermano estaba haciendo con mi criada.

—No es cierto. —El chico movió la cabeza de forma vehemente. De repente, parecía un niño pequeño. Entre lágrimas, Sally pudo ver con claridad que él sabía que ella estaba en lo cierto—. ¿Por qué tenías que meterme en esto?

—Porque lo correcto era hacer algo al respecto y tú eres la única persona a la que puedo acudir... —Sally intentó dulcificar su explicación pero, en su lugar, su retahíla sonaba como un quejido pesado y repelente—. Peter, éramos tú y yo. Los dos solos íbamos a formar una familia, íbamos a llevar a cabo nuestros sueños lejos de Hong Kong...

—¡Tonterías! —Peter se levantó de golpe y empezó a pasearse por la habitación—. ¡Sueños estúpidos! ¿Cómo podías ser tan estúpida para pensar que podríamos separarnos sin más de mi familia? Pensabas que te elegiría a ti... —continuó con sorna.

—Peter... —Sally salió de la cama y se acercó al chico, que se movía por la habitación nervioso. Le cogió las manos e intentó acercarlas a ella, como vano intento para que él la abrazara, pero simplemente se quedaron así, uno enfrente del otro, cogidos por las manos y los brazos suspendidos en el aire. Como una pareja a punto de iniciar un baile—. Peter, yo no intento nada... Pase lo que pase, no tienes que hacer nada que no quieras, pero créeme, necesito que me creas... —Sally dijo esto mientras se acercaba aún más al chico; quería besarle, pero él no se movía, así que ella se puso de puntillas, y, al acercarse a él, olió algo que, inmediatamente, la transportó a otro lugar. En un segundo, se amontonaron una serie de imágenes en su mente: el callejón, las pipas, los hombres echados, las alfombras deshilachadas... las imágenes llegaron antes que la idea, pero estaba claro: había olido a opio.

—¿Has fumado opio? —dijo Sally separándose de él para poder mirarlo a los ojos.

—¿Qué? Yo... —Por primera vez, Peter parecía desorientado—. ¡No es asunto tuyo!

—Peter... ¿Fumas opio?

—Como si yo fuera un marinero francés... —Peter se paseaba ahora por la habitación—. ¡No seas ridícula!

—¿Entonces es láudano? —En cuanto Sally dijo la palabra, Peter se paró en seco.

—¿Qué? ¿Quién te ha dicho eso? —Sally sabía que no podía confesar que se lo había dicho el periodista Turner. Peter estaba evitando mirar a Sally y había fijado su atención en la mesita de la chica. Nervioso, se acercó y empezó a coger su peine, un broche. Sally no se había dado cuenta hasta ahora de que su joyero estaba en la mesa. Intentó acercarse para evitar que Peter lo abriera. Pero, antes de que ella estuviera lo suficientemente cerca como para desviar su atención, Peter, en un solo gesto, había abierto la caja que contenía las cartas que Ben había enviado. Sin que pudiera hacer o decir nada, Peter las cogió. Sally le suplicó que las dejara, pero Peter ya había visto el remitente:

—¿Guardas cartas de ese hombre? —Los ojos de Peter estaban encendidos de rabia y, aunque había mantenido la voz baja para que nadie los oyera, pronunció cada palabra con toda la crueldad de la que fue capaz.

—¡Estas cartas son mías! —dijo Sally perdiendo la paciencia—. Déjalas y ¡contéstame! ¿Es cierto? ¿Lo del láudano? —suplicó la muchacha. Sally se había olvidado de su plan y de Mister Abbott, ahora únicamente necesitaba una respuesta de Peter.

—¿Qué relación tenías con este hombre? —continuó Peter sin escucharla y acercándose a ella con la carta en la mano—. ¡Dime qué es lo que estabas tramando!

—Nada. ¡Esas cartas son antiguas! —Los dos estaban alzando tanto la voz que parecía imposible que nadie los pudiera oír. Instintivamente, Sally bajó la voz y se acercó a Peter. Él tenía las cartas en la mano, arrugadas y aún sin leer—. No significan nada, yo te quiero a ti. Pero debes escucharme, todo lo que te he dicho es cierto, debes creerme.

En ese momento, Sally solo vio la mirada llena de odio de Peter y la mano del joven alzada. Antes de que pudiera reaccionar, sintió un dolor agudo en su mejilla, la carne de sus encías que estallaba contra sus dientes, el cosquilleo de la piel adormecida. Tardó un segundo durante el cual todo se llenó de una sensación blanca e hiriente. Sally se llevó las manos a la cara y con incredulidad miró a Peter. Él aún mantenía la mano suspendida en el aire, preparada para abofetear de nuevo. Las cartas de Ben estaban ahora en el suelo.

Sally quería gritarle, pegarle, pero simplemente se limitó a mirar a Peter. No sabía qué más decir y lloró en silencio. En su tristeza, intentaba que sus lágrimas hablaran por ella. Tal vez ellas tendrían el poder de cambiar el curso de la conversación y de lo que estaba pasando. Pero Peter no parecía ver sus lágrimas, solo continuaba hablándole, ahora con calma, despacio y una media sonrisa:

—Todo lo que piensa de ti mi familia... —seguía Peter amenazando.

—¡No los creas, Peter! Tengo tanto que contarte... —Sally ni siquiera sabía qué era aquello que intentaba hacer. Todo estaba perdido, pero no podía parar de probar de convencerlo.

—De todas formas, no importa. Anoche mi padre me anunció que a Jonathan y a mí nos envía a trabajar a la administración de la Compañía en Calcuta. Mira lo que pasa por culpa de tus artimañas.

Sin dejar de sonreír, Peter se acercó a Sally. La chica se preparó para recibir otra bofetada, pero lo que Peter hizo fue mucho más doloroso: con el reverso de la mano le empezó a acariciar el pecho. A través de la tela de su camisón notó claramente el tacto de su prometido. Sally quería apartar la mano, gritar, salir de la habitación... Pero estaba tan rígida como el tronco de un árbol.

Mientras Peter la acariciaba, Sally no pudo evitar pensar en Mei Ji, en cómo la muchacha había corrido por el patio, medio desnuda e invadida por el pánico y el dolor. Con los ojos cerrados, Sally dejó que Peter la tocara y esperó lo peor. Sin embargo, el chico paró de repente y se fue en silencio de la habitación, saliendo por la puerta principal. Después de que se marchara, ella recogió del suelo las arrugadas cartas de Ben y se sentó en la cama. Derrotada, tuvo que admitir que, aunque encontrara pruebas que inculparan a su familia, Peter no la creería jamás. Tampoco sabía si quería convencerlo. Sin embargo, estaba más decidida que nunca a llevar a cabo su plan. Debía vestirse cuanto antes y entrar en el despacho de Mister Abbott.

Después de vestirse bajó a desayunar y comprobó que todos se hubieran ido. También se aseguró de que Peter estuviera en su cuarto. El chico dormía muy profundamente y Sally sabía que no se despertaría hasta tarde. Tan pronto como uno de los criados recogió los platos del desayuno y vio que no había nadie a la vista, salió al pasillo y se dirigió a la imponente puerta de roble que guardaba la entrada al despacho de Mister Abbott. La casa estaba en silencio y hacía un buen día; todos los criados estaban en los jardines o en las cocinas. Había llegado el momento. Sally sabía que la puerta que comunicaba con la biblioteca estaría cerrada con llave, pero la del pasillo estaría abierta.

Sin embargo, para su sorpresa, la puerta no se abrió. Con frustración, empezó a mover el pomo, pero la puerta no cedía; Mister Abbott la debía de haber cerrado antes de irse al trabajo o durante la noche anterior. ¿Cómo había podido ser tan tonta para creer que Mister Abbott, que no dejaba entrar nunca a nadie en su despacho, dejaría la puerta abierta cuando él no estuviera...?

Sally seguía aún cogida al pomo de la puerta y, con frustración, apoyó la cabeza en la madera. Con los ojos cerrados, deseó con todas sus fuerzas que la puerta se abriera. Pero sabía que no había ninguna posibilidad. Debía volver a su habitación y empezar a pensar en su siguiente movimiento. Al volverse para irse, se encontró con Lei Kei, quien había salido por una de las puertas que daban al comedor. Sally no intentó disimular y quitó despacio la mano del pomo y observó cómo Lei Kei se acercaba a ella y alargaba la mano. Lei Kei le estaba dando un objeto y Sally lo tomó sin decir nada. En cuanto lo cogió, sintió el metal en su puño cerrado. Sally sonrió como muestra de agradecimiento y Lei Kei le devolvió el gesto y se alejó hacia la entrada principal de la casa. No sabía cómo Lei Kei había sabido que ella se encontraba allí, pero no tenía tiempo de averiguarlo, ya tenía la llave para abrir la puerta del despacho y no había tiempo que perder.

Cerrando la puerta por dentro, y una vez en el despacho, se sorprendió de lo desordenado que estaba. En su mente se había imaginado un sitio lleno de libros, ordenados con la misma disciplina y rigor con los que Mister Abbott hacía cualquier cosa en su vida. La habitación era oscura y llena de antigüedades y pinturas —ninguna de ellas del gusto de Sally— amontonadas en estanterías y colocadas en las paredes. El despacho no estaba dotado de una particular belleza ni confort, y, a su pesar, Sally tuvo que reconocer que sería difícil encontrar lo que estaba buscando.

Con desesperación y consciente de que no debía entretenerse, se movió a través de la habiación mirando en todos los rincones e intentando imaginar dónde podría encontrar lo que buscaba. «¿Si yo fuera Mister Abbott, dónde escondería la caja de mi padre y sus esbozos?», pensó Sally. Seguramente el hombre tenía una caja de seguridad. Recordó entonces con qué desprecio Mister Abbott hablaba de todos los que tenían un rango inferior a él, incluido Theodore. Por esta razón, Sally pensó que, si conservaba algo de lo que se llevaron los ladrones, lo haría en un sitio sin seguridad alguna. Después de todo, los esbozos y documentos de un viejo pintor, aunque pudieran tener utilidad, no tendrían ningún valor para él.

Con esto en mente, Sally se dirigió a la gran mesa del despacho; tenía dos hileras con tres cajones a ambos lados. Los dos cajones de la parte superior tenían cerrojos y estaban cerrados con llave, mientras que los otros cuatro parecían estar abiertos. Sally se dispuso a abrirlos.

El primero parecía contener unos libros de contabilidad. Sally los ojeó rápidamente y con cuidado; consistían en una relación mensual de pagos y deudas hechas en la casa y otras propiedades de la familia. Sally volvió a poner los libros en su sitio y abrió el siguiente cajón, que solo contenía diferentes tipos de sellos. La muchacha empezaba a pensar que lo que estaba haciendo no tenía ningún sentido. No encontraría nada en la mesa de aquel viejo arrogante y cascarrabias. Tal vez todo lo que había pasado en el último año, la falta de sueño y la pelea con Peter, la habían hecho enloquecer por completo...

Cuando estaba a punto de abrir el tercer cajón, un ruido la asustó. Se agachó e intentó esperar y escuchar atentamente. Controlando su respiración, afinó el oído.

Se oían unos pasos, y deseó con todas sus fuerzas que fueran ecos del movimiento de los criados en otras zonas de la casa. Pero era evidente que el ruido venía del pasillo. Sally se concentró en escuchar lo más atentamente posible para poder identificar quién hacía el ruido y si provenía de uno de los Abbott.

Con alivio, oyó que alguien mantenía una conversación en cantonés justo delante de la puerta. La voz aflojó en intensidad e, inmediatamente después, Sally percibió unos pasos que se alejaban en dirección a las cocinas. La chica suspiró tranquila, pero, con el corazón aún acelerado, se levantó y abrió el siguiente cajón. Al abrirlo, y con las prisas, empezó a cerrarlo casi inmediatamente, pensando que no contendría nada de interés, pero Sally se paró de repente. El cajón estaba abarrotado con algo que Sally no había reconocido al abrirlo, pero ahora sospechaba lo que era: una especie de papel de seda con algo de pintura negra. Dominando un ligero temblor en su mano, Sally cogió los papeles. Atónita, comprobó que eran algunos de los dibujos y los garabatos de su padre que habían sido robados. Sally los abrió con cuidado y los observó boquiabierta. Hasta el momento siempre había habido una parte de ella que no había creído que Mister Abbott tuviera algo que ver con el robo en casa de su padre.

Aún dominada por el estupor, miró de nuevo en el cajón, con ansiedad y, sin olvidar que no se debía notar que alguien había rebuscado en los cajones, sacó del medio algunos de los papeles guardados allí para llegar al fondo, pero solo había más papeles. Sally no podía creer que la caja de su padre no estuviera junto a los esbozos, así que miró en los otros cajones. No había nada. Volvió a colocar los dibujos de su padre donde los había encontrado y miró a su alrededor. Había un secreter y una especie de cómoda, ambas con cajones, pero no tenía tiempo de rebuscar en todos ellos. Además, aquellos cajones no eran lo suficientemente profundos para poder guardar la caja de su padre. Esto le dio una idea. Tenía que buscar algo discreto pero a mano, que fuera lo suficientemente ancho y profundo para guardar la caja.

Miró por toda la habitación y, cuando creyó que había descartado el hecho de que Mister Abbott podría haber tirado la caja sin más después de guardar las cartas y documentos que contenía, Sally vio que, delante de ella, justo encima de la gran mesa del despacho, había una caja grande, más bien un cofre de madera tallada. Sally casi se abalanzó sobre él y lo abrió. Y, en efecto, la caja de su padre estaba dentro del cofre.

Sally necesitaba tener el oído afinado para estar alerta, pero en este momento solo podía escuchar el latido de su corazón. Al abrir la caja encontró justo lo que esperaba: las cartas de su padre —incluyendo las que Sir Hampton había enviado a Sally—, documentos, facturas y una carta envuelta con un cordón rojo y con una simple frase que definía el contenido del manuscrito: «Para Sally.» Sally no necesitaba desatar el cordón para saber que se trataba de la carta que su padre le estaba escribiendo.

La primera reacción de la joven fue correr hacia la puerta con la caja y todo lo que contenía. No obstante, un pensamiento cruzó por su cabeza: si se lo llevaba, Mister Abbott sabría que ella había entrado en el despacho y que alguien le había dado la llave para hacerlo. Aunque no podía detenerla por robar unos documentos que pertenecían a su padre, sí que podía averiguar quién de sus criados le había dado acceso para entrar en el despacho. Estaba claro que si quería proteger a Lei Kei debía devolver los papeles a la caja y dejarla de nuevo donde la había encontrado.

Al pensar esto y aún sosteniendo el escrito de su padre, Sally se sintió invadida por la rabia e intentando no pensar en cuánto tiempo llevaba en el despacho deslizó el cordón a un lado y sacó el fardo de papeles enrollados. En total había cinco. Por fin podía leer la historia sobre su madre, y lo hizo tan rápido como pudo, intentando guardar cada palabra en su memoria. Los ojos se le habían llenado de lágrimas y un par cayeron sobre el papel. Rápidamente, buscó un papel secante e intentó que las manchas no se vieran; releyó algunos pasajes y volvió a rodear los papeles con el cordón. Con cuidado, volvió a ponerlo todo en la caja y la guardó donde la había encontrado: en el cofre que también contenía otros objetos y un par de libros. Encima de un montón de ellos, Sally vio una llave pequeña, que tenía el mismo tamaño que el cerrojo de los cajones de la mesa. Una especie de inercia la llevó a coger la llave e intentar abrir el cajón, que se abrió haciendo un clic sordo que sobresaltó a Sally. El contenido del cajón no era más que un puñado de libros de contabilidad como los que había visto en los otros cajones, y no pudo evitar abrir uno de ellos. Dentro estaba escrita una relación de pagos que Sally no podía entender, pero le sorprendió que, al lado de unos caracteres chinos, había nombres en inglés que eran de lo más sorprendentes y exóticos: «Loto Azul, El Fénix Dorado...» Sally pasó unas páginas y vio otras listas que contenían, no solo una relación de dinero y pagos, sino también lo que parecía información sobre cargamentos, su peso y destinaciones. En esta lista, los nombres no eran tan evocativos «*Arrow, Ly Ee Moon*»... Justo cuando estaba a punto de acabar de leer una de las listas, oyó pasos y voces. Reconoció a Mister Abbott. El pánico se apoderó de la chica. Con toda rapidez, puso el libro en el cajón, lo cerró, dejó la llave en el cofre y corrió hacia la puerta. A medio camino se dio cuenta de que no sabía dónde había dejado la otra llave, la de la puerta principal del despacho. Pensando que se iba a desmayar, y consciente de que podía oír la voz de Mister Abbott dando instrucciones a los sirvientes, volvió hacia la mesa y, después de buscar durante unos agonizantes segundos, la encontró en una esquina de la misma.

Cogió la llave y volvió a correr hacia la puerta, pero al llegar percibió la voz de Mister Abbott al otro lado:

—Te he dicho, Lei Kei, que ahora no me puedo ocupar de eso —decía el patriarca Abbott con evidente frustración.

—Pero creemos que algunos de los caballos están enfermos, usted debería ir a mirar ahora —decía Lei Kei con urgencia. Era evidente que la criada quería entretener a Mister Abbott. Sally no tenía adónde ir; si Mister Abbott no se alejaba del pasillo, Sally estaba atrapada en el despacho...

—No seas tonta, Lei Kei, y ve a buscar la llave de mi despacho, tengo cosas que hacer —le increpó furioso.

Sally miró la llave que tenía en la mano y casi soltó un grito. Pensó en todas las opciones que tenía, y, cuando estaba a punto de rendirse y salir del despacho confesando que le había robado la llave a la pobre Lei Kei, Sally se acordó que había otra puerta en el estudio, la que comunicaba con la biblioteca. En unas pocas y silenciosas zancadas se plantó delante de la otra puerta y la intentó abrir, tomando el pomo tan cuidadosamente como pudo. Pero esta puerta también estaba cerrada. Solo tenía una opción antes de rendirse y era intentar abrir la puerta con la misma llave que cerraba la otra. Era una solución tan simple que parecía una locura. Puso la llave en el cerrojo, la giró con toda la calma de la que fue capaz y la puerta cedió y se abrió lo suficiente como para que Sally pudiera pasar con su amplio vestido. Cerró la puerta con todo el cuidado posible, sabiendo que Mister Abbott no habría podido oír nada, ocupado como estaba gritando ahora a otros sirvientes:

—¡Dónde está mi llave! —se oía exclamar a Mister Abbott.

Sally atravesó la biblioteca para pasar a la siguiente habitación. El salón, como era de esperar, estaba vacío, pero en cuanto entró sintió una presencia a su lado. Antes de que Sally tuviera tiempo de gritar vio que se trataba de Lei Kei.

—Deme la llave —ordenó la criada—. En cuanto Mister Abbott entre en su despacho, suba arriba y espéreme en su habitación.

Sally asintió con la cabeza y se quedó de pie mientras la criada salía del salón y se metía en la biblioteca. La chica respiró tan hondo como pudo y pidió con todas sus fuerzas que, cualquiera que fuera la excusa que Lei Kei le diera a Mister Abbott funcionara. En cuanto oyó el sonido que indicaba que Mister Abbott había entrado en su despacho, Sally contó unos diez segundos y subió a su habitación.

Una vez que llegó a su dormitorio y cerró la puerta, empezó a caminar arriba y abajo. Su cuerpo estaba lleno de una energía nerviosa que no la dejaba descansar ni procesar nada de lo que había pasado. Todo lo que ahora quería era que Lei Kei llegara a su habitación y le confirmara que Mister Abbott no había visto nada diferente al entrar en su despacho. Tampoco quería parar y dejar de sentir esta energía. Por primera vez en mucho tiempo, estaba segura de que era capaz de cualquier cosa.

Después de un tiempo indefinido, tal vez una hora, Lei Kei llamó a la puerta. Sally la esperaba de pie jugando con sus dedos:

—¿Y bien? —dijo con impaciencia—. ¿Ha sospechado algo?

—Creo que no —respondió Lei Kei con gravedad en el rostro—. Espero que encontrara lo que buscaba. ¿Ayudará eso a Mei Ji?

Sally no sabía qué contestar. Aparte de los documentos de su padre, los cuales no podía confesar haber encontrado, Sally no tenía ni idea de qué significaba todo aquello que había leído en aquellos libros de contabilidad.

—No lo sé aún. Espero que sí.

Lei Kei respondió con un simple movimiento de cabeza y extendió su mano para darle lo que parecía una nota. Sally la abrió inmediatamente con la sospecha de que Lei Kei probablemente ya tenía conocimiento de su contenido:

Querida Miss Salomé Evans,
Esta nota es para dar por finalizada su estancia con nosotros. Ahora que el duelo por la muerte de su padre ha acabado, esperamos que pueda volver, con salud y un buen recuerdo de su tiempo con nosotros, a su casa en Aberdeen Hill. Mi mujer y mi hija esperan de buen grado seguir relacionándose socialmente con usted en un futuro.
Cualquier relación con otros miembros de esta familia o la afirmación de su existencia, no solo no es vista por mí o mi familia como apropiada, sino que también se denegará.

Esperamos que guarde en su corazón con agradecimiento nuestras obras hacia su persona, de la misma forma que nosotros la recordaremos con el más sincero afecto.

Le deseamos mucha suerte en sus futuras empresas.

Atentamente,

Mr. Anthony John Abbott

TERCERA PARTE

SINGAPUR, HONG KONG, SAN FRANCISCO

1853-1856

Así como una madre protege con su vida
a su hijo, a su único hijo,
con un corazón que todo lo abarca,
para todos los seres del mundo.

BUDA, *Sutra de la Bondad*

1

La construcción del barco estaba en pleno apogeo. Los obreros iban y venían, las carretas se afanaban arriba y abajo. Se oían gritos, martillazos. Sally y Theodore habían ido caminando desde su casa hasta el puerto donde una de las obras de ingeniería más importantes de la historia se estaba llevando a cabo. Hacía pocos días que habían llegado a Bristol y Theodore estaba impaciente por ver cómo progresaba la creación del *SS Great Britain*. En un principio, Sally no pensó que ver la construcción de un barco fuera gran cosa, sin embargo, casi no pudo contener un grito de admiración cuando vio el dique seco en toda su vertiginosa magnitud. De ese abismo, surgía un futuro barco que más bien parecía un animal muerto al que un grupo de hormigas se esforzaban por comer. Los tres pasearon alrededor del dique mientras Mister Brunel —o el tío Isambard, como lo conocía Sally— le explicaba a Theodore el desarrollo de la obra.

Sin embargo, a Sally no le gustaba el tío Isambard. Era un hombre imponente, lleno de una dramática intensidad que inquietaba a la niña. Sally lo recordaba siempre con un puro en la boca. Cuando hablaba, sin embargo, sus labios cerrados y sus mejillas tensas marcaban cada una de sus palabras dándoles una fuerza que provocaba respeto. Más imponente aún era la cabeza del hombre, con su elevado sombrero de copa, que a Sally le recordaba a una de esas efigies talladas en piedra que representaban leones. Además, siempre estaba ocupado y tenía prisa, pero siempre encontraba el tiempo para hablar con Theodore.

—Muy bien, Brunel, viejo amigo, veo que el progreso de la nave va a toda marcha —dijo Theodore a Isambard mientras paseaban cerca de las obras.

—Sí, en efecto... va a ser una preciosidad —dijo con orgullo.

—¿Una preciosidad? ¡Va a cambiar la forma en la que viajamos! —exclamó Theodore—. No tendremos que depender de los vientos. Más potencia, más capacidad...

—Sí... pero necesito resolver aún unos problemillas estructurales —continuó Brunel hablando con preocupación.

—Bueno, si hay alguien que puede resolver un problema así eres tú, viejo amigo. Te conozco desde que eras un chavalín... y tú, sin duda alguna, eres nuestro Da Vinci en estos tiempos de cambio y revolución.

—Yo no soy un humanista —contestó Brunel con una sonrisa burlona—. ¡Solo soy un ingeniero muy ocupado! Estamos a punto de acabar las obras de la línea entre Bristol y Londres y estoy trabajando intensamente en la planificación del puente de Bristol.

—Al final, ¿va a ser un puente de suspensión?

—Si no se nos rompe a media construcción... —se rio el hombre entre el humo de su cigarro—. Mucha gente cree que no lo conseguiremos... Te acuerdas de que mi padre insistía en que debía poner una torre que fuera desde el centro del puente hasta el río... —dijo sin dejar de reír.

—¿Qué es un puente de suspensión? —interrumpió entonces la pequeña Sally. El ingeniero la miró como si la viera por primera vez y le sonrió con cariño. En ese momento, el hombre le gustó un poco más.

—Un puente suspendido en el aire... Sin pilares. Que vaya de un lado al otro del acantilado del Avon Gorge en Clifton. Cerquita de casa —explicó su padre.

—¡No! —exclamó Sally poniendo los ojos como platos—. ¡Eso es magia!

—¿Has visto alguna vez una rama de bambú chino? —le preguntó Isambard ladeando su imponente cabeza.

Sally pensó entonces en un plato decorado que había en el estudio de Theodore, en su casa en Bristol. Recordaba que tenía una especie de arbustos con ramitas de los que salían hojas alargadas. Las ramas surgían de un tronco fino y alargado, compuesto de diferentes tallos, que parecían encasillados unos dentro de los otros. Su padre le había dicho que esa extraña planta se llamaba bambú.

—¡Sí! —exclamó Sally con satisfacción.

—El bambú es fuerte y resistente y puede crecer y crecer. La razón por la que en lugar de romperse se dobla es porque es flexible. Los chinos creen que es un poderoso símbolo, es tan importante ser flexible como ser fuerte. Así es como va a ser mi gran puente. No es magia, querida niña, es ciencia.

—Sabes, Sally, estoy pensando en cómo éramos hace tres años. Nos pasamos casi todo el viaje desde Inglaterra leyendo y soñando despiertas. Parece que haya pasado una eternidad. ¿Te acuerdas de nuestras lecturas juntas? —preguntó Zora.

—Por supuesto, ¿cómo me iba a olvidar? —respondió Sally. La chica tenía los pies en alto sobre la mesa y estaba casi totalmente tendida. Dejando caer un pie ligeramente a un lado para poder mirar directamente la copa de una palmera del jardín, cerró un ojo y la palmera volvió a desaparecer tras su pie. Lo volvió a abrir y la palmera apareció. No había nada más en el mundo que quisiera hacer que estar en ese porche, tomando limonada y té, con los pies en alto y en compañía de su amiga.

Cuando Sally llegó a Singapur, hacía ya casi seis meses, lo primero que enseñó a Zora fue cómo se llevaban a cabo las fiestas de té en Hong Kong. Si los hombres no estaban en la casa, las mujeres se echaban en las butacas de los porches y ponían sus pies en alto para descansar y combatir el calor.

En un principio, Sally tuvo grandes problemas para convencer a su amiga de que esta era la mejor manera de tomar el té. Zora se sentía incómoda en esa postura y no dejaba de mirar por encima del hombro para comprobar que nadie las viera de esa guisa. Sin embargo, Sally insistió en que las damas más refinadas de la alta sociedad de Hong Kong practicaban esta forma de entretenimiento y que, por tanto, no pasaba nada si un criado las veía. A la moda o no, este era uno de los pasatiempos más placenteros en los calurosos días de marzo.

Sally también instruía a Zora con otras costumbres y tendencias de Victoria. Por ejemplo, le enumeraba cuáles eran los vestidos, sombreros y chales que se llevaban, dando ejemplos de mujeres que, creyéndose elegantes, habían cometido imperdonables errores de buen gusto. Asimismo le describía con todo detalle los hombres distinguidos y solteros que había conocido, los que alguna vez le habían pedido un baile, los que habían flirteado con ella...

Los encuentros a los que había asistido, las grandes mansiones, la música y la comida... Le hablaba de todo lo que concernía a Hong Kong, excepto de Peter y de su tiempo pasado en casa de los Abbott.

Zora escuchaba siempre atentamente, mirando a Sally con sus grandes ojos lánguidos y apretando los labios. No hacía muchas preguntas y, simplemente, se limitaba a asentir en silencio.

—Éramos más jóvenes y más ingenuas —continuó Zora mientras Sally seguía abriendo y cerrando los ojos, haciendo desaparecer la palmera tras su pie, atrapada en su juego ilusorio—. La Sally de entonces era inteligente, apasionada y muy romántica. Quería enamorarse y tener independencia, y no le importaban tanto los vestidos, los bailes y los flirteos.

—¿Qué quieres decir? —dijo Sally incorporándose y poniendo de nuevo los pies sobre el suelo—. ¿Que ya no soy inteligente? ¿Que ya no soy apasionada?

—¡Por supuesto que lo eres! —se apresuró a decir Zora—. Pero solo quiero señalar que, desde que has llegado de Hong Kong, ha habido un cambio en ti. Prácticamente lo único que hacemos es tendernos en mi porche y hablar de las anécdotas de tu vida social. La mayoría son de antes de que muriera Mister Evans, y nunca hablas de Peter o del compromiso.

Sally apretó la mandíbula. Estaba tan enfadada que hubiera podido ponerse a llorar. No podía creer que su mejor amiga le estuviera diciendo que se había convertido en una persona superficial. Quería defenderse, pero no supo qué responder.

—No hay mucho que contar sobre la ruptura —musitó Sally.

Durante meses no había querido explicar casi nada de

lo que había pasado desde la muerte de su padre. Por un lado, sentía vergüenza por haber sido rechazada de una forma tan brutal. Peter nunca se despidió de ella ni le escribió tampoco una carta de disculpa. Él estaba en Calcuta iniciando una nueva vida y Sally decidió no pensar en él. Sin embargo, hasta no hacía mucho, y en contra de su propia voluntad, se había encontrado fantaseando con la idea de que él aparecería un día en Singapur. Sally se imaginaba a ella misma paseando cerca del puerto, por alguno de los puestos de fruta que se montaban a diario. Él aparecería entre la muchedumbre y allí mismo le pediría disculpas por todo lo que había pasado, y los dos renovarían su promesa de compromiso. Entonces Sally podría confesarle todo a su amiga. La historia tendría sentido y ella no se sentiría vejada y engañada. Pero esta fantasía pronto se desvanecía y de ella solo quedaba el intenso olor a podrido y excrementos que emanaban de los durianes en los puestos de fruta callejeros de Singapur.

Además, cuanta más distancia tomaba sobre Hong Kong, más extraños y surrealistas le parecían los hechos que allí acontecieron. ¿Cómo podía explicar a Zora el comportamiento de Peter y su hermano, las sospechas sobre Mister Abbott, la entrada en su despacho, las pruebas encontradas? Era demasiado extraño y complicado.

—Sally, yo solo quiero saber que estás bien —insistió Zora—. Un día recibimos una carta diciendo que estabas prometida. Esto nos dio una gran alegría. Desde que Mister Evans murió, queríamos ayudarte y no nos gustaba la idea de que estuvieras en casa de una gente que no conocíamos personalmente. Pero parecías feliz, y eso era lo más importante para nosotros. —Zora hizo una pausa. Era evidente que la chica estaba buscando las palabras precisas para seguir con su explicación. Sally nunca había oído a su amiga hablar tanto de un tirón—. Pero justo cuando enviamos nuestra carta felicitándote, empezamos a recibir cartas tuyas llenas de angustia, describiendo una situación muy alejada de lo que cabría esperar dado tu compromiso. Como somos tus amigos, nosotros consideramos que cualquier hombre sería afortunado de tenerte. Por eso no entendíamos qué era lo que estaba sucediendo. Al final, justo cuando pensamos que las cosas a lo mejor se podían recomponer, recibimos tu visita.

—Perdona que me presentara sin avisar. Fui una maleducada y, sobre todo, una imprudente —admitió Sally recordando cómo, en cuanto recibió la nota de Mister Abbott, decidió recoger sus cosas y marcharse de Hong Kong. No quería caer enferma, ni languidecer en la cama durante días tomando las dichosas sales del doctor Robbins. Quería tomar cartas en el asunto y hacer algo que la alejara de la locura que estaba viviendo en Hong Kong. Solo tuvo tiempo de hacer sus maletas y de despedirse de Mistress Kwong, a quien pidió que cuidara de Mei Ji y que le reenviara cualquier carta dirigida a ella.

—¡No! ¡No te preocupes! Tanto George como yo estamos contentísimos de que decidieras venir a Singapur. Pero cuando te vimos llegar nos asustamos. Estabas pálida. Parecías enferma, como un fantasma.

—Siento haberos asustado entonces. Simplemente estaba... exhausta. Sinceramente, no recuerdo ni el viaje desde Hong Kong. En mi memoria solo ha quedado el recuerdo del puerto de Singapur. La llegada, el calor, el gentío... y la repentina comprensión de un hecho muy simple y fundamental —rememoró Sally—. Me encontré sola, en el puerto de Singapur, sin saber adónde ir o cómo llegar a algún sitio en el que me pudieran ayudar. —Sally hizo una pausa y sonrió con tristeza—. Recuerdo la cara de alguna de las personas a las que les pregunté si sabían dónde vivía Zora Whitman. Ahora entiendo que debían de pensar que era una trastocada. Caminaba sin rumbo con dos pequeñas maletas, intentando buscar a alguien que me ayudara. Sin embargo, la mayoría de la gente se marchaba sin hablar conmigo; muchos nativos huían de mí murmurando en malayo o en chino, y, los que no, simplemente me intentaban vender cosas o me señalaban que los siguiera. Se estaba haciendo de noche y me encontraba desorientada y rendida. Por suerte me dominé, calmé mis nervios y decidí encontrar las aduanas. Fui a parar a una vieja oficina y hablé con un caballero, quien me indicó que sabía quién eras, pero que ya no respondías a ese nombre. Me di cuenta entonces de que había sido una tonta. Tú ya no eras Zora Whitman, sino de que eras la señora de George Stream.

—En efecto. Desde que mi padre, madre y hermana se fueron a Inglaterra, ya no queda ningún Whitman en Singapur...

—Sí, por suerte me dieron tu dirección e incluso me facilitaron el transporte. Fueron muy amables teniendo en cuenta que yo era una mujer joven, de mal aspecto y evidentemente soltera, viajando sola. —Sally se rio al decir esto, aunque aún podía sentir las emociones que la habían recorrido durante las primeras horas al llegar al puerto de Singapur. Desprotegida y expuesta, nunca había estado tan perdida en toda su vida.

—Fuiste muy valiente —confirmó Zora.

—No lo sé... a veces creo que hice bien y otras solo considero que he estado huyendo.

—Supongo, pero no te puedo ayudar en ese punto, ya que no sé de qué huyes. —Zora dijo esto de forma dulce. Sally suspiró. Su amiga tenía razón.

»Sally, no te estoy presionando. Simplemente te quiero ayudar. Además, pronto vas a tener que empezar a tomar decisiones sobre tu vida. Ayer anunciaron a George que le han concedido el puesto como secretario de Concesiones Coloniales en Londres. No solo es una gran oportunidad, también podremos volver a Inglaterra junto a mi padre. A los dos nos gustaría que vinieras con nosotros y que te establecieras en nuestra casa... Pero todas tus cosas están en Hong Kong y probablemente tendrás que volver para arreglar tus asuntos, sean cuales sean.

Sally miró a Zora por unos instantes y luego devolvió su atención a la palmera. Sin previo aviso, empezó a relatar a su amiga todo lo que había sucedido. Se sentía aliviada de poder compartir su historia y, al mismo tiempo, sabía que ya no podía evitar las consecuencias. Cuando acabó, Sally simplemente miró sus manos, que descansaban en su regazo, y, sin saber por qué, pensó en Sir Hampton.

Por unos instantes Zora contempló en silencio a Sally.

—Ahora entiendo muchas cosas... No me puedo imaginar por lo que has pasado. ¿Qué vas a hacer con los Abbott? —preguntó Zora. Sally se encogió de hombros.

—No tengo ni idea. Quiero hacerles pagar por lo que le hicieron a mi padre y a Mei Ji... Pero ¿quién me iba a creer?

—¡Turner! —exclamó Zora.

—Ya he pensado en eso... pero necesito pruebas. Además, apenas conozco a Turner.

—No pierdes nada por hablar con él. Tal vez George podría...

—¡No! Por favor, prométeme que no le explicarás nada de esto a George —interrumpió Sally.

—Pero él... —insistió Zora.

—¡No! —Sally era tajante—. Tu marido ha trabajado de forma muy dura para llegar donde está. No quiero que se pueda ver involucrado en nada que afecte su carrera.

—¿Tan serio crees que esto puede llegar a ser?

—No lo sé, a veces quiero creer que no... pero todo apunta a que Mister Abbott está detrás del robo en Aberdeen Hill... y, tal vez, también está detrás de las falsas acusaciones a Ben. Sin olvidar que es un hombre muy poderoso en Hong Kong, y, por lo que he oído, en Calcuta también.

—Bueno, entonces hay que volver a Hong Kong, recoger tus cosas y hablar con Turner. Puedes tantear lo que él sabe e intentar compararlo con lo que te ha pasado. Tal vez él tenga algún tipo de prueba o pueda investigar. Si el fiscal que él mencionó puede ayudar, mucho mejor. En cuanto acabemos con esto, volveremos a Singapur y prepararemos nuestro viaje de vuelta a Inglaterra.

—Pero... ¿y los Abbott? ¿Y lo que le pasó a Mei Ji? —preguntó Sally.

—Sally, no es tu trabajo investigar nada. Una vez que le pases la información a Turner o al fiscal, ellos pueden denunciar o llevar a cabo las acciones pertinentes. Tú tienes que intentar ponerte a salvo y reiniciar tu vida.

—Sí —se limitó a contestar la chica.

Sin embargo, no sabía lo que quería decir exactamente reiniciar su vida. Ella había pensado que Hong Kong sería su nuevo hogar, primero con Ben y luego con Peter, pero una detrás de otra todas sus ilusiones habían sido aniquiladas. Zora tenía razón, y volver a Inglaterra parecía la única solución viable, aunque la sola idea se le antojaba un despropósito.

—De acuerdo —repitió Sally—. Mañana mismo empezaré a preparar la vuelta. ¿Crees que me podría llevar a las criadas? A lo mejor puedo llegar a un trato con el amo de Aberdeen Hill.

—Sí, si ellas están de acuerdo, tal vez será una buena forma de proteger a Mei Ji. Esta misma noche hablaré con George. Él no puede ir, pero yo vendré contigo.

—¿De verdad? ¿Estás segura? —Sally estaba tan agradecida que, por primera vez en meses, se permitió llorar.

—No te puedo dejar que vayas sola, amiga mía.

—Gracias. —Sally se estiró y cogió la mano de Zora—. Nunca vas a saber cómo valoro tu amistad. Cuando estaba en Hong Kong, creí que Mary y Christine eran mis amigas. Confié en ellas ciegamente. Pero ahora me doy cuenta de que nunca tuve una amistad real con ellas. Nunca me sentí completamente yo misma con ellas. Estos seis meses he vuelto a sentirme a salvo y en casa. No más normas de etiqueta absurdas, ni tener que concurrir constantemente con opiniones pomposas, ni pasarme horas sentada delante de una chimenea apagada sonriendo, controlando lo que decía, cómo lo decía. —Sally se dio cuenta de que había callado durante mucho tiempo, estaba explicando esto para ella misma más que para su amiga—. Deseaba con tanta fuerza la vida que podía tener que me olvidé de la que realmente necesitaba. Siento haber estado hablando tanto de los bailes, las fiestas y la moda... Supongo que era mejor que afrontar todo lo que había pasado.

—Está bien —se limitó a contestar Zora—. Lo entiendo, de verdad. Pero creo que tienes que empezar a pensar que eres mucho más fuerte de lo que crees.

—Lo intentaré. —Sally sonrió tímidamente. Pero todo lo que sentía en este momento era vergüenza y culpa.

Se levantó y se dispuso a irse. Necesitaba retirarse a su habitación y estar sola. Pero, en cuanto se puso en pie, Zora añadió algo más:

—Sé que no tienes por qué explicármelo. Pero no me has dicho qué es lo que Theodore te decía en la carta que encontraste en el despacho de Mister Abbott.

Sally volvió a sonreír, pero esta vez para sí misma, y, girando la cabeza hacia el jardín, mirando hacia la palmera una vez más, dijo:

—Otro día.

Sally y Zora cogieron un pequeño vapor llamado *Queen Victoria* que las llevó sin escalas a Hong Kong. A diferencia del viaje a bordo del *Lady Mary Wood*, no había muchos pasajeros a bordo y Sally y Zora no tuvieron que pasar las horas relacionándose con el resto del pasaje. El viaje era relativamente corto, más bien un puro trámite, y las dos chicas se entretuvieron paseando y leyendo. También ocuparon mucho de su tiempo discutiendo lo que había pasado y las diferentes opciones que Sally tenía. El poder compartir los miedos, las dudas y los planes con su amiga la sacaba del aislamiento que había sentido cuando estaba con Peter. Más aún, pronto sus conversaciones fueron evolucionando naturalmente y Sally acabó explicando a Zora el trato que había recibido por parte de su ex prometido. Al explicarlo, todo cobró un nuevo sentido y empezó a ver los acontecimientos bajo una nueva luz.

—Zora... No sé cómo pude dejar que me tratara así... ¿Por qué me odiaba tanto? —preguntó a su amiga un día que estaban en cubierta. El mar estaba tranquilo y, aunque estaba anocheciendo, hacía calor, así que las dos mujeres aún se escudaban bajo los parasoles. El color del mar era de un azul tan intenso que dañaba la vista.

—Sally... No creo que te odiara... y tú estabas sola y lo querías... por eso te pasó todo esto. Pero no fue culpa tuya. —Sally miró a Zora y se calmó al encontrarse con los ojos serenos de su amiga—. Piensa que, al menos, ahora estás lejos de él y de su control. Puedes empezar de nuevo y te aseguro que las cosas mejorarán pronto.

—Eso espero. Pero ahora mismo solo quiero poder solucionar este lío, todo fue culpa mía... —dijo Sally—. Yo me metí en este embrollo. Mi padre siempre me dio la libertad de convertirme en quien quisiera, pero lo único que conseguí fue defraudarlo. —Sally sacó un pañuelo y se enjugó las lágrimas, consciente de que otros pasajeros en cubierta estaban comenzando a mirarla. Sally se acercó más a la baranda y miró el vasto y brillante azul del mar contra el pálido cielo. Respiró hondo. Zora se mantuvo a su lado, en silencio, sabiendo que era mejor no añadir nada más; su amiga solo necesitaba que le hiciera compañía, pero, al cabo de un rato, Zora se aventuró a hablar:

—Sally, no quería decirte nada... pero... estoy embarazada.

Las dos amigas se abrazaron y celebraron la noticia. Sally no volvió a mencionar a Peter ni a los Abbott en todo el viaje.

La primera vez que Sally llegó al puerto de Victoria estaba ansiosa por iniciar su nueva vida. Esta vez deseaba con todas sus fuerzas que el vapor tardara más de lo normal en llegar a su destino, pero, cuando llegaron a puerto Sally sintió una extraña sensación que no había percibido con anterioridad. Cerró los ojos y aspiró el aire cargado de aromas familiares y casi olvidados. Estaba en casa.

—Siento que tengas que visitar esta maravillosa isla bajo estas circunstancias, Zora... —dijo Sally en la calesa que las estaba llevando a Aberdeen Hill.

—Lo sé, pero al menos he tenido la oportunidad de visitar Victoria antes de volver al viejo continente —dijo Zora mirando a su alrededor con avidez—. Solo espero que podamos hacer todos los preparativos y volver a Singapur a tiempo.

—Yo también lo espero —repitió Sally.

George tenía que volver a Inglaterra lo antes posible; las chicas tenían que salir en el próximo vapor de vuelta a Singapur al cabo de cinco días y, por tanto, no tenían tiempo que perder. Sally esperaba poder hablar con Turner antes de que fuera demasiado tarde.

Durante el resto del trayecto, las dos chicas se limitaron a mirar a su alrededor en silencio. Sally necesitaba comprobar que no se topaban con ninguno de los Abbott o alguien de su círculo más cercano. Por suerte, pronto enfilaron la cuesta que llevaba a Aberdeen Hill sin haber avistado a ninguna persona indeseable. Pero eso no tranquilizaba a la muchacha: no estaba segura de cómo la recibirían sus criados. En todo este tiempo, solo había enviado una escueta carta, justo antes de salir de Singapur, que seguramente aún no había llegado a su destino, y en la que decía que regresaba a Hong Kong. En la carta, no había sido capaz de decirles que iba a dejar Aberdeen Hill y volver a Inglaterra. Aunque se repetía sin parar que solo eran sus criados y que tendrían que aceptar su decisión, no podía evitar sentir una punzada de culpabilidad cada vez que pensaba en ello.

En cuanto la calesa cruzó el umbral de la portalada de la calle, Sally sintió que algo iba mal. La casa era diferente, todo estaba quieto y algo en el aire era distinto. Antes de que el cochero parara, Sally ya se había puesto de pie, dispuesta a bajar. Zora miró algo confundida a su amiga, mientras daba un brinco para salir del coche y dirigirse a la casa. Pero pronto se paró en seco. La figura de Mistress Kwong emergió por la puerta principal. Pese a caminar sobre sus muñones, la mujer se dirigía a ellas con pasos rápidos y decididos.

—¡Usted, niña tonta y consentida! —gritó Mistress Kwong mientras se acercaba a ella—. ¡Todo esto ha sido por su culpa!

Sally se había quedado petrificada. Sin tener tiempo de preguntar qué había pasado o a qué exactamente se refería Mistress Kwong, la *amah* continuó:

—Todo esto ha sido una desgracia innecesaria e injusta —siguió gritando cuando estaba tan cerca de Sally que podía tocarla con su dedo extendido y acusatorio—. Se fue y ni siquiera nos dejó una dirección. ¡Usted! ¡Criatura irresponsable! Me da igual que me mande azotar otra vez. ¡No me pienso callar!

—Pero, pero... Pero ¿qué ha pasado? —articuló Sally finalmente.

—¿Qué ha pasado? —repitió Mistress Kwong con desdén—. Mei Ji volvió de aquella casa encinta. Sí, ¡encinta! —exclamó Mistress Kwong con un susurro y haciendo un ademán a Sally para que se alejara y que nadie los pudiera oír—. Ya estaba de muchas semanas, le dimos hierbas para que abortara, pero no lo logramos. La niña creció dentro de ella. Hace una semana que la tuvo. Fue una vergüenza para ella, perdió su virtud... así que a la mañana siguiente de dar a luz se suicidó. Mei Ji está muerta y se han llevado a la niña. Y usted... ¿dónde estaba?

2

A la mañana siguiente, cuando Sally se despertó, tardó unos segundos en recordar dónde estaba. Por alguna razón, sintió que estaba de vuelta en su habitación de la casa de Bristol. Tal vez fue el hecho de que estaba nublado y hacía menos calor que en Singapur. Sally creyó, solo por un instante, que pronto oiría a Miss Field entrando en su habitación, preparando su ropa y diciéndole qué había para desayunar. En breve oiría los pasos de su padre bajando las escaleras y saludando jovialmente a cualquier criado que se encontrara en su camino.

Sin embargo, la fantasía solo duró unos segundos. No tardó en recordar que estaba en Aberdeen Hill. No sentía el aroma del jabón que usaba Miss Field para lavar la ropa y que traía consigo cada mañana, ni tampoco el olor de las tostadas y el café de Theodore trepando por las escaleras y entrando tímidamente en su habitación. No cabía duda de que estaba en Hong Kong. Sin embargo, se dejó llevar un poco más por esta fantasía del pasado y se tapó con la sábana e intentó con todas sus fuerzas imaginar al viejo pintor bajando al comedor, sentándose en su silla y tomando su café, esperando a que Sally se reuniera con él para desayunar juntos.

Alguien llamó a la puerta y la fantasía se esfumó rápidamente; la imagen de Mei Ji muerta volvió a su mente como un latigazo violento y directo.

—Sally. Soy yo, Zora —susurró la chica desde el otro lado de la puerta. Sally le indicó que podía pasar y la chica, aún en bata y camisón, pasó y se sentó al pie de la cama. En ropa interior parecía más pequeña de lo que era y Sally no pudo evitar pensar que su dulce amiga nunca se había parecido tanto a una muñeca como en este momento—. ¿Cómo has dormido, Sally?

—Creo que bien —contestó la chica. Sabía que había tenido pesadillas, pero no podía recordar nada a excepción de que un bebé aparecía en ellas—. ¿Y tú? ¿Has estado bien en nuestra habitación de invitados? ¿Tienes mareos?

—Estoy bien, estaba tan cansada por el viaje que he dormido plana. De un tirón. —Zora cogió la sábana con los dedos y empezó a jugar, nerviosa—. Anoche no tuvimos la oportunidad de hablar de lo que te contó Mistress Kwong...

—No, lo siento, estaba tan... —Sally se detuvo a buscar la palabra: ¿sorprendida?, ¿abrumada?, ¿triste?— sobresaltada. Pensé que la mejor opción era ir a dormir directamente y dejar que las cosas se calmaran.

—Mistress Kwong no te tendría que haber gritado así... —empezó Zora, pero Sally la interrumpió.

—Tal vez no, pero tenía razón. Yo fui quien se llevó a Mei Ji a casa de los Abbott. Fue mi decisión. También lo fue postergar su vuelta a Aberdeen Hill y todo porque no quería estar sola con los Abbott. Yo sabía que algo iba mal, no exactamente el qué, pero podía ver lo infeliz que Mei Ji era y lo ignoré. Fui una egoísta y, cuando tuve la oportunidad de mejorar las cosas, en lugar de quedarme, me marché sin más a Singapur. Ella era mi responsabilidad y ahora está muerta. —Sally cerró el puño y tragó saliva. Se odiaba a sí misma y, por primera vez, sintió que también odiaba a los Abbott con todas sus fuerzas.

—No seas tan dura contigo misma —intentó consolarla su amiga.

—¿Qué hago si no? Una persona ha muerto por mi culpa, y su bebé... —Sally miró a un lado. No podía acabar la frase.

—Los padres de Mei Ji se llevaron a la niña. Al menos estará con ellos, no dejarán que nada malo le pase.

—Oh, Zora, ¡no seas ingenua! —dijo Sally sin poder ocultar la rabia—. Ya oíste a Mistress Kwong; los padres de Mei Ji son pobres campesinos de arrozal. No tienen dinero para mantener a una hija. Las niñas no tienen el mismo valor que un varón. Dijo que seguramente la venderían. Siendo una niña y, si tiene suerte, y sobrevive, podría acabar de criada. Sin embargo, la podrían vender a una familia que la quisiera como futura tercera o cuarta esposa, y, sin nadie que la protegiera, le esperaría una vida llena de humillaciones. Pero —Sally se detuvo para tragar saliva—, siendo tan pequeña, muchos querrían sacar provecho del coste de su crianza vendiéndola. ¡Venderla! —repitió Sally sin poder borrar de su cabeza lo que Mistress Kwong les había explicado la noche anterior.

Poco después de que Sally se marchara, Mistress Kwong empezó a notar que algo no andaba bien, y pronto se dio cuenta de que Mei Ji estaba encinta. En el momento en que el intento de aborto no funcionó, y era evidente que el bebé no quería darse por vencido, decidieron que mantendrían a Mei Ji lo más escondida posible a la espera de que Sally pudiera volver a Aberdeen Hill y ayudarles. Los padres de Mei Ji se negaron a tener a su hija y al hijo bastardo en su casa, así que tuvieron que mantenerla en Aberdeen Hill. Por suerte, Mister Williams estaba de vuelta en Inglaterra y nadie visitaba la casa y fue fácil convencer a Charlie de que guardara el secreto. Nadie pudo contactar con Sally porque, no solo no había dado una dirección, sino que tampoco había dicho el nombre de la amiga a la que estaba visitando en Singapur. Una noche, Mei Ji dio a luz a la niña en la caseta de los criados, asistida únicamente por Mistress Kwong. Según esta, la niña nació bien, con buenos pulmones. Era pequeñita y peluda como un mono, fuerte y testaruda. La criada se pasó la noche sentada al lado de la madre y el bebé. Por la mañana se fue a la casa principal para preparar sopa de arroz para Mei Ji. En cuanto salió de la casa principal, le sorprendió el llanto desconsolado de la recién nacida. Cuando llegó, en la caseta se encontró al bebé solo en el suelo, cuidadosamente cubierto con las mantas. En el fondo, sobre la cama y rodeada de un charco de sangre, yacía el cuerpo sin vida de Mei Ji. Se había rajado el cuello con un cuchillo.

Mistress Kwong tuvo que mandar a avisar a los padres de la muchacha. El padre llegó al cabo de cuatro días. El hombre no era más que un campesino venido a menos, se negó a pagar el funeral y se llevó a la niña. Mistress Kwong le suplicó que dejara el bebé en Aberdeen Hill, pero el padre se llevó a la niña como compensación por la deshonrosa muerte de su hija. Técnicamente, la niña hubiera pertenecido a Sally si esta hubiera comprado los derechos a Mister Williams, el dueño de Aberdeen Hill. Pero Mister Williams estaba en Londres y Sally no estaba en Hong Kong. El padre de Mei Ji amenazó con decir a la guardia que ella había asesinado a su hija y Mistress Kwong no tuvo más remedio que dejar que se llevara a la recién nacida.

Sally y Zora bajaron para desayunar y se encontraron con una Mistress Kwong más sosegada. Las chicas se sentaron sin decir nada, tanteando a la criada, que parecía nerviosa y con ganas de hablar. Finalmente, Sally le preguntó si estaba mejor:

—Sí, perdona, Miss Evans. No tendría que haberme puesto así... Han sido demasiadas cosas a la vez. —Sally no podía creer que Mistress Kwong, siempre orgullosa y soberbia, le estuviera pidiendo perdón, a la vez que empezaba a tutearla, todo un signo de confianza.

—Lo entiendo. Todo ha sido por mi culpa. Todo.

—Bueno, todo no —dijo Mistress Kwong con convencimiento, y ella y Sally se miraron. Sally agradeció ver empatía en los ojos de la anciana, y, si Mei Ji no estuviera muerta seguro que las dos se hubieran echado a reír.

—He pensado... —Sally no sabía cómo decir lo que tenía que explicarle—. Zora y su marido se van a Inglaterra y me voy a ir con ellos. La razón por la que he vuelto es para recoger mis cosas y pedirles que, si están de acuerdo, les podría comprar a Mister Williams y podrían venir con nosotras. —Mistress Kwong se quedó pálida y sus facciones, que hacía un momento se habían suavizado, se volvieron a endurecer—. No hace falta que me responda ahora —se apresuró a decir Sally antes de que Mistress Kwong tuviera tiempo de gritarle otra vez—. Primero hay algo que tengo que hacer. He pensado que debería ir a buscar a la niña de Mei Ji y traerla conmigo. Tenías razón, Mistress Kwong, fui una egoísta. Ahora es mi responsabilidad recuperar al bebé y asegurarme de que esté bien. —En cuanto dijo esto, Sally se quedó mirando al suelo. No se atrevía a mirar ni a Zora ni a Mistress Kwong. Durante la noche anterior, y completamente sobresaturada de emociones de rabia y tristeza, decidió que necesitaba salvar a ese bebé.

—¿Estás segura? ¿No es algo peligroso para una mujer occidental salir de la península? —preguntó Zora llena de preocupación—. ¿No puedes hablar con la guardia o contratar a alguien para que busque a la niña?

—La guardia no se va a preocupar de la hija bastarda de una sirvienta china y no creo que nos podamos fiar de nadie para hacer el pago y traer al bebé —reflexionó Sally—. Parece una locura, pero creo que debo hacerlo. —Sally volvió a hacer una pausa y luego añadió—: Ya sé que habéis incinerado a Mei Ji, pero me gustaría que llevarais a término el ritual del funeral según la tradición... yo lo pagaré.

—Muy bien —respondió Mistress Kwong con la voz algo quebrada—. Pero tienes que saber que se llevaron a la niña cuando solo tenía unos pocos días. Los niños pierden mucho peso al nacer si no se les cuida apropiadamente. La aldea de los padres de Mei Ji está en la península, en Kowloon. Probablemente a más de un día de camino y no me extrañaría que estuviera muerta. Y, si no lo está, ya la habrán vendido. Tienes que marcharte cuanto antes, y, además, necesitas a alguien que hable cantonés.

—¿A un día de camino? Pero nos marchamos dentro de cinco días... —Sally pensó con rapidez y se volvió hacia Zora, quien, hasta ahora, había estado escuchando sin decir nada—. ¿Entiendes que tengo que hacer esto, verdad? —Zora asintió y Sally continuó—: ¿Entonces, puedes quedarte aquí a empaquetar todas nuestras cosas? Yo iré a buscar al bebé de Mei Ji.

—Me parece bien —dijo Zora—. Pero no puedes ir sola. Necesitas ir con alguien que pueda hacer de intérprete.

Tanto Zora como Sally miraron a Mistress Kwong.

—Yo iré contigo —dijo la criada—. Pero soy lenta y vieja, tendrás que tener paciencia.

—Yo ir, yo ir. —En este momento, Siu Wong y Siu Kang entraron en el comedor desde el jardín y se dirigieron a Sally—. Yo valiente y yo puedo ir; yo no viejo como Mistress Kwong.

—¿Desde cuándo has aprendido a hablar inglés? —dijo Sally sorprendida. El crío no solo estaba hablando con ella, sino que era evidente que había entendido la conversación. Mistress Kwong tenía razón: el crío era inteligente y muy bueno espiando.

—Mistress Kwong me enseña —dijo el crío, señalando descaradamente a la criada.

—Sí —explicó Mistress Kwong—, desde que aquel día nuestro pilluelo no pudo entender la conversación de Mister Abbott con los piratas, decidió que quería hablar inglés. Siu Kang también está aprendiendo muy rápido, pero es muy tímido.

—Sí, yo también —dijo Siu Kang, orgulloso.

—¿Es una buena idea ir con estos pillos? —preguntó Sally.

—Sería mucho mejor llevarme a mí, pero no sé si seré una carga más que una ayuda. —Sally pensó en horas y horas de viaje por arduas carreteras de montaña y decidió que la mejor opción sería llevarse a Siu Wong y dejar a Siu Kang en Aberdeen Hill para ayudar a Zora y a Mistress Kwong a empaquetar.

En unos minutos más organizaron la excursión, decidieron lo que necesitaban y Mistress Kwong le dio todos los consejos de los que fue capaz. Sally tendría que coger un *junk* e ir a la península con algún pretexto, probablemente para hacer una labor misionera. Era importante desembarcar en una parte de la costa alejada de la ciudad amurallada de Kowloon, el enclave que el Imperio chino mantenía para marcar una estrecha vigilancia sobre la colonia británica.

Cuando acabaron, todos se levantaron de la mesa. Sally aún no había podido quitarse la imagen de Mei Ji muerta al lado de su bebé, del charco de sangre... Sin embargo, la idea de salvar a la niña le permitía sentir que volvía a respirar por primera vez desde la noche anterior.

—Mistress Kwong —dijo Sally cuando estaba a punto de abandonar el comedor para volver a su dormitorio—. ¿Vendrá usted conmigo a Inglaterra?

—Primero tú trae a la niña. —Es todo lo que la *amah* se limitó a contestar.

«¿Cuánto puede valer una niña?», se preguntaba Sally mientras la carreta donde viajaban ella y el pequeño Wong se balanceaba sobre las piedras del camino. Sally apretó la bolsita de dinero que llevaba oculta en su amplia manga y deseó tener el suficiente para rescatar al bebé de Mei Ji. Pero, entre los gastos de su funeral, el viaje desde Singapur, el *junk* que los había llevado a la península, el alquiler de la carreta y el conductor, a Sally le quedaba solo el equivalente a unas quince libras. Además, Mistress Kwong le había dicho que no llevara todo el dinero. Así que, en total, cargaba con unas dieciséis piezas de reales de a ocho y confiaba que la plata con la que las monedas españolas que también llevaba Sally estaban acuñadas fuera suficiente para tentar a los campesinos.

Desde que Theodore había muerto, Sally había sobrevivido con el poco dinero en efectivo que tenían para gastos en Hong Kong y algunos ingresos en el banco de la colonia. El dinero disponible en Bristol pagaba a los criados a cargo de mantener la casa, y Miss Field ya le había notificado por carta que, o bien vendían algo de la casa o pronto no podrían mantener al servicio. Sally necesitaba recibir información de Sir Hampton cuanto antes, pero en todo este tiempo no había recibido ni una sola carta del abogado. Mientras estaba en Singapur, intentó no pensar en el tema. Su padre le había enseñado a pintar, pero no le había explicado nunca cómo llevar las cuentas. Incluso dudaba de que su padre hubiera sabido alguna vez administrar su propio dinero. Al fin y al cabo, sus únicos intereses eran la pintura y los viajes.

El mismo día que Sally decidió ir a buscar al bebé de Mei Ji, Mistress Kwong se encargó de buscar a un *coolie* de confianza que los pudiera llevar hasta la aldea de los padres de Mei Ji. Este tendría el resto de su paga si traía a Miss Evans, Siu Wong y al bebé a salvo. De esta forma se asegurarían que no intentara sacar provecho de otra forma o robarles. El poco tiempo que tenían antes de partir se lo pasaron repasando el plan:

—Los padres de Mei Ji son campesinos, así que no les gustará ver a una mujer occidental entrando en su aldea y mangoneando en sus asuntos. Aunque no quieran a la niña, no deja de ser su descendencia. Así que deja hablar a Siu Wong.

—Pero solo es un niño —dijo Sally.

—Sí, pero es un varón y es cantonés —puntualizó Mistress Kwong—. Intenta ser cortés en todo momento y ofrécele los regalos que te he dado. —Mistress Kwong señaló una bolsita que contenía unas hierbas—. Hazlo de la forma más reverencial posible y ofrécelas al padre de familia sin mirar a nadie a los ojos.

—¿Ese es el proceder? —se interesó Sally.

—No lo sé —dijo Mistress Kwong encogiendo los hombros—. No creo que haya un proceder particular para «mujer extranjera compra bebé a unos campesinos». Pero el sentido común me dice que contra más humilde te muestres más podrás lograr ante el orgulloso padre de Mei Ji. Si te ofrecen comida... querrá decir que aprueban la negociación. Acepta lo que te ofrezcan con agradecimiento... aunque no te apetezca.

—De acuerdo —asintió Sally.

—También toma estas dos cosas por si acaso.

Mistress Kwong tenía una especie de alforja en la mano y de ella sacó dos objetos que puso sobre la mesa: una pieza de jade que se mostraba como un amuleto plano de color verde coral, y un cuchillo. El amuleto representaba una especie de animal mitológico. Sally lo tomó en sus manos y le sorprendió lo fría que estaba la piedra. Pasó los dedos por la hermosa pieza; podía distinguir la forma de un animal felino de apariencia amable y mansa con un gran cuerno. Estaba recostado y junto a ella yacía su cría arropada y mirando hacia su madre con devoción.

—Es una *pik ce* —explicó Mistress Kwong antes de que Sally tuviera tiempo de preguntarle—. Es un animal mágico. Tiene algo de león y de dragón y un cuerno como el de vuestros unicornios. —Mistress Kwong señaló la protuberancia del animal con delicadeza—. Su nombre quiere decir «alejar malos espíritus». Te protegerá y ayudará al bebé. —Mistress Kwong rozó con su dedo la figura de la cría—. Además, es jade verde, muy valioso. El jade es piedra muy buena y fuerte...

—¿Es suyo? —dijo Sally señalando el amuleto.

—¡Pues claro que es mío! —exclamó Mistress Kwong ofendida. Sally decidió no preguntarle por qué tenía una pieza tan valiosa y tampoco por qué había decidido dársela—. Recuerda que si no quieren dinero puedes intercambiar esto.

—Si no quieren dinero... —Sally no había pensado en esa posibilidad, se quedó unos instantes pensativa y luego añadió—: ¡Ya lo sé! ¿Dónde podemos comprar opio?

Ya llevaban horas de camino colina arriba y Sally no sabía dónde estaban, ni siquiera en qué dirección quedaba la costa. En un principio, el paisaje le había parecido sobrecogedoramente hermoso; las aldeas y las gentes que se encontraban eran muy diferentes de los habitantes de la ciudad y le recordaban a sus antiguos viajes caritativos. No obstante, el paisaje pronto empezó a convertirse en monótono y las incomodidades superaban la belleza de su alrededor y la exaltación de la aventura.

Además, a medida que avanzaban, su inquietud iba en aumento, debido al hecho de que estaban a la merced de su guía, un hombre llamado Ka Ho. Ya habían pasado unas cuantas aldeas de pescadores en la falda de la montaña y pronto empezaron a ascender por una carretera imposible. Sally se aferraba al fardo que contenía todo lo que necesitaban para recuperar al bebé, así como su comida y otras cosas esenciales para el bebé. Sally tenía hambre y sed, pero estaba tan nerviosa que apenas había comido nada en todo el viaje; el carro que habían alquilado era normalmente utilizado para mercancías y le dolía el cuerpo por el vaivén y el constante juego de equilibrio que tenía que hacer con las caderas.

Al cabo de unas horas, llegaron a un llano que acababa justo al lado de un bosque y colindaba con lo que parecía una granja. Ka Ho bajó del carro y empezó a hablar en cantonés con Siu Wong. El niño y el conductor pronto empezaron a discutir a viva voz e hicieron que un anciano y unos cuantos niños salieran de la casa y se acercaran a ellos. Mientras discutían, Sally aprovechó para salir del carro, estirar las piernas y beber un poco de agua. El calor era asfixiante y sentía que se iba a desmayar.

—Nosotros esto no más —dijo Siu Wong señalando el carro—. Nosotros *maa, maa* —gritó señalando la granja. Sally miró en la misma dirección, y, aunque en un principio no entendió a qué se refería el niño, se dio cuenta de que había dos caballos amarrados a un murito de adobe que demarcaba la granja.

—¿Caballos?

—¡Sí! Caballos —asintió el crío al ver que Sally lo había entendido.

—No, no puede ser. ¡No podemos ir todo el resto del viaje a caballo!

Siu Wong se limitó a mirarla, sorprendido, y simplemente repitió:

—Caballos. —Y señaló el camino que tenían que seguir.

Sally comprendió entonces que montando a caballo era la única forma que tenían para continuar el viaje. Estaba furiosa. No solo no se había traído la vestimenta apropiada, sino que hacía años que no se subía a uno de estos animales. Pero no tenían más remedio, Sally necesitaba volver a Hong Kong a tiempo para tomar el próximo barco a Singapur.

Sally tuvo que esconderse detrás de unos árboles y sacarse las enaguas que llevaba para poder estar más cómoda. Cuando volvió con la ropa en la mano, dispuesta a guardarla, los niños de la granja se abalanzaron sobre ella y, entre risas y gritos, le quitaron las enaguas y se pusieron a jugar con ellas. Sally nunca las recuperó.

El resto del viaje fue largo y extremadamente doloroso. Ella y Siu Wong tuvieron que compartir el espacio que quedaba en un caballo sin silla. Sus piernas y su espalda pronto le empezaron a doler tan intensamente que no podía evitar que las lágrimas brotaran de sus ojos. Cuando el camino se hacía demasiado estrecho o escarpado, Sally prefería bajar del caballo para poder descansar las piernas, pero esto requería un gran esfuerzo, y el bajar del caballo y volver a subir retrasaba el viaje en gran medida. Además, Sally se sentía ridícula bajando y subiendo del animal mientras sus silenciosos acompañantes la miraban sin ayudarla.

Cuando empezó a oscurecer, llegaron a un llano y pararon un poco, reposando sobre una manta. Ni siquiera encendieron un fuego. Ka Ho y Siu Wong hablaron en cantonés durante un rato, mientras Sally intentaba descansar. En lugar de dormir, se dedicó a observar a Ka Ho. Era un hombre alto para ser chino, tenía un cuerpo recio y musculoso y una mirada intensa que incomodaba a Sally. Aunque sabía que Mistress Kwong no hubiera contratado nunca a un criminal, no se fiaba de aquel hombre. Así que se sentó con las piernas estiradas, colocó con disimulo el cuchillo bajo su falda y apretó la alforja contra su pecho.

De todas formas, aunque hubiera querido dormir, los mosquitos no la hubieran dejado. Mistress Kwong le había dado un ungüento que olía a alcanfor, menta y otros ingredientes que Sally no podía distinguir. Le dijo que tanto serviría para repeler los mosquitos como para curar las picaduras. Sally tenía tantas en las piernas y los brazos que dudaba de que el remedio estuviera funcionando, pero agradecía tener algo que hacer en la oscuridad azulada del llano. Miró de nuevo a su guía y al niño y deseó poder entender lo que estaban diciendo. La escena era extraña: un *coolie*, un niño y una joven europea en un llano perdido en la costa china en plena noche. Sally pensó en que su padre hubiera encontrado la escena muy cómica. Sally casi se echó a reír imaginando la reacción de Theodore, pero se detuvo, estaba agotada y lo único que quería era salir de allí y volver a Victoria cuanto antes.

Poco antes del amanecer, cuando las primeras luces del alba empezaron a iluminar el bosque, reiniciaron la expedición. Las ropas de Sally estaban completamente húmedas por el rocío y casi no se podía mover. En silencio, fueron avanzando hasta llegar a una ladera llena de terrazas cultivadas. Pronto empezaron a pasar cerca de campesinos que se dirigían a trabajar a los campos. Algunos niños seguían los caballos con curiosidad durante un corto tramo, hasta que los adultos los llamaban para que volvieran al trabajo. El camino se fue estrechando y pronto no era más que un pequeño pasillo entre el campo labrado.

—¿Qué hora debe de ser? —preguntó Sally de forma casi retórica. Siu Wong, quien había estado todo el viaje sentado delante de ella en el caballo sin parecer estar incómodo ni cansado, miró al cielo y simplemente dijo:

—Mediodía. —Llevaban casi un día entero de viaje.

—¿Estamos cerca? —dijo Sally, pensando que, seguramente, aún faltaba mucho para llegar. No parecía que hubiera ninguna aldea cerca de donde ellos se encontraban. Incluso dudaba de que en esta zona hubieran visto muchos occidentales, especialmente mujeres.

—¿Cerca? —repitió Siu Wong, y, sin decir nada más, preguntó a Ka Ho. Este respondió gesticulando con energía y Sally se empezó a temer lo peor—. Sí, cerca —fue la respuesta del crío.

Sally miró a su alrededor intentando localizar algo más que no fueran arrozales, pero lo único que pudo percibir fue un fuerte hedor a excrementos humanos. Justo al lado del caminito había una construcción cuadrada de madera con una baranda en medio: era una letrina que daba directamente a un campo labrado. Sally tuvo que cerrar los ojos e intentar no respirar mientras pasaban por el lado de la fosa. Pero, si habían topado con una letrina, quería decir que vivía gente cerca.

Poco después, llegaron a una zona en la que había un par de casas. Aparte de unos perros pulgosos y un cerdo, no parecía haber nadie más. Ka Ho les indicó que bajaran del caballo y los amarró. El hombre hizo una señal para que se esperaran y se dirigió a las casas mientras se presentaba a gritos. Al cabo de un rato, un anciano que parecía que se acababa de despertar de una siesta salió de una de las casetas y empezó a gritar, evidentemente enojado, a Ka Ho. El guía empezó a explicarle algo y los dos discutieron durante un buen rato. Finalmente, el anciano pareció entender lo que le explicaba y miró hacía donde estaba Sally. Aunque solo estaban a unos veinte pasos del hombre, este parecía ver con dificultad. Cuando finalmente distinguió la figura de Sally, de pie con su vestido verde oscuro, el hombre se echó a reír, le hizo un ademán con la mano como si espantara moscas y se volvió al interior de la casa.

Ka Ho se volvió hacia ellos y suspiró con intensidad.

No parecía algo muy alentador. Comentó algo a Siu Wong y se acuclilló y, por primera vez en todo el viaje, sacó una pequeña pipa y se dispuso a fumar allí mismo.

—¿Qué ha pasado? —preguntó Sally exasperada—. ¿Estamos en el sitio equivocado?

Siu Wong pareció no entender la pregunta, pero Ka Ho la miró y, sin sacarse la pipa de la boca, dijo:

—Sí, es el sitio correcto. Pero el padre de tu sirvienta no está aquí.

—¡No sabía que hablaras inglés! —exclamó Sally, aguantándose las lágrimas de enfado y cansancio—. ¿Dónde está? ¿Dónde está la niña?

Ka Ho se limitó a mover la cabeza para indicar que no lo sabía.

—Ha ido a vender a día y medio de camino...

—¿Y la niña?

—No sé —respondió el hombre.

—Pero ¿por qué no se lo preguntas? —Sally se acercó a Ka Ho y señaló hacia la casa.

—No nos lo van a decir —sentenció Ka Ho.

Sally volvió junto a Siu Wong. Sacó un trozo de pan, lo partió en tres trozos y los repartió. Buscó un lugar a la sombra para sentarse y los tres comieron en silencio. Ahora solo cabía esperar.

Las horas fueron pasando y Sally se iba poniendo cada vez más nerviosa, pronto anochecería y estaban perdiendo un día entero; tenían que conseguir volver a Hong Kong lo antes posible o Sally no podría volver a Singapur con Zora. Pero, por más que esperaban, nada parecía cambiar.

Al atardecer, algunos de los campesinos volvieron a la casa. Había una mujer con un bebé que parecía tener unos cuantos meses. Todos los miraron con curiosidad, algunos señalaron a Sally, y la mayoría de ellos se dirigieron en silencio a su casa y poco después emergieron con modestos cuencos de madera y, sin mucho que decir, ofrecieron uno a cada uno de sus extraños visitantes. Era una especie de sopa pegajosa y con gusto de gachas pasadas. Aunque no le gustó en absoluto, su estómago agradeció el calor proporcionado por el brebaje. Al acabar la cena, Sally desplegó su manta y se estiró. Ya no le importaba nada, simplemente quería dormir.

Era de noche cuando la voz de Siu Wong la despertó. Sally abrió un poco los ojos y se encontró con que el chico la empujaba con ambas manos para despertarla.

—El padre de Mei Ji aquí, él aquí. —Siu Wong señaló hacia la casa. Todo estaba oscuro. Pero Sally pudo distinguir una luz pálida que venía de una de las casas, y también oyó las voces de Ka Ho y otro hombre.

Cuando Sally reunió las fuerzas para incorporarse, Ka Ho volvía hacia ellos, parecía enfadado e increpaba entre dientes.

—¿Qué ha pasado? ¿Y la niña?

—No está. Acaba de volver el padre... ¡vendida!

Sally, rendida, cayó sobre sus rodillas. A su lado, Siu Wong miraba al suelo con frustración, tenía los puños cerrados y, en la oscuridad, pudo notar cómo el crío intentaba reprimir sus sollozos.

—Esto ya está. Mañana volvemos —ordenó Ka Ho.

Sally sintió el peso del dinero guardado en su manga.

—No está —dijo incorporándose de nuevo—. Podemos comprarla a su comprador...

Pareció que Siu Wong entendió a Sally, porque dejó de sollozar y alzó la cabeza. Ka Ho movió las cejas con enojo.

—Está lejos. Muy lejos. No volveremos a tiempo

—insistió el guía—. No tenemos nada. No tenemos comida...

Sally pensó por un momento si estaba yendo demasiado lejos. Probablemente, lo más sensato era volver a Hong Kong. Sin embargo, la imagen de Mei Ji apareció en su mente y el dolor lleno de culpabilidad que había estado azotando su interior volvió con fuerza. Tenía que intentar comprar a la niña.

Acompañada de Siu Wong, se dirigió hacia la casa y llamaron al padre de Mei Ji. Un hombre de unos cincuenta años, fuerte y bronceado, aunque extremadamente bajito, apareció por la puerta. Tenía una cara particularmente plana, y, aunque no era muy agraciado, Sally pudo distinguir los labios carnosos que su hermosa hija había heredado de él. Sally sacó los presentes que Mistress Kwong había preparado, se agachó e hizo un ademán para que Siu Wong se los diera. El hombre tomó los regalos lleno de confusión. Los paquetes estaban envueltos en papel y el hombre se los acercó a la nariz y los olió. Sally pidió entonces a Siu Wong que tradujera:

—Por favor, dile que nosotros teníamos en gran estima a su hija y que lo único que queremos es saber dónde está el bebé.

El niño tradujo con mucha solemnidad, incluso parecía estirar el torso para parecer más alto. Sin embargo, el hombre contestó de forma tajante y escueta, y Siu Wong, sin traducir, miró a Sally con poco disimulada frustración. La chica entendió que el hombre la estaba culpando por la muerte de su hija. Sally ofreció unas monedas que el hombre tomó en su mano. Las miró asombrado y se las guardó, pero no proporcionó más información. Sally tenía que encontrar una forma de convencer al hombre... Ka Ho estaba de nuevo en cuclillas fumando de su pipa y

Siu Wong la miraba con exasperación. Fue entonces cuando tuvo una idea.

—Siu Wong, dile a este hombre que si yo me llevo a su nieta haré que sea la primera esposa de un hombre chino, decente y con dinero.

El crío la miró confundido; era evidente que no entendía todo lo que Sally le había dicho. Ka Ho suspiró con exasperación, se levantó, y, mientras se acercaba, fue traduciendo.

El hombre miró luego a Sally boquiabierto e hizo una pregunta.

—El viejo dice cómo puede pasar eso.

—Por mi dinero.

Siu Wong y Ka Ho miraron a Sally sorprendidos.

—Si yo me llevo a la niña, será mi protegida y la casaré bien.

—¿Con quién?

—Con Siu Wong —respondió Sally señalando el niño. Y, dirigiéndose a él, dijo—: Tú ayudaste a mi padre; yo te ayudaré a ti.

No fue hasta que Ka Ho señaló al crío que el hombre pareció entender. El padre de Mei Ji entró en la casa y cerró la puerta. Todos se quedaron esperando fuera sin decir nada. Al cabo de un rato, el hombre volvió acompañado de dos chicos que debían de ser sus hijos. Todos los presentes hablaron durante unos minutos ignorando completamente a Sally.

—Muy bien —dijo Ka Ho cuando acabaron—. Usted, mujer loca, gana. Mañana por la mañana saldremos a buscar la dichosa niña.

—¿Quién la tiene?

—Nada bueno... un hombre joven y soltero...

Tardaron casi dos días en llegar a la granja de un tal Kai Wong. Pasaron aldeas, campos y bordearon colinas escarpadas. Tuvieron que convencer a los campesinos que tomaran las monedas a cambio de conseguir arroz, té y agua limpia. Sally no había estado tan sucia en toda su vida y el cuerpo le dolía tanto que a veces quería gritar de exasperación. Pero la mayor parte del tiempo simplemente se dejaba llevar por un estado de semiinconsciencia. Cerraba los ojos y pensaba en las tostadas de Miss Field, en el porche de Aberdeen Hill, en las manos de Ben...

Cuando llegaron a la granja, Sally pensó que estaba viendo un espejismo. Era una casa más grande que la anterior, una construcción más sofisticada. Las tejas eran más elaboradas y, sobre la puerta principal, había una especie de friso esculpido. El jardín delantero estaba lleno de gallinas y gansos. Un hombre de unos veinte años apareció por la puerta y Sally se retiró instintivamente dejando a Ka Ho y a Siu Wong por delante.

Estos hicieron las presentaciones y hablaron durante un par de minutos. Mientras lo hacían, una mujer joven, muy desaliñada y con la mirada triste, apareció de detrás de la casa. Llevaba una tela enrollada a su alrededor y, por dentro, se asomaba la cabecita morena de una niñita. No se la oía, parecía dormida.

—Este es el dueño y esa es su hermana. No se ha casado aún y piensa intercambiar a la niña por una esposa. No la quiere vender.

—Insiste —dijo Sally.

La chica miró al hombre mientras hablaban y no le gustó. Para ser un campesino, vestía de forma pomposa, con un raído vestido de seda. Todo él estaba sucio. Pero no como los campesinos que se ensucian a causa del trabajo. En él, aquello que le ensuciaba era la dejadez, el alcohol y el juego. Tampoco le gustaba su hermana; en su mirada había algo desgastado parecido a una locura latente. Cargaba a la niña como si fuera un saco de patatas.

—Va a pedir mucho dinero —dijo Ka Ho.

—No nos queda mucho. Solo el jade —añadió Sally.

—Dale la *pik ce* —concluyó Siu Wong.

Sally metió la mano en la bolsa, pero, en lugar del amuleto, sacó el fajo redondo que contenía opio. Hasta el momento ella no había mencionado a Ka Ho que llevaba tan preciada carga. Al ver el opio, la cara de Kai Wong se iluminó de inmediato y con una mueca llena de desprecio se fue acercando a Sally.

—¡Cuidado, Sally! —dijo Siu Wong, corriendo hacia ella.

Ka Ho intentó detenerlo. Se puso delante de él mientras Kai Wong lo agarraba por el cuello y los dos hombres se enzarzaban en una lucha torpe y desigual. Aunque Ka Ho era fuerte, estaba agotado por el viaje y Kai Wong lo zarandeaba con facilidad. En un descuido, Kai Wong lo apartó de un empujón y Ka Ho se cayó al suelo. El bebé empezó a llorar con un ruido sordo y repetitivo; la hermana de Kai Wong simplemente se limitó a seguir la escena desde la distancia. Kai Wong se dirigió a ella con rapidez diciendo algo que Sally entendió de inmediato. Para qué iba a darles la niña si simplemente podía quitarles el opio. Sally sacó el cuchillo, lo tomó en su mano y giró el puño, de esta forma el cuchillo señalaba el pecho del hombre. Con cuidado, dejó la bolsa en el suelo e intentando no temblar tomó una postura amenazante. Siu Wong estaba a su lado, con sus manitas alzadas, y parecía un gato a punto de saltar sobre un ratón.

—Si intentas algo, te ataco. ¡Aléjate! —dijo Sally con rabia, mientras Ka Ho, que se había levantado, se acercaba hacia el hombre por detrás, y traducía:

—Te damos el opio, pero nos traes a la niña. ¡Danos el bebé!

El hombre se alejó de Sally, y, cuando estuvo a una distancia prudencial, hizo un ademán; su hermana se acercó y sacó a la niña del fardo. Estaba desnuda, la pobre aún lloraba sin lágrimas y sus manos y pies colgaban, desmadejados, en su cuerpo rosado. Siu Wong cogió la alforja de Sally del suelo, corrió a coger a la niña y el fardo y se dirigió hacia los caballos. Sally aún estaba de pie sosteniendo el cuchillo y el opio.

—Nos podemos ir; no le des el opio —recomendó Ka Ho, quien ahora se posicionó al lado de Siu Wong para ayudarlo a subir al caballo.

Sally vio la mirada agresiva del hombre y supo que volvería a atacar, incluso era probable que los persiguiera. Solo había una solución. Tan rápido como pudo clavó el cuchillo en el fardo de opio hasta hacer un agujero, y, con todas sus fuerzas, lo tiró al aire. El polvo marrón salió del fardo haciendo un arco y se esparció cuando el paquete tocó el suelo. Sally no vio lo que pasó, simplemente corrió como no había corrido nunca y, no sin esfuerzo, subió al caballo, puso los brazos alrededor de Siu Wong y tomó las riendas aún con el cuchillo en la mano. Empezaron a trotar mientras Siu Wong intentaba mantener el equilibrio con el bebé en brazos. Afortunadamente Sally sabía que Kai Wong no los perseguiría. Estaría demasiado ocupado intentando recuperar el opio esparcido en su corral, y era cierto, ya que, mientras lo hacía, y en la distancia, gritó algo que sonó como una maldición.

Después de trotar durante unos minutos, se pararon. La niña aún gritaba a pleno pulmón. Ka Ho tomó el portabebés y se acercó a Sally. El primer impulso de la joven fue retroceder, aún sentía la excitación recorriendo su cuerpo y no hubiera dudado en atacar. Pero Ka Ho se limitó a tomar el fardo y ponerlo alrededor del pecho de ella, por encima de un hombro. Sally se dio cuenta de que estaba jadeando. Ka Ho estaba tan cerca de ella que Sally podía oler su sudor, ver los rectos y espesos pelos de su barba. Sally sintió la necesidad de abrazar a su guía, pero en su lugar dejó ir el cuchillo y tomó la niña. El bebé se retorció entre sus manos y se lo acercó al pecho. En unos segundos se calmó; Ka Ho la ayudó a ponerla dentro del hueco que hacía el cabestrillo y lo ataron como pudieron. Ahora el bebé estaba cerca del cuerpo de Sally. A través de la ropa, la joven notó el calor de su cuerpecito y de sus piernecitas luchando para encontrar su posición.

Sally miró con atención al pequeño y arrugado bebé. Parecía calmarse por momentos: su llanto había aflojado y ahora solo emitía un gruñido. Era la primera vez que Sally cogía en sus brazos un bebé, pero había algo familiar en ello. Tal vez era porque le recordaba a Mei Ji o porque, inmediatamente, sintió que no solo la niña le pertenecía, sino que también ella pertenecía a la niña.

3

Sally no sabía absolutamente nada de bebés, pero tenía la certeza de que la niña moriría pronto. Mistress Kwong le había indicado que, sin leche, el bebé se podría deshidratar, o, peor aún, morir de hambre. Sally le había puesto un poco de agua en los labios, pero no había podido tragar mucha. Al principio, la niña lloró sin parar hasta que se quedó dormida. Veinte minutos después, se despertó gritando de nuevo y, al cabo de unas horas, simplemente entró en un sopor que no anunciaba nada bueno.

Sally había cargado encima todo este tiempo zanahorias para, siguiendo las instrucciones de Mistress Kwong, poder hacer caldo con ellas y dárselo a la niña. Pero para ello necesitaban encontrar una granja o una aldea donde pudieran hervir las verduras. Ka Ho intentó guiarlos por un atajo para llegar antes a la parte de la costa donde iban a coger un velero de vuelta a Hong Kong. Sin embargo, el atajo los llevó por un camino más estrecho, hacia el sur, lo que quería decir que no encontraron una casa hasta al cabo de horas de viaje. Cuando llegaron a la casa, Sally se escondió detrás de un matorral y esperó pacientemente, mientras Ka Ho y Siu Wong tomaron a la niña y se encargaron de ir a buscar a alguien para pedir que les ayudaran a hervir la verdura para dársela a la niña. No querían que nadie avisara a las autoridades o, peor aún, a Kai Wong. Sally había oído historias de misioneros que habían comprado huérfanos o, simplemente, los habían adoptado como protegidos. No obstante, una mujer joven perdida en la zona más inhóspita de la costa de Cantón iba a levantar algo más que sospechas. No querían que nadie reclamara que habían raptado a la niña y, tal y como había ido su adquisición, no tenían forma de demostrar que no había sido así.

Solo llevaba cargando a la niña unas horas, pero no quería separarse de ella, tenía un extraño y abstracto impulso: únicamente ella podría proteger al bebé. Sin embargo, Siu Wong tomó a la niña en sus brazos con tanto cuidado que no tuvo más remedio que aceptar la ayuda. Sally cogió una parte del interior de su falda y la cortó con el cuchillo, envolviendo a la niña como pudo. Cuando acabó, extendió el cuchillo a Ka Ho.

—Para defenderte —dijo Sally. Ka Ho hizo un ademán con su brazo.

—No uso. No hace falta. —Y el hombre y el niño se alejaron hacia un grupito de casas al final del camino.

No volvieron hasta el cabo de una hora, durante la cual Sally se sentó y tomó en su mano el amuleto que le había dado Mistress Kwong. Su padre le había enseñado a no creer en supersticiones de ningún tipo, pero en el momento en que Ka Ho y Siu Wong se llevaron a la niña, Sally tuvo que ocupar sus manos con otra cosa y tocó el amuleto durante un largo rato, pasando la yema de los dedos por sus suaves líneas. Después de jugar con la pieza de jade durante un rato, sacó su saquito con monedas para contar cuánto dinero les quedaba. Para empezar, solo tenían un par de monedas que eran imprescindibles para pagar el pasaje de vuelta, pero si la niña no mejoraba tendrían que dar el amuleto a alguien que pudiera amamantar a la niña.

Cuando volvieron con la niña, traían con ellos un cacito de agua anaranjada y arroz y se lo enseñaron a Sally con orgullo. La niña estaba aún más sumergida en el estado letárgico.

—Campesinos muy pobres, pero buenos —anunció Siu Wong. Sally miró con agradecimiento a este niño valiente y diligente.

—¿Va a ser suficiente con esto? ¿Hay alguna mujer con bebés? ¿Podemos pagarle para que le den algo de leche a la niña?

—Muy pobres, no leche —insistió Siu Wong con un rostro grave.

—Podemos intentar en el siguiente pueblo.

Sally miró a la niña y el cazo con agua de zanahoria y decidió que, aunque tuvieran que gastarse todo el dinero, tenían que darle leche apropiada.

Mientras el agua se enfriaba, los tres comieron el arroz que les habían dado en silencio. Sally no podía hacer otra cosa que mirar a la niña. Después de comer, Sally sacó de su bolso una cantimplora tradicional, hecha con una calabaza con forma de ocho. El vegetal había resultado ser un perfecto contenedor para el agua y ahora lo llenó del caldo tibio. Como el bebé no podía tragar apropiadamente y solo sabía hacer un leve movimiento labial, Sally tuvo que pensar con rapidez una forma apropiada de administrarle la bebida efectivamente. Sally miró alrededor y se le ocurrió romper un trozo de tela del forro del vestido como había hecho antes. Tenía todo el traje sucio y empapado de sudor, por lo que optó por rajar su manga y sacar un trozo de tela del codo. Sally hizo una especie de pitorro y lo encajó en la boca de la cantimplora; al ponerla boca abajo, el algodón se empapó del caldo lo suficiente para que el bebé pudiera chupar sin que pasara demasiado líquido. Probó el invento unas cuantas veces y ajustó la tela hasta que se aseguró de que funcionaba. Cuando estuvo preparada, tomó a la niña en posición de lactancia y puso el pitorro improvisado cerca de su boquita y decantó la calabaza con cuidado. Durante unos minutos, la niña abrió la boca y la cerró, se enfadó, giró la cabeza y berreó. Pero, justo cuando Sally estaba a punto de abandonar de pura exasperación, la niña pareció descubrir el caldito en la tela y la empezó a chupar con afición hasta que, finalmente, Sally consiguió ponerlo dentro de su boquita como si fuera un pezón. Ka Ho y Siu Wong, quien había estado, en todo momento, observando en silencio, dejaron ir un grito espontáneo de felicidad. La niña se asustó y Sally tuvo que encajarle el trocito de tela de nuevo en la boca.

Los tres celebraron el logro en silencio esta vez, y Sally se sintió invadida por una sensación sobrecogedora de alivio y felicidad. De todas las cosas que había hecho en su vida, el simple acto de alimentar a esta huerfanita parecía ser el más peculiarmente difícil e importante. Acostada en su regazo, Sally la contempló con satisfacción y, por un segundo, una imagen vino a su mente. Un recuerdo tal vez, pero en la imagen ella tenía la mirada hacia arriba, dos grandes pechos la abrigaban y, por encima de ellos, un rostro tan magnificente como el sol que la observaba. El recuerdo solo duró un segundo y se escapó de su mente antes de que tuviera tiempo de ubicarlo.

La niña se tomó casi todo el caldo y después se quedó dormida. Ya era de noche, así que decidieron quedarse en su escondite, donde nadie los podía molestar, y así pasar la noche. Sally no durmió, simplemente se quedó sentada contemplando a la niña que tan extraña y tan familiar al mismo tiempo le resultaba, balanceándose, intentando dormirla hasta que amaneció y sus compañeros de viaje se despertaron y decidieron continuar.

Hacia mediodía la niña volvía a estar desesperada, parecía querer más comida y no les quedaba más caldo. Al llegar a una de las aldeas, volvieron a repetir el mismo invento que el día anterior, y, mientras Sally se escondía, los otros dos fueron a mendigar comida para la niña y leche. Sally les dio el amuleto y les indicó que lo usaran si era preciso. Cuando volvieron, la niña estaba en un estado comatoso, con los ojos haciendo un extraño movimiento como si tuviera un ataque. Sally se incorporó.

—¿Qué le ha pasado? —gritó mientras cogía a la niña en sus brazos—. ¿Qué es lo que tiene?

Ante la sorpresa de Sally, Ka Ho y Siu Wong se echaron a reír:

—Leche, glup —dijo Siu Wong haciendo el gesto de mamar con los labios—, borracha.

—Hemos encontrado una mujer que le ha dado un poco de su leche. No mucha, tiene dos bebés para alimentar.

—¡Ah! —dijo Sally con alivio—. Le disteis el amuleto.

—No, lo hizo por la niña —respondió Ka Ho con una sonrisa. Sally le devolvió la sonrisa. Por primera vez, y contrariamente a todo lo que le había enseñado Theodore, Sally creyó que, después de todo, el amuleto los estaba protegiendo.

El resto del viaje fue un duro trayecto lleno de hambre y preocupación. Sally optó por no preguntar cuánto quedaba para llegar a su destino en la costa y concentrarse únicamente en la pequeña. En un par de aldeas más consiguieron que les dieran caldo de vegetales o de arroz y tuvieron que pararse continuamente para cambiar a la niña, quien parecía haber entrado en un nuevo estado, más saludable, pero mucho más sucio. Sally no paró de destrozar su vestido para poder hacer pañales improvisados para la cría. En cada río o alberca se paraban, cambiaban a la niña y lavaban los trapos sucios. Siu Wong se los ponía encima de la cabeza para secarlos al sol. Sally no podía evitar reír al ver al chico encima del caballo, con pose solemne y trapos machados de verde y marrón mostaza sobre su pelo negro. Sally, a su vez, tenía su vestido hecho trizas. Su aspecto era totalmente indecente, pero no le importaba, ya que en lo único en lo que pensaba era en llegar a Hong Kong con la niña viva. A pesar de ello, no pudo evitar sentirse incómoda al pillar a Ka Ho mirando sus tobillos en un par de ocasiones.

Cuando por fin llegaron a la costa, se hacía de noche de nuevo. Sally y Siu Wong esperaron en la oscuridad mientras Ka Ho desaparecía tras una loma para ir a buscar una embarcación que los pudiera llevar de vuelta a la isla. La chica le había dado las monedas que le quedaban, el equivalente a una libra más o menos. Muchas veces, durante la noche, se preguntó si, Ka Ho, cansado de esta extraña aventura, desaparecería con el dinero y nunca volvería a buscarlos a la playa. Sally se consoló pensando que siempre podría usar el amuleto como pieza de intercambio y a Siu Wong como intermediario en la negociación para alquilar una barca. También se consoló pensando que Ka Ho probablemente volvería, aunque solo fuera para no contrariar a la temible Mistress Kwong. Mientras esperaba, Sally se paseó por la playa con la niña en sus brazos. El mar era una gran masa negra que reflectaba una luna casi llena. Hasta ahora Sally no había sabido qué decir a la niña. En dos días no le había hablado o cantado, ya que no sabía cómo hacerlo. Sin embargo, y sin saber por qué, le empezó a contar la historia del símbolo de la flor de loto. Paseando por la playa arriba y abajo, Sally intentó recordar las palabras de Madame Bourgeau y entonarlas como un cuento.

Hacia bien entrada la noche, Sally oyó una voz que la llamaba, pero miró por todos sitios sin poder ver a nadie. Llevaba días sin dormir y pensó, con desesperación, que quizás estaba perdiendo la cabeza. Después de un silencio prolongado que le hizo pensar que, efectivamente, estaba empezando a imaginar cosas, Sally volvió a oír la misma voz llamándola. Sin despertar a Siu Wong —quien yacía plácidamente a su lado—, la chica se puso a caminar por la playa. Cuando volvió a oír la voz, se dio cuenta de que provenía del mar, y, sintiéndose perdida, se aproximó a la orilla.

Con alivio comprobó que no se estaba volviendo loca. A pocos metros de ella emergía en la oscuridad una pequeña embarcación y dentro de ella había dos hombres. Uno de ellos era Ka Ho. Sally volvió para coger su inseparable bolso, y, metiéndose en el agua hasta la cintura, se subió a la embarcación con la niña plácidamente dormida. Ka Ho se encargó de llevar a Siu Wong a caballito. El crío apenas se despertó hasta que llegó a la embarcación, abrió los ojos, y, al comprobar que se encontraba a salvo en un bote, se volvió a dormir.

El barco olía a pescado, pero a Sally no le importaba. Solo desvió la mirada de la gran escena que se desplegaba a su alrededor para mirar a la niña, que se había despertado y chupaba el dedo de Sally con afición. El agua estaba calma y las luces del alba empezaron a iluminar el mar, llenándolo de destellos rojizos. Delante de ellos se iluminaba la isla de Hong Kong con soberbia belleza. Sally había llegado a esta isla en dos ocasiones, pero nunca hasta ahora le había parecido tan espectacular y hermosa.

El resto del viaje fue accidentado, pero pasó rápido. Al llegar a una zona donde solo vivían pescadores, tuvieron que volver a esperar hasta que Ka Ho consiguió que alguien los llevara a Victoria. Por suerte aún era temprano y, al entrar en la ciudad, no se toparon con nadie que los pudiera reconocer.

Cuanto más cerca de Aberdeen Hill se encontraban, Sally más parecía relajarse, hasta el punto que tuvo que hacer grandes esfuerzos para no dormirse en el carro. Luego llegaron a la casa, y los recibieron los perros y Mistress Kwong, a quien Sally no había visto correr tanto en su vida. Después de eso únicamente recordaba a la mujer tomando al bebé en brazos mientras hablaba en cantonés. Parecía que hubiera perdido la capacidad de hablar en inglés. Sally agradeció a Ka Ho toda la ayuda y le ofreció el amuleto como compensación extra, pero él se negó a tomarlo. Siu Wong corrió para buscar a Siu Kang y se fue a la cocina a comer.

Una vez dentro de la casa, Sally acabó de romper su maltrecho vestido, se limpió con un trapo sucio y se metió en la cama. Pero no se durmió; en su lugar, observó cómo Mistress Kwong limpiaba a la niña, la envolvía como si de una oruguita en su capullo se tratase y le daba un caldo de verduras. En ningún momento dejó de cantar. Observando en silencio, Sally deseó aprender a cantarle a una niña.

—La niña está muy débil. Tengo que llamar al médico.

—De acuerdo, pero tráigala aquí conmigo.

Mistress Kwong la miró sorprendida, pero, sin mostrar ninguna oposición, la acercó a Sally y se la dio. Sally se estiró de lado y la puso entre su costado y su axila, y con el brazo libre la abrazó.

En ningún momento preguntó por Zora. Intuía que no había tenido más remedio que coger el barco y marcharse a Singapur. Sally sabía que había perdido la oportunidad de irse con ella, pero no le importaba.

Porque Sally nunca cogió el barco en dirección a Singapur. En su lugar, concentró toda su atención en el bebé. Sin saber por qué, no se sentía cómoda en su habitación e hizo trasladar su cama y todas sus cosas al antiguo taller de Theodore. Mistress Kwong lo hizo sin rechistar e hizo también que los niños, con la ayuda de Ka Ho, desmontaran la cama y la trasladaran. Tardaron un par de días en preparar el taller, pero el sitio simplemente le pareció mucho más recogido, luminoso y apropiado. La gran casa solo se usaba para cocinar la comida o para usar la letrina. Sally ordenó a Mistress Kwong que todos ellos se trasladaran a dormir a la casa principal. Ninguno de ellos rechistó; después de todo, no querían dormir en la habitación donde Mei Ji se había quitado la vida.

Mistress Kwong hizo llamar a un médico chino. Después de mirarle los ojos, tocar sus ingles, menearla y mirarle el interior de la boca, el doctor Tsui concluyó:

—La niña era fuerte y tiene ganas de vivir, pero tiene graves carencias y necesita leche materna cuanto antes. ¿Tiene nombre?

—No —respondió Mistress Kwong—. Su madre no le dio nombre.

—Pues se la tiene que nombrar para que siga creciendo como persona. Si no se la nombra, ella pensará que no existe.

La idea planteada por el doctor parecía una locura, pero Sally entendió que, después de todo, el bebé necesitaba un nombre y no uno cualquiera. Entonces miró a la niña, que movía sus manitas y su boca mientras hacía unos ruiditos guturales que Sally no había oído nunca. Su carita era redonda, aunque tenía unas facciones pronunciadas y una mirada viva que Mistress Kwong decía que no había visto en muchos bebés recién nacidos. Sally se acordó entonces de la conversación que mantuvo con su padre a bordo del *Lady Mary Wood*, aquel día en que Theodore le dijo que la belleza de ese atardecer era lo que importaba. No era cualquier belleza, sino el valor de la vida y de las cosas hermosas. La belleza que te hace olvidar a gente como los Abbott, los problemas mundanos, y te hace concentrar en lo que realmente importa. Sally había contemplado ese tipo de belleza desde la barca que los llevó de Cantón a Hong Kong solo un par de días antes y lo contemplaba en el rostro del bebé que tenía en sus brazos.

—¿Cómo se dice «bella» en cantonés? —preguntó Sally.

—*Mei lai* —respondieron el médico y Mistress Kwong al mismo tiempo. La palabra era tan hermosa como su significado y los dos la pronunciaron alargando la «e» como si ascendiera de forma musical.

—Como su madre... *Meei* —intentó pronunciar Sally.

—*Meei* —respondió Mistress Kwong marcando la pronunciación correcta del nombre.

Sally lo repitió hasta que Mistress Kwong y el doctor Tsui se dieron por satisfechos.

—Muy bien, entonces. Ya lo tengo: Mei Theodora Pikce Evans —anunció Sally satisfecha.

—¿Evans? —preguntó el doctor sorprendido.

—Sí, Evans —respondió Sally.

—Mei Theodora Pikce Evans... ese no es un nombre para una niña... es un nombre ridículo —se quejó Mistress Kwong.

Sally notó, sin embargo, que a la vieja el nombre le había gustado.

En los días siguientes, Mistress Kwong se dedicó casi únicamente a buscar a una nodriza. Pero, extrañamente, Mei no quiso tomar leche de nadie. La niña mostraba mucha energía, pero cada día se la veía más delgadita; parecía no estar satisfecha o cómoda con ninguna de las soluciones que tanto Sally como Mistress Kwong le ofrecían. Ambas sabían que la niña era una luchadora, pero, cada vez que se dormía, Sally sentía pánico al pensar que quizá no se volviera a despertar.

Por ese motivo, Sally no dormía y se quedaba recostada, en un estado semiinconsciente, contemplando a Mei, dando gracias cada vez que la niña inhalaba y exhalaba aire. A veces le cantaba, otras simplemente lloraba en silencio, suplicándole que entendiera que debía comer para sobrevivir. Otras, quería gritarle para que la entendiera y obligarla a abrir la boca y tragar. Pero la niña miraba a su alrededor sin parecer verla y jugaba con sus manos como si se tratara de un viejo y huraño ministro. Sally empezó a pensar que era por su culpa. Mei necesitaba a su madre. El doctor Tsui le explicó que él creía que los niños reconocían para siempre el olor y la voz de la primera persona que los cogía y sabían instintivamente quién era la figura materna. Además, según la tradición china, un niño tenía un año cuando nacía. Ya se había formado como persona antes de nacer. Mei necesitaba a la dulce y amable Mei Ji. Pero eso no era posible. La pena por la muerte de su doncella le duraría toda la vida, pero la idea de perder a Mei se hacía completamente insoportable.

La tercera noche después de trasladarse al taller, Sally se rindió al sueño. En su último momento de consciencia, tomó a la niña y la acurrucó aún más contra su pecho desnudo. No sabía cuánto tiempo había dormido, si fueron cinco minutos o cinco horas. Lo primero que notó fue un fuerte dolor en el hombro izquierdo, sobre el que descansaba su cuerpo. Su brazo estaba dormido. Sally se movió ligeramente para poder aliviar el dolor y notó un ruidito que provenía de Mei. No era un gruñido o un llanto, era más bien un ruidito repetitivo casi inhumano. Lo siguiente que notó fue un frescor inusual en el pecho, concretamente en su pezón. Aunque Sally estaba sobresaltada, decidió mover la cabeza muy lentamente para no asustar a la niña. Al mirar se quedó completamente petrificada y un escalofrío recorrió su cuerpo. Mei se había enganchado a su pecho desnudo y parecía estar chupando su pezón. Sally tardó un instante en entender que la niña estaba mamando y en convencerse a sí misma de que estaba despierta y no estaba soñando. Sin moverse ni un milímetro, miró a su alrededor, y, con gran alivio, vio que Mistress Kwong estaba dormitando en la butaca del taller. La misma en la que Theodore había muerto. Sally la llamó:

—Tsss, Mistress Kwong. ¡Despierte! —susurró. Mei paró un momento, Sally aguantó la respiración, y el bebé continuó con su labor. Sin saber por qué, Sally decidió chasquear la lengua para despertar a la anciana. El chasquido pareció distraer menos a la niña y Sally lo repitió varias veces hasta que su *amah* se despertó.

—¡Mistress Kwong! —La mujer estaba agotada, así que miró hacia la cama con los ojos entreabiertos e intentó volverlos a cerrar. Pero Sally insistió hasta que la *amah*, diligentemente, se acercó a la cama—. Mire —dijo Sally señalando con los ojos. Mistress Kwong miró hacia el pecho y abrió los ojos como platos.

»¿Está...? ¿Está...? —susurró Sally sin atreverse a continuar.

—... mamando... —acabó la frase Mistress Kwong.

Sally se dijo a sí misma que no podía ser cierto. Pero las dos mujeres observaron en silencio y escucharon el ruidito que Mei hacía. No había otra explicación: Mei estaba tragando. La pequeña había chupado la tela empapada de caldo de zanahoria y había tomado sorbos de leche, pero hasta ahora Sally nunca la había visto tragar de esta manera. Sus labios se abrían y cerraban acompasados, su garganta acoplada a la curva del pecho se movía arriba y abajo y el ruido se repetía cada dos segundos. Mei estaba mamando.

—Pero... ¿cómo? —dijo Sally, y esto sacó a la niña de su estado hipnótico, quien se desenganchó del pezón y empezó a mover la boca con frustración. Del pezón de Sally no salía leche. En su lugar, un líquido transparente y espeso emergió de su pezón y se quedó colgando de este como si de una pequeña gota de rocío en la punta de una hoja se tratase. Mistress Kwong dejó ir un extraño grito y, sin pensar, alargó la mano y con la punta del dedo recogió el líquido y lo puso en la boca de Mei, quien chupó ávidamente.

—*Co jyu* —dijo Mistress Kwong con dulzura. La palabra resonó en la habitación como si en ella misma residiera el mismo valor mágico que había provocado este extraño milagro. Sin embargo, Sally seguía sin entender:

—¿*Co jyu?*

—Es el líquido que una madre da al bebé antes de sacar leche. Primero *co jyu* y luego leche. Es muy bueno, preciado... medicina para el bebé.

—¿Leche? ¿Le voy a dar leche?

Mistress Kwong sonrió y asintió mientras cogía a Mei por la nuca y, con cuidado, le guiaba su cabeza para ayudarla a encontrar de nuevo el pezón de Sally.

4

—Mistress Elliott está aquí —anunció Charlie.

—¿Mistress Elliott? —Sally alzó la mirada y miró a Charlie sorprendida.

—La misma, esa así toda estiradilla. Se ve que quiere verte. Parece que es urgente —dijo Charlie poniendo los ojos en blanco. Como buena católica, no le gustaban mucho las damas de la London Missionary Society—. Parece no estar muy contenta con el hecho de que tu cocinera abra la puerta —comentó Charlie alzando los brazos en el aire como signo de exasperación, antes de marcharse de nuevo a la casa principal.

Sally miró a la señora Kwong, sentada en su ya habitual butaca y cosiendo una camisita para Mei con una sonrisa, y añadió:

—Pues no sé qué va a pensar cuando vea esto —dijo Sally señalando al bebé mamando en sus brazos.

—O ve donde duermes, o donde duermen tus sirvientes —dijo Mistress Kwong sin dejar de coser.

Sally iba a añadir que a duras penas los consideraba sus sirvientes. Desde que Sally había traído a Mei y esta había pasado a ser su hija, todos los habitantes de Aberdeen Hill se habían convertido en una especie de peculiar familia. Charlie venía cada mañana con su hijo, el pequeño Carrick, quien se entretenía jugando en la cocina o siguiendo a Siu Kang y Siu Wong mientras su madre trabajaba. Cuando cocinaba, traía la comida al taller y todos comían juntos. Siu Wong y Siu Kang ayudaban en lo que podían, y, especialmente Siu Wong, se había tomado muy en serio el papel de «hombre de la casa». Incluso Ka Ho se dejaba caer de vez en cuando para ver a la niña y traer algo de fruta o de pescado. Mistress Kwong, por su parte, dedicaba todas sus horas a asistir a Sally con la niña. Desde el momento en que Mei empezó a mamar, decidió no parar. Cuando no dormía, se pasaba casi todo el tiempo de día y de noche mamando. Habiendo estado a las puertas de la inanición, la pequeña no quería dejar el tan apreciado elixir que los pechos de Sally le proporcionaban. Aunque en un principio la respuesta del cuerpo de Sally para salvar a su adoptada fue casi un milagro, en poco tiempo se convirtió en una ardua y casi infernal labor. Sally estaba continuamente sentada dando de mamar y la espalda le dolía tanto que Mistress Kwong le tenía que poner un ungüento, el mismo que le dio para calmar las picadas de mosquitos, en todos los músculos doloridos. Aunque tenía hambre constantemente y Charlie se encargaba de cocinar las comidas más sabrosas que era capaz de idear con un presupuesto limitado, Sally no dejaba de perder peso. Además, Mei no dormía durante más de tres horas seguidas y pronto Sally empezó a notar los efectos de la falta de sueño y el agotamiento. Era evidente que su cuerpo no estaba preparado para hacer el trabajo de una madre sin haber estado encinta primero, así que su piel, y sobre todo sus pezones, se resintieron durante semanas. Estaban agrietados y le sangraban constantemente. El dolor era constante, pero Mei no se daba por satisfecha y solo quería tomar la leche de su madre adoptiva. Sin la ayuda de Mistress Kwong, Sally no hubiera podido cuidar de la pequeña. La mujer se desvivía por lavarla, cambiarla y recomendar a Sally la mejor manera de cuidar al bebé. Por las mañanas, Mistress Kwong se encargaba de pasear y entretener a la niña para que Sally tuviera un par de horas de tranquilidad. En cuanto Mistress Kwong sacaba a Mei de la caseta, Sally cerraba los ojos y entraba en un sueño profundo. Con este ritmo, y sin preocuparse de lo que pasaba más allá de las puertas de Aberdeen Hill, habían pasado semanas.

—Mistress Elliott está aquí —anunció de nuevo Charlie señalando a su lado. Se apartó y la figura alargada de Mistress Elliott apareció por la puerta de la caseta. Al entrar, la mujer se quedó helada y, sin tan siquiera saludar, echó un vistazo al interior de la caseta. Al fondo se encontraba la cama que Sally había mandado instalar. Por encima de la cama había una tela que colgaba del techo y hacía las veces de red para los mosquitos y de separación de ambientes. Al lado de la cama había un par de mesitas donde se apiñaban libros e improvisados juguetes de madera que servían para entretener al bebé. La gran mesa que Theodore utilizaba como escritorio estaba colocada junto a la pared más alargada de la caseta y estaba repleta de los libros del difunto pintor, algunos dibujos y ropa de bebé. También era el lugar para cambiar a Mei o incluso para bañarla, usando una palangana de metal. El resto de la habitación comprendía unas cuantas mesitas más, un par de butacas colocadas estratégicamente al pie de la cama, y, junto a la mesa, los antiguos cuadros de Theodore y sus pinturas, apiñados cuidadosamente contra la pared opuesta a la del escritorio.

El lugar era uno de los más estrafalarios que Mistress Elliott había visto en su vida, pero era extremadamente acogedor y funcional. Cuando la mujer del clérigo acabó de repasar la habitación, detuvo su mirada en la cama donde Sally permanecía sentada con la niña en brazos.

—Sally... ¿estás bien? —dijo Mistress Elliott acercándose a la cama. Ahora no podía apartar la mirada de Mei y, a medida que entendía que el bebé estaba mamando del pecho de Sally, su cara se fue quedando más y más pálida. Henrietta Elliott se acercó a los pies de la cama sin atreverse a sentarse y buscando las palabras apropiadas para continuar.

»Había oído, había creído... —intentó la mujer sin saber exactamente qué palabras utilizar—. Sally, es esta...

—¿Mi hija? —preguntó Sally. Una parte de ella disfrutaba viendo a la estirada de su amiga completamente pasmada. También Mistress Kwong parecía estar interesada en la reacción de la mujer, ya que, por primera vez, había dejado de coser y observaba en silencio.

—Tu hija... —repitió Mistress Elliott, quien parecía que se iba a desmayar. Sally pidió a la señora Kwong que le diera un vaso de agua. Henrietta se lo bebió tan rápido como pudo y continuó—: Alguien en la London Missionary Society me dijo que había oído que habías enviado a tu cocinera al registro civil para inscribir a una niña... No me lo podía creer. Pero habías desaparecido durante seis meses, huido de la casa de los Abbott...

—¡Yo no hui!

—Sally —dijo Mistress Elliott con una seriedad cortante—, desapareces sin dejar rastro y durante el tiempo que te vas se oyen todo tipo de cosas sobre ti, luego vuelves pero no anuncias tu llegada a nadie... Nunca las creí y mira ahora. —Mistress Elliott señaló a la niña con una decepción agresiva. Sally empezaba a estar molesta. Ella era muy feliz con su vida en Aberdeen Hill sin tener que dar explicaciones a nadie fuera de los muros de aquella casa. Pero tenía en gran estima a Henrietta Elliott, a pesar de ser tan cristiana y beata.

—No sé lo que se está diciendo de mí en Hong Kong. Pero yo no hui. Simplemente los Abbott no me querían en su casa y me marché a Singapur a visitar a mi amiga Zora Stream.

—¿Simplemente? —dijo la mujer llena de indignación—. ¿Y la bastarda?

En ese momento, Sally miró a Mistress Kwong por un instante; necesitaba dejarle bien claro que ella se encargaría de esto. Con cuidado, aprovechó que la niña se había quedado dormida en su pecho, puso el dedo dentro de su boquita y la apartó de su pezón. Sin dejar de sostenerla, se abrochó el camisón y se puso bien el chal que llevaba sobre los hombros. Se acercó a Mistress Elliott y le señaló la cama para que se sentase en ella. Esta obedeció cándidamente, aunque en su cara todos los músculos presentaban una actitud grave. Con toda la delicadeza de la que fue capaz, Sally puso la niña en el regazo de la misionera. En un principio la sostuvo en sus brazos como si de un saco de patatas se tratase, miró a la niña plácidamente dormida, con sus labios medio abiertos, se relajó y la abrazó de forma más cariñosa. Sally se acordó entonces de que Mistress Elliott también era madre, pero había dejado a su hijo en Inglaterra para llevar a cabo su misión. Sostener otro bebé debía de ser para ella un recordatorio doloroso.

—Esta es Mei y no voy a tolerar que nadie la llame bastarda.

—Sally... ¿Qué pasó? Es... es mestiza... —dijo Henrietta de forma más dulce.

—Sí, pero no es mi hija; al menos mi hija de carne...
Es la hija de mi sirvienta, quien se quitó la vida después
de dar a luz. El padre es Jonathan Abbott.

—Pero, no puede ser... hace un momento le estabas
dando de mamar...

—Sí... es extraño, pero mi cuerpo tuvo una especie de
reacción y empezó a producir leche.

—No puede ser... Sally, si tú has hecho algo... —continuó la mujer.

—No ha hecho nada —interrumpió Mistress Kwong—.
Lo único que ha hecho es salvar a Mei del hombre que la
compró después de que su madre muriera. La niña es suya,
y no es una bastarda. ¿Cree que se parece a Sally?

Mistress Elliott miró a la niña y luego volvió a mirar
a Sally, y respondió:

—La verdad es que sí... —Las tres mujeres se rieron
al unísono y, por primera vez, la atmósfera del antiguo
taller de Theodore se relajó.

—No la hice yo. Te puedo asegurar que mi virtud está intacta.

—Lo que dicen de ti, Sally... Debes ir con cuidado.
—Mistress Elliott miró a su alrededor como si alguien
las estuviera oyendo y continuó—. Dicen que eras una
libertina, ¡que huiste de casa de los Abbott cuando te pillaron tonteando con un criado chino! Y que tu única
intención era conquistar a uno de los hermanos Abbott
para casarte por su dinero...

—No me lo puedo creer... —interrumpió Sally—. Después de todo lo que han hecho... ¿Me crees ahora?

—No tengo ninguna razón para creer que me mientes, pero... ¿Qué va a pensar la gente?

—¿La gente? ¿Qué gente? —interrumpió Charlie al
entrar en la habitación con un té y mantecados escoceses

que ella misma había preparado—. La gente que va a creer a los Abbott son todos de su círculo; corruptos y mujeres tontitas que solo se saben pavonear e ir a bailes. Seguramente su círculo de santurrones pretenciosos se les unirá, pero el resto de Hong Kong y todos los otros círculos sociales nos dejarán en paz. —Al acabar de decir esto, Charlie se sirvió el té, tomó una pastita y se sentó en la butaca que quedaba libre.

Henrietta Elliott se quedó estupefacta mirando a la cocinera de la casa no solo hablar con tanta desfachatez, sino, además, sentarse con las demás a charlar. Intentando no perder la compostura. Volvió a dirigirse a Sally mientras miraba a la niña. Mei aún dormía plácidamente en su regazo.

—Sea lo que fuere, no sé por qué intentas registrarla como tu hija... en la isla hay casas para niñas huérfanas como ella...

—¡Ni hablar! Mei es mi hija y la quiero reconocer como tal. He oído de muchos misioneros que han adoptado a criaturas en su familia. ¿Por qué yo no? Además, quiero volver a Inglaterra. Mei tiene ahora dos meses y estamos esperando a que mejore de salud. En cuanto sea lo suficientemente fuerte para un viaje en barco, me la llevaré conmigo. Pero para hacer tal cosa necesito registrarla.

—De acuerdo, pero dime. ¿Cómo vas a registrar a este bebé si ni siquiera estás casada? Sally... sé realista. No eres más que una huérfana viviendo sola en una casa y con una niña adoptiva que no es más que una mestiza... Has pensado tal vez en... ¿casarte? Con el dinero de los Evans puede que encuentres a un hombre dispuesto a casarse contigo... —Sally sabía que Henrietta solo quería ser útil, pero eso no hacía más que dar vueltas a un asunto del que Sally no quería saber nada.

—Henrietta... Yo... Nosotros... No tengo nada de dinero. Mi padre dejó todos nuestros asuntos a un señor llamado Hampton. Al morir mi padre, contactó conmigo a través de cartas; le envié una no hace mucho, pero no he recibido respuesta. Le he escrito en varias ocasiones en los dos meses que han pasado desde que llegué de Singapur. Tampoco he recibido cartas ni de mi ama de llaves en Bristol ni de otras amistades. Así que yo y todos los que vivimos en esta casa nos mantenemos con el poco dinero que tenemos. Si no puedo solucionar estos asuntos, ni siquiera voy a poder pagar el pasaje de vuelta. De todas formas, un viaje tan largo sería peligroso para Mei; no quiero volver a Inglaterra hasta que ella haya crecido lo suficiente. Estamos atrapadas en Hong Kong.

Un silencio demoledor invadió la caseta. Mistress Kwong parecía reflexionar en silencio. Aunque muchas de las cosas defendidas o planteadas por Sally iban en contra de sus principios, Mistress Elliott no pudo evitar creer en la chica y sentir pena por ella.

—Además, hay algo que tengo que hacer antes de marcharme y no he hecho hasta ahora porque casi toda mi atención ha estado concentrada en esta pequeña. Confío en tu discreción. —Sally se acercó de nuevo a Mistress Elliott y retomó la niña en sus brazos—. Debo hablar con Mister Turner, el periodista.

—¿Turner? —Era evidente que Henrietta se estaba reprimiendo las ganas de preguntar por qué quería ver al periodista. Así que se limitó a añadir—: Sally, querida, Mister Turner fue preso hace un par de semanas. Estará en la cárcel durante un par de años.

Más allá de los muros de entrada de Aberdeen Hill, el mundo había seguido girando durante los dos meses en los que Sally se había autoaislado en su pequeña burbuja con Mei. Hong Kong no solo hervía con los rumores sobre ella, sino que, además, el grupo compuesto por Abbott, Kendall y Palmer se habían apuntado un tanto al conseguir que Turner fuera acusado de difamación y calumnias, y encarcelado casi inmediatamente. Sally tenía que encontrar la manera de llegar a él. Si iba a la cárcel a visitarlo, no haría más que levantar sospechas, y tampoco podía dirigirse al fiscal con conjeturas.

Durante días, Sally dio vueltas sin parar a las diferentes opciones que tenía. Finalmente concluyó, después de discutirlo todo con Mistress Kwong, que su mayor preocupación era Mei. Si podía esperar a que ella creciera, también podía esperar a que Turner saliera de la cárcel. Sally recordó entonces lo que Turner le había advertido antes de decirle adiós el día de su conversación. En cuanto pensó en eso, Sally corrió hacia el cuadro tapado por una polvorienta sábana, y que todo este tiempo había estado presidiendo el que había sido el taller de su padre. Sally lo destapó y vio un lienzo de formas indefinidas e imágenes en desarrollo. Estaba decidido: Sally acabaría el cuadro.

Los meses de verano llegaron y con ellos las lentas lluvias. Así empezó el cuarto año de Sally en China. En el continente, las muertes iban en aumento debido a la sangrienta rebelión de los Taiping. En Hong Kong, la ciudad florecía con la expansión del comercio y la fuerte demanda de opio, y, en Aberdeen Hill, Mei crecía y empezaba a sentarse, a intentar gatear y a decir «mamá» cuando estaba enfadada. Los días eran largos siguiendo la rutina del bebé, pero Sally nunca había visto el tiempo escabullirse de forma tan rápida.

Cuando no estaba junto a Mei, Sally se dedicaba a trabajar en el cuadro del gobernador y a aprender cantonés. Había decidido que, si quería criar al bebé sin despojarlo de toda su herencia, ella misma debía empezar a aprender la lengua de esa isla, que, en contra de su voluntad, se había convertido en su hogar.

Mistress Kwong se había convertido no solo en una excelente cuidadora, sino también en una hábil y paciente maestra porque, aunque Sally había pasado gran parte de su infancia aprendiendo idiomas, nunca había tenido tantos problemas para entender la compleja estructura del chino. Su gramática era difícil por su falta de normas, y Sally tenía la sensación de que, si quería entender el funcionamiento del cantonés, debía aprehender su esencia y asumir su delicada sutileza. En cuanto al cantonés hablado, los sonidos y los tonos se le escapaban tanto como aquellos acordes que había intentado perfeccionar al violín. Entonar los fonemas era un arte fino y musical que llenaba a Sally de frustración. Sin embargo, si había algo para lo que Sally estaba preparada era para aprender a escribir. Los caracteres era lo que más fascinaba a la chica.

—Este símbolo representa una mujer embarazada, y este es su hijo —dijo la señora Kwong—. Los dos son caracteres por separado y juntos forman uno nuevo.

—Entonces, ¿estos dos caracteres juntos crean uno nuevo que significa «bueno»? ¡Lo oyes, Mei, tú y yo hacemos algo bueno! —exclamó Sally dirigiéndose a Mei, quien empezó a reír como si entendiera lo que decía su madre.

—Bueno... se refiere a un hijo varón, pero también lo puedes ver así si quieres —aclaró la maestra manteniendo una postura formal, aunque en ella había el atisbo de una sonrisa.

Sally le devolvió el gesto y observó durante unos segundos a su *amah*, quien había pasado de ser la extraña mujer que le daba miedo a ser la familia más cercana que había tenido desde la muerte de su padre. Cada día que pasaba era evidente que Mistress Kwong o *naai naai* —«abuela»—, como le habían comenzado a llamar cariñosamente, tenía unos conocimientos asombrosamente elevados de la lengua y su historia. Sally no había olvidado lo que Mistress Dunn le había dicho a su llegada a Hong Kong: la señora Kwong seguramente había sido mucho más que una criada y su aún elegante belleza, sus pies vendados y su educación denotaban no solo un gran pasado, sino también una triste historia. Sally quería saber más y muchas veces estaba cerca de reunir el suficiente coraje para preguntarle, pero siempre se echaba atrás. Si Mistress Kwong quería un día desvelar los secretos ocultos tras sus delicados y dolorosos pasos, Sally estaría ahí para escucharla. Mientras tanto, esperaría pacientemente.

Hasta que no empezó a aprender a escribir en chino, Sally no se había planteado que los aparentemente aleatorios trazos que formaban los preciosos ideogramas de la escritura china tenían un significado, un orden, una estructura y un movimiento que los llenaban de vida. Como en un puzle, las diferentes piezas conformadas por los delicados trazos creaban caracteres de significados básicos, y, combinados entre sí, creaban un nuevo carácter. A Sally le gustaba creer que cada carácter era una pintura, con su propia historia y personalidad, la puerta a un microcosmos encerrado en su propio significado.

—Cada uno de ellos corresponde a una sílaba —dijo Mistress Kwong señalando el pequeño carácter que Sally estaba intentando escribir—. No, así no; es un juego de la muñeca, un delicado movimiento en el ángulo preciso. Como una danza...

—O un combate... —balbució Sally.

—¿Disculpa?

—Esto me recuerda a mis clases de esgrima... —continuó Sally distraídamente, sin dejar de prestar atención a su dibujo. Sally pensó en la posición de guardia, tantas veces ensayada, en las indicaciones exageradamente apasionadas del conde y en el polvo áureo levantado por él y su padre mientras practicaban sus estoques. En el jardín donde practicaban no había reflejos dorados. Simplemente el ambiente saturado de blanco, la lánguida luz de la mañana de Victoria.

—¿Clases de esgrima? —repitió Mistress Kwong dándole su dedo a Mei para que lo mordiera. Mientras Sally estudiaba su clase, ella mantenía a la pequeña entretenida. De otra forma era imposible para Sally concentrarse en sus estudios.

—Sí... clases de esgrima. No sé por qué.

Sally se pasaba así las mañanas antes de ponerse a trabajar en la pintura. Se sentaba en el patio cuando no llovía, utilizando los viejos papeles de seda comprados por su padre. La chica practicaba una y otra vez. De cuclillas junto a ella estaban Siu Wong y Siu Kang. Sally había insistido en que los niños también aprendieran a escribir y los tres formaban así una extraña clase.

—¿*Hou bat hou?* —dijo Siu Kang enseñando el dibujo que había hecho en la arena del patio.

—¿Cómo va a estar bien? Parece más bien un murciélago estampado contra una pared —respondió Mistress Kwong con un gruñido y, dejando a Mei con Siu Wong, dirigió a su discípulo para mostrarle la mejor manera de escribir el carácter.

Cuando la clase acababa, todos comían juntos y, después de una siesta, volvían a las clases de inglés que impartía Sally a los niños. Por las tardes, Sally se dedicaba a la pintura. Nunca en su vida había estado tan ocupada, pero nunca había sido tan feliz. El cuadro del gobernador se le resistía. Intentar recomponer la idea de su padre para el paisaje se presentaba como un reto tan complejo como el de entender los caracteres chinos. Sabía que su padre estaba trabajando en un paisaje del puerto de Hong Kong. La bahía de Victoria plagada de barcos, el pico con la ciudad en su falda. Sally también intuía que su padre quería hacer algo majestuoso y, con algo de influencia de los paisajes chinos, atmosférico. La chica se pasaba horas mirando el cuadro intentando encontrar la manera de dar vida y acabar el último proyecto de su padre.

Pero pronto Sally tuvo otras cosas de las que preocuparse. En los meses que siguieron a la visita de Mistress Elliott, Sally tuvo que empezar a trabajar para mantener los gastos de la casa y pagar el salario de Charlie aceptando algunos encargos. En cuanto se propagó el rumor de que la hija del pintor estaba acabando el famoso cuadro del gobernador, le llegaron algunos encargos hechos por comerciantes de la ciudad, capitanes de barco y traficantes y sus esposas. Tal y como había indicado Charlie, a la mayoría de la gente ajena al círculo controlado por los Lockhart y los Abbott no le importaban tanto los rumores sobre Sally o, si le importaban, se había olvidado de ello. La sociedad de Hong Kong, a pesar de ser una colonia en rápida expansión, todavía era una comunidad relativamente pequeña que intentaba imitar las sólidas y angostas jerarquías de la tierra patria. Pero las libertades que una nueva sociedad brindaba también creaban nuevas oportunidades para grupos que florecían y convivían pacíficamente, aunque sin mucha relación entre ellos. Los nuevos ricos, por tanto, no siempre seguían las normas sociales impuestas por la aristocracia colonial; ellos asimismo eran en ocasiones familias que originariamente no tenían ningún poder, pero que en la colonia disfrutaban de un nuevo estatus brindado por sus triunfos mercantiles o diplomáticos.

No obstante, los encargos que recibió Sally eran retratos de pequeño formato y pronto el dinero empezó a escasear. Aun así, Sally ignoraba las cartas que Miss Field le enviaba suplicándole que volviera a Bristol, y solo le respondió para indicarle que intentara contactar ella con Sir Hampton o encontrar a alguien que le pudiera ayudar a solucionar los problemas con su herencia. Sally sabía que podían volver y vender la casa en cualquier momento, pero postergaba tal posibilidad pensando que, al fin y al cabo, ella y Mei y los demás eran felices en Hong Kong, y si volvía a Bristol y vendía la casa tal vez se quedara sin nada después de pagar a los deudores de su padre.

Por desgracia, las deudas de Sally en el mercado pronto fueron la comidilla de todo Hong Kong. Mistress Elliott había venido más de una vez a visitarla y con mirada desaprobadora recomendaba a Sally que intentara ser razonable, que debía encontrar un esposo y llevar a Mei a una de las buenas escuelas cristianas para niñas huérfanas. Sally había pensado en la opción de casarse, pero siempre se resistía a dar el paso. Los hombres que Mistress Elliott le recomendaba le parecían demasiado viejos, incultos, feos o sucios.

—Henrietta... No tengo ninguna obligación de casarme. Mei está registrada con mi nombre como protegida y el día que me case, podré adoptarla formalmente. Pero aquí, en Aberdeen Hill, hemos creado un hogar para todos nosotros. ¿Para qué estropearlo trayendo a alguien de fuera?

—Porque es nuestro deber como cristianos casarnos, y hacerlo por la Iglesia. —Henrietta decía esto con una sonrisa, pero no podía evitar sonar condescendiente. Sally dejó a Mei jugando en el suelo y se paseó por su habitación. Las puertas del taller daban al patio y la ligera brisa de la tarde entró dentro de la caseta—. Sally, tienes que escucharme... Debes hacer todo lo preciso para que no te quiten a Mei —insistió Henrietta esta vez con un tono más natural. Sally se paró en seco y miró a su amiga.

—No. ¡No pueden hacer eso!

—Claro que pueden... eres una mujer soltera, no tienes derechos y hasta que no tengas un tutor legal para ti y para la niña, Mei tampoco los tendrá. —Mistress Elliott se paró un momento—. Entiendo cómo te sientes. Desde que nos separamos de nuestro pequeño Harry, no pasa un día que no piense en él. Créeme. —Sally se volvió a sentar en la butaca y tomó a Mei en sus brazos. La pequeña estaba aprendiendo a estirar sus piernas y le encantaba hacer fuerza para ponerse de pie con la ayuda de su madre. Sally sonrió a Mei, quien tenía los mofletes rojos por el esfuerzo. Era evidente que la niña aprendería a caminar con facilidad. Esta era la primera vez que oía a Mistress Elliott mencionar el bebé que habían dejado en Inglaterra, y ahora que tenía a Mei no alcanzaba a entender qué tipo de misión podía separar a una madre de su hijo. Henrietta esperó a que Mei dejara de estirarse y hacer ruidos y continuó—: Así que entiendo que tal y como está la situación ahora es conveniente para ti. Pero no lo será a largo plazo. Cuando sea mayor, inscribe a Mei en nuestra escuela del London Missionary, así nosotros la podremos proteger. Y, por favor, intenta contraer matrimonio, aunque sea arreglado.

Sally suspiró y miró hacia el cuadro del gobernador.

—Necesito dinero. Dinero para mantener esta casa, volver a Inglaterra y poder elegir el marido que yo quiera. Si me caso ahora, sin nada que ofrecer, tanto yo como Mei estaremos a la merced de cualquiera que quiera aprovecharse de nuestra situación. —Mistress Elliott escuchó esto atentamente; era evidente que estaba sopesando todo lo que Sally había planteado.

—Tal vez yo tenga una solución —se oyó que alguien decía desde el patio. Ambas mujeres miraron hacia la puerta y vieron la inconfundible silueta de Mary Kendall acercándose hacia ellas—. Perdonad que me haya presentado sin avisar, simplemente he rodeado la casa y he venido aquí directamente.

Mary entró en la caseta y se dirigió adonde estaba Sally para hacer una carantoña a Mei. Desde que Sally había adoptado a Mei, Mary había ido algunos días a hacer compañía a la nueva mamá. Ella misma había tenido que adaptarse a una nueva situación cuando se casó y tuvo que cuidar a los hijos de su marido de un matrimonio anterior. Mary parecía sentir una gran empatía por Sally y se había autoerigido como protectora de la chica y tía adoptiva de Mei. Aunque las dos no habían llegado a ser íntimas, Sally siempre agradecía las visitas de esta mujer algo peculiar y de fuerte carácter.

—¿Una solución? —volvió al tema Henrietta—. ¿Le has encontrado un pretendiente?

—No, mucho mejor. Le he encontrado un trabajo —dijo con una sonrisa pícara—. Estuve pensando en las clases de inglés que das a tus criaditos y, bueno, he pensado que tal vez puedes abrir una escuela fundada por mi marido, es decir, por mí. Para dar clases a un grupito de niños y a sus madres.

—¿Un grupo de niños? ¿Qué grupo de niños? —respondió Henrietta algo indignada.

—Bueno, hay una serie de mujeres en esta ciudad...

—¡Mestizos! ¡Lo sabía! —interrumpió Mistress Elliott con un grito de indignación—. Quieres que Sally se encargue de abrir las puertas de Aberdeen Hill a un grupo de de...

—... ¿de bastardos? —acabó Sally con dureza—. Lo haré con mucho gusto, o te tengo que recordar que Mei puede ser considerada también una... —Sally no se atrevía a acabar la frase.

—Disculpa —dijo Henrietta mirando al suelo—. Es solo que ya tienes suficientes problemas; ya hay bastantes habladurías como para que abras una escuela para niños de *liaisons* indeseadas.

—Precisamente por las habladurías, precisamente porque la verdadera madre de Mei murió por culpa de una de estas *liaisons*, creo que es algo que me encantaría hacer.

—Exactamente —añadió Mary Kendall—. Yo tuve la fortuna de que formalicé la situación y, con mi querida conversión al cristianismo, también llegó un matrimonio con el que había sido mi amante. Pero, por más que ahora todos lo queramos olvidar —Mary dijo esto mirando a Henrietta con mucha intención—, no hay que obviar que yo fui una pecadora y que solo la suerte me diferencia de estas pobres mujeres sin oportunidades que han dado a luz a preciosos hijos de ojos rasgados y pelo rubio.

Todas miraron entonces a Mei. Con los meses, su pelo había crecido creando unas ondulaciones de color castaño oscuro que al sol se convertían en color miel. Aunque era evidente que tenía facciones propias de los orientales, su rostro había madurado y había pasado de ser un bebé a convertirse en lo que sería una niña hermosa de semblante dulce y lleno de personalidad. Cuando estaba junto a Sally, las dos morenas y con rasgos muy diferenciados de los ingleses, tenían algo tan parecido que las hacía fácilmente indentificables como madre e hija. Únicamente cuando uno se acercaba a ellas y se fijaba con atención sobresalían las evidentes diferencias entre ambas. Sally estaba orgullosa de saber que la niña parecía su hija natural, aunque esto no había hecho otra cosa que exacerbar los rumores sobre ellas.

—Bueno, ¿qué más novedades traes, querida? —dijo Henrietta deseosa de cambiar de tema.

—De hecho tengo una noticia. Es sobre los Abbott —prosiguió Mary mirando a Sally de reojo. La chica no había explicado lo que pasó en casa de la familia que la había acogido, pero era evidente que todas sabían que era un tema delicado. Sally alzó la vista de Mei y miró a su amiga intentando mantener la calma, aunque el corazón le había dado un vuelco—. Las noticias son sobre Peter Abbott.

—¿Peter? —No pudo evitar decir Sally. Mei había empezado a quejarse y quería bajar del regazo de su madre. Sally se limitó a cogerla con más fuerza—. Pero ¿no estaba en Calcuta?

—Esta mañana mi marido me ha dicho que había vuelto —aclaró Mary—. ¡Y que se va a casar con Mary Ann Lockhart!

Desde el momento en que Sally supo que Peter había vuelto a la isla, sintió que Hong Kong era un poquitín menos suyo. Hasta ahora su vida se había centrado en su casa y en Mei, y, aunque salían poco, se sentía más que distanciada de su pasado y, especialmente, de Peter. Tal vez esta era una de las razones por las que había intentado postergar su investigación sobre los Abbott, el cuadro del gobernador y su venganza. Ahora que su antiguo amado había regresado, el perímetro en el que se sentía a salvo y libre había empequeñecido. Normalmente evitaba salir de Aberdeen Hill para así no tener que encontrarse con la ya inevitable mirada curiosa o el cuchicheo desvergonzado de algunas personas, pero sabía que tarde o temprano tendría que salir, y que quizás entonces se toparía con Peter.

El reencuentro no tuvo lugar hasta al cabo de un par de meses de la visita de Mary Kendall y el anuncio del futuro enlace del joven Abbott. Sally había estado ocupada poniendo su improvisada escuela en marcha, donde había empezado a tener cuatro alumnos, niños y niñas, y sus madres, pero pronto el número fue creciendo. Mistress Kwong y Charlie se habían convertido en ayudantes magníficas y pronto Aberdeen Hill hirvió con risas de niños, conversaciones en cantonés, juegos y, en general, un caos bullicioso y entusiástico.

Las mujeres venían al atardecer cuando las labores en sus respectivas casas o en el campo finalizaban. Al principio, todas se mostraban algo tímidas y rezagadas; a algunas no les gustaba hablar con Sally y se dirigían directamente a Mary o a Mistress Kwong. Pero Sally empezó a utilizar el poco cantonés hablado que conseguía ser inteligible y pronto las mujeres se empezaron a sentir más cómodas con su profesora.

Sin embargo, las clases distaban mucho de ser como las de una escuela convencional. No era fácil intentar enseñar a niños de diferentes edades, que se distraían fácilmente o se refugiaban en sus madres cuando se cansaban. Conseguir llevar a cabo las lecciones o, incluso, hacer que los niños o sus madres hablaran en inglés, era un gran reto. No obstante, Sally era feliz en medio de toda esa algarabía y no le asustaba el trabajo. Estar rodeada de otras madres le abrió un nuevo mundo fuera del autoaislamiento que se había impuesto y, mejor aún, su cantonés mejoraba a pasos agigantados, ahora que tenía mucha gente con la que practicar. Pronto aprendió que la disciplina y el orden no eran algo que pudiera ser aplicado a su academia, y que la mejor manera de avanzar en su misión era crear pequeños grupos e impartir las lecciones de una forma distendida e informal.

La gran mayoría de las mujeres no podía venir a todas las clases. Algunas desistían completamente, pero, desde que Mary Kendall empezó a financiar el proyecto de Sally, muchas de las familias que empleaban a estas mujeres empezaron a aceptar que sus sirvientas fueran alumnas de la extraña escuela de Miss Evans. Otras madres y sus hijos no tenían adónde ir y utilizaban las clases como sitio para refugiarse y comer algo. Pronto muchas empezaron a pasar la noche en los antiguos cuartos para criadas. La casa era un caos y Charlie y Mistress Kwong se quejaban constantemente de la gran cantidad de trabajo que tenían. Pero a todos les gustaba que Aberdeen Hill se hubiera convertido en un refugio para tantos.

—¡Parece que tengamos un campamento de nómadas irlandeses en casa! —dijo Charlie con una media sonrisa, señalando un grupo de mujeres que se había puesto a cocinar en el jardín.

—Pues a mí me gusta —respondió Sally. Las dos se echaron a reír.

Tenían tanto trabajo que Sally tuvo que empezar a hacer alguno de los encargos para la escuela ella misma. Fue el día que salió a comprar telas para hacer unos nuevos vestiditos para los alumnos cuando se topó con Peter. Él estaba al lado de un palanquín, hablando animadamente con un caballero. Sally caminaba tan deprisa que no se dio cuenta hasta que pasó por su lado y oyó a Peter. Fue al oír la voz conocida, con todos sus matices metálicos, que Sally sintió que algo se paraba dentro de ella. Sin embargo, tuvo la fuerza suficiente para continuar caminando; si bien, después de recorrer unos pocos metros, oyó de nuevo la voz, que esta vez se dirigía a ella.

—¡Sally! ¡Miss Evans! —Sally no quería hacerlo, pero se volvió y se encontró con que Peter había corrido para alcanzarla.

—Hola, Mister Abbott —indicó Miss Sally haciendo una pequeña reverencia que más parecía un simple movimiento de cabeza, mientras intentaba no cerrar sus labios y relajar sus mejillas, sin hacer ningún esfuerzo por sonreír.

—Hola —dijo él sonriendo; era evidente que estaba nervioso, ya que no miraba a Sally directamente—. No sé si sabe que he vuelto de Calcuta y, bien, me he preguntado unas cuantas veces cómo estaba.

Sally esperó unos segundos e intentó buscar la respuesta más adecuada. En su cabeza, demasiadas cosas gritaban a la vez, deseosas de salir, ansiosas por ser dichas: «¿Que cómo estoy? ¡Qué te parece! ¿Cómo estoy? ¡Te fuiste sin más! Tu familia parece ser el centro de un loco complot que seguramente acabó con la vida de mi padre, e incluso tal vez con la de los Dunn. También sois responsables de que Ben tuviera que marcharse y que tuviera que dejarme. ¡Y ni siquiera sé dónde está! Aún no he podido hacer nada respecto a la muerte de Mei Ji. Estoy sola con una niña adoptada a la que tuve que rescatar en las tierras salvajes de Cantón... No sé dónde está el dinero de mi familia y, aunque no quiero irme de Hong Kong, porque en realidad estoy encontrando algo muy parecido a la felicidad, casi todo el mundo en esta ciudad cree que no soy más que una vulgar tarambana.» Sally tuvo que tragarse los pensamientos, porque sabía que si no se dominaba se echaría a llorar. Por suerte, y con los ojos aún secos, sonrió y dijo:

—Muy bien, estoy muy bien, Mister Abbott.

—Me alegro; he oído que ha recogido a una niñita china.

—Sí, en efecto —respondió Sally intentando adivinar en el rostro de Peter si él sabía que la cría era, en efecto, su sobrina—. He oído que usted se va a casar con Miss Mary Ann. Mis felicitaciones, hacen una pareja encantadora.

—Sí —dijo Peter sorprendido—. Estamos los dos muy ilusionados. Creo que estábamos predestinados desde hacía tiempo.

—Por supuesto —añadió Sally haciendo otra reverencia y un gesto para marcharse—. Por cierto —añadió parándose en seco—, ahora que ha regresado, haré mandar a su casa el anillo.

—¿Qué anillo? —dijo Peter—. ¡Ah! Por supuesto, *el anillo*; no se preocupe, fue un regalo y espero que lo conserve en honor de nuestra amistad. —Y, mirando alrededor, seguramente para comprobar que nadie conocido los veía, se acercó a Sally y agregó tuteándola con un tono cargado de falsa empatía y paternalismo—: He oído que estás en una situación... delicada, por así decirlo. —Y separándose de la joven, añadió—: Espero que todo mejore, siempre he querido lo mejor para usted, Miss Evans.

Sally simplemente sonrió, dijo gracias, hizo otra reverencia y se alejó. Procuró no caminar rápido e intentó que la rabia no la dominara; simplemente cerró los puños y se fue a la tienda más cercana a comprar las telas. Sin pensarlo demasiado, compró lo que necesitaba y volvió a Aberdeen Hill. Le dio un beso a Mei, que jugaba con su *naai naai* en el jardín, y se dirigió a toda prisa al taller. Dejó las telas, tomó el cuadro de su padre y lo tiró al suelo. Empezó a gritar y a emitir sonidos guturales, rabia que no emanaba de su corazón, sino de lo más profundo de su pecho. Chilló por la impotencia que sentía, por las palabras no dichas y los sentimientos no expresados. Pateó todo aquello que encontró a su alrededor pensando en las responsabilidades, las desilusiones de su nueva vida. Cuando acabó de golpear, dar patadas y gritar, focalizó su ira en el cuadro en el que estaba trabajando, tirado en el suelo y al que odiaba. En el lienzo, descaradamente incompleto, yacía la evidencia de la ausencia de su padre, de las historias inacabadas y de un futuro incierto. Tiró objetos contra el cuadro: pinceles, unos juguetes de Mei, un bote de tinta china, y un pequeño jarrón lleno de agua con limón. Aún jadeando, levantó un pequeño taburete para lanzarlo contra el lienzo, que yacía abandonado y mojado pero casi sin daños. Ese sería su golpe final. Levantó el taburete en el aire, pero se detuvo. Al principio no creía lo que veían sus ojos, así que se acercó al cuadro: solo en las zonas donde se había mojado con el agua del jarrón, habían emergido una especie de manchas negras. Entonces Sally recordó algo, dejó el taburete en el suelo y, aún con la respiración entrecortada, tomó un vaso que había encima de la estantería, donde quedaba un poco de agua de la que Sally bebía mientras amamantaba a Mei, y mojó el resto del cuadro. No apareció nada. Sally se sentó en el suelo y casi se echó a reír. Estaba a punto de levantarse, rendida, e ir a buscar a Mistress Kwong y Mei cuando una idea cruzó su cabeza:

—¡Limones!

Sally corrió a la cocina y pasó junto a ellas, que estaban en el jardín, en silencio, esperando a que Sally acabara de desfogarse. Sin decir nada, regresó de la cocina cargando limones y unas velas.

Primero con los dedos y luego vertiendo el agua con limón que había preparado, Sally humedeció el cuadro. A sus espaldas, en el umbral de la puerta, la señora Kwong observaba junto a Mei, que estaba acurrucada en sus brazos. Cuando el lienzo estuvo suficientemente mojado, encendió la vela y, a una distancia prudencial, dejó que la llama calentara la superficie.

Como por arte de magia, las manchas negras empezaron a formarse: Jonathan Abbott, *Ly Ee Moon*, El Fénix Dorado...

Sally empezó a reír. Levantó el lienzo y se lo mostró a Mistress Kwong:

—¡*Naai naai*, mire! —Sally rio con más fuerza—. Maldito cuadro del gobernador, maldito Theodore...

—*Mak zap*, tinta china —dijo la señora Kwong riendo. Mei empezó a reír también, aunque miraba a su madre y a su abuela con cara de confusión.

—Mágica *mak zap* —repitió Sally sin dejar de reír.

5

La voz de Kwong, sin ser delicada, era femenina y experta. Tenía embelesada a Mei, quien daba palmas, sonreía y movía el cuerpecito adelante y atrás.

—*Naai naai, ¡do dim! ¡do dim!* ¡Más! Más! —insistía Mei cuando su abuela dejaba de cantar.

—¿De qué habla la canción? —preguntó Sally.

—Es una canción popular. Habla de encontrar el amor verdadero. —Mistress Kwong ladeó la cabeza, dejó los ojos entrecerrados y empezó a traducir—: «En este mundo es ardua labor encontrar un amante de corazón leal; si alguna vez lo encuentro lo seguiré hasta la muerte.» Son palabras de una cortesana de una casa de entretenimiento. Las *sing song girls,* como las llamáis los ingleses. Es una vida difícil, la de estas chicas, entreteniendo a los huéspedes, a veces acostándose con ellos... Deseando enamorarse de un buen hombre, esperando con pasividad a que este decida pagar el rescate que las libere de un contrato... Y, aunque se encuentren por fin libres, no siempre quiere decir que les espere una buena vida. Con libertad o sin libertad, la desilusión es una buena amiga de estas mujeres.

—¿Rescate? —preguntó Sally. Ahora tenía a Mei en su regazo jugando con un trozo de tela. Sally quería saber más.

—Normalmente las cortesanas son mujeres que han sido vendidas a una de estas casas, las casas del distrito de las flores de humo, como se las llama en cantonés —cuando Mistress Kwong dijo esto último, pronunció el nombre despacio y con desprecio—. Normalmente son vendidas para saldar una deuda. Estar en una de estas casas quiere decir aprender el arte de tocar la pipa u otro instrumento, cantar y entretener, a veces más. —La señora Kwong miró de reojo a Mei, parecía que se quisiera asegurar de que su nieta adoptiva no entendía lo que decía—. En China, más que en Inglaterra, los matrimonios siempre son concertados por la familia. En tu país un hombre poderoso puede, a veces, escoger a su mujer, pero en China normalmente el hombre solo puede encontrar el verdadero placer en sus concubinas o en las cortesanas. Nuestras canciones están plagadas de historias de amores entre estas chicas y sus clientes, que las muestran anhelando el regreso de su hombre, soñando con el día en que por fin estarán juntos. Claro que muchas veces las promesas no se cumplen y los hombres nunca vuelven a por ellas.

Mistress Kwong ya no miraba a Sally, tenía la vista en algún punto lejano del jardín. Una lluvia fina, que recordaba a la de las tardes de otoño en Bristol, empezó a caer sobre ellas. Y no se movieron.

—¿Quién la vendió a usted, *naai naai*? —preguntó Sally con suavidad.

—Mi marido; le gustaba demasiado el opio y el juego —respondió ella casi automáticamente—. Me vendió con la promesa de comprarme de nuevo cuando recuperara el dinero. Pero cuando finalmente tuvo el suficiente, compró una esposa que le dio un hijo varón. Al cabo de un tiempo se casó con una segunda esposa más joven que también le había dado un hijo. Para entonces yo no le servía. Había envejecido y me habían tocado demasiados hombres. Además, jamás me perdonó que solo le pudiera dar una hija.

—¿Una hija? —Sally miró a la anciana y vio su esbelta figura de bambú y sintió que nunca había querido tanto a alguien que no fuera su padre, Mei o Mistress Kwong—. Tiene una hija...

—Sí, su nombre es Fa Ye; tenía un añito cuando me vendieron a la casa. En ese momento algo se rompió dentro de mí y nunca ha dejado de doler. Intenté encontrarla cuando me liberaron, pero no me quería ver. Se pasó la infancia haciendo de criada para las esposas y los hijos de su padre. Le explicaron que yo había traído la desgracia sobre ella y la familia. No me quiso creer cuando le expliqué lo que realmente pasó. ¡Una chica tan bonita! Por suerte, su padre consiguió casarla bien. Era la primera esposa de un hombre con dinero, un funcionario de provincias. Parecía feliz aunque estaba llena de odio. Al menos estaba bien y a salvo, eso es lo más importante.

Sally entendió lo que Mistress Kwong decía y miró a Mei. Hasta ahora Sally había sobrevivido a la separación de Ben, a la muerte de sus padres y al maltrato de Peter. Sin embargo, si algo le pasara a Mei, nunca podría vivir de la misma manera.

—En la casa me enamoré de un hombre. Un comerciante inglés. Por él aprendí inglés. Él me traía libros y me enseñaba el idioma. Me hacía pasar exámenes. ¡Quería que mi inglés fuera perfecto! —Mistress Kwong dejó escapar una carcajada sonora y vibrante que Sally oía por primera vez. Era un sonido propio de una mujer más joven, el eco de un tiempo pasado—. Yo le amaba... Pero un día simplemente dejó de venir. Fue el padre de Mister Williams, el padre del propietario de Aberdeen Hill, quien pagó el rescate por mí. ¡Quería casarse conmigo el muy tontorrón! Por supuesto que él ya tenía una esposa inglesa. Así que me propuso venir a vivir a Aberdeen Hill como su amante... cuando murió hizo prometer a su hijo que no me echarían. Pero este cumplió la promesa a medias; pude quedarme en la casa, pero, a cambio, me convirtió en una sirvienta... y yo ya no podía hacer nada más... ¿Adónde iba a ir?

—«Viene con la casa.» —Sally repitió pensativa las palabras de Cox cuando les presentó a la insolente Mistress Kwong—. ¡Ahora lo entiendo! *Naai naai*, usted no venía con esta casa... ¡Usted era la señora de Aberdeen Hill!

—Yo puse nombre a la casa... Hace casi veinte años. Ahora sé que es un nombre inusual, pero en aquel momento me pareció adecuado. —Es todo lo que dijo, con una sonrisa tímida.

Con su hijita aún en brazos, Sally se levantó y se acercó a Mistress Kwong. Puso a Mei en su regazo. Primero la mujer pareció sobresaltada y Sally la rodeó con torpeza y algo incómoda. Cuando Mistress Kwong se relajó, abrazó a su vez a Sally y empezó a llorar de forma callada, pero intensa. Sally la acarició con cariño y las dos lloraron lentamente. Era el llanto que salía de lugares escondidos, de historias nunca explicadas y personas perdidas. Mei las miró con preocupación durante unos segundos y les pasó la manita por encima. Sin dejar de abrazar a Mistress Kwong, Sally alargó la mano para tocar el rostro de la niña. Mei sonrió, empezó a dar palmas y pidió otra canción.

—¿Está Lucy Turner? —preguntó Sally a la anciana criada que le abrió la puerta.

—¿Quién es usted? ¿Quién la busca? —dijo la mujer con un fuerte acento de Manchester.

—Soy Miss Salomé Evans de Aberdeen Hill. Vengo a visitarla y a preguntar por su salud.

—¿Usted es la hija del pintor? —dijo la mujer echándole un buen vistazo de arriba abajo—. ¿La descarriada?

—La misma —respondió Sally con una sonrisa; sabía que la intención de la mujer no era ofender sino más bien informarse.

—Pase —masculló la mujer haciéndose a un lado.

Sally entró en la casa, de un tamaño modesto pero muy cómoda; a Sally le gustó la decoración sencilla, todo estaba ordenado y limpio, un ambiente muy acogedor.

Aunque Turner recibía las simpatías de muchos de los habitantes de Hong Kong, su mujer había caído en una especie de vacío social como solo los contagiados por una enfermedad incurable solían recibir. Charlie le había contado lo que le pasaba a la pobre esposa del periodista y Sally decidió visitarla. Además, debía obtener información de primera mano sobre Turner sin levantar sospechas de la administración.

La anciana, quien no se presentó en ningún momento, la condujo hasta la parte posterior de la casa donde estaba situada la cocina. Había una chica no mucho mayor que Sally, cocinando algo, y en el suelo una niña de grandes ojos azules jugaba con un caballito de madera.

—Hija, Miss Salomé Evans está aquí para verte —la presentó la mujer intentando poner algo de pomposidad al decir su nombre, para luego abandonar la habitación.

La niña dejó de moverse, y, sin soltar el caballito, la

miró con sus profundos ojos azulados. Lucy se apresuró a limpiarse las manos mientras se excusaba:

—Lo siento, no tendríamos que haberla recibido de esta manera. Deje que la acompañe a la sala de estar.

—No hace falta. Me gustan las cocinas —dijo Sally sentándose en una de las sillas que había junto a una gran mesa situada en medio de la cocina—. Perdone mi intromisión, pero pasaba por su calle y quería entrar a saludar para preguntar cómo se encontraba usted y su hija. ¿Stella, verdad? Y su marido, por supuesto.

—Nosotras estamos bien y William goza de buena salud, pero, naturalmente, la cárcel es la cárcel. Nos echa de menos y nosotras a él. —Lucy se dirigió hacia su hija y la tomó en brazos, como si la quisiera proteger de esas palabras. Se sentó con ella y la acurrucó hasta dormirla. Se sorprendió al ver la respuesta tan locuaz y carente de innecesaria autocomplacencia de Lucy. Eso le gustó. Aunque no se arrepentía de ninguna de las decisiones que había tomado, muchas veces Sally echaba de menos su antigua vida en donde casarse no solo era una opción, sino que, además, era la mayor de sus preocupaciones. A menudo se imaginaba cómo serían las cosas si Theodore nunca hubiera muerto, si ellos nunca hubieran vivido en Hong Kong. Pero en esos momentos descubría que de ser así nunca habría conocido a Mei. Ella sería una persona completamente diferente y su hija ni tan siquiera habría existido para ella. Y era entonces cuando se alegraba de lo sucedido, de las decisiones tomadas y de la vida que había emprendido. La entereza de Lucy la reconfortaba.

Durante un rato observó cómo Stella se dormía en los brazos de su madre y luego añadió:

—Siento mucho todo por lo que está pasando. ¿Le dejan visitarlo?

—En muy raras ocasiones, y creo que a veces le deprime más que otra cosa. Tampoco puedo llevar a Stella, no sea que se contagie de algo. Cuando por fin salga mi marido, Stella tendrá dos años y medio y no recordará a su padre.

—Lo siento mucho. —Es todo lo que Sally alcanzó a decir. Pero Lucy no buscaba compasión, simplemente hablaba como quien informa de un hecho. Sally se dio cuenta de que su nueva conocida llevaba mucho tiempo llorando y sufriendo por su situación y que no le gustaba estar triste delante de su hija.

—Simplemente no entiendo por qué le han atacado de una forma tan cruel. Entiendo que intentara destapar casos de corrupción, y que eso levantara ampollas. Todas las colonias tienen estos problemas, pero sentenciarlo de esta manera... —siguió Lucy.

Sally se quedó en silencio pensando en que en todo este tema había muchas más cosas encerradas, aparte de asesinatos. Si Abbott estaba detrás del robo que tuvo lugar en Aberdeen Hill, también podía haber sido el causante de la muerte de Mister y Mistress Dunn, e incluso el causante de otros crímenes o actos delictivos.

Del oficio de pintor, Sally había aprendido algo tan valioso como la paciencia, una de las mayores virtudes necesarias para conseguir una obra perfecta. En el año que siguió al descubrimiento de los mensajes ocultos en el lienzo del gobernador, destapados con agua de limón y el calor pausado de quien busca la verdad, Sally siguió con su vida, esperando a que Turner saliera de prisión. Durante este tiempo, Mei dejó de mamar y empezó a correr siguiendo a Siu Kang, a Siu Wong y a los perros de la casa. A Siu Kang le encantaba hacer enfadar a Mei, quien se enfurecía con facilidad. Siu Wong se unía a la broma, pero si Mei se enfadaba demasiado, Siu Wong la defendía:

—¡No hagas enfadar a Mei! —decía con seriedad—. Se trata de mi futura esposa...

La niña pronto empezó a decir algunas palabras e incluso algunas frases enteras en inglés y en cantonés. Justo después de las celebraciones del año nuevo chino, Mei cumplió dos años.

En todo este tiempo, Sally guardó el lienzo original, con las anotaciones ya visibles en tinta china, en un sitio seguro. Sally sabía que lo más importante para su padre no residía en el paisaje, sino en su mensaje oculto. Así que, despojada de la presión por acabar la obra que había iniciado el pintor, en solo unas pocas semanas empezó y finalizó un imponente cuadro de la bahía de Victoria. El cuadro era algo totalmente diferente a lo que Theodore tenía en mente, pero Sally encontró la composición y los colores para el nuevo paisaje en los recuerdos de su primera visión de la bahía desde la cubierta del *Lady Mary Wood*. El gobernador se quedó extasiado al ver su encargo finalizado, después de todo ese tiempo, y entregó a Sally un generoso pago que resolvió parte de sus problemas financieros.

Ese dinero había llegado en un momento perfecto, porque en todo este tiempo no había recibido ni una sola respuesta de Sir Hampton. De hecho, Sally apenas recibió correspondencia, y cuando vio que tampoco tenía noticias del abogado de su familia, Sally empezó a contactar con todos los antiguos amigos de su padre y algunas de sus amigas, que sabía que estarían deseosos de poder ayudarla. Madame Bourgeau, Caroline, Brunel... pero en todo ese tiempo no recibió ni una carta. Incluso las de Zora y Miss Field dejaron de llegar. Ahora que sabía con certeza que su padre era inocente, Sally empezó a enviar cartas preguntando por Ben. A su antiguo regimiento, a su compañía e incluso intentó enviar cartas a los King, de quienes Mister Elliott le había hablado. Pero nunca le llegó respuesta de ninguna de ellas. Sally se quejó con insistencia en la oficina de correos de Victoria, pero los oficinistas le daban largas o la trataban como a una lunática. Sally empezó a sentir que no existía nada más allá de la isla de Hong Kong y las colinas de Kowloon.

Los funcionarios de correos no eran los únicos que trataban a Sally como una indeseable. No podía salir a la calle sin que todas las miradas apuntaran a ella. Si se encontraba con viejas amigas del grupo que había compartido con las mujeres Abbott, la ignoraban o, peor aún, la miraban con desdén. Incluso Harriet la miró con asco cuando se encontraron un día cerca del Cottage. En muchas tiendas no le daban crédito y si tenía dinero a veces se negaban a atenderla o a reservarle productos. Por suerte, en Victoria coexistían muchas sociedades y Sally pronto empezó a frecuentar solo negocios llevados por propietarios chinos. Su dominio de la lengua le ayudaba a conseguir buenos precios y, mientras tuviera reales, a los propietarios de estos negocios no les importaba su condición social o marital.

Sin embargo, Sally no siempre podía deshacerse de ciertas imposiciones sociales. Con frecuencia, algunos miembros de la London Missionary Society se presentaban en su casa con la excusa de inspeccionar sus clases e intentaban convencerla para que diera a Mei a la escuela de huérfanas chinas o para que se casara, como era de buen proceder para una joven cristiana. Sally escuchaba atentamente, sin dejar de sonreír y, tal como había aprendido viviendo con los Abbott, fingía un interés considerado y daba largas cargadas de magistral sutileza. Peor aún era cuando la guardia se presentaba en su casa para inspeccionar lo que hacían en Aberdeen Hill.

—Tantas mujeres juntas, sin estar casadas y sin supervisión... —decían mientras miraban alrededor con sospecha.

—Esta escuela está subvencionada por Mister Kendall —decía Sally, quien, aunque consideraba a Kendall alguien cercano a Abbott y, por tanto, alguien indeseable, su nombre había sido durante todo este tiempo una garantía de continuidad para su escuela.

—Bueno, hemos oído que más bien es un capricho de su mujer —decían los policías de forma burlona.

Sally aprendió pronto que debía tomar todas las precauciones necesarias. Así que algunos vendedores callejeros corrían a alertarlos cuando la guardia se paseaba por el barrio. Entonces, todos se apresuraban para hacer de Aberdeen Hill una casa apropiada, con criados que no dormían en las habitaciones principales, amos que no comían con sus cocineras y, si podía ser, se organizaba una visita de Mister Elliott a la casa para demostrar que la mansión, en efecto, recibía la instrucción de una figura masculina de autoridad. Al pobre Mister Elliott no le gustaba mentir a la guardia, pero tanto él como su esposa creían que Aberdeen Hill, y sus extraños habitantes, podía ser un buen lugar para llegar a más almas perdidas.

A pesar de todo, Sally era feliz. Aberdeen Hill se había consolidado como escuela para niños y madres pobres donde no solo los hijos ilegítimos eran bienvenidos. Todos aquellos que pudieran atender una clase o quisieran pasar un rato tenían un lugar en casa de Mistress Kwong y Sally. Pronto tuvieron que aceptar la ayuda de gente externa para poder seguir adelante. Mary Kendall ayudaba con las clases de escritura, Charlie había empezado a cuidar de los niños mientras algunas madres trabajaban y, aunque menos populares, Mistress Elliott impartía clases sobre la Biblia, a las cuales Sally solo había accedido para conservar la buena imagen que querían proyectar.

Quien también venía a menudo a ayudar era Ka Ho. Reparaba juguetes rotos o hacía encargos para la casa. Al ver las caras de algunas de sus alumnas y escuchar sus comentarios, Sally se dio cuenta de que su amigo era considerado un hombre bello y fornido. Era cierto que era más alto que muchos de los hombres chinos que había visto, pero Sally llevaba mucho tiempo sin plantearse si un hombre era atractivo o no. Al cabo de un tiempo, se hizo evidente que Ka Ho la observaba con la misma mirada con la que había echado el ojo a sus tobillos desnudos, dos años antes, durante el viaje de regreso tras rescatar a Mei, y aunque un hombre chino mirando de esta forma a una joven inglesa era considerado una aberración, Sally no podía evitar ruborizarse un poco cada vez que lo pillaba.

—Gracias, Ka Ho, por traernos estos sacos hasta la cocina —dijo un día Sally. Ka Ho estaba ayudando con gran esmero, ya que tenían que organizar una gran comida—. ¿No tienes trabajo en el puerto hoy?

—No... no mucho trabajo hoy. Además, quiero ver a la pequeña Mei.

—¿Ver a la pequeña Mei? —comentó Charlie con toda su pasión irlandesa en cuanto Ka Ho salió de la cocina—. ¡Este viene a verte a ti!

—Eso no es asunto nuestro —interrumpió Mistress Kwong con autoridad, entrando en la cocina junto a Henrietta Elliott.

—¿Ka Ho está intentando cortejar a Sally? —dijo poniéndose la mano en el pecho.

—¿Y por qué no? —dijo Sally en tono de broma, si bien intentaba disimular su rubor.

—Eso, ¿por qué no? ¿No se casó Kendall con Mary? ¿Por qué no se va a casar Sally con un chino que trabaja en el puerto, eh?

Todas se rieron al unísono, incluida Mistress Kwong. Sin embargo, Sally no pudo evitar pensar que, en el fondo, Ka Ho le parecía mucho mejor candidato que cualquiera de los que Henrietta le había propuesto.

Al cabo de poco tiempo, también Lucy Turner empezó a ayudar en la escuela. Sally sabía que estaba provocando la ira de Kendall al acoger a Lucy, pero, mientras a Mary no le importara, Sally no quería pensar en él.

Con los meses, Sally y Lucy se hicieron amigas. Pronto las dos descubrieron que habían crecido en un entorno lleno de intelectuales algo excéntricos. Lucy era la hija de un importante dramaturgo, Cecil McMahon, y su madre, Jane, había sido una actriz brillante, aunque, en sus años de soltera, había sido la protagonista de más de un escándalo.

Muchas veces, al atardecer, cuando la casa se quedaba tranquila y los críos dormían, se sentaban en el porche con los pies en alto a beber el té junto a Mistress Kwong y Charlie. Una tarde estaban todas charlando cuando llegó Charlie.

—Ha pasado algo muy extraño —dijo Charlie sentándose junto a Lucy y Sally—. Un chico que parecía un *coolie* y que hablaba inglés con acento americano me ha abordado en el mercado y me ha preguntado si yo era tu cocinera. Yo le he dicho que lo había sido y que ahora llevo la administración de la escuela de Miss Salomé

Evans en Aberdeen Hill —aclaró la chica—. Total, el chico se ha sorprendido al oír esto de la escuela. Va y me dice: «¿Escuela?» Y yo le digo: «Sí, escuela... Pero ¿cuánto tiempo llevas fuera de Hong Kong, muchacho?» Si este chico te conoce lo suficiente como para saber que yo soy tu cocinera, tendría que saber que también enseñas, ¿no? Total, el chico ha dicho que solo estaba de paso y que no era de Hong Kong. Así que le he empezado a decir que por qué quería preguntarme por ti, que qué sabía sobre ti. Pero el chico ha balbucido algo y se ha alejado corriendo... ¡Todo muy extraño!

—En efecto —exclamó Lucy.

—¡No entiendo por qué alguien querría saber nada sobre nosotras! —reiteró Charlie mirando a Sally. Pero esta se había quedado en silencio y pensativa. Si bien solo Mistress Kwong estaba al tanto de los extraños acontecimientos que rodeaban el pasado de Sally en Hong Kong, desde que iniciara su amistad con Lucy se había planteado muchas veces si podía confiar en ella para confesarle sus intenciones para con los Abbott. Con los años, Charlie había demostrado ser una amiga fiel y fuera de lo común y Lucy tenía una presencia calmada y sensata que inspiraba inmediata confianza.

Sally notó que las dos mujeres la observaban con curiosidad y expectación. La chica miró entonces a Mistress Kwong, que en su silencio parecía leerle el pensamiento.

—Hay algo que tengo que explicaros y, Lucy, tienes que entender que no involucraré a tu marido en esto a menos que tú estés de acuerdo. Además, mi interés en tu bienestar y el de Stella es sincero. No quiero que pienses que os he estado utilizando.

Lucy hizo un gesto afirmativo y Sally empezó a relatar la historia de todo lo que había pasado. Sin planificarlo, empezó por el principio, por el día en que su padre entró en su despacho de Bristol y le anunció que se marcharían a Hong Kong. Desde ahí enlazó con sus ansias por encontrar un hogar y casarse y cómo fue una sorpresa cuando se dio cuenta de que su futuro marital no era la única razón por la que iban a Hong Kong. De Sir Hampton continuó con los Dunn, Ben, el robo, los Abbott y el hombre de la cicatriz en el pie... Tardó un buen rato en dar todos los detalles. A diferencia de cuando explicó la historia a Zora, esta vez no omitió ningún detalle sobre el comportamiento de Peter. Cuando acabó, su audiencia le mostró su asombro y comprensión. Lucy les habló de lo terrible que fue la detención de su marido y lo sola que se encontró en Hong Kong, las sospechas, las miradas de la gente. Charlie les explicó que estuvo a punto de casarse con un hombre que la pegaba antes de conocer a su marido David. Mistress Kwong no entró en detalles, pero simplemente contribuyó diciendo que la mayoría de los hombres eran unos bichos. Todas rieron y no fue hasta que se quedaron en silencio que Lucy dijo:

—William te ayudará. Estoy segura. Además, creo que debemos hacer algo contra este grupo de bastardos.

—¿Estás segura?

—Sí. ¿Cuáles eran los nombres que aparecían en el lienzo?

—Bueno, estaba el de Abbott, nombres que parecían de barco, *Arrow*, *Ly Ee Moon*, y otros nombres como El Fénix Dorado...

—Esas son casas de diversión... —dijo Mistress Kwong. Sin decir nada, se levantó y fue a buscar un papel donde había apuntado los nombres que aparecían en el lienzo. Algunos estaban incompletos, pero otros habían sido muy fáciles de identificar.

—¡Sí! —afirmó Lucy—. Creo que William estaba haciendo averiguaciones sobre las casas de entretenimiento que pertenecían a Kendall, a Abbott... Sitios donde hacían dinero a expensas de la prostitución y el opio.

—¿Y si los mensajes dan información de todos los negocios ilegales que tenían estas familias?

—Eso es lo que he estado pensando todo este tiempo.

—Pero también hay nombres de barcos... —recordó Lucy.

—Seguramente son barcos con cargamentos. De ahí la relación de información sobre kilos y precios en los libros de Abbott.

—¡Sí! Reconozco este nombre —continuó Lucy—. El *Ly Ee Moon* es un barco a vapor chino que transporta opio. Recuerdo ahora que mi marido me explicó que las autoridades chinas no ven con buenos ojos que los británicos estemos permitiendo que en barcos mercantes chinos que favorezcan nuestros intereses ondee la bandera británica para evitar que sean interceptados por las mismas autoridades chinas. ¡Algunos de ellos son barcos pirata!

—Yo también había oído hablar de ello. Pero ¿a quién iba a dar tu padre esa información? —preguntó Charlie.

—Si el cuadro era para el gobernador y este se lo querría dar como regalo al enviado del emperador comisionado Keying...

—¿A los chinos? ¿Por qué? —preguntaron Charlie y Lucy casi al unísono.

—Porque se acerca otra guerra —sentenció Mistress Kwong mirando al frente como si pudiera ver la amenaza más allá de los muros de Aberdeen Hill. Como si oliera el conflicto en el aire.

Todas se quedaron en silencio sin saber qué decir hasta que Charlie espetó:

—¿Cómo consiguió tu padre que la tinta se adhiriera a una tela?... En un papel puede ser..., pero ¿en un lienzo? —dijo la chica con curiosidad.

—No tengo ni idea —respondió Sally.

Sin decir nada a nadie e intentando no involucrar a Mistress Kwong o a Siu Wong, Sally empezó a reunir información. Le pidió a Ka Ho que preguntara por ahí si la gente sabía a quién pertenecían las casas de entretenimiento de la lista. Si alguien había oído hablar de esos barcos y, sobre todo, si alguien por los barrios de las flores de humo conocía al hombre de la cicatriz en el pie. Durante semanas, la única información que obtuvieron era la que ya conocían; que las casas de entretenimiento eran lugares de tráfico y otros negocios no oficiales y que los barcos eran sospechosos de llevar cargamentos ilegales vendidos a funcionarios corruptos chinos. Pero todo eran rumores evasivos. No había nombres, documentos, testigos directos...

No obstante, sabían de una persona que había trabajado para Mister Abbott: el hombre de la cicatriz en el pie. Debían encontrar al pirata que entró en robar a Aberdeen Hill. Para ello, Sally podía esperar a que Turner estuviera en condiciones de ayudarla, pero no quería poner todo el peso de la investigación sobre un hombre cansado y abatido que hacía pocos días que había salido de prisión. Si conseguían averiguar el nombre de aquel que había trabajado para Mister Abbott, o incluso entregárselo al fiscal, tendrían por fin una prueba. Ahora que tenía el apoyo de sus amigas, que no estaba sola con una anciana y un bebé, se sentía capaz de cualquier cosa.

Sin embargo, tenía que actuar rápido. La guardia venía cada vez más asiduamente y muchas de sus alumnas habían dejado de asistir a la escuela presionadas por sus jefes. Un día, y sin previo aviso, Mary Kendall dejó de venir. Sally envió repetidas notas preguntando por su salud, pero no hubo respuesta. No fue hasta después de una semana que recibieron en Aberdeen Hill la visita de un criado. Era extraño que no entregara una nota, y que simplemente dijera como quien repite un discurso memorizado:

—Mistress Mary Kendall no va a venir más a su casa.

—¿Qué ha pasado? ¿Está bien Mary? —preguntó Sally con preocupación, aunque sabía que, dado el extraño comportamiento del criado y la forma en que la estaban informando, sucedía algo más.

—Sí, está bien. Mistress Mary Kendall no vendrá más —repitió el chico, quien no estaba preparado para ningún tipo de pregunta.

—Y... ¿el dinero? —preguntó Sally de forma retórica. Era evidente que acababan de perder a su único mecenas. Tenía que encontrar la manera de acabar con el monopolio y el control que ejercían en la ciudad los Abbott y el resto de sus familias amigas.

Una noche, Sally salió por su cuenta. Pensó que quizá podría identificar al hombre de la cicatriz en el pie. Nunca vio su cara, pero estaba segura de que podría recordar su voz. Había convencido a Ka Ho de que la acompañase y había mandado a Mistress Kwong que no hiciera preguntas y la ayudase a vestirse con un traje tradicional chino. La mujer aceptó a regañadientes e hizo un excelente trabajo en vestirla, alisarle el pelo con una plancha y ponerle un tocado con un pañuelo.

—Realmente pareces una flor de humo —dijo Mistress Kwong—. Pero ten cuidado. No hables. Tienes un acento terrible. Deja que Ka Ho te guíe.

Sally agradeció la información y de forma breve se despidió de Mistress Kwong. Mei ya hacía rato que dormía y Sally no quiso despertarla.

Acompañada de Ka Ho y abrigada por la oscuridad, se dirigieron a la zona este de la ciudad. Sally se sorprendió de que nadie les prestara atención y, cuando llegaron a la zona de los prostíbulos, se acercó lo más posible a Ka Ho esperando que nadie pudiera ver su rostro. Entre callejuelas, casas que emitían música, risas y gritos, se abría un nuevo Hong Kong al que Sally jamás había tenido acceso. Era un mundo que olía a licor, opio, jazmines y suciedad. Por la calle aparecían hombres, a veces acompañados de mujeres. Todos parecían ebrios. Ka Ho preguntó en la entrada de un par de casas. Su cantonés era un dialecto cargado de jerga que Sally no podía entender. Pero cada vez que lo oía, pedía con todo su corazón que Ka Ho fuese discreto. Vagaron durante un par de horas y, al final, Sally estaba ya agotada, y, sin ninguna vergüenza, empezó a apoyar casi todo su cuerpo en el de su amigo. Empezó a pensar que todo esto no era más que un intento desesperado por compensar su falta de iniciativa. Deambular por calles atestadas de vicio y peligro no serviría de nada.

—Volvamos a Aberdeen Hill. Gracias por ayudarme —dijo Sally. Era agradable estar tan cerca de Ka Ho.

Después de tanto tiempo, Sally había olvidado la calidez que se podía sentir con un abrazo y una mirada atractiva. Por un instante, los dos de pie, uno frente al otro, pensó que Ka Ho la iba a besar en los labios; sin embargo, algunos hombres salieron de un local y los dos se pusieron a caminar inmediatamente. Unos minutos después, Sally se dio cuenta de que alguien los seguía. Ka Ho también parecía estar al caso, porque empezó a caminar aún más rápido. La chica no quería volverse, no quería mirar atrás. Sin embargo, después de unos cuantos pasos, les empezaron a llamar la atención. Ka Ho le exigió:

—Camina más rápido.

—¡Eh! ¡Vosotros! —les llamaba la voz. Una voz familiar que transportó a Sally inmediatamente a los bajos de aquella cama llena de polvo donde se escondió de los ladrones de Aberdeen Hill.

Pronto les alcanzaron y, sin saber cómo, les rodearon. Había seis hombres, y no necesitaban presentarse para saber que ellos habían estado detrás del robo durante aquella noche en la que Theodore Evans murió. Esta vez, todos iban vestidos a la moda, con mallas de color blanco y zapatillas negras. No llevaban los pies desnudos ni zapatillas abiertas, así que Sally no podía ver la cicatriz, pero algo le decía que ese era el hombre que buscaba.

Ka Ho intentó torpemente ponerse delante de ella, como si eso pudiera parar el ataque de seis hombres. Nunca pensó que pondría a Ka Ho en peligro de esta manera y, cuando este la miró indicándole que era momento de correr, Sally intentó con solo un «lo siento» resumir todo lo que sentía. Todos empezaron una rápida discusión en cantonés de la que Sally solo pudo entender su nombre y el de Mister Abbott. Cuando los hombres se abalanzaron sobre ellos, Ka Ho la empujó con gran violencia para apartarla del camino y le gritó que echara a correr. Ella hizo lo que Ka Ho le había indicado, y, al cabo de unos metros, se dio cuenta de que nadie la seguía. Sally simplemente corrió oyendo detrás de sí muchas voces que se amontonaban. No veía nada y solo intuía su camino de regreso. Todo el tiempo pensó en Ka Ho y en Mei. No podía esperar llegar a Aberdeen Hill. Quería tener a su hija de nuevo en brazos y buscar una forma de salvar a Ka Ho. Sabía que no podían llamar a la guardia, pero Mistress Kwong sabría lo que tenían que hacer. Lo que no podía explicarse era por qué no la habían perseguido a ella.

Por desgracia, cuando llegó a Aberdeen Hill, en el jardín delantero había gente mucho más amenazadora que los piratas que los habían atacado. La guardia, que tantas veces había interrumpido durante el día, esperaba en el jardín. Delante de ellos solo estaban Mistress Kwong y Siu Wong, parados delante de la puerta de entrada.

—¿Qué hacen ustedes aquí? —les gritó Sally recuperando el aliento.

—Venimos a detenerla, señora —dijo uno de los policías, un hombre grandote que ya había venido un par de veces a Aberdeen Hill a inspeccionar el lugar. Todos parecían divertidos ante la imagen de Sally, blanca, sudada y vestida con ropa tradicional china.

—¿Qué? No, ustedes deben ir a la zona de los prostíbulos y ayudarme a encontrar a un amigo que está siendo atacado.

La única respuesta que le ofrecieron los policías fueron unas risas llenas de desprecio e incredulidad.

—Está más loca de lo que pensábamos, ¿no? —le dijo un policía más joven al otro gordo.

—Vamos, señorita, tiene que venir con nosotros —dijo el policía grandote acercándose a Sally.

—¡No! —gritó Mistress Kwong, pero uno de los policías ya se había acercado a ella también para cogerla por un brazo. Sally pensó en correr, pero no podía huir sin su hija. En ese momento se dio cuenta de que Mistress Kwong estaba llorando y la gravedad de la situación se mostró por primera vez. ¿Y si la encarcelaban?

—Dejadme decir adiós a mi hija —imploró Sally.

—¿A tu bastarda? —relinchó uno de ellos—. Ni lo sueñes...

Sally dejó que la rodearan y la empujaran hacia la portalada de la calle.

—Mira cómo va vestida... La muy puta seguro que estaba por ahí con sus chinos... —decía otro.

—¿Puedo al menos preguntar por qué me detienen? —dijo Sally caminando al frente. Sus piernas temblaban por el esfuerzo y el miedo e intentó no mirar atrás. Si veía a Mistress Kwong se desmoronaría.

—¿Por qué te detenemos? ¡Mira, Harris, lo que pregunta la loca esta! —se rio uno de ellos.

—A ver: conducta indecente, prostitución... —enumeró con gusto el policía gordo—, y los Abbott la han denunciado por robar un anillo que ha pertenecido a la familia durante generaciones.

Sally gastó toda la energía y la voz que le quedaban exigiendo que la dejaran ver al fiscal Dunskey. Lo repitió una y otra vez mientras la arrastraban y la empujaban. No intentó soltarse, solo pidió ver al fiscal. Cuando la encerraron en la celda, no se dio por vencida y siguió exigiendo ver a Dunskey, gritando una y otra vez que era inocente. Luego lloró, durante largo rato. Y, cuando acabó con todas sus lágrimas, intentó cerrar los ojos, pero no pudo dormir. Pasó la noche más larga de su vida sentada en un banco de madera, pensando en lo tonta que había sido, en todos los errores que había cometido y en todo lo que le diría al fiscal para deshacerlos. La mañana entró de forma lenta a través de la minúscula ventana. Nunca el tiempo había pasado de forma tan lenta. Cuando por fin oyó que alguien se acercaba a la puerta, se sintió desfallecer.

—¿No querías ver al fiscal? —le dijo un guardia con el que Sally no recordaba haber hablado.

—Sí, soy inocente —repitió por enésima vez, solo que esta vez tenía más esperanza.

Los guardias le pusieron una cadena en los tobillos, la sacaron del edificio y la llevaron a otro contiguo. Durante el tramo que caminaron por la calle, Sally miró al frente, con la cabeza alta, pero intentando no cruzar su mirada con ninguno de los curiosos que había a su alrededor. Cuando pensaba que saldría ilesa de ese trayecto, alguien gritó: «¡Puta!» Y otros más se unieron al primero. Sally siguió mirando al frente sin fijarse en nadie.

Ante la puerta del despacho del fiscal, Sally fue liberada de sus cadenas. No podía esperar encontrarse con el hombre del que tantas veces había oído hablar. Sin embargo, en cuanto la puerta del despacho se abrió, algo familiar la sobresaltó. El despacho era reconocible y dentro, sentado en una silla frente a un escritorio, no estaba el fiscal, sino Mister Abbott, esperando con una sonrisa de satisfacción.

6

—¡Aaaaah! —La niña abrió la boca, aunque dejó la lengua muerta.

—Sally, tendrías que intentar aplastar la lengua hacia abajo... así podré darte la medicina —le dijo su improvisada enfermera.

—Es que me duele y me duele la garganta, ¡Miss Field! —se quejó la criatura.

—Bueno, chiquilla. Lo sé. Te debes encontrar muy mal, pequeña... —La mujer le acarició la frente. Cogió una cuchara y se la acercó a la boca—. Toma esta.

La niña acercó la boca a la cuchara estirando el cuello, su pesada lengua acarició el metal y tragó el brebaje. Le dolía tanto la garganta que tragó con dificultad. Miss Field le dio unas cuantas cucharadas más y luego puso una gasa tibia en su frente.

—Así está mejor, querida, ahora descansa.

—¿Qué es? —dijo la niña señalando con los ojos la taza con las hierbas que le había dado.

—Eso es astrágalo con un poco de equinácea —dijo Miss Field señalando la taza.

—¿Y eso me curará? —preguntó la cría.

—Eso esperamos. Lo que tú tienes te está debilitando y lo que te he dado te ayudará a combatirlo.

—¡Ah! —Sally se quedó pensativa y dijo con un hilo de voz—: Miss Field, ¿cómo sabe esas cosas? ¿Es una doctora?

La mujer soltó una abierta carcajada, parecía adulada.

—Mi padre era una especie de médico. Él me enseñó todas estas cosas. ¿Una doctora? Me hubiera gustado...; pero no conozco a ninguna mujer que sea doctora.

—¿Por qué no? —preguntó Sally. Miss Field pensó su respuesta, sorprendida por la pregunta.

—Te diría que no es cosa de mujeres, pero no creo que sea correcto. La verdad es que no lo sé.

—¿Qué más le enseñó su papá?

—Déjame pensar... Muchas cosas... Me enseñó que el astrágalo sirve para curar muchas enfermedades. Los médicos chinos —Miss Field dijo esto abriendo mucho los ojos, de la misma forma que hacía cuando le explicaba un cuento y quería captar su interés— usan mucho esta planta. ¡Espera! Mi padre me dijo el nombre en mandarín. —En este punto, Miss Field parecía verdaderamente entusiasmada, se había olvidado de la fiebre de Sally y ahora se encontraba en otro tiempo y en otro lugar, tal vez de joven en la trastienda de un boticario—. ¿*Hong chi? Hhhhuan*... ¡Eso es! —exclamó—. *Huang qi*, una de las cincuenta hierbas principales utilizadas por la medicina china —repitió la mujer como si se tratara de una lección del colegio.

—*Huang qi, huang qi* —repitió la cría como si fuera una especie de encantamiento—, *huang qi*.

—Siéntese —dijo Mister Abbott señalando una silla vacía frente al escritorio. Era una invitación, pero sonaba como una orden.

Sally quiso gritarle que no, quiso darse media vuelta e intentar huir, pero su cuerpo respondió automáticamente y por fin se sentó, sin dejar de mirar a Mister Abbott, que sonreía.

—Bien, bien, bien —dijo Mister Abbott levantándose de su butaca. Sally nunca había recibido una educación convencional, pero así era como se imaginaba la disciplina de una vieja escuela o internado—. Siento mucho que hayamos llegado a esta situación.

—¿Usted lo siente? No lo creo... Si fuera así, no me hubiera acusado de ser una ladrona. No hubieran dicho que yo soy una, una... puta. —Sally ya no tenía nada que perder y no quiso seguir el juego de falsas cortesías y rodeos llenos de eufemismos—. Yo soy la que ha sido detenida. Yo soy la que lo siente: por haber confiado en su familia, por haber ido a vivir a su casa.

—En efecto. En eso estamos de acuerdo —dijo Mister Abbott con una sonrisa arrogante, una mueca tan violenta como la bofetada más limpia—. Usted, Miss Salomé Evans, nunca tendría que haber sido invitada a mi casa ni haberse relacionado con nosotros. Al fin y al cabo, nosotros somos una de las grandes familias de Hong Kong y usted la hijita de un triste pintor de paisajes que se aprovechó de nuestra hospitalidad. Eso es lo que pasa en las colonias, la sociedad se mezcla más de lo que sería apropiado.

—Lo que también sucede en las colonias es que los pretenciosos obsesionados con el estatus llegan a tener una cierta posición a la que nunca podrían haber aspirado en el viejo continente. Si bien estoy de acuerdo en que todo el mundo tenga nuevas oportunidades y en crear una sociedad más justa, por lo que veo, ahora ustedes simplemente repiten los vicios sociales de la vieja aristocracia con la cruel avaricia de la nueva clase enriquecida por los negocios.

Sally nunca se había planteado esta opinión, pero ahora que tenía la oportunidad de decir lo que pensaba, las palabras empezaban a dar sentido a lo que llevaba meditando inconscientemente los últimos dos años. Siempre había querido establecerse en una cierta casta, pero fue al encontrarse desclasada cuando realmente supo cuál era su lugar. Mientras hablaba, Mister Abbott la miraba fijamente exhibiendo una sonrisa altiva; sus cejas en tensión, su mandíbula apretada y la posición de su cuerpo denotaban algo violento; su lenguaje físico mostraba una escondida posición de ataque. Sally sabía que tarde o temprano intentaría agredirla, pero a pesar de ello la muchacha continuó hablando, despacio, de la misma forma que una maestra hablaría a un niño insolente:

—Ustedes tienen la oportunidad de hacer grandes cosas, de aprender grandes cosas, pero solo la aprovechan para ser crueles, para enriquecerse. —Por un instante, Sally vio que la cara del hombre se quedaba pálida y al momento el rojo de la rabia le invadía el rostro.

—¡Cómo se atreve! —Mister Abbott cerró los puños y avanzó su cuerpo hacia delante. Parecía un toro embravecido con ganas de atacar—. Tu familia puede haber tenido algo de gloria, pero no dejas de ser una Evans, ¡un apellido vulgar! Tú, insolente niña, ¡hija de un pintor!

—Precisamente. —Sally no sabía si era el agotamiento o, tal vez, el hecho de que por fin se estaba expresando libremente delante de este hombre, pero se sentía serena y sabía que podía mantener el control. Sin hacer ningún movimiento brusco, se levantó. Quería estar al mismo nivel que Mister Abbott cuando hablaba con él y, sobre todo, quería estar preparada para lo que pudiera pasar, y prosiguió—: Precisamente, Mister Abbott, yo crecí en una familia con talento, rodeada de personas excepcionales. Mi estatus no es dado por mi apellido o mi dinero, sino por mi conocimiento y mis experiencias. Ustedes no aprenden nada y no crean nada, simplemente viven ahogados por su propia hipocresía, podridos en sus mentiras durante largo tiempo asumidas.

Mister Abbott empezó a reír, con una carcajada grandilocuente que tenía toda la intención de ser dañina.

—¿Ve, Miss Evans? No me va a costar nada convencer a la gente de que usted está aún más loca de lo que creíamos. A todos nos gustan los símbolos y el estatus. Usted solo habla como alguien que ha sido repudiado por todos, una mujer a punto de perder su salud mental.

Por primera vez Sally no supo qué decir. Por suerte, tomó esto en su favor. A Mister Abbott siempre le había gustado aleccionar y la chica aprovechó la oportunidad para mirar alrededor con disimulo. Tenía que saber qué objetos tenía a mano y cuál era el espacio con el que podía contar. El despacho estaba bastante ordenado y no parecía haber nada que pudiera utilizar para defenderse, y la única salida disponible parecía ser la puerta por donde había entrado.

—Nunca entenderé por qué su padre y sus amigos intentaron meter las narices en mis asuntos. Supongo que se ganaban un dinero vendiendo información a los chinos. ¡Qué estupidez! Al fin y al cabo, todos nos estamos haciendo ricos gracias al opio, y durante mucho tiempo pensé que usted no tenía ni idea de lo que su padre intentaba conseguir. Yo creí que usted, con su timidez y sus modales discretos, era inofensiva. Eso pensé, pero nunca me gustó. Tiene algo en su mirada... algo insolente que no puedo explicar, pero que no me gusta.

—Tal vez sea porque yo veo en usted toda su rabia, su falsedad y su infelicidad.

—No, no creo que sea eso —bufó el hombre con desdén—; simplemente se debe a que usted es una engreída. Una cualidad que no hace a una mujer muy atractiva.

—Solo a un hombre pequeño le gusta empequeñecer a los demás —contestó Sally, pensando que ojalá Mistress Kwong estuviera allí para oír eso. Por primera vez, la risa del hombre se desvaneció de su cara y algo sincero apareció en él: miedo.

—Usted se va a arrepentir...

—¿Sí? ¿Qué va a hacer? —Sally no quería saber la respuesta, pero necesitaba encontrar la forma de salir de aquella situación y, de momento, únicamente tenía el recurso del tiempo. Tal vez, si esperaba lo suficiente, el fiscal aparecería.

Mister Abbott empezó a mover la cabeza con un gesto lleno de teatralidad que pretendía hacer pasar por decepción.

—Mira que he intentado salvarla. Aunque usted no me gusta, he intentado por todos los medios ahorrarle lo que va a pasar ahora. Nunca la perdí de vista y, cuando me di cuenta de que era un caso irremediable, hubiera actuado mucho antes, pero mi hijo siempre ha sentido mucho apego por usted y eso me frenó. Pero usted tiene la estupidez de los idealistas, actuando una y otra vez en su propia contra. Cuando decidió quedarse en Hong Kong con esa bastarda, tuve que presionarla para que se marchara de la isla. Pero se quedó. Durante dos años he estado filtrando el correo dirigido a usted para ver si, sin dinero y familia, usted se marchaba de una vez por todas. Pero se queda aquí y monta un asilo para la gente de peor calaña de Hong Kong... ¡Niña idiota! Al menos, no creí que tramara nada hasta que se hizo amiga de la señora Turner. Entonces lo vi, debía actuar... y, para colmo, ¡se pone a jugar a los disfraces y a meter las narices donde no la llaman!

—Esa bastarda es su nieta... aunque usted no se la merezca.

—Lo que sea... nadie en su sano juicio admitiría jamás el parentesco con una mestiza.

—Su nombre es Mei, Mei Theodora Pikce Evans.

—Estúpido nombre...

—¿Así que usted tiene todo mi correo? —preguntó Sally ignorando el comentario.

Mister Abbott se echó a reír como si lo que acabara de oír fuera algo muy gracioso.

—Claro que sí, ¿o se pensaba que iba a dejar que consiguiera su herencia después de todo lo que nos ha hecho pasar? Tantas cartas... al final respondí al pesado de Sir Hampton, diciendo que usted estaba casada y feliz y que no quería saber nada de él. ¡Que podía dar toda su herencia a beneficencia! —Mister Abbott se rio como si se tratara de un chiste—. Y, si me permite, ¿qué es la tontería esta de los sellos chinos en las cartas?

—No lo sé —dijo Sally.

—Bueno, no tiene importancia...

—No, no la tiene. ¿Usted me va a matar, no es así? —sentenció Sally, calmada, aunque podía notar un ligero temblor en sus piernas.

—No me gusta tener que hacerlo, pero no me ha dejado otra posibilidad. Para nosotros usted está histérica, es una loca. La he hecho venir al despacho para intentar ayudarla y usted me ha atacado... Nuestro viejo amigo el doctor Robbins corroborará que usted está, y estaba, enferma. Después de todo, ¿recuerda su reacción nerviosa cuando murió su padre? ¿Su inapropiada relación con el ladrón Wright? ¿Sus mentiras y juegos de seducción cuando estaba en mi casa? ¿Sus relaciones indecorosas con hombres en su casa de vicio?... También tenemos testigos que la vieron subida a un carro con un vestido hecho trizas, un hombre chino y una niña, justo al volver de Singapur. Todo esto después de sus meses de sospechoso retiro, sin olvidarnos de su loca expedición de anoche vestida de china y acompañada de su amante. Como decía, nos lo ha puesto todo muy fácil para que todos piensen que me intentó agredir y que no tuve más remedio que defenderme...

—Sí, pero. ¿Y si se lo explico todo al fiscal Dunskey o al gobernador? —le retó Sally. Sin embargo, a Mister Abbott esto solo le pareció aún más divertido.

—¡Vamos, niña! ¿Dunskey? Su pantomima anticorrupción no es más que una farsa para contentar a algunos tecnócratas de la vieja Inglaterra. Al fin y al cabo, todos somos de la misma logia. Nunca me traicionaría. ¿Y su amigo? El bueno del gobernador... —Mister Abbott rio de nuevo—. A este le quedan dos días en nuestra colonia. Comprarle el cuadro a usted no mejoró su imagen, y no se atreverá a enfrentarse a nosotros. De todas formas, solo es cuestión de tiempo; en breve iniciaremos otra guerra contra los chinos. Aprovecharemos esto para hacer que uno de nosotros sea gobernador. Seguramente Kendall, por supuesto —al decir esto sonó casi como un crío, celoso de un hermano mayor—. Si no se creen que está loca, siempre podemos decir que es una espía de los chinos. Siempre podemos utilizar eso junto a cualquier otra excusa que nos inventemos para iniciar una ofensiva. Estos chinos se están poniendo pesaditos y no quieren aceptar el Tratado de Nankín. Además, tenemos ganas de obligarlos a aceptar un comercio completamente abierto con nosotros.

Sally se paró en seco y se puso pálida. Recordó lo que Mistress Kwong había dicho hacía unos días. Sí, una guerra estaba a punto de empezar: ¿Era eso lo que su padre y los demás estaban haciendo? ¿Estaban intentando evitar una posible guerra? Sally debía confiar ahora más que nunca en la perspicacia de Mistress Kwong y asegurarse de que nadie encontrara el lienzo o el papel con los nombres.

—¿Y simplemente me envía a prisión con la excusa del anillo? —dijo Sally.

—La podríamos enviar a la cárcel como hicimos con Turner, pero, francamente, tengo bastantes ganas de dejar de preocuparme por usted y su protegida. No me gusta la idea de que alguien llegue a creer las tonterías que usted pueda decir sobre mi Jonathan. —Mientras Abbott se explicaba, Sally se movió discretamente para separarse de él. Necesitaba estar más cerca de la puerta y lejos de la mesa o de la silla, donde no tenía casi libertad de movimientos.

—¿No le han dicho nunca que explicar el plan puede jugar en su contra, viejo? —dijo Sally desafiante.

—Claro, pero necesito ganar tiempo para que sea creíble, para que todos crean que he intentado razonar con usted. Pienso que una conversación civilizada es más apropiada que un incómodo silencio. Y, ahora que me lo recuerda, creo ya hemos hablado suficiente. —Mister Abbott se dirigió hacia uno de los armarios que había en un lateral del despacho. De él sacó una daga, un abrecartas y un pañuelo rojo. El silencio ahora caía a plomo sobre ellos. Sally pensó que, de todas las maneras posibles de morir, hacerlo a manos de Abbott era la que menos le apetecía. El armario estaba entreabierto y Sally pudo ver que, apoyado en un rincón, había algo que parecía una pistola.

—Ahora quédate quieta —dijo Mister Abbott quitándose el sombrero, poniéndolo encima de la mesa—. Intentaré no hacerte daño...

Cuando se acercó a ella, Sally corrió y se puso detrás del escritorio. Mister Abbott sonrió y, sin prisa, se aproximó por uno de los lados. El hombre estaba ahora entre Sally y el armario. Sally bloqueó el paso de Mister Abbott moviendo la butaca. A pesar del cansancio, era rápida. Por primera vez desde que era una cría, sus movimientos no estaban condicionados por las enaguas, las faldas almidonadas y el corsé. Bajo los pantalones de seda y la chaqueta cruzada que llevaba, su cuerpo era libre y sorprendentemente ligero. Después de unos segundos con la silla de por medio, Sally aprovechó para salir por el otro lado del escritorio y, sin tiempo para rodearlo, se sentó en una esquina y alzó sus piernas para impulsar todo el cuerpo, que giró sobre sí mismo. Por el rabillo del ojo pudo ver cómo Mister Abbott daba media vuelta. Sorprendido, tropezó agarrándose a la mesa con la mano izquierda, con la daga aún en la otra mano. Sally se lanzó entonces sobre el armario y, justo cuando había alargado el brazo para echar mano de cualquier cosa, Mister Abbott gritó mientras se levantaba:

—¡Niña idiota!

En solo unas décimas de segundo, pudo ver cómo en el espacio inferior del armario —donde normalmente se guardaban botas y otros enseres de caza— había unas cuantas pistolas y, en un rincón, identificó el brillo metálico, la forma inequívoca del mango de un sable. Sally optó por esa arma, porque no tenía ni idea de cómo utilizar una pistola. Alargó la mano para tomar el mango y, al hacerlo, algunas pistolas cayeron al suelo a los pies de Sally. La chica se apartó justo a tiempo para evitar el ataque de Mister Abbott. Sable en mano, dio un brinco hacia atrás y se puso en guardia. Con la mirada desafiante y el gesto orgulloso, la joven intentó mostrar la mejor pose de la que fue capaz: la espalda erguida, las piernas separadas a una distancia similar al ancho de su espalda, el pie derecho avanzado y la cabeza y el pie girados. Flexionó las piernas, levantó el brazo armado y lo mantuvo paralelo al suelo con el otro brazo levantado hacia atrás creando un ángulo recto y con la muñeca relajada. Nunca había utilizado un sable, pero era más ligero que las espadas a las que el conde la tenía acostumbrada o, simplemente, ella era más fuerte. El filo era tan diferente que decidió girarlo hacia arriba y ajustar así el arma para el ataque. Lo hizo de forma instintiva y supo inmediatamente que había adoptado una postura, un ángulo y una actitud que hubiera provocado que el conde llorara de felicidad. Aunque llevaba años sin practicar, recordó todas las lecciones. Sabía que esta era una batalla perdida, ya que Mister Abbott tenía un armario repleto de armas y un edificio lleno de guardias. En cambio, lo único que tenía Sally era un sable y la determinación de asustar a su contrincante.

Al ver a Sally ponerse en guardia, Mister Abbott abrió los ojos como platos y movió la cabeza con incredulidad. Pero pronto se recuperó y volvió a reír, esta vez como si fuera una broma. Sally mantuvo su postura y su expresión mientras el hombre se dirigía al armario y tomaba una de las pistolas. Mientras lo hacía, tarareaba una canción que Sally no conocía. Con mucha calma se acercó a ella y con la pistola en una mano y la daga en la otra le dijo:

—Al final no tendré que mentir sobre el ataque. Sin embargo, vamos a hacer las cosas más fáciles: dame el sable. —Mister Abbott le hizo un gesto con la daga para que le diera el arma. Sally vio entonces que, aunque se quería mostrar impasible, el hombre tenía miedo. Tal vez era la primera vez que mataba a alguien o Sally podía ganar y él se había dado cuenta. Así que, en lugar de darle el sable, Sally retrocedió sin dejar de estar en guardia.

—¡Loca! ¡Te lo ordeno! —Mister Abbott soltó la daga, que cayó al suelo, botando y tintineando, y el peso de su cuerpo fluctuó hacia el lado izquierdo, donde tenía la pistola. Sally intuyó lo que estaba a punto de pasar. Sabía que Mister Abbott no quería enfrentarse a ella; pudo leer en su rostro que el hombre quería acabar de una vez por todas con aquello e iba a disparar. En un segundo cambiaría la pistola de mano y apretaría el gatillo en dirección a su estómago. Sally había visto como, de todo su arsenal, el hombre había escogido aquella pieza. Ya la había disparado, ya la tenía cargada.

En efecto, Mister Abbott pasó la pistola de una mano a otra. El fin estaba a punto de llegar, pero cuando sus dedos se dirigieron a apretar el duro gatillo, sus ojos desviaron su atención de Sally por un instante. Este fue el momento en el que ella atacó.

Cuando aprendía esgrima, Sally siempre fantaseó con la idea de cómo sería realmente atravesar la carne de una persona con una espada. La fantasía no le producía ningún placer, pero no podía evitar el ponerse a prueba, el pensar si realmente sería capaz de hacerlo. Siempre había creído que no podría. Por eso ahora la sorprendía con qué facilidad había atacado el corazón de Mister Abbott, que con un quejido sordo cayó de rodillas junto a su pistola sin disparar. En el momento del ataque, el sable se convirtió en una proyección de ella misma. En su ataque, era como si su propio brazo y sus dedos hubieran perforado la piel y la carne del hombre. Mister Abbott emitió un gemido y ella hundió aún más el sable. Ciega por la adrenalina del momento, y sabiendo que debía finalizar su trabajo, atacó otras dos veces, tal vez más. Cada quejido del hombre le atravesó los tímpanos cegándola. Evitó mirarlo a los ojos, pero fue inevitable ver la mirada vacía de Mister Abbott antes de caer al suelo. Pronto dejó de gemir. Sally no sintió odio ni rabia. Un poco de tristeza tal vez, pero no tenía tiempo de analizar nada, ni de mirar el cuerpo desangrándose de Mister Abbott. Simplemente, y con el sable aún en la mano, salió por la puerta y echó a correr.

—¡Abran! ¡Abran la puerta! —pidió Sally con impaciencia—. ¡Abran, por favor!

En un principio, Sally había llamado a la puerta con discreción, pero nadie contestaba y se estaba empezando a inquietar. Era aún muy temprano, no debían de ser más de las seis y media. Eso quería decir que todos estarían dormidos, lo cual eran buenas noticias: habría gente en la casa. Pero si no abría nadie, la guardia podría encontrarla.

Tras llamar a la puerta unas cuantas veces más, finalmente oyó unos pasos acercándose a la puerta, que tenía una mirilla, pero no la abrieron:

—¿Quién hay ahí? —preguntó una voz que Sally no pudo identificar.

—Soy Sally, Salomé Evans —dijo ella con la voz tan baja que no supo si al otro lado la habían entendido. Por unos momentos hubo un silencio y, justo cuando Sally se disponía a repetir su nombre, se oyó el ruido de llaves.

—¿Qué hace usted aquí? —dijo Mister Elliott completamente vestido, pero con el rostro y el pelo propio de quien se acababa de levantar. El hombre no pudo evitar mirar a Sally de arriba abajo. Estaba despeinada, sudada y vestida aún con su traje chino. Por suerte, había tirado el sable en un desagüe unas calles más abajo. Era difícil correr con algo tan pesado y que, además, podía llamar la atención.

—Déjeme entrar, por favor —suplicó Sally, que empezó a hacer el movimiento para entrar en la casa, pero se detuvo delante de un inamovible Mister Elliott.

—¿Qué le ha pasado, Miss Evans? —preguntó el hombre.

—Estoy huyendo de la guardia. Si no me va a dejar pasar, dígamelo ya, porque entonces me tendré que marchar corriendo. —Sally miró nerviosamente a su alrededor. Afortunadamente, la calle estaba casi vacía. Mister Elliott la miró con gravedad, pero se apartó a un lado y ella entró en la casa. Cuando se encontró en el interior, oscuro y fresco, le pareció que perdía el mundo de vista. Se dobló sobre sí misma, su respiración era apresurada y, aunque ya no corría, parecía que no podía parar de hiperventilar.

—¡Sally! ¿Qué ha pasado? —oyó la voz de la buena de Mistress Elliott—. ¡Sally! —repitió.

Notó cómo una mano la cogía por el brazo y la levantaba. Ella siguió dócilmente a quien la llevaba y se sentó en el mismo sillón y en la misma sala donde tres años atrás había sobrellevado un mareo. Una vez ahí, Sally empezó a calmarse. Cuando por fin lo consiguió, se echó a reír. Había algo extrañamente cómico en ella, sentada en casa de estos misioneros, vestida de *sing song girl* y a punto de contarles lo que había pasado. La risa era violenta e incontrolable. Unos grandes lagrimones habían cubierto sus ojos completamente. Cuando dejó de reír, miró a los Elliott, que estaban sentados enfrente de ella, expectantes y sumidos en la preocupación.

—No me he vuelto loca —aclaró Sally en cuanto empezó a hablar—. Perdonen por ponerme a reír. Necesito que me ayuden.

—¿Qué ha pasado? —repitió Mister Elliott marcando cada una de las sílabas.

—He matado a Mister Abbott. —Al decir esto, vio cómo las dos personas sentadas enfrente de ella respondían de formas diferentes ante la sorpresa. Mister Elliott apretó los labios y juntó sus espesas cejas. Su mujer parecía que se fuera a desmayar. Sally, por su parte, tuvo que reprimir otro ataque de risa.

—¿Qué? —dijo Mister Elliott.

—Me tendió una trampa y me iba a matar. Me tienen que creer. —Sally los miró a los dos, pero no dijeron nada. La muchacha empezaba a impacientarse, necesitaba que reaccionaran lo antes posible si quería volver rápidamente a buscar a Mei.

—¿Qué es lo que está diciendo? —repitió Mister Elliott.

En ese momento, alguien llamó a la puerta. Los tres pegaron un brinco. Mister Elliott se puso de pie. Siempre había sido un hombre serio y amable, pero en ese momento se le veía furioso.

—Escóndete detrás de este sillón —le dijo Mister Elliott—. Henrietta, ve a la puerta y despacha a quien sea.

—¿Y si es la guardia? —preguntó la mujer. Sally ya

estaba escondida como un ovillo detrás del sillón, porque sabía la respuesta:

—Si es la policía, lo siento mucho, pero entregaremos a Sally.

Desde su escondite, la chica se estremeció. Sabía que probablemente eran ellos y lo más justo era entregarse para no poner en peligro a los Elliott. Por primera vez en toda la mañana, sintió un miedo atroz que la convulsionó. Le esperaba la tortura, la humillación pública y, seguramente, una ejecución. ¿Qué sería de Mei?

Sin embargo, cuando Mistress Elliott abrió la puerta, Sally oyó una voz femenina. Con alivio, se relajó un poco, pero continuó inmóvil intentando escuchar la conversación en la puerta.

—¿Te has enterado, Henrietta? —dijo la voz desconocida.

—¿Qué? ¿Qué haces aquí, Katherine? —preguntó Mistress Elliott. Era evidente que estaba nerviosa. Ella misma se aclaró la voz y con un tono menos nervioso agregó—: ¿Habíamos quedado, tal vez?

—¿Puedo pasar? —dijo Katherine—. Tengo algo que contarte, Henrietta.

—¿Ah, sí? ¿Ahora? —Mistress Elliott disimulaba muy mal sus nervios, así que Mister Elliott salió rápidamente del saloncito y se acercó a la puerta de entrada.

—Hola, Mistress Flanagan —dijo con un tono casual, demostrando que se le daba mucho mejor que a su esposa el mentir—. Estábamos a punto de salir a hacer unos recados.

—Solo será un momento —insistió Katherine. Su voz se hizo más fuerte y la puerta de la calle se cerró. Había entrado en la casa. Los músculos de Sally se agarrotaron aún más—. Tenemos que sentarnos para que lo pueda explicar. No me atrevo a decirlo mientras estemos de pie. Henrietta, amor, ¿puedes traerme un vaso de agua? ¡Qué calor que hace ya tan tempranito por la mañana! Suerte que estamos en septiembre. —Los tres habían entrado ahora en el salón y Sally notó que Katherine se había sentado, precisamente, en el sillón detrás del cual ella estaba escondida en cuclillas. Intentó cerrar los ojos y respirar de la forma más silenciosa posible para que su presencia pasara totalmente inadvertida.

—¿Bueno, qué ha pasado? —dijo Mistress Elliott intentando parecer casual—. Aquí tienes tu agua.

—Hubiera preferido un té... Bueno, no pasa nada. ¡No os lo vais a creer!

—Pruébenos —dijo Mister Elliott, instándola a empezar.

—Bueno, pues hoy me he levantado muy temprano porque he decidido empezar mis recados pronto y he visto cómo, delante de nuestra casa, había unos hombres hablando muy acaloradamente y me he dicho: «Katherine, ¿por qué no vas y les preguntas si ha sucedido algo de importancia?» Porque verá, Mister Elliott, lo primero que he pensado es que nos invadían los chinos, así que...

—¿Ha ido y ha preguntado a los hombres? ¿Y qué le han dicho? —cortó de nuevo Mister Elliott. Sally estaba empezando a pensar que el marido de su amiga era mucho más autoritario y arrojado de lo que le había parecido en un primer momento, un hombre tímido y muy centrado en su mundo.

—¡Pues me han dicho que Sally Evans ha matado a Mister Abbott y que se ha dado a la fuga! —Aunque Sally no podía verla, era fácil imaginar la sonrisa en su rostro lleno de pecas.

—¡No! ¿De verdad? —dijo Mister Elliott fingiendo muy bien su sorpresa.

—¡No me lo puedo creer! —exclamó Mistress Elliott unos segundos más tarde, sonando ahora más convincente que en sus intentos previos.

—¡Sí! —exclamó Katherine—. Y ya sé, querida Henrietta, que, a pesar de todos nuestros esfuerzos para mantenerte alejada de esa muchacha, tú has insistido hasta el final en su bondad..., no sé cómo te debes de sentir en este momento. ¿Estás bien?

—Estoy... sorprendida... claro está —dijo Mistress Elliott manteniendo un tono neutro.

—¿Saben qué ha pasado? ¿Dónde está la chica? —insistió Mister Elliott.

—Pues creo que se dirigían a Aberdeen Hill en ese momento. No me han dado muchos detalles, simplemente me han dicho que estaba detenida y que ha atacado a Mister Abbott, con una pistola, tal vez.

—¿Y de qué se la acusaba? —preguntó de nuevo Mister Elliott.

—¿No lo sabéis? Pues de ser una ladrona; se ve que cuando estuvo en casa de los Abbott robó una pieza de joyería. Pero lo que se comenta por todo Hong Kong es que en su casa puede que estuviera ejerciendo, bueno, ya sabéis, el oficio más antiguo...

—Yo he estado en Aberdeen Hill y ese no es el caso —saltó Mistress Elliott, y se pudo oír cómo su marido hacía un ruido para hacerla callar.

—Bueno, a lo mejor te llaman a testificar, aunque siendo un caso de culpabilidad tan clara...

—Nadie es culpable hasta que se demuestra lo contrario —dijo Mistress Elliott.

—Ya suponía que tú ibas a decir algo así, después de todo...

—Bueno, esperemos a que la encuentren y le hagan

un juicio justo —propuso Mister Elliott—. Y ahora, querida Mistress Flanagan, si nos disculpa, tenemos que prepararnos para nuestros recados. —Y mientras la acompañaban a la puerta, añadió—: Gracias por su ayuda al informarnos de este trágico asunto. Rezaremos para que se pueda encontrar al culpable de la muerte de Mister Abbott. Y, por favor, no dude en informarnos si pasara algo más.

—De nada... si es que en cuanto me enteré pensé: «Debo decirles lo que ha pasado a los Elliott, al fin y al cabo ellos han demostrado cierto cariño hacia esa pobre loca.»

—Gracias, Mistress Flanagan —insistió el clérigo.

—Gracias, Katherine —repitió su esposa.

Cuando cerraron la puerta, Sally sintió por primera vez que sus músculos se relajaban. Le dolía todo el cuerpo, pero no salió de su escondite hasta que los Elliott volvieron al salón.

—Escuche, Miss Evans... Creo que, si bien no hemos denunciado su paradero, ahora usted nos tiene que compensar diciéndonos qué es lo que ha pasado exactamente.

—Sally, por favor —suplicó Mistress Elliott.

Sally les resumió entonces todo lo acontecido durante los últimos cinco años de su vida y, con más detalle, las últimas veinticuatro horas. Cuando acabó, los Elliott permanecían en silencio.

—¿Por qué no me lo contaste antes? Con todo lo que estaba pasando... —preguntó Mistress Elliott—. Durante todo este tiempo he pensado que eras como tu padre, un poco especial...

Sally, que se podría haber sentido ofendida por el comentario, estaba ahora demasiado agradecida por el hecho de que la buena y estricta misionera la estuviera creyendo sin rebatirle nada.

—Bien, debe de ser verdad entonces —sentenció Mister Elliott—. No creo que nadie sea capaz de inventar una historia tan inverosímil. Pero, dígame, ¿está segura de que él le iba a hacer daño? ¿A lo mejor las amenazas de Mister Abbott eran una forma de asustarla para obtener información? Los hombres como él son crueles y despreciables, pero no son asesinos... Si usted lo ha matado en defensa propia, debe quedar claro. Si lo hizo por venganza, es un asesinato del que yo, personalmente, no podría exculparla.

Sally cerró los ojos llevada por el cansancio y el peso de la pregunta que Mister Elliott le acababa de hacer. No hacía más de una hora que había matado a un hombre y le parecía una eternidad. Sintió un escalofrío al ver de nuevo al patriarca Abbott apuntándola con la pistola, tarareando una canción...

—No le voy a mentir... creo que era un hombre despreciable y que se merecía morir. Pero no era mi intención matarlo y nunca lo fue. De hecho, todo lo que hubiera querido es que él y su hijo pagaran por lo que hicieron, presentar pruebas y enviarlos a la cárcel... Ahora tengo que huir y ni siquiera sé qué le va a pasar a Mei o a Mistress Kwong. —Al decirlo en voz alta, la gravedad de su situación se hizo más evidente. Por primera vez Sally se sintió a salvo para llorar amargamente. Mistress Elliott se acercó y, con timidez, le dio un golpecito en la espalda y Sally empezó a tranquilizarse.

—Nigel —imploró Mistress Elliott a su marido—. Tiene una hija...

—Está bien, ¡está bien! Pensaremos la manera de ayudarte... —dijo Mister Elliott—. Por suerte, he abierto yo la puerta y ninguno de los criados te ha visto.

—Debemos encontrar la forma de tener noticias de Aberdeen Hill sin levantar sospechas. De esta forma podremos saber cómo se encuentra Mei y podremos trazar un plan para que tanto tú como las demás mujeres os podáis marchar de la isla.

—¡Charlie! Debéis encontrar a Charlie. Ella os dirá qué ha pasado en Aberdeen Hill. —Sally suspiró profundamente.

Si tenían suerte, a lo mejor su *naai naai* y su hija estaban con ella. Los Elliott estuvieron de acuerdo. Mistress Elliott se fue a casa de Charlie mientras que Mister Elliott se quedó en el salón con Sally. Durante todo el tiempo que esperaron a que Henrietta volviera, los dos se mantuvieron en silencio. Sally estaba demasiado preocupada para hablar. Su cuerpo aún estaba en tensión, a excepción de los momentos en los que pensaba que oía un ruido en la calle que le parecía que provenía de la policía o cuando le venían a la mente imágenes relacionadas con ella atravesando a Mister Abbott, su mirada, el cuerpo cayendo al suelo... entonces, un violento estremecimiento recorría su cuerpo. Por su parte, Mister Elliott daba vueltas al minúsculo salón arriba y abajo, ofuscado en sus propios pensamientos.

Pasada una larga hora, volvieron a oír que alguien llamaba a la puerta de la calle, y, poco después, Mistress Elliott y Charlie entraban en la habitación.

—Dios de mi vida, pequeña, en la que te has metido. —La mujer fue directamente a abrazar a Sally, quien, solo por un instante, se agarró a ella con fuerza.

—¿Dónde están Mei y Mistress Kwong? ¿Están bien?

—Creo que sí —dijo Charlie sentándose a su lado en el sillón—. Verás, ayer por la noche vino Mistress Kwong con los dos críos y Mei, y dijo que todos se marchaban a la aldea de donde provenían los niños. Se ve que no está muy lejos de aquí y Mistress Kwong conoce a la tía de ambos. ¿Sabías que eran primos? Yo no tenía ni idea... Me dio un trozo de papel con los nombres y me dijo que se lo hiciera llegar a Lucy. Esta misma mañana ha cogido un barco en dirección a Shanghái a casa de unos amigos. Así que ella también está a salvo.

—Me alegro. Mistress Kwong es muy lista...

»¿Y Ka Ho? ¿Se sabe algo de él?

—Mistress Kwong no mencionó nada. Lo siento.

—¿Y tú estás bien? ¿No ha venido la guardia a tu casa?

—¿A mi casa? ¡No! Ni se les pasaría por la cabeza... por suerte para los Bean, yo soy solo tu cocinera y la gente tiende a pensar que los criados somos invisibles.

»Ahora tengo que volver a casa. —Charlie se levantó y miró a Sally con cariño—. Bueno, si consigues marcharte finalmente, esta será la última vez que nos veamos.

No se dijeron nada, simplemente se abrazaron rápidamente y Charlie salió con su sonrisa habitual.

—Bueno, nos tenemos que poner en marcha —dijo Mister Elliott tan pronto como Charlie se fue—. La mejor manera de salir de Victoria es en uno de los carros que utilizamos para nuestras misiones. Pero no podemos llevarla con nosotros. Todo el mundo conoce la amistad que hay entre las dos.

—¿Katherine? —preguntó su mujer.

—No. ¿Cómo la convenceríamos de que debe reunirse con nosotros en un sitio concreto de la isla sin previo aviso? —Se notaba que el hombre había estado dando vueltas al plan.

—Mary Kendall —dijo Sally.

—¿Mary? —se sorprendió Mistress Elliott—. Ella te ha retirado la palabra, y su marido... ¿Y si le dice algo?

—Mary no lo hará, y si lo hace me entregaré eximiéndoos de toda culpa. Creo que precisamente por la conexión de su familia con los Abbott nadie va a sospechar de ella. Nadie va a registrar su carro.

Los Elliott se miraron durante unos segundos y acordaron aceptar el plan de Sally. Mientras Sally comía algo, los Elliott se apresuraron a enviar una nota a Mary para que fuera a su encuentro. Cuando, pasadas unas horas, Mary llegó a su casa, se encontró con Sally. La mujer, siempre recia y fuerte, en un principio se mostró sorprendida e incluso asustada, pero Sally consiguió convencerla de que si la podía ayudar le salvaría la vida.

—Pero, mi marido...

—Si me encuentran en el carro diré que iba de polizón —negoció Sally.

—Está bien —dijo después de unos segundos—. Quiero a mi marido, pero él y sus secuaces son... ¡alguna vez deberían dejar de hacer todas esas fechorías!

Hacia el mediodía, y después de una breve y tímida despedida con los Elliott, Sally salía de Victoria escondida entre sacos llenos de comida y Biblias. Desde su posición —entre unas cajas y debajo de algo de ropa—, Sally notaba que había más movimiento en las calles que de costumbre. Había algo diferente en el alboroto de la ciudad y Sally sabía por qué: todos buscaban a la asesina de Mister Abbott. Cuando hubieron salido de Victoria, Sally sacó la cabeza de entre las cajas y se sentó más cómodamente.

—No te podré acompañar todo el trayecto, pero te dejaré cerca —le explicó Mary a Sally, sin dejar de mirar al frente—. Debo estar de regreso esta tarde para no levantar sospechas. Si nos pillan, te delataré. Lo siento.

—Lo entiendo —respondió Sally.

—Yo no era nadie, ¿sabes? —prosiguió la mujer—. Peor que nadie... yo era una *sing song girl*. Odio muchas cosas de mi marido, pero él me dio la vida que tengo.

—De verdad, lo entiendo —repitió la chica.

—¿Cómo conseguiste huir de su despacho? —preguntó la mujer.

—No lo sé... —dijo Sally recordando de nuevo la manera en la que había huido—. Era tan temprano que no había nadie y los guardias que me llevaron presa ya no estaban... Ahora que lo pienso, quizá sabían lo que me iba a pasar...

—¡Hombres! —exclamó Mary con indignación—. ¡Tan arrogantes!

Al cabo de unos minutos, llegaron a un camino más estrecho y Mary le dio indicaciones a Sally. Era muy simple: si seguía el sendero, llegaría a la aldea donde estaban todos esperándola. Solo tardaría unas cinco horas. Luego le dio algunas provisiones y agua y le deseó buena suerte:

—Por el bien de las dos, espero no verte nunca más.
—Es lo último que Mary dijo.

Cuando por fin llegó a la aldea, ya había anochecido. Lo primero que vio fue a Mistress Kwong sentada junto a una puerta de entrada. Su figura guardiana parecía un espectro en la noche, a la espera.

—Sabía que lo lograrías —dijo la mujer dándole un abrazo a Sally.

—¿Ah, sí? ¿Por eso decidió llevarse a Mei y huir en cuanto me detuvieron? —bromeó Sally sin reír—. He matado a Mister Abbott...

Sin dejar de abrazar a Sally, Mistress Kwong exhaló aire de tal modo que más bien pareció una carcajada seca:

—No te preocupes, niña. Tarde o temprano iba a morir.

7

Hasta que no abandonó Victoria, Sally no se dio cuenta de que había huido del que había sido su hogar durante cinco años.

Las dos siguientes semanas las pasaron escondidos en la aldea. Fueron días de tensión y silencio, esperando una señal que les indicara que podían avanzar. Por el momento encontraron que era más adecuado esperar en un sitio como ese que moverse demasiado y levantar sospechas. Además, era evidente que Mistress Kwong no estaba capacitada para caminar largas distancias. Por esta razón las dos establecieron su refugio en la casa de la callada tía de los niños.

Al principio, los aldeanos no veían con muy buenos ojos que esas extrañas intrusas estuvieran en su pueblo, pero parecían completamente inofensivos. Mistress Kwong les había dado algunas de las pertenencias que había traído con ella cuando se escapó de Aberdeen Hill: unos cuantos cuencos de porcelana y unas piezas de la cubertería. Además, tanto Sally como Mistress Kwong ayudaron como pudieron en los quehaceres de la aldea, limpiando ropa, preparando comida e incluso llevando agua de un lado a otro. Ver a Sally intentando hacer labores propias de una mujer de campo pronto se convirtió en la gran diversión de todo el pueblo. La chica había empezado a aprender lo que era trabajar con sus manos durante los últimos tiempos en Aberdeen Hill, pero Charlie y Mistress Kwong habían seguido siendo las principales encargadas de llevar la casa. Ahora, Sally intentaba seguir el ritmo de las recias mujeres de campo, fuertes y estoicas, y lo único que conseguía era convertir las tareas en una cómica opereta para el entretenimiento de todos. Sin embargo, ella se alegraba de poder divertir a sus nuevos vecinos, que eran afables y generosos con ellos, si bien siempre marcaban distancias. No facilitaba las cosas el hecho de que hablaran en un dialecto que Sally, a duras penas, conseguía entender. Estas escenas constituían los escasos momentos de interacción con el resto, y servían como válvula de escape a Sally, viviendo como vivía con un constante e invasivo nudo en el estómago.

La que sí disfrutaba de la vida en el campo era Mei. Le encantaba ayudar en las tareas, aunque fueran simples o inútiles. Le gustaba, especialmente, perseguir a las gallinas y los perros pulgosos. Tampoco le importaba dormir en el suelo y la llenaba de felicidad acurrucarse entre su madre y su *naai naai*.

Una mañana en que casi todo el pueblo —incluidos Siu Wong y Siu Kang— se encontraba labrando en los campos, uno de los aldeanos llegó corriendo y gritando un montón de cosas de las que Sally solo entendió que algo sucedía con un hombre. Inmediatamente barrió con su mirada la aldea para saber dónde estaba Mei, mientras pensaba en la mejor manera de esconderse junto a ella.

—¿Qué pasa? —preguntó Sally a Mistress Kwong en cuanto el hombre acabó su explicación.

—Dice que un hombre se acerca hacia aquí, y que, valle abajo, ha preguntado por nosotras y ha dicho que es amigo nuestro. Debemos escondernos.

Sally corrió a coger a Mei en brazos, y la pequeña se enfureció por la interrupción indeseada de sus juegos. La niña pataleó y gritó, pero Sally se mantuvo firme mientras la llevaba a la parte posterior de la casa. Una vez ahí, Sally le explicó que debían estar calladas.

—Quiero jugar, mamá —declaró la niña.

—Si estamos jugando, pequeña. Estamos jugando a escondernos y a estar en silencio. No nos pueden encontrar. ¿De acuerdo?

La niña puso su habitual sonrisa de pícara y asintió con la cabeza. Sally le pasó el reverso de la mano por la nariz manchada de mocos y miró alrededor, con ansiedad, preguntándose por qué Mistress Kwong no se había escondido con ellas. Esperaron unos minutos en los cuales Sally intentó disimular su tensión de la mejor manera posible, sonriendo a la niña de forma cómplice y haciendo señas para que se mantuviera en silencio. En unos minutos, Mistress Kwong apareció:

—Es Ka Ho. —Sally sonrió aliviada, pero pronto esa sensación se esfumó, ya que Mistress Kwong llevaba un fajo de ropa lleno de cosas y mostraba un rostro grave y pálido—. Debéis iros.

—¿Qué? —Sally tomó de nuevo a la niña en brazos, y, llena de incredulidad, corrió hacia la parte delantera de la casa. Ahí sentado en el suelo se encontraba Ka Ho, sudado y con el rostro lleno de cicatrices y moratones; su labio superior y su ojo derecho estaban hinchados. Sus pupilas brillaban con un color distinto y apagado sobre su cara casi irreconocible. Sally corrió hacia él, sin soltar a Mei.

—No pasa nada, pero debemos marcharnos. Ahora.

—¿Qué? ¿Ahora? No, no estamos preparadas... —Sally sentía que de todas las opciones posibles marcharse de este sitio era lo último que quería hacer.

—La policía e incluso los soldados os están buscando. ¿Lo entiendes, Sally?

—No puede ser. ¿Cómo saben que estamos aquí? —repitió Sally moviendo la cabeza con incredulidad.

—En los documentos de compra de los mozos de Aberdeen Hill, Siu Wong y Siu Kang, venía el nombre de este sitio...

—Pero ¿cómo lo sabes? —insistió Sally.

—Los *coolies*, querida, tenemos ojos y oídos por doquier —dijo él con una media sonrisa—. Pero debes dejar de hacer preguntas. Tenemos que irnos... No tengo carro, no tengo caballo. Debemos empezar a caminar cuanto antes.

—De acuerdo —dijo Sally convencida al fin. En unos pocos minutos cogió las cosas que faltaban y comprobó todo lo que Mistress Kwong le había metido en el fardo; aún les quedaban algunas cosas valiosas y algo de dinero.

—Estamos cerca del mar. Simplemente hay que evitar la costa norte donde hay asentamientos de soldados con sus familias. Si llegamos a un sitio seguro, creo que podemos pagar un velero o un *junk* que nos lleve a la península —dijo Ka Ho.

Sally asintió intentando mostrar fortaleza, pero podía notar cómo las piernas le flaqueaban. ¿Adónde irían? Necesitaba saber que en la vasta costa que se extendía delante de ellos había algún espacio seguro para ella y su familia.

Cuando estaba a punto de partir y de ir a buscar a Siu Wong y a Siu Kang, unos jovencitos que vivían camino abajo corrieron hacia ellos. En pocas palabras les indicaron que un grupo a caballo se encontraba no muy lejos de la aldea. Sally se dio cuenta de que Mistress Kwong no se había movido. Sus pequeños pies parecían dos raíces clavadas en el suelo; su cuerpo entero estaba tan quieto que bien podía haberse convertido en un árbol.

—¡*Naai naai!*, debemos irnos —le rogó Sally—. *Naai naai* —repitió con lágrimas en los ojos.

—No puedo, Sally, niña. Soy muy lenta y vosotros debéis correr. Yo iré al campo a buscar a los niños y nos esconderemos. Pero no puedo ir con vosotros. Soy muy lenta.

—¡Nos escondemos todos y ya está! —exclamó Sally. Dejó a Mei en el suelo e intentó tomar la mano de Mistress Kwong. Su piel tenía el tacto del papel de arroz, y, a través de ella, notaba sus finos huesos.

—Sally, todo apunta a que pronto empezará la guerra, eso quiere decir que te dejarán de buscar, pero que también será complicado tomar un barco para salir de la isla. No sabemos lo que puede pasar —dijo Ka Ho intentando convencerla.

—Es demasiado arriesgado y tienes que irte. Debes dejar de esconderte y salir de esta isla con Mei. Yo no puedo ir contigo, mi niña —insistió Mistress Kwong.

Sally no tuvo más remedio que aceptar la realidad, ni siquiera respondió. Se abrazó a Mistress Kwong con todas sus fuerzas y lloró durante unos cortos pero intensos segundos. No obstante, pronto notó cómo los firmes brazos de Ka Ho la separaban de Mistress Kwong. Sally no dejó ir la fina mano de su *naai naai* hasta el último instante; su cuerpo ni siquiera se movió, pero la mano permaneció suspendida. Realmente parecía clavada en la tierra.

Entre sollozos, Sally levantó a Mei del suelo, donde había permanecido en silencio y confundida, contemplando la escena; agarró el fardo de ropa y lo ató alrededor del torso de Ka Ho. Los dos empezaron a caminar deprisa. La niña entendió entonces lo que estaba pasando y empezó a gritar y a sollozar con todas sus fuerzas, extendiendo sus bracitos por encima del hombro de Ka Ho hacia su abuela. Sally solo se volvió una vez. Entre lágrimas, pudo ver la borrosa imagen de Mistress Kwong. Inmóvil, con el brazo aún suspendido en el aire.

Los siguientes días corrieron entre una espesa neblina cargada de hambre y angustia. Sally se concentraba en dar un paso detrás de otro y en sonreír a la asustada niña que llevaba ahora a hombros. En silencio, transitaron por bosques y senderos secretos. Si bien era cierto que no eran más que un hombre magullado, una chica inglesa con desgastadas ropas chinas y una niña de dos años y medio, al menos conocían la isla mejor de lo que la conocían sus perseguidores.

Pasaron unas cuantas noches durmiendo en suelos de casas que encontraban. No había mucha gente dispuesta a meterse en líos con los ingleses, pero nadie podía resistirse a dar asilo a una chica que hablaba unas cuantas palabras en su idioma y a la niña mestiza de pelo ondulado. En esas casas les ofrecían un poco de arroz, y los anfitriones se sentaban a su lado observando sus movimientos y atreviéndose solo a hablar con Ka Ho. Sally pronto se dio cuenta de que, para ellos, los tres parecían una familia que huía de las autoridades por culpa de un amor proscrito. Era evidente que todos pensaban que Ka Ho era el padre.

Por su parte, Mei ya no encontraba tan divertida la vida en el campo. La cría quería llorar, pero, como sus gritos podían delatarles, Sally se pasaba horas convenciéndola de que no hiciera ningún ruido. La niña se sumió en un estado de tristeza taciturno que solo se rompía cuando preguntaba por su *naai naai* o pedía que la dejaran caminar, y aunque eso los retrasaba gravemente, también les permitía descansar; llevarla a cuestas se había convertido en una agonía.

Con frecuencia, Sally intentaba convencer a Ka Ho de que las dejara marchar. La mañana de la tercera noche, después de su huida, Sally insistió por última vez:

—Ka Ho, no tienes por qué hacer esto. Si te pillan con nosotras, no sé lo que te van a hacer. Estás ayudando a huir a una proscrita. Probablemente también te acusarán de asesinato. Márchate a algún sitio donde estés a salvo y tengas familia.

—Sally, yo no tengo familia —respondió con su habitual tono amable aunque extremadamente críptico—. Tú y la niña sois mi familia.

—Entonces, ¿nos vamos de Hong Kong juntos? —Sally no pudo evitar hablar con un tono esperanzado—. ¿Vienes con nosotras? ¿Adónde podemos ir? —Hasta el momento, Sally se había resistido a hablar de cuál sería su próximo movimiento. Estaba concentrada en pensar en la huida, en no flaquear y en mantener a Mei lo más cómoda posible.

—Podríamos marchar a Shanghái y desde ahí intentar ir a un sitio donde... donde no llamemos mucho la atención.

Cuando llegaron a la costa, se repitió lo mismo que había sucedido años antes, cuando regresaban de rescatar a Mei. Las dos se quedarían en un sitio seguro mientras Ka Ho buscaba a alguien que les pudiera sacar de la isla. Sally no podía creer que la historia se estuviera repitiendo de forma tan dolorosa, y todo por su culpa.

—Si no he vuelto en dos días, tendrás que buscar la forma de marcharte de la isla por ti misma. Esto es importante; aunque te asuste, debes hacerlo por Mei. Debes encontrar la forma de salir. —La mirada del hombre era intensa—. *¿Nei ming m ming aa?* ¿Lo entiendes?

Sally dijo que sí. No tenía más remedio. No quería que su amigo se marchara solo. Pero era peligroso y debía quedarse con Mei. Sally no quiso llorar ni abrazarle. Por un lado, no quería poner nerviosa a Mei y, por el otro, se resistía a admitir que se separaba de Ka Ho. En los últimos días se había despedido de demasiada gente. Con un tímido gesto, él la cogió del hombro y luego acarició la cara de Mei. Cuando estaba a punto de irse, Sally dijo:

—Podríamos ir a Francia. Ahí no soy una proscrita y tengo amigos. Ellos te aceptarían. Podríamos vivir en casa de Caroline...

—Sí, *Faat Gwook*. Francia... —repitió él como si el mero nombre del país ya le gustara—. Dos días y te vas —dijo de nuevo, y, sin volver a mirar a Sally, se fue a paso ligero.

Sin embargo, los dos días pasaron y su amigo no volvió. Durante ese tiempo, Sally intentaba encontrar la forma de mantener a Mei entretenida jugando en el claro que habían elegido para esconderse. El lugar estaba resguardado, no se podía ver desde ningún sendero y tenía un árbol frondoso que las protegía de la lluvia. Junto a un acantilado se veía la costa, en una especie de balcón con vistas privilegiadas y situación estratégica. Era hermoso, pero Sally detestó este lugar desde el primer momento. Allí, tal vez por el agotamiento, parecía ver la figura del que un día había sido su guía y ahora había sido su salvador. Cuanto más tiempo pasaba, más desesperada se sentía, y había llegado a pensar que se había confundido o que no había entendido bien a Ka Ho. Al tercer día, las provisiones empezaron a escasear y al cuarto día, un dolor agudo en el estómago la obligó a aceptar la realidad. Ka Ho no volvería. Aun así esperó hasta el quinto día. Se pasó toda la noche sin dormir, balanceándose mientras Mei dormía en su regazo, y se sorprendió a sí misma hablando sola. Por la mañana, Sally se calmó, contempló la salida del sol pensando en su padre y en todo lo que le había enseñado. Si había podido llegar tan lejos, podría encontrar la forma de poner a la niña a salvo.

Sally decidió esperar a que Mei se despertara para empezar a buscar un pescador o alguien que las pudiera llevar hasta Cantón. Desde allí intentaría llegar a Macao. No obstante, antes de que pudiera despertar a Mei, un sonido familiar y terrorífico llegó a su pequeño claro: se oía un trotar de caballos no muy lejos de donde estaban. Sally se apresuró a despertar a la niña suavemente y a indicarle que no hablara. Mei había tenido que guardar silencio tantas veces en los últimos días que siguió las indicaciones de su madre con resignación. No estaba segura de que fuera la misma gente que la había estado buscando, pero no se podía arriesgar. Sabía que los caballos estaban pasando por un sendero que bordeaba el inicio del acantilado. Sally cogió a Mei de la mano y le dijo que tenían que bajar hasta el trozo de playa que se abría tímidamente bajo sus pies, a unos cincuenta metros. Por suerte, no era demasiado angosto y Sally había observado tantas veces el desnivel durante su espera que casi tenía el camino mentalmente trazado para llegar hasta el terreno arenoso.

El único problema era que, desde donde estaba, podía ver solo su trozo de playa, que formaba una pequeña bahía; no sabía cómo era el siguiente tramo, tal vez había otro acantilado, un sendero o, si tenían muy poca suerte, solo agua. Madre e hija bajaron con cuidado, Mei intentaba con todas sus fuerzas poner sus piececitos donde su madre le indicaba, pero, aunque estaba demostrando ser una niña extremadamente valiente, le era difícil bajar con seguridad. En más de una ocasión Sally tuvo que alzarla en el aire para evitar que cayera precipicio abajo. Cuando por fin llegaron a la playa, Mei se puso a dar saltitos. Esa tímida muestra de alegría era la única expresión que Sally le había visto hacer desde que se despidieron de Mistress Kwong. Reprimiéndose las ganas de abrazar a su hija, la obligó a echar a correr. Las dos subieron el tramo de rocas húmedas que había como separación con la siguiente playa. Al subir hasta arriba, Sally vio, con alivio y por primera vez en días, que había otra playa, y en ella una barquita, en la que parecía dormitar un hombre joven y rubio. Sally pensó que se desmayaba, porque por unos embriagadores segundos creyó reconocer aquella figura recostada al sol.

La muchacha corrió hacia el joven arrastrando a Mei por la arena. La niña solo se quejó tímidamente a su madre. Cuando estuvieron suficientemente cerca, Sally vio que el hombre no era Ben. Aparte de ser rubio y fuerte, no se parecían en nada. Era simplemente un chico descamisado, que llevaba unos pantalones que quizás en tiempos pasados habían sido un elegante uniforme, pero que ahora estaban sucios y raídos.

Mei esbozó uno de sus quejiditos y el chico pareció percibir, por primera vez, la presencia del dúo formado por Sally y su hija. Se sobresaltó dando un brinco y tuvo que poner su mano por visera para ver bien. Observó a Sally, miró a la niña y adoptó una posición de complacencia; parecía alguien que acabara de ver algo muy atractivo.

—Vaya, vaya, qué tenemos aquí.

—Hola, caballero. Mi nombre es, es... —Sally supo que tenía que mentir—. Mary Ann Lockhart y esta es mi apadrinada... Mei. —No podía dar un nombre falso de la niña o se arriesgaba a que Mei les delatara sin querer.

—Aha —dijo él cruzando los brazos y ladeando la cabeza—. ¿Y las dos paseáis por esta playa porque hace una mañana muy soleada, no? —preguntó, exagerando un tono caballeresco. Era evidente que era inglés.

Sally suspiró, soltó la mano a Mei y metió la suya dentro del fajo. Necesitaba tener a mano el cuchillo que Mistress Kwong había empaquetado. Tenía que ser más o menos sincera, pero se arriesgaba a que el joven quisiera aprovecharse de la situación.

—¿Esta barca es tuya? —le tuteó y, sin saber por qué, puso un pequeño deje de acento de Bristol en su normalmente prístino acento británico—. ¿Trabajas en algún barco?

—Pues, sí —dijo él sin dejar de mirar a Sally de arriba abajo descaradamente—. ¿Qué quieres?

—¿Adónde vais? ¿Lleváis pasajeros?

—Vamos a San Francisco y lo que llevamos no es asunto tuyo. —Al oír San Francisco, el corazón de Sally dio un vuelco rotundo. «¡Sir Hampton!», pensó. Este era el barco que debían coger. Mei pareció notar la reacción de su madre, porque la miró con curiosidad.

—¿Nos puedes llevar? —dijo Sally.

—¿Que si os puedo llevar? —El chico casi gritó y Sally miró instintivamente hacia el acantilado. Necesitaba saber que nadie les había oído—. Pero ¿se puede saber quién demonios sois vosotras...? —El chico saltó de la barca, se acercó a ellas, miró a Mei y dijo—: ¿No serás una loca de esas que secuestra a niñas?

—No; Mei es mi hija.

—Te van los chinos entonces, ¿eh? —dijo el chico acercándose aún más. Sally pudo oler con claridad el intenso olor a ron que el chico desprendía.

—Lo que a mí me «vaya» no es asunto tuyo. ¿Nos puedes llevar o no?

—¿Y qué me vas a dar a cambio? —El chico se acercó un poco más. Sally no se movió, pero puso su mano alrededor de los hombros de Mei.

—No te voy a dar nada, pero te puedo pagar —especificó Sally.

—¿Ah, sí? Un pasaje a San Francisco cuesta dinero, sobre todo cuando alguien está desesperado...

Sin quitar la vista del chico, Sally puso una mano en la bolsa. No quedaba mucho dinero, pero había dos objetos de valor: uno era la figurita de jade que Mistress Kwong le dio tiempo atrás, y también, envuelto en un trocito de tela, el anillo de compromiso de Peter. Sally sacó el anillo y el cuchillo que llevaba. Tomó el cuchillo por el mango y desenvolvió el anillo:

—Mira, te puedo dar este anillo.

El joven se acercó, pero Sally, diestramente, cerró el puño sin dejar caer el anillo y le apuntó con el cuchillo.

—Si intentas algo, te ataco —amenazó, al tiempo que Mei se escudó detrás de sus piernas. El chico dejó ir un resoplido pero no se acercó más.

—¿Y cómo sé que no es falso?

—Porque sabes que mi inglés es el de alguien de clase alta; alguien que no llevaría encima un anillo sin valor alguno. También sabes que estoy desesperada por salir de aquí y te daría un objeto auténtico sin rechistar.

—Vale, pero sabes que no depende de mí, ¿verdad? —El chico ya no sonreía, ahora más bien sonaba como un adolescente.

—Me lo figuro, pero tú puedes apañártelas para escondernos. Por más sucio y apestoso que seas, tu acento y tu porte tampoco engañan. No creo que seas un simple marinerito.

El chico se rio de la ocurrencia y accedió a ayudarlas. Las dos subieron a la barquita; el agua estaba tranquila y en una hora llegaron al fondeadero donde estaba el barco, un antiguo velero. Antes de subir, el chico la miró y dijo:

—Haz lo que yo diga y sígueme rápido. Coge a la niña en brazos y no mires a nadie. —Sally estaba asustada, pero asintió con coraje—. Ahora dame el anillo. —El chico extendió la mano mientras Sally lo sacaba de la bolsa y se lo daba. Tras mirarlo por un segundo y morderlo con las muelas, se lo guardó en un bolsillo—. Mi nombre es Edgar, Edgar Spencer.

Al subir al barco, pasaron por cubierta, entre marineros igualmente sucios y malolientes que miraban el espectáculo que ofrecía una chica con una niña en brazos. Sally agarró a Mei con todas sus fuerzas y se refugió en ella para no mirar a nadie. Una vez en la entrecubierta, el joven les indicó que se quedaran en un pequeño cubículo que solo tenía el espacio suficiente para un banquito forrado de un terciopelo rojo deshilachado y un retrete del que salía un hedor insoportable.

—Quedaos aquí de momento. Tengo que hablar con el capitán —dijo el marinero, tocando el bolsillo de su pantalón donde había guardado el anillo.

Sally abrazó a la niña con fuerza e intentó no pensar en el miedo intenso que recorría su cuerpo. Por un momento había pensado que al subir al barco todo sería más fácil, sin embargo, un pánico atroz estaba empezando a dominarla. Abrazando a la silenciosa Mei, se dio cuenta de que no había echado un último vistazo a la isla. Daba igual, pensó Sally. Tarde o temprano regresaría, pero su corazón necesitaba averiguar qué le había pasado a Ka Ho... Lo haría cuando viniera a buscar a Mistress Kwong, se prometió a sí misma.

Un ruido en la puerta las despertó. Por unos segundos, Sally tuvo que pensar dónde estaba, pero el olor del camarote pronto lo confirmó. El barco estaba avanzando, era de noche y había alguien en la puerta. Debía de ser Edgar. Sally tomó el fardo del suelo, cogió el cuchillo, y acurrucó a la niña en sus brazos. La puerta pronto se abrió y, en lugar del chico que las había traído, tres marineros la miraban con una sonrisa en los labios.

—¡Ah! Pues sí... ¡Tenías razón, Tom! —dijo uno con acento americano-escocés—. Hay una chica a bordo. —Sally se quedó inmóvil; Mei aún dormía, pero se movía inquieta por el ruido.

—Por los mares que este es un regalito bien bueno —afirmó el tal Tom, también con acento americano.

—¡Y yo que pensaba que tendría que esperar semanas hasta que pudiera probar una entrepierna! —afirmó el tercero, con un acento irreconocible. Todos rieron con él. Mei se despertó en ese momento y Sally puso la mano en la boca de la niña.

—Hay que aprovecharla antes de que la pruebe todo el barco y quede inútil —sentenció el grandullón, el primero que había hablado.

—¡Yo voy primero! —exigió el tal Tom.

—¿Por qué tú? —dijeron los otros dos.

—Porque yo os he avisado. Por tanto, yo primero.

—¡Oye! —dijo el grandullón—, el otro día te bebiste la mitad de mi botella y me dijiste que me debías una.

—Si no paramos de discutir, van a venir los demás... ¡Si nos pilla el capitán!

—Vale, vas tú, Tom.

—¿Y la niña?

—¡La apartas y ya está, hombre!

Tom soltó una sonrisa de satisfacción y entró en el camarote tocándose el sexo. En todo este tiempo, Sally había permanecido agachada, mirando la escena como un gato al acecho. Mei parecía entender que debía estar quieta y estaba rígida como una muñeca. Sally esperaba, sin temblar, solo con determinación. En cuanto estuviera lo suficientemente cerca, lo apuñalaría.

—¡Oye! ¡Tú, gordo! —se oyó una voz, y Tom se paró en seco—. ¡Esa putita es mía!

—¿Qué?

—Lo que oyes. —Edgar se abrió paso entre los hombres para entrar en el camerino y espetó—: Maggie es mía y tengo el permiso del capitán. Si la cortas, te boto del barco. ¿Lo oyes?

—No harías tal cosa —dijo Tom, adoptando una posición amenazante.

—¡Pruébame! Si no te rajo yo, lo hará ella —dijo mirando brevemente hacia su mano derecha; en ella había una pequeña daga que apuntaba a Tom—. Y, dime, ¿quién te salvará entonces, cuando te desangres y necesites un médico?

Tom se quedó unos segundos pensativo y se echó a reír. Los otros también se unieron al coro, incluido Edgar.

—De verdad que siempre me has parecido de lo más divertido, muchacho —declaró Tom antes de marcharse con los otros dos. Cuando lo hacía, Edgar añadió:

—Luego te traigo algo espirituoso, para comenzar y bajarte la libido —le dijo el chico a modo de despedida.

—Gracias, muchacho —dijeron los otros sin dejar de reír.

Cuando se marcharon, Sally y Edgar se miraron, sopesando lo acontecido y en silencio.

—¿Me podrías dar las gracias al menos, no?

—Aún no sé si tengo mucho que agradecerte —dijo Sally, pensando si tenía que confiar en el chico que le acababa de llamar «su putita».

El chico le ofreció media sonrisa y le extendió la mano:

—¡Vamos! Nunca te tendría que haber dejado aquí —se disculpó el chico—, y, no solo eres mi putita, eres Maggie. Nadie se cree que te llames Mary Ann...

Sally se levantó sin darle la mano y, por primera vez en mucho tiempo, sintió que flaqueaba. Edgar se acercó a ella y tomó a Mei en sus brazos. La niña estaba despierta, pero estaba agotada y se dejó coger por el desconocido sin oponer resistencia.

Entre pasillos malolientes y miradas furtivas, llegaron al camarote de Edgar. Al entrar se sorprendió al ver un espacio más iluminado y cómodo del que se imaginaba. La habitación tenía una cama y una mesa con banco. Estaba lleno de enseres médicos y libros.

—Sí, en efecto, querida —dijo al ver la cara de sorpresa de Sally—. Yo soy el médico de este clíper.

Edgar le dijo que tardarían poco más de cuarenta días en llegar a San Francisco. Sally pronto perdió la cuenta.

Era todo lo que quería saber; nunca abandonó la enfermería, donde se habían refugiado, ni siquiera preguntó el nombre del barco. Dentro del camarote, las noches y los días habían perdido su sentido. Lo único que marcaba el tiempo eran los momentos en los cuales Edgar les traía comida. Parecía que el médico tenía graves problemas para conseguir alimento para las semipolizonas del barco. A veces traía un potaje a base de patatas que sabía a vómito, y pan y queso lleno de gusanos. Sally sabía que urgía alimentar a Mei, quien, sumida en su ya habitual laxitud, solo se comunicaba moviendo la cabecita denotando negación. Muchas veces Sally masticaba el pan hasta hacer un puré en su boca y lo vertía en la boca de la niña, la cual se resistía violentamente. En esos casos, Sally tenía ganas de sacudirla con violencia, de gritarle que debía comer. Pero entonces solo la abrazaba e imploraba a su hija que le hiciera caso.

Los días pasaban y madre e hija yacían una junto a la otra en la pequeña cama que había en un rincón del camarote. A veces, Sally le leía algunas de las novelas de aventuras que había por el camarote; otras, observaban en silencio al médico, cómo permanecía echado en su hamaca, en silencio, bebiendo una copa detrás de otra. En ocasiones, los tres se pasaban días sin dormir; otras, cantaban todos juntos canciones que solo sabían a medias. El médico, en su estado de embriaguez perpetuo, podía pasar de tener la actitud de un familiar afable y protector a sumirse en una nostalgia agresiva. A veces, pensando que Sally y Mei dormían, se acercaba a la chica, rondaba su cuerpo sin decidirse a actuar, y siempre volvía a su sitio. Cuando Edgar se iba del camarote, Sally se sumía en un tenso estado de alerta; cuando volvía, se abrigaba en la certeza de que solo había que dejar pasar las horas.

Pero el tiempo en el camarote les pasaba factura. La falta de luz solar las iba marchitando irremediablemente. Edgar les daba a veces un té de hierbas que se suponía que compensaba la falta de alimentos frescos, pero sus cuerpos parecían estar más débiles cada día. Sally intentaba limpiar a Mei lo mejor que podía, pero llevaban demasiadas semanas con la misma ropa, y parecía podrida por la suciedad y el sudor. Y lo que era peor: las ropas parecían querer corroer la misma piel, que picaba constantemente y dolía con un escozor agonizante. Sally no tardó en descubrir que Mei tenía unas rojeces y un eccema que cubrían su cuerpo y que la hacían removerse de forma incontrolable. Ni siquiera Edgar pudo hacer mucho, salvo recomendar desnudar a la niña y envolverla en una camisa limpia que encontró en el camarote. Desesperada, Sally rescató de su fardo el ungüento para mosquitos que Mistress Kwong no había olvidado empaquetar. Esto pareció ayudar a la niña, pero para entonces estaba tan débil que apenas reaccionaba y no se le podía hacer comer.

—¿Cómo llegaste hasta aquí? —preguntó por sorpresa Edgar, una noche que Sally balanceaba en su regazo, apoyada en sus brazos, a una Mei exhausta.

—Maté a un hombre —respondió Sally impasible.

—¿Se lo merecía?

—Sí, supongo que sí. —Sally no dejaba de mirar a su hija, sonriéndole, moviendo la cabeza para animarla. La niña se limitaba a seguirla con la mirada, con los labios entreabiertos y unos mofletes desinflados y flácidos—. ¿Y tú, cómo llegaste?

—Una serie de irremediables coincidencias que llamaremos juego, alcohol y deudas —dijo él, dándole un sorbo al ron. Se acercó a Sally y le ofreció un trago por primera vez. El chico se quedó de pie, delante de ella, con la botella en la mano, en posición de ofrecimiento. Sally miró al chico directamente. Sin duda, era hermoso y lo sería más si no fuera por las abundantes ojeras en su cara hinchada por el alcohol, el pelo grasiento y una tendencia por enseñar un cuerpo musculoso y bien definido, pero de una sexualidad agresiva y exhibicionista que Sally aborrecía. La chica tomó la botella, e intentando inútilmente no poner los labios en el cuello, echó un trago a un néctar espeso, indefinido, que la quemó por dentro. Era lo mejor que había tomado en mucho tiempo. El chico le ofreció de nuevo la botella, pero Sally le dijo que no. Con el calorcito que le recorría ahora el cuerpo, tenía más que suficiente.

—Yo diría que hay pocas coincidencias cuando se trata de los vicios del ser humano —dijo Sally.

—Probablemente, pero las elecciones que hacemos bajo su influencia son consecuencia del azar, más que de cualquier otro hecho, ya que sus impulsos son tan poco controlables como el destino.

—Creo que eso es una excusa muy buena para exculpar la decadencia —dijo Sally con una sonrisa. La primera que le ofreció al chico.

—¿Como la excusa para matar a un hombre?

—No creo que tenga una excusa más que lo evidente. Era él o yo.

—¿Tu vida tenía más mérito que la de él?

—Para mí, sí —afirmó Sally—. ¿Y la tuya? ¿Tiene tu vida más valor que tus vicios?

—No creo que valga mucho. ¡Va! Los dos sabemos que si estoy aquí es porque puedo vaguear y beber sin parar...

—Es una lástima. ¿No tienes familia?

—Hace tiempo que se cansaron de mí. ¿Y tú? Aparte de la pequeña Mei, claro.

—Mi padre murió y mi madre también. Tenía otra familia en Hong Kong. Pero los tuve que dejar atrás. —Sally se mordió el labio para no recordar, pero fue inevitable—. Mi padre te hubiera caído bien.

—¿Y qué hay de tu madre?

—Se llamaba María Eugenia y era la hija bastarda de un pintor —dijo Sally, e inmediatamente pensó en la carta de su padre, que empezaba contando la manera como su madre había sido una mujer excepcional y cómo él había criado a la niña intentando estar a la altura.

Le hablaba de su belleza, fortaleza, inteligencia y pasión y de que él veía esas mismas cualidades en ella. Le decía que se conocieron en España, cuando Theodore fue a visitar al padre de María Eugenia, a quien admiraba. Se enamoró perdidamente de ella y los dos se marcharon juntos a Italia, donde se casaron. Allí fue donde Sally nació. En la carta le explicaba que su madre la quería... Era evidente que había mucho más para contar, pero la carta estaba inacabada. Durante todo este tiempo, Sally nunca dejó de pensar en las palabras de su padre y las utilizaba como aliciente cuando las cosas se torcían, y recordaba que sus padres no habían valorado la posición social o la riqueza, sino el talento, la fortaleza...

—Es gracioso que Mei sea hija ilegítima, como lo fue mi madre.

Edgar iba a decir algo, pero fue interrumpido por un gesto violento de Sally. Esta acababa de tocar, con su mano libre, la frente de Mei, que estaba ardiendo:

—Edgar, por favor, ven —suplicó Sally, intentando no perder los nervios—. ¡Creo que Mei tiene fiebre!

El chico le tomó la temperatura y el pulso, le miró las pupilas y el interior de la boca. Sin decir nada, y con un gesto de preocupación que le hacía parecer un hombre sobrio, empezó a preparar cataplasmas y un brebaje para la pequeña. Durante todo el proceso, Sally se mantuvo en silencio, acariciando a la niña, hablándole al oído. Al final, no pudo contenerse y le preguntó:

—¿Qué es lo que tiene?

—No lo sé. Podrían ser muchas cosas, pero lo que está claro es que tiene una fiebre muy alta... —Edgar le quitó la ropa y miró de nuevo el sarpullido, le tocó la garganta, y, con las manos temblando por el alcohol y los nervios, le abrió la boca... La lengua de la niña estaba hinchada y roja, parecía una fresa—. ¡Cómo no lo he visto antes! El picor, la falta de apetito, el agotamiento... Lo debe de tener desde hace tiempo y yo no me he percatado... Maggie, lo siento, pero Mei tiene un severo caso de escarlatina.

—No, no... —exclamó Sally—, no puede ser; Mei es una niña muy fuerte. Nunca ha estado mala.

—Maggie, una fiebre tan alta en una criatura tan pequeña... o le bajamos la fiebre pronto o morirá.

8

La niña miraba hacia arriba y lo único que podía ver era la cara de su madre. Volvió a acurrucarse en su pecho sin dejar de mirar de reojo con el ojo izquierdo. Su piel era suave y fresca y su pecho le ofrecía un confort extraordinario. En su epicentro residía toda la gravedad del universo. Un pozo primitivo que reunía todo lo necesario para sobrevivir. Alargó su bracito y cogió uno de los mechones de su madre, jugó con él unos segundos, pero pronto un dedo se interpuso en el camino y el puñito lo prendió.

—No estires el pelo de mamá; le haces daño. Juega con el dedo en su lugar.

La niña se separó del pecho, abrió la boca con satisfacción y dijo:

—Mamá, mamá.

—Salomé —respondió su madre.

Sally se despertó sobresaltada, sin saber ni siquiera si había dormido. Un sueño, o, más bien, un recuerdo, había aparecido en su mente. Por unos instantes atesoró las sensaciones que la imagen de ella en los brazos de su madre había traído consigo: la calidez, el aroma dulzón de la leche, el pelo de su madre balanceándose sobre su cuerpo. Había sido demasiado tangible para ser solo un sueño... Pero la violenta realidad del barco volvía a ella. La oscuridad del camarote asaltó sus ojos con violencia y no tuvo más remedio que mirar a su alrededor y comprobar dónde estaba Mei y si aún respiraba.

La niña dormía tranquila en un cesto-camita improvisado junto a su cama, pero la temperatura parecía no haber bajado y su respiración era pesada. Sally la acarició con suavidad y quiso llorar, pero hacía días que estaba totalmente deshidratada. Al principio, ella también tuvo algo de fiebre, pero consiguió recuperarse con facilidad. Ahora su piel se había secado, sus labios estaban cortados y le dolían con solo moverlos... dudaba mucho de que pudiera sacar una sola lágrima.

Edgar se había tomado los cuidados de la enferma con mucha seriedad. Sally notó incluso que bebía menos. Le intentaba dar todo lo que pudiera reforzarla y Sally le dio todo el dinero que le quedaba para que lo intercambiara por la última fruta fresca del barco. Pero sus recursos eran limitados. Le administraba jarabe preparado con tintura de clorato de potasa y perclorato de hierro. También tenía hierbas sueltas que había ido coleccionando en sus viajes; le daba hierba gatera, que, aunque efectiva, por sí sola no era suficiente.

Sally empezó a resignarse a un final inevitable. Se imaginó que, cuando Mei muriese, Sally se tiraría al agua con ella y dejaría que el mar se las tragase a las dos. La muerte parecía el mejor final si perdía a Mei. Después de todo, era culpa suya el que se encontraran en esta situación. ¿Cómo no se había dado cuenta de que su hija no estaba triste o agotada, sino que estaba enferma? Ella había sufrido de la misma enfermedad cuando tenía unos seis años... Sally entonces recordó algo:

—¿No tienes equinácea o astrágalo?

Edgar estaba preparando jarabe en su mesa; se paró en seco y miró a Sally con una expresión llena de sorpresa:

—¡Pues claro! —dijo él golpeándose en el pecho—. ¡Borracho de mierda! Te estás olvidando de todo.

Edgar abrió un cofre y se puso a buscar con prisas; sacó un potecito metálico, lo abrió y olió con entusiasmo:

—¡Bendito seas, astrágalo!

—¡*Huang qi!* —Sally se levantó de un brinco. Sin decir nada, los dos prepararon un té y cataplasmas para Mei.

Durante el día siguiente, la cara de preocupación nunca le abandonó y el médico no explicaba a Sally en qué estado se encontraba Mei hasta que esta no le preguntaba:

—¿Cómo está? —decía Sally, cuando se cansaba de observar al médico en silencio.

—Si mejora, te lo digo... Pero piensa que lleva enferma mucho tiempo. El astrágalo ayuda, pero no es una solución. Aunque mejore, puede tener consecuencias fatales...

Pero las horas pasaban y Mei se resistía a morir. Sally la contemplaba sin cesar, mientras apretaba con los dedos el amuleto que representaba una *pik ce* con tanta fuerza que sentía que podía derretir con sus manos el frío jade. Cuando no podía más y el sueño la vencía, dejaba la esculturita al lado de Mei.

Una mañana se despertó y Mei estaba sentada jugando con la figura. Cuando vio a su madre, la niña sonrió con normalidad y le enseñó su juguete. Sally se quedó acostada, ahuyentando el sueño y observando a su hija tranquilamente. Después de un rato, Sally respiró hondo y cogió a la niña con ternura. Se acababa de dar cuenta de que los momentos más importantes de la vida a veces venían de una forma tan plácida como súbita.

Una semana después, Sally se encontraba delante de la gran puerta de entrada de la casa de Sir Hampton. Con la niña de la mano, la ropa raída y una sensación de alivio, vergüenza y terror, se resistía a llamar a la puerta. No podía creer que hubieran sobrevivido al viaje en barco y mucho menos que Mei hubiera superado la escarlatina. Pero aquí estaban, y Edgar se encargó de averiguar en el puerto dónde estaba la casa del abogado inglés. En menos de un par de horas habían llegado a casa de Sir Hampton, y Sally había encargado a un trabajador del puerto que las llevara en carreta hasta la casa del abogado.

—¿Nos acompañas? —dijo Sally esperanzada—. Al fin y al cabo, tú nos has salvado...

El chico miró a Sally con una sonrisa descarada, se acercó a ella y le dio un beso en los labios.

—Lo siento, Maggie. Hay un *pub* lleno de alcohol y mujeres que me espera. Si me voy contigo corro el riesgo de convertirme en un hombre de bien y tú de desperdiciar tu vida. —El chico no añadió nada más, cogió a Mei en brazos, la abrazó y la subió al carro.

En media hora ya habían dejado el abarrotado y ensordecedor puerto y habían ascendido hasta un barrio mucho más tranquilo, lleno de lujosas casas de colores claros y listones de madera.

—¿Mamá, quién hay aquí? —dijo la niña, cansada de mirar una puerta cerrada.

—Un viejo amigo del abuelo Theodore...

Sally intentó levantar el brazo determinada a llamar a la puerta. Pero esta se abrió. Apareció una mujer grande y de unos cincuenta años. Su mirada pasó de la severidad a la conmiseración, al ver el espectáculo de una joven y una niña vestidas con extrañas y andrajosas ropas.

—Esperad aquí, que os voy a buscar algo de comida. —les dijo la mujer con un perfecto inglés de la reina.

—No, señora, no buscamos limosnas. Estamos aquí para ver a Sir Hampton. Soy Salomé Evans, hija de...

—¡Theodore! Madre del amor hermoso, criatura. Yo soy Bertha Fisher. Pasa, pasa —dijo mientras tomaba la manita de Mei—. ¡Madre mía! ¿De dónde venís así?

—De China.

La mujer se rio, pensando que era una broma.

El baño, la comida y la cena que Bertha mandó preparar para ellas fue uno de los más abrumadores y desbordantes regalos de su vida. Mei no quería salir de la bañera y no supo reconocer nada de lo que podía comer en la mesa. Llevaban dos meses viviendo en el campo y en un barco y habían olvidado la naturalidad con la que uno da por hecho estos simples placeres que ahora a ellas les resultaban tan extraños.

Durante la cena, Sir Hampton no apareció por la casa y tía Bertha, que así era como la llamaban, les dijo que el abogado estaba muy ocupado resolviendo unos asuntos y que le había comunicado que deseaba ver a Sally cuanto antes, y que sentía hacerla esperar.

—Mañana por la mañana creo que podrá verte —dijo

la mujer mientras miraba a Sally de nuevo. Vestida con un simple vestido prestado por una de las doncellas, se hacían más evidentes los estragos de las últimas semanas. Había perdido tanto peso y su piel era tan pálida, que parecía una versión espectral de sí misma—. Por Dios, niña... no voy a preguntar nada porque no es asunto mío... pero ¿en qué líos os habéis metido vosotras dos?

Sally sonrió a la mujer sin contestar. A Sally, esta mujer le gustaba, porque le recordaba a Miss Field. Pero a diferencia de aquella, Sally intuía que tía Bertha no era una criada, sino que, más bien, era quizás un familiar lejano que dirigía la casa. La mujer se acordaba de Theodore y de Sally, pero, hasta el momento, no tenía ni idea de que habían estado viviendo en China.

Por la noche, Sally y Mei se tendieron en la cama y se pusieron a reír sin razón. Se movieron arriba y abajo, patalearon juntas y se escondieron bajo las sábanas. Mei se acurrucó en su brazo, apoyada en su costado. Sally se quedó despierta toda la noche, temiendo cerrar los ojos.

A la mañana siguiente, tía Bertha indicó a Sally que Sir Hampton la recibiría en su despacho. Adyacente a la casa, había una propiedad más pequeña, donde Sir Hampton tenía su oficina y recibía a sus clientes. La acompañaron hasta un gran pasillo que hacía las veces de recibidor: había sillas antiguas apoyadas en ambos lados de la pared, grandes cuadros decoraban las paredes, un tapiz...

Tía Bertha también le dijo a Sally que Mei sería visitada por un médico de confianza mientras ella estuviera reunida con Sir Hampton. Necesitaban confirmar que la niña estaba curada del todo y no tenía ningún efecto secundario a la fiebre. Sally se dio cuenta de que en mucho tiempo no se había separado de Mei. Caminó hacia la puerta despacio, repasando mentalmente lo primero que le diría a Sir Hampton, cuando no pudo evitar detenerse ante uno de los cuadros. Un color carmesí le había llamado la atención. Cuando se situó delante de la obra, tuvo que dar unos pasos hacia atrás. No cabía duda, había visto el cuadro antes. Era de su padre y Sally recordaba perfectamente jugar en el taller mientras Theodore lo pintaba y él le hablaba de las virtudes de todos los colores. Aunque, extrañamente, era como si lo viera por primera vez.

Era un retrato en grupo, delante de una casa que Sally pareció reconocer. ¿La casa del conde, tal vez? En una versión más joven de la que ella conocía, podía distinguir la figura alta de Sir Hampton y a Madame Bourgeau, en el centro. También estaba el conde. Su corazón dio un vuelco cuando vio a los Dunn, sonrientes, mirando directamente al espectador. Su padre y su madre, jóvenes, y uno junto al otro. Y, en la esquina derecha del cuadro, en primer plano, una niña con un gran vestido rojo estaba agachada jugando con la tierra. La composición era maravillosa; había algo delicado y emotivo.

—Así que ya has visto el cuadro —dijo Sir Hampton desde la puerta de su despacho. Sally se enjugó los ojos, y, reluctantemente, dejó de mirar el cuadro y se volvió hacia el hombre. No era tan alto como lo recordaba, pero, por lo demás, estaba igual, ni siquiera había envejecido. Sus manos colgaban a lado y lado, enormes y pesadas—. La mejor obra que le encargué a tu padre.

Sally se olvidó de las formalidades y corrió hacia el viejo amigo. Lo abrazó con ternura y el hombre pareció acoger el gesto con naturalidad. Reposó sus manos sobre la espalda de Sally.

—Ya está, ya está. Ahora estás a salvo.

Los dos entraron en el despacho. Sally se sentó en una silla acolchada, mientras Sir Hampton se dirigió a su escritorio.

—Siento no haber venido antes, pero ante todo soy un administrador, y, como tal, tenía la obligación de resolver unas cosas. —Tomó unos papeles de su escritorio y se los pasó a Sally—. Espero que seas buena con los acentos porque de ahora en adelante eres Meredith Daniels y Mei es Melany Daniels. Sois madre e hija, de Boston, y tú eres viuda. Estos son todos los documentos que necesitas. —Sally repasó los papeles que el hombre le había pasado, certificados de residencia y un número de cuenta en un banco americano.

—Pero ¿cómo? —preguntó la chica sin poder creer la eficiencia del caballero.

—Cuando tía Bertha me envió a buscar con una nota explicando el estado en el que habías llegado, me imaginé que necesitabas protección inmediatamente.

—Gracias... —dijo Sally, pensando en lo mucho que le disgustaba el nombre de Meredith.

—Supongo que Mister Abbott y su familia eran tan difíciles como cabía esperar... —empezó el hombre.

—Peor...

—¿Y la niña?

Sally dejó ir un suspiro y contó toda la historia desde el principio. Cuando acabó, Sir Hampton estaba sentado sobre su butaca, con la cabeza reposando sobre su gran mano. Estaba evidentemente abrumado...

—No tenía ni idea. Pensaba que la vida en Hong Kong te había absorbido. Ni siquiera recibí tu carta desde Aberdeen Hill. Realmente sí que tenía poder ese hombre... De todas formas, cuando llegó su carta diciendo que no querías saber nada de mí no me lo creí... —dijo el abogado—. Pedí a uno de los oficiales de barco que conozco en San Francisco que fuera a Hong Kong y que indagara sobre ti.

—Debió de ser el joven que habló con Charlie... —pensó Sally en voz alta.

—Seguramente —dijo Sir Hampton.

—¿Por qué no mandaste alguien a por mí? Aunque no respondiera las cartas...

—No es tan fácil. No puedes simplemente intentar rescatar a alguien en la otra punta del océano sin saber si quiere ser rescatado. —Se defendió el buen hombre—. Además, tu padre siempre quiso respetar tus decisiones y yo quise seguir su ejemplo. Lo siento.

—No, es culpa mía —suspiró Sally.

—Bueno, creo que, a veces, hay circunstancias que escapan a nuestro control. Si tenemos que remontarnos a quién empezó todo esto, yo fui el que, amablemente, invitó a tu padre a ir a Hong Kong.

—Lo sé —dijo Sally—. Leí tu carta.

—Muy bien, entonces sabes que las desgracias son el cúmulo de muchas circunstancias. Yo no soy dado a torturarme con la culpa y tampoco lo tendrías que hacer tú.

Sally quiso recoger este comentario y aprehenderlo. Pero la imagen de Mei Ji huyendo de Jonathan, Ka Ho lleno de moratones, Lucy y Stella huyendo de Hong Kong y la mano de Mistress Kwong despidiéndose con tristeza aparecieron en su cabeza.

—¿Por qué enviaste a mi padre? Sé lo del cuadro, los mensajes... Pero no lo acabo de entender.

—Bien, veo que no solo has sabido escapar de la justicia con una niña a cuestas, también has conseguido averiguar muchos de nuestros secretos. —Sir Hampton se sentó en el sillón y, por primera vez, Sally se dio cuenta de que, si bien el hombre no había envejecido demasiado, se le veía infinitamente cansado—. Todo se remonta a ese cuadro que has visto antes. Un grupo de jóvenes con pretensiones intelectuales que soñaban con cambiar el mundo. —Sir Hampton hizo una pausa y se rio despacio, sin ganas—. Nos encantaba viajar, aprender de otras culturas y despreciábamos a aquellos que se creían superiores por ser europeos y, especialmente, por ser británicos.

—Pero, a su vez, os creíais superiores a ellos —pensó Sally en voz alta—, ¿no es eso algo irónico? —Sir Hampton volvió a reírse, esta vez con más entusiasmo.

—Veo que no has perdido la perspicacia que tenías cuando eras una cría.

—Creo que si la perdí... no he tenido más remedio que recuperarla —dijo Sally en tono de broma. Pero ninguno de los dos se rio—. ¿Entonces decidieron hacerse espías? ¿Mercenarios?

—No. Algunos lo llaman sociedad secreta —puntualizó Sir Hampton, moviendo los largos dedos de su mano para enfatizar con ironía el nombre—. Otros lo llaman club. Yo lo llamo un grupo de críos con dinero y mucho tiempo libre. —Esta vez se rieron los dos—. En serio, todo empezó con una charla, durante una noche con demasiado vino; luego siguió como un reto y acabó siendo... bueno, un negocio.

—¿Vendíais información por dinero? —preguntó Sally llena de decepción, pensando que, después de todo, Mister Abbott había tenido razón.

—Ayudábamos ahí donde creíamos que los vicios creados por las ansias de mantener el poder y la avaricia dominaban la sociedad...

—Pero ¿no todos vuestros clientes pensaban igual, verdad? —interrumpió Sally.

—No, por supuesto que no. La mayoría solo querían velar por sus intereses. Pero nosotros siempre hemos pensado que teníamos el suficiente conocimiento para saber para quién trabajábamos.

—«Deja a un hombre decidir firmemente lo que no hará, y será libre para decidir lo que vigorosamente tiene que hacer» —dijo Sally recordando la cita que había leído cinco años atrás en la carta de Sir Hampton.

—¡Oh! Buena memoria, Sally. Una cita de Mencio, creo... —Sir Hampton se levantó entonces y cogió un sobre que había en la mesa y se lo pasó a Sally.

Aunque había distancia entre ellos, Sir Hampton pudo alcanzar a Sally fácilmente con sus largos brazos. Dentro del sobre había dinero y un contrato, ya firmado, para un depósito en un banco. El abogado no era solo eficiente, sino que también era un gran falsificador.

—Nuestras ayudas siempre fueron bien financiadas. Aquí tenéis suficiente dinero, Meredith, para vivir cómodamente. Te servirá ahora que eres una proscrita y no podemos acceder ni a tu herencia ni a tu casa en Bristol.

—La casa, Miss Field, los cuadros... —repitió Sally—. ¡Necesito recuperar los cuadros de mi padre, los retratos de mi madre!

—Todo a su debido tiempo —contestó Sir Hampton.

Sir Hampton se levantó de nuevo, fue hasta un gabinete y de uno de los cajones cogió una cajita forrada de tela de color esmeralda. De ella sacó un sello de jade y se lo dio a Sally; esta lo cogió con cuidado y pasó la mano por los ángulos del objeto con forma de cubo alargado. No había rastro de tinta roja. Nunca había sido utilizado.

—Este es para ti. Tu padre querría que lo tuvieras. Por ahora vamos a dejar nuestros encargos, pero no quiere decir que en un futuro no te necesitemos. Esta aventura ha resultado toda una iniciación, querida Sally. Nuestra ingenuidad, sumada a una gran dosis de presunción, nos ha hecho cometer muchos errores, pero, si me permites de nuevo ser arrogante, en el pasado también hemos hecho el bien y evitado muchas guerras, hemos salvado muchas vidas.

—¿Qué quiere decir el sello?

—Para serte sincero, escogimos algo bello que nos representara; un sello chino parecía algo ideal, dado nuestro amor por esa cultura. Pero nunca supimos exactamente lo que decía. Creo que tu madre siempre nos recordaba que debíamos averiguar qué quería decir. Le molestaba usar algo con un significado que desconocía.

—Mi madre... —Sally se dio cuenta de que tenía una oportunidad única—. Sir Hampton, mi padre me dejó una carta en la que explicaba la historia de mi madre. Por desgracia, la dejó inacabada. ¿Cómo murió? —Sir Hampton miró a la chica y en su rostro se leía un deje incómodo.

—Tu padre no hablaba mucho del tema, pero murió en una misión en España. Creo que de una fiebre. —Sir Hampton miró a Sally esperando una reacción—. No sé mucho más, pero sí que te diré que tu madre fue una persona excepcional y estaría completamente abrumada si supiera en el tipo de mujer que te has convertido.

—¿Qué tipo de mujer? —respondió Sally, enfadada.

—El tipo de mujer que desafía a hombres como Mister Abbott, que atraviesa una isla a pie con una niña a cuestas, que sobrevive en un barco mercante durante semanas.

Los dos se quedaron en silencio. Sally no se sentía feliz, pero se dio cuenta de que, por primera vez en su vida, no tenía más preguntas sobre su madre. Miró a su alrededor y pareció ver ese despacho con una nueva luz; sentía el sabor de algo logrado.

—¿Y ahora qué? —preguntó con humildad.

—Bueno, siento decirte, querida Sally, que no puedes quedarte. La conexión de esta ciudad con Hong Kong es demasiado fuerte y cualquiera podría identificaros a ti o a Mei. Pero, por suerte, en este lado del país vive otro proscrito de Hong Kong...

Por un momento, Sally creyó que se había quedado ciega y sorda. Ni siquiera había pensado en preguntarle a Sir Hampton si conocía a Ben. Aunque era evidente que el chico estaba metido en el mismo juego que su padre y los Dunn, sus cartas no iban firmadas con ningún tipo de sello, no estaba en el retrato y era mucho más joven. No podía ser él la persona a la que se refería Sir Hampton...

—El capitán Wright no sabe nada de ti, solo que estabas prometida —prosiguió Sir Hampton—. Fuimos muy afortunados de gozar de su colaboración, aunque todo salió mal para él también. —Sally seguía sin hablar, simplemente escuchó con atención cada una de las palabras que Sir Hampton le decía. Él tomó un trozo de papel de la mesa y escribió algo en él—. En cuanto el médico nos diga que Mei puede viajar, y por vuestra seguridad, os recomiendo que os dirijáis a esta dirección —dijo señalando el papel—. Vosotras llegaréis antes que una carta y es más seguro; creo que se llevará una agradable sorpresa.

Sir Hampton le dio la nota, cerrada por la mitad, y Sally la sujetó entre sus dedos sin abrirla. Aunque era únicamente un trozo de papel, no parecía ligero. Estaba cargado con el peso de una larga espera.

Era una mañana calurosa, polvorienta y de luz ambarina. Aunque era temprano, probablemente las siete, en su cama ya había aparecido una mancha de sudor, allí donde había descansado su espalda, su cuello y su cabeza. Lentamente se levantó y se dirigió a la cocina en busca de un cubo lleno de agua limpia. Salió de la casa por la puerta lateral y fue recibido por *Angus*, a quien parecía no importarle el calor o las moscas. El perro corría alrededor de su amo, mientras este colocaba el cubo en el suelo y empezaba a tirar agua sobre sus sobacos, su pecho y su cuello. *Angus* metió su cabecita dentro del cubo y empezó a beber con avidez. Esperó a que su perro acabara de beber y tiró el resto del agua al suelo del corral donde se engordaban las gallinas y los gansos. Todos estaban cobijados en la sombra, protegidos del bochorno y entretenidos con sus ruidos guturales.

Dejó el cubo en el suelo y se frotó la pierna; últimamente le dolía más que de costumbre. Alzando su cadera con un movimiento tantas veces repetido, dio un paso al frente para recolocar su pierna y aliviar el dolor. Se dirigió al cobertizo y de ahí sacó un tronco que le llegaba hasta la cintura. No necesitaba cortar leña, pero le apetecía; le hacía empezar el día con un propósito, lo vigorizaba y despejaba.

Después de dar unos cuantos hachazos, se paró en seco y se pasó el dorso de la mano por la frente para detener las gotas de sudor que descendían hasta el límite de sus cejas. Usando la misma mano, hizo una visera para taparse los ojos y miró al final del camino que pasaba por delante de la granja en dirección al este. Pronto llegaría la diligencia de los lunes por la mañana. Como siempre, levantaría polvo a su paso. Él la miraría mientras se acercaba y, también como siempre, no podría evitar pensar que el carro esta vez se detendría delante de su casa. Luego siempre cerraba los ojos y se imaginaba qué pasaría si la diligencia parase, la puerta se abriese con un grito del conductor y de ella bajara una chica con el pelo rizado. Ella se pararía ahí mismo, a los pies del escalón del carruaje. Al verle, una expresión llena de timidez, anhelo e ilusión se dibujaría en la cara de la joven. Ella querría correr, pero se detendría. Esperaría a que él se acercara y se saludarían con una mirada cómplice justo antes de cogerla y alzarla en el aire. No habría palabras, únicamente una risa contagiosa.

Sin embargo, sus esperanzas siempre se veían truncadas. Cada vez que se acercaba la diligencia, le parecía que esta aminoraba el paso. Su corazón se detenía por un momento justo antes de darse cuenta de que no había reducido la velocidad lo suficiente como para frenar.

Llevaba años luchando contra la misma inútil e infantil esperanza, cada lunes por la mañana. Por eso, en esta ocasión, cuando apareció una cortina de humo de color tierra al final del camino que anunciaba la inminente llegada del carruaje, él decidió no esperar. Por una vez no se quedaría de pie viendo cómo el vehículo pasaba delante de él. Así que clavó el hacha en uno de los troncos del suelo y dio media vuelta para regresar al interior de la casa.

Estaba ya sentado en una sencilla silla de madera, bebiendo un vaso de agua con limón, cuando oyó el usual sonido de los caballos galopando, la madera del carro chocando contra el metal que tintineaba... solo que esta vez algo diferente había roto la secuencia. No oía el sonido de los caballos alejándose, el polvo apagándose detrás de ellos. En su lugar, Ben escuchó una voz, un sonido de puerta abriéndose, el relinchar de los caballos. Posiblemente la soledad le estaba jugando una mala pasada, pero sonaba como si la diligencia estuviera firmemente parada delante de la entrada al jardín delantero de su granja.

Salió de nuevo, esta vez por la entrada principal, y, entre el polvo levantado por el viento caliente, vio a la chica del pelo rizado, tal y como la había visto en sus sueños, de pie junto a la diligencia, diciéndole algo al conductor. Ella se volvió y miró directamente hacia él. Todo estaba igual que en su fantasía: su expresión, la luz, la expectación... A excepción de un detalle: junto a ella y dándole la mano, había una niña de unos dos o tres años. En su rostro, una sonrisa redonda, tan magnánima como el sol de la mañana.

Epílogo

Sus dedos jugaban con el pincel. Lo hacían rodar arriba y abajo sobre el índice y el anular empujando con la yema del pulgar. Luego lo alzaba intentando proyectar una sombra sobre el papel blanco que tocaba sus pies, sin embargo, solo conseguía que se perdiera entre la silueta de las ramas de sauce que se proyectaba sobre ellos.

Sentadas bajo el árbol, sobre una manta de *picnic*, se preparaban para su lección habitual, que tenía lugar a media tarde, cuando el calor no era tan intenso y no era aún la hora de cenar, justo después de despertar de una siesta y de comer sandía para merendar. Con el estómago lleno y el ligero sopor proporcionado por la larga siesta, llegaba el momento perfecto para llevar a cabo la clase. Cada una era diferente; unos días aprendían francés y otros, a sumar y a restar. Era solo después de unas pocas tardes refugiadas del calor que Sally se daba cuenta de que todas las clases se parecían de una forma u otra; había un tema en común en todas ellas. A veces se pasaban unas cuantas clases hablando casi exclusivamente de animales; en otras, el tema era la casa o las montañas. Sus preferidas eran cualesquiera de las que incluían dibujo o artesanía.

La niña miró la tinta negra que su madre estaba preparando sobre una especie de piedra plana y gritó:

—¡Vamos a dibujar!

—No, no vamos a dibujar, Mei. —La respuesta era tajante, aunque había sido dicha de forma amable—. Vamos a escribir.

—Yo ya sé escribir —respondió cruzando los brazos.

Su madre le sonrió sin dejar de mezclar la tinta. Con cuidado. Solo por si acaso, las dos se habían puesto delantales encima de sus sencillos vestidos de algodón. Mei acarició el suyo sabiendo que, dentro de poco, estaría manchado de negro. Siempre pasaba lo mismo; si había una oportunidad para mancharse, la cría se ponía perdida. Por más que su madre intentara tener paciencia con ella, la pequeña no era una artista. Sus manitas eran toscas y parecían tener vida propia. No eran como las de su madre, expertas, diestras y finas. Mei miró fascinada cómo Sally cogía una especie de mortero y aplastaba la tinta sobre la piedra. Aunque sus manos estaban agrietadas y llenas de callos por el trabajo manual, no habían perdido su delicadeza. Esas mismas manos con las que la dibujaba, con las que la acurrucaba por las noches y que cogían la esponja cuando la lavaban.

Sally miró a su hija y, sin deshacer su cálida expresión, añadió:

—Lo sé, pequeña, pero vamos a escribir algo diferente. Me ha costado mucho encontrar esta tinta y por fin te puedo enseñar a escribir caracteres.

—¿Chino?

—Sí, *fong faai zi*, caracteres chinos —aclaró Sally, marcando los tonos lo mejor que pudo.

—¡Ah! —dijo Mei, buscando la hoja en blanco. Seguidamente su madre tomó el pincel que Mei había dejado sobre la manta de *picnic*. Sally lo agarró con destreza apuntando al suelo, y, sin mover demasiado el pincel, lo mojó en la tinta para después acercarlo al papel y, en unos cuantos trazos, dibujó un carácter. Mei miró el símbolo y se dio cuenta de que parecía dos dibujos juntos.

—¿Qué es esto, mamá? —dijo la niña con cara confundida. Hasta ahora su madre le había enseñado a identificar unos pocos caracteres sencillos escritos en un libro. Pero nunca se habían detenido a mirar los más complicados, aquellos de enrevesadas líneas que no llamaban en absoluto la atención de Mei.

—Mira —contestó su madre animándola a acercarse más.

Mei se movió, pero, en lugar de detenerse al lado de Sally, aprovechó para subirse encima de su falda con el descaro propio de los niños pequeños que no hace tanto fueron bebés. Desde su nueva posición, miró de nuevo el papel y vio claramente dos símbolos, uno al lado de otro.

—Dibujitos, dos dibujos —afirmó la niña.

—¡Muy bien! —dijo Sally dándole un beso en la mejilla—. Este representa una mujer. Mira, lleva un bebé en la barriga. Mujer: *neoi* —repitió Sally—, y este es su hijo, *zi*. Una mujer y su niño representan aquí algo bueno, ¿ves?

—*Neoi* —dijo Mei señalando la barriga de su madre.

—Sí, *neoi* —se rio Sally. Acto seguido señaló de nuevo el carácter—. Los dos dibujos juntos forman un carácter llamado *hou*. Bueno.

—Escribe «mamá». Escribe el dibujo de «mamá» —ordenó la niña entusiasmada, botando ligeramente sobre su falda.

Sally volvió a dibujar el carácter que significaba «mujer», pero esta vez, a su lado, añadió un carácter distinto, más complicado.

—Este es el carácter para decir «caballo», *maa*. ¿Ves?, se puede ver la crin, las patas... al lado del de mujer forma el carácter de mamá, que también se lee *maa*.

—*Maa* —repitió Mei haciendo un gran esfuerzo por pronunciar de forma correcta. Miró a su madre buscando su aprobación, pero le sorprendió ver que ella, en lugar de su cálida sonrisa, mostraba una expresión triste. Sus ojos oscuros brillaban y sus labios se habían juntado en una fina línea. Mei observó a su madre con preocupación.

—Mei, ¿te acuerdas de cuando vivíamos en Hong Kong?

Mei pensó en la pregunta de su madre, pero estaba confundida. En su mente solo existía el presente y el pasado más reciente. El recordar era algo reservado para simples funciones operativas del día a día, como recordar lavarse las manos antes de comer, no subirse sola al columpio, no entrar en el corral...

—¿Recuerdas una gran casa? Una casa con una casita más pequeña detrás. Jugabas con otros niños y Charlie te hacía el arroz con pato que tanto te gustaba. ¿Te acuerdas de Mistress Kwong?

Mei miró a su alrededor, esperando encontrar a otra persona bajo el sauce. A alguien más a quien su madre le estuviera haciendo todas estas preguntas.

—¿Quién es Mistress Kwong? —dijo Mei, algo molesta por tanta pregunta y por tan poco dibujar. Estaba a punto de sacar su famoso genio.

—Tu *naai naai* —explicó Sally con la voz algo quebrada—; tu *naai naai* de pies pequeños.

—*Naai naai* —exclamó Mei. Algo le había traído la imagen de una señora anciana, que la abrazaba, la llevaba arriba y abajo, le daba de comer...—; mi *naai naai*, sí.

Sally sonrió y su rostro volvió a su antigua expresión. Después de un momento de reflexión, Mei miró a su madre y apoyó el cuerpecito sobre su pecho. Sus caras estaban muy cerca.

—Mi *naai naai*, ¿tu *maa*?

—Una de ellas. Yo he tenido más de una mamá. Igual que tú. Tú has tenido dos mamás.

Mei se quedó en silencio por un momento, encogió los hombros y miró de nuevo el papel en el que quedaba algo de espacio entre los garabatos y suplicó:

—¡Otro! —Mei se abrazó a su madre, que olía a tinta y a rosas. Siempre olía a agua de rosas.

Sally dibujó una especie de cuadrado con una línea en medio y dijo que era el sol; también dibujó una luna, un gato, un pájaro...

El pincel, sus movimientos simples y precisos, la tinta acariciando el papel blanco, el olor a rosas, la mirada de su madre bajo el sauce, sus manos... Este es uno de los primeros, y más atesorados, recuerdos de Mei.

Agradecimientos

El puerto del perfume está dedicado a mi hijo. Él aún no lo sabe, pero nació y creció con este libro. Él, dormidito a mi lado o en mi regazo, compartió mis noches escribiendo estas páginas. Fue también él, con su maravillosa sonrisa y su descarada simpatía, quien me ayudó a superar los momentos más difíciles y me animó a no dejar nunca de escribir.

Pero hay muchas personas a las que querría dedicar o agradecer este libro, que ha sido fruto de un largo proceso. Como muchas historias, nació de forma espontánea y se fue desarrollando tímidamente a través de los años. Sin embargo, no fue hasta que yo crecí, viví y maduré que esta historia cobró vida. Es por esta razón que muchas personas en mi vida han ayudado e inspirado *El puerto del perfume* y a ellas les debo mi más sentido agradecimiento.

En cuanto al trabajo de documentación, me gustaría agradecer el consejo de Beth Ellis, curator, digital collections & web editor, del P&O Heritage Collection, por sus contribuciones sobre la historia del *Lady Mary Wood*. De todos los libros, memorias y artículos que he consultado, querría destacar el libro de Susanna Hoe, *The Private Life of Hong Kong*, una obra exquisita que narra la historia de la colonia desde el punto de vista de las colonas que lo habitaron y que ayudaron a su desarrollo. Sin sus testimonios y sus descripciones me hubiera sido mucho más difícil poder imaginar cómo era la vida para las colonas de Hong Kong durante aquellos años.

Quiero agradecer también a todo el equipo de Ediciones B que ha trabajado, como siempre, de forma increíble para sacar adelante esta edición. El suyo es un oficio que, en los tiempos que corren, tiene el valor de lo artesanal y el mérito del superviviente.

A nivel personal, me gustaría agradecer a mis padres todo su apoyo. A lo largo de los años, y en especial durante el proceso que ha acompañado a la creación de este libro, me han enseñado lo que es el amor incondicional y a creer en mí misma. Mi madre, una mujer ejemplar y luchadora, ha sido siempre una magnífica cuentacuentos y eso me animó ya desde bien pequeña a estar interesada en el simple y difícil hecho de contar historias. De mi padre he heredado la perseverancia y la avidez por aprender, sin la cual nunca hubiera podido hacer este libro. También quiero agradecer a mi hermana el ser mi inspiración y mi guía, una de las personas más especiales que he conocido y, en muchos sentidos, una musa para el personaje de Sally. A mis viejas amigas, por haber sido piezas tan importantes en lo que soy y en lo que escribo. En especial a Alba, Caty, Mette y Carol, por ser mis hermanas encontradas y adoptadas y mis fieles compañeras de aventuras. También a Miriam, Aina, Gisela e Yvette. Todas ellas mujeres extraordinarias, valientes, inteligentes y bellas.

La historia de Sally muestra cómo, muchas veces, es en las amistades más fortuitas y los acontecimientos más inverosímiles donde encontramos personas que nos ayudan con muestras de inolvidable solidaridad. Pequeños gestos que tal vez no parezcan importantes, pero que pueden cambiar situaciones y experiencias para siempre. Este libro es el resultado de la ayuda de mis queridos amigos de Bristol, quienes me han facilitado las cosas muchas veces y me han apoyado para que pudiera encontrar el tiempo y el espacio necesario para escribir esta historia. Personas increíbles que se han convertido en mi familia en Bristol. Especialmente quiero agradecer la ayuda que he recibido de Lucy, y también de Charlie, Dave, Olga, Penny, Mike y Nic. Me gustaría mencionar también a Jo, Gwen, Sarah, Hayley, Natalie, Emma, Lily y Linsi.

Por último, quiero dar las gracias de nuevo y con todo mi corazón a Carol París, mi editora y amiga. Carol es una de las personas con más talento y más generosas que conozco. Es un genio locuaz y una dea de las letras. Sin ella, *El puerto del perfume* no existiría y mi vida no sería la misma. Carol no solo ha sido una parte esencial de la creación de este libro, también ha sido una fuente continua de consejo, apoyo e ideas. Juntas hemos conseguido que la fábula de Sally, Mei y Mistress Kwong exista más allá de los recovecos de mi cabeza y de las libretas garabateadas. Y, lo más importante, durante todo este tiempo nos hemos sorprendido, llorado y reído, y, al fin y al cabo, ¿no se trata de eso?

Índice